明人别集叢編
鄭利華 陳廣宏 錢振民 主編

李東陽全集

【三】

錢振民 編訂

復旦大學出版社

李東陽全集卷三十一
懷麓堂文稿卷之十一

記

華容縣學重修記

岳州華容縣學在縣治南，舊地苦水，國朝洪武初始遷於北一里許，基構宏麗，久乃浸圮。天順間，知縣許傑嘗修廟庭，備祭器，有意於學，未逮也。成化己亥，湖廣按察僉事李公文中行部至縣，詢於知縣鮑德，暨教諭顔信、訓導習善，知學久不治，慨然曰：「吾事也，吾不以煩民。」乃取羸於官，得白金數百，而命府知事吴正董其役。凡門廡堂室以楹計者數十，瓦甓木石，髹采丹堊，剔朽除穢，易爲堅完，焕然大新。觀者改視，聞者易聽，以爲盛舉。於是縣官師儒合而言曰：「李公之功，吾徒曷敢忘？惟刻石紀事昭於後世，俾引而無窮者，吾徒事也。」兵部郎中劉君時雍上京師，以諸君意屬予，請爲記。

予惟：士之學將以爲世用也，然必養而後成。故其平居窮理明義，使中有定見，而力足以守之，於是出而應世酬物，庶幾不失其正。蓋必斷於取舍得失之際，然後不爲利害生死所移易。自易及難，由恒達變，涵養成就，豈一朝一夕之故哉？國家之養士，知其不可易而成也，故學校以居之，師傳以教之，堂廡齋室之居，廪給饌食之制，課之以書史文藝之業，肄之以祭祀飲射之禮，申之以孝悌忠直廉耻之義。日涵月泳，使學成而德立，然後禄而官之。其勤且厚固如此。士之廬居而饌食者，念夫養我者之厚，必畜德積學以稱爲士，曰：「其無負兹饌與兹舍也。」於是出而有守，與責則念夫爵我禄我者之重，必致志竭力、建功業以稱爲臣，曰：「其無負此爵與此禄也。」苟羣趨旅逐，以學宫爲傳舍，則他日之出視科目，將必若蹊徑。然一得志則棄不復，顧求其以名檢易貴富，斷爲此而不爲彼也，亦難矣。然則士之養於國者，惡可不思所以自養哉？

華容文獻地，多奇才偉器，登巍科名列卿者踵相屬。方聖天子渴賢圖治，賢有司又振而承之，興學明教，亦進德修業之基也。他日有以名行功業不爲物奪，卓然在天下，使而鄉之士不爲虚名，今日之舉不爲美觀，而吾之文不爲虚言者，非國家建學養士之意哉？亦非吾李公及予之心哉？

公曁予同舉進士，以刑部員外郎出佐湖臬。嘗預立邊功，救荒除盗，鋤强暴，植柔懦，有功吾民，蓋不獨於學政爲然，故并書之。

山陰陳氏祠堂記

監察御史陳君直夫葬父文林公於山陰。時山陰故業蕩盡，僦居於杭。曁復葬其母某孺人，始卜地建屋爲祠堂，以祭考妣，上及於高祖，而下逮於所當祔。買田數畝，以共祭物。歲時用考亭家禮及旁考諸書，以修祭事。蓋其家生産闊略，而祭祀之禮未嘗少闕。服食疏儉，僅足爲寒暑朝夕，而饗薦之物，未嘗不潔。嘗慨然曰：「此吾父之所欲爲者也，吾子孫不可以不知也。」乃走書京師，屬予文。及服闋北上，再命而南，則以予文歸而刻之石。

初，直夫大父諱某從事浙藩，爲仇吏所案，身既瘐死，家亦盡破。文林公方弱歲，遠戍交阯，至梧州，歸籍京師，晚就養於南京，以卒其心，蓋未嘗一日忘山陰也。

及其没而返葬，仇家怨吏皆澌盡灰滅，無復存者。而公閭里耀，丘隴安，孫子蕃盛，有百世不揺之勢。則其魂魄精氣往來下上於松楸桑梓間者，寧有時而既邪？且公當交阯之役，寧知其不死於道路？幸而不死，亦當爲文身之鬼。及其歸老京師，可謂幸矣。又孰知其優遊容與，卒返於所生之地，以終其身，以饗其子孫邪？蓋陳氏之復祀於此者，以直夫故也。直夫之歸，雖仕且顯，而身負俸薄，其難已甚。然而必至於此而後已者，以其親之志乎此也。不如是不足以慰吾親，故苟吾力之所及者無不爲也。直夫賢乎哉。

今夫有堂焉以居，有田焉以祭，無難爲之勢，而有可守之業，爲陳氏之子孫者亦易矣。其或弗構弗獲，弗修而居，弗職而祀，可以爲而不爲者，豈其子孫哉？豈其祖考之所望者哉？君子之爲教，必本諸身而先乎其親。直夫之所自盡，可以教矣，爲子孫者亦可以觀矣。作陳氏祠堂記。

南巡圖記

吾湖南，天下巨藩。北接河南，北東爲南畿，東連江西，東南爲廣東，西抵四川，西南爲貴州，而西北爲陝西。疆境所接半天下，地方數千里。其間名山大澤，如衡嶽、武當、洞庭、雲夢爲形勝之會。其上則奇峰峻嶺，回灘激瀨，人迹不能及。下則連山洪濤，千疊百折，其勢若排雲而降。遠則平原沃壤，曼延映帶，茫然不絶。蓋天下之奇觀備矣。夫自有山川以來，炎、黄、舜、禹之迹殆無容議。他如屈原之忠義，龐德公之隱逸，羊叔子之惠愛，周公瑾、陶士行之功烈，周濂溪、張南軒之道學，李太白、柳子厚、蘇子瞻之詞賦，遺宫故治，荒臺斷址之所在，高可仰，深可溯，清可挹，喜可以慕，而悲可以歎者，皆於是乎見焉。君子之至於是以廣見聞，恢積蓄，宣達情抱，無乎不可。而况握符建節，有民人社稷之寄，得以施號令、樹勳業於其間哉？

華亭侯公公矩，自刑部員外郎出僉湖廣，憲事郎中過君太璞、奚君時亨壯公兹行，摭景之尤勝者繪爲圖，釐爲數十題，與諸名能詩者，賦詩爲贈。謂予湖人，請記圖左。予家湖之東陬，而生於京師。蓋嘗歷黄州，觀武昌，望漢陽，經岳州，以至長沙，吾藩之勝已略具於胸中矣。感時懷古，或有所見，而不得與高人奇士傾寫萬一。今公往矣，其亦有感於兹乎？抑古之論巡行者聽謡頌以審其哀樂，納市賈以觀其好惡，訊簿書以考其争訟，覽車服以等其奢儉，省作業以察其趣舍。以公之賢，咨諏措置，以周我邦邑，必有其道。聲迹所及，豈徒動山嶽而揚波濤也？若遠遊之文，登高之賦，皆公餘事，乃求之遊觀玩樂之間，亦奚取乎兹圖也哉？

友愛堂記

臨江之新淦，饒爲望族。伯曰順亨，仲曰道亨者，又饒氏之長而賢者也。性友愛，家食千指，居恒共爨。子姓薰習，雖羣從分處，怡然如同胞焉。道亨間請於兄曰：「家之幸不貳者，以吾兄弟在也。吾兄弟能之，吾子孫或未必能也。請有以昭德示訓。」順亨乃名其堂曰友愛之堂。翰林編修劉君景元，吉人也，居既比郡，又數所經地，嘗交於道亨，知其事爲詳。比同直史館，舉以告予，既乃請記其所謂友愛堂者。

夫孝友天性也，父子兄弟天屬也。人之善皆性乎天，而倫有疏戚，行有先後，必自屬於天者始焉。父子，親之至者也。兄弟同出於父，子故友與孝，相因而不相遠。凡有兄弟者皆然。芸童牧豎，卉裳椎髻之民，無不知兄弟之愛也。及其天既喪，則雖經生學士，或不能之於此而不厚，則亦無所不薄矣。噫！夫婦朋友，皆人合於人倫差後。然其厚者，在夫婦則曰「如兄如弟」，在朋友則曰「四海之内皆兄弟也」。今於所謂兄弟者，顧或疏之如塗人，甚之如寇讎，非特夫婦朋友之不若，理欲之相遠固若是甚哉！予嘗求其故矣，人之所欲莫甚於衽席，亦莫甚於貨利，家之爲禍恒必由之。京兆之田、汝南之繆、清河之乙，皆以此起釁。而其止也，則或以理悔，或以家教，或以官訓而後能。上無明有司，内無賢父兄，徇欲忘理，釁起而不能救，甘心而終身焉者，蓋亦多矣，可勝道哉！可勝歎哉！予以爲二者之弊，有父兄所難言者，故極論之，爲饒氏孫子戒。友愛之澤，將於是乎徵，來者勉之。

南山草亭記

天下之山以南稱者，不知其幾也。泗之盱眙有山焉，南直縣，北枕淮，在州之南，故亦曰南山。宋米元章有詩稱爲東南第一山，并書三大字於石，故又謂之第一山。然南山之名，固在也。自汴水入淮，濤浪衝激，一瀉千里，而兹山實當其衝，爲景最勝。

邑人陳君德修居東北隅，嘗誅茅構亭，適際山半，以周覽宇宙，流觀江湖。憑几據榻，瞬目回頸間，有舟車杖屨旬日之所不能至，蓋兹山之尤勝者也。予嘗渡淮西，望去盱眙，爲里尚數百，不及見兹山，登所謂草亭者。然與君同甲第，又同朝，數聞君言，且得其圖觀之，雖不躬至，而能言其勝也。古之人，其名與迹必託物藉地以傳。其居南山者，漢有四皓，晉有陶淵明，唐則有盧藏用，數人者之賢不肖固較然明也，今所謂南山者，同名而異地，出處進退，宜於此有擇焉。

君起科第，歷曹省，出牧州郡，其途甚正，羞捷徑而不爲者也。出而當右文崇教、求賢如不及之世，是方輸志效力之不暇，又何嫚駡之避而矰繳之逃乎？若淵明丁江左叔世，假辭於折腰，寄興於采菊見山之外，始出終處，亦非果於忘世。而君遽效之，亦弗類矣乎？蓋仕之有止，猶行之必有歸、寐之必有寤也。君子知仕之道，則必知止之義。故雖融顯嚮進之身，必預爲斂退可據之地，示不爲貪冒計也。以君之賢，得志行義，功成而退，豈不綽然有餘裕於兹乎？若退之贊酺之詩、摩詰看雲之興，固暮年餘事，未足爲兹亭重也。君在金華有善政，吾之言當於是乎徵，故爲君記之。

海月庵記

鹿場吴先生居城東，闢地北鄰，得蕭履庵舊圃，堂於西北。堂東榮隙地可丈許爲庵，東鄉，盡圃之趣，而未有名也。方與客夜遊，見明月出東海，緣空而上，啓扉眺之，則軒窗几席之際皆月也，乃名其庵曰海月。

客曰：「夫海月之所出也，月出海而行於天下，其光則有形者所同受也，是海且不得專，而況庵乎？」先生曰：「吾嘗觀乎月，月之光行不擇乎地，施不擇乎物。方其在吾庵也，猶其在海也。海則海，庵則庵，隨所在而繫之名。是故海月者，天下稱之矣。且吾嘗觀乎海，蓋惟海之大可以槪月之光，天下之物莫加焉。吾得月之光，而槪乎吾心，則吾之在吾庵也，猶吾之在海也。由是言之，則自吾之圃，以及軒窗几席，皆可以繫乎月，而獨吾庵乎？使吾之心不異乎月，則吾庵之受之也無愧色矣。」客曰：「善。」乃相與賦海月庵詩，遂定名云。

衡州府學重修記

衡之學舊在石鼓山，宋開慶間，毁於兵，徙今金鼇寺地。元至正間，學正吴剛中輩售城西南宋李肯齋故宅，建廟及學，復毁於兵。國朝洪武三年，知衡州府高從訓、訓導杜文德輩於廟後建明倫堂，進德、正心、誠意、明善四齋，久且壞。成化八年，知府徐君孚病其湫隘，乃與郡人給事中劉君昊及訓導黎文、劉翬謀徙於旁左隙地四十餘丈。蓋是學凡四徙而地益善。中南鄉爲堂五間，崇二丈六尺。前爲露臺，方八丈，崇五尺。左右爲四齋，各三間，如堂之鄉，而名皆仍其舊。堂後爲亭，名曰光霽。又後爲饌堂三間，曰養源。外爲大門及儀門，以間計者各三。易靈星門柱以石，其崇三丈。會徐君以疾歸，未畢也。十三年，光山何君來知府事，益修拓之。以教授劉慶，訓導李實、王重，檢校龐掄董其事。徙其門鄉回雁峰，挹東洲桃浪諸水。繪堂齋門廡，皆用五采。廟後建尊經閣，爲間五，崇三丈有奇。閣之隙爲官廨五區，各九間。齋之兩翼爲號房，以間計者四十，爲崇各丈有六尺，而樓其上。學之前衢建綽楔四，左曰文逵，右曰文廟，其外曰賓賢，曰毓秀。越二年乃成。蓋是學歷二守，而功益盛前，此未嘗有也。學生朱奇貢京師，教授君寓書於予，請紀成事。

予聞而歎曰：古之人蓬户以爲儒，陋巷以爲賢，待教而興者謂之凡民，待聲色而喻者謂之中人，其學之篤有如此者。今官居而廩食，董以有司，誨以儒官，歲試月課，禮勸而樸罰，數者亦詳且勞矣。而士往往惰於學，豈古今人固若是遠哉，抑所以教之者異也？夫使數者之政一有闕，雖古之人不足以爲教，獨其所爲教有不專恃乎此。蓋必申孝悌，敦忠信，又必自其身推之。官郡縣則端行操，職師傅則崇德藝，清源而正表，則得於觀感者，不患其不古若，而況有懲勸匡輔之政翼而行之邪？自法律書簿之政行，學校之具亦弛不治，身教之義，蓋無復論矣。上之不教而專責乎士，豈不難哉？然爲士而不自奮於古之人，姑以云有待乎上，亦士之恥也。何君幹力有惠政，其在學校尤極致意，而教授君輩亦惓惓不置，其教可推而識也。爲之士者固將踴躍振迅，爭先進之爲快，而況好學慕義出乎天性如衡人者哉？予鄰郡人，且君同年進士，嘉君之績，喜諸鄉士之且有成也，作衡州府學重修記。君名珣，字廷瑞，起家南京，户部主事遷員外郎，陟今官。

江都縣學科貢題名記

江都於揚爲屬邑，舊文獻地也。自國朝洪武初建學置師，設科舉歲貢之法，茅拔而進者時不乏人。山陰董君豫來宰是邑，政事之暇，著賢書，稽宦牒，得科貢之士若干人，曰：「此而弗識，無以示後學。」乃彙次其名，刻石學宫之庭。石既成，則馳書京師，請予記。

夫名有貴賤，有賢不肖。貴與賤爲虚稱，賢與不肖爲定論，故君子不以窮達得失爲計，而疾不稱，不畏無聞，殆以是耳。蓋自公卿大夫以及士農工賈，皆有名。其始隸於版籍，甚微也，升於庠、陟於國學，其名始有以別於人人。及學於鄉，選於禮部，皆録名於梓以傳。進士其最著者，故録其家世、邑里加詳，又題名刻石，樹之國學，皆令典所不可闕者。而其名籍所在，若府州縣者，又私與題其名於學宫，則國學之遺意、有司者之事也。夫使士之名於此者，大足以傳天下，而小足以傳之一鄉，不亦榮甚矣乎？及其名載宦籍，功施而事見，司銓核者歲考秩計，執公論者從旁而議之，某廉某穢，某勤某惰，皆判不可揜，而凡官職之小大不與焉。殁而傳於史册。或有奸宄貪濁者，人得指其名而斥之。其或免乎是，而庸庸碌碌、泯没而無聞者又不知其幾也。其忠孝貞潔、卓然稱爲名臣，銘鼎彝，書竹帛，歷萬世而不朽者，於是始得爲真名。而所謂崇卑貴賤，皆泯焉不復論矣。然則爲士者，其可以此自恃乎哉？

江都之士由科貢而升者，或居侍從，或居風憲，以至於州縣學校之官，其以政績著者蓋多矣。今考諸鼎彝史册之間，亦嘗有其人乎？後進之士仰遺風，慕餘光，志感行勵，必有勃然於此者，亦今日之名啓之也。若羨榮慕貴，徇虚稱而忘實用，則兹名也，適足以爲訾議之資石，惡足恃哉？董君以進士出宰，有政譽，尤注意學校，此其餘緒也。

敦本堂記

敦本堂者，吾友職方郎中劉君時雍所作也。劉氏宋南渡時有都統制諱寶者，從岳武穆平湖南，武穆死，棄官隱華容，華容之劉氏，自都統始。由都統傳六世至天澤，天澤有弟天浩，爲元兵所掠，後得諸京兆以歸，以次子元輔後之。已而天浩亦生子元英，子孫世繼，於是天浩之後益盛，而天澤之再傳顧絶。由元輔三傳爲贈御史居敬，四傳爲按察副使廣居，始以本宗還系天澤之譜，而於天浩之宗猶惓惓終身焉。職方，御史之孫，按察之子也。蓋嘗推明先志，以爲二祖皆始自都統，禮於始祖，有墓祭之義。而都統墓久弗識，譜傳在故宅後數步許，乃即其地爲堂，每歲春秋之仲，與凡爲劉氏者望都統之墓祭於堂，而二祖之子孫皆在焉。祭畢而燕，以世次敍坐立，令子弟讀家規，講古今善惡成敗，以勸戒之。乃名其堂曰敦本，屬予記，以示於祭與燕者。

禮曰：「人本乎祖。」又曰：「尊祖故敬宗，敬宗故收族。」凡此者，情之所自致者也。然服窮於五世，祀止於四代，而墓歸於一。上人之情，蓋有不但已者，而禮實制之。君子使禮足以達情，而情不至於害禮，斯可矣。天澤之以次子繼其弟，禮也。御史按察以所後之有繼，繼絶於所生者，亦禮也。二祖不可并祭，又祧而不及祭，則生我者之恩，與我後者之義，不得以兼盡，而二祖之子孫將益離矣。於是，有不得已焉。與其無據而祭於家，孰若有所據而祭於墓？與其離於二而偏，孰若統於一而備？則都統之墓祭，亦禮也。求其墓而不得，則於其近者求之，堂而不廟，時舉而不褻，非禮之以義起者乎？夫知都統之爲始祖，則二祖之子孫與凡爲劉氏者皆知出於一本，而不容以不合。由是言之，則劉氏之裔雖分爲數支、衍爲幾世，散爲百千指，無害其爲同也，而況二祖之後乎？

君子謂斯堂設而尊祖之道明，斯堂設而敬宗之誼盡，斯堂設而收族之義備，職方之情，其達於禮矣。且古之親親者，未嘗不本諸其身。今職方材諝行誼顯於家，孚於鄉，揚於朝，著臺省之間，身教之道於斯乎在。登斯堂者，使皆材諝如職方，行誼如職方，又溯而求之按察之剛直、御史之端諒，以至於二祖之友悌，則稱爲都統之後，可以無愧矣。苟徒俎豆升降以爲祭，樽斝酬獻以爲燕，惡足以盡職方敦本之義哉？

漳州府進士題名記

科舉之制，中選者必揭名於榜。榜不過一再揭，又刻名於梓以爲録，則傳之四方，顯且加久。而進士科尤重，則又刻名於石，樹之國學，以示後世，其顯且久，蓋倍蓰焉。國家之重科名如此。若四方郡縣人才所自出地，又以爲國學所立石，非觀國遊學者不可得見。乃或效兹遺制，立石學宫，使凡天下之生於其地、遊於其學者，皆得知進士之爲重。是其名與國學同久，而其顯也抑又有甚焉。然此特有司之事，不著於令，故科舉之士恒有，而兹石不恒建，惟文獻之富及政制之周且密者則有之。

漳州府有七屬縣，縣之附郭者曰龍溪。府學之士多龍溪出，二學之舉進士者科不乏人。有司彙次名氏，題於府學之壁。自始題至續録，閲若干歲矣。吾友姜君用貞來知府事，觀於學宫，見其粉墨剥落，寖不可辨，乃礱鉅石，刻其名，以府縣分列，以科目年歲爲先後，虚其左，以俟續刻者。寓書京師，屬予記。

予惟：國之於士也，非獨貴富其身，而又顯其名。故在鄉選有貢士之名，在科甲有進士之名。天下之名爲尊官顯爵者，未嘗不藉此以爲重。及控名責實，臺有評，省有覈。周達無滯者名能官，潔清不污者名廉吏，守節不撓者名忠臣。而其大者則紀於太常，書於景鐘，藏於金匱石室。天下之所謂名者，至於此而後定。則所謂官尊爵重者皆不足恃，況科目乎？夫科目之設，將以求賢才爲天下用也。賢才非天下所常有，故歲計之不過數百，藩計之不過數十，而鄉計之不過數人。於此之中求所謂廉能忠節之大者，蓋一代而不數見也。故爲士者非徒榮名之難，而令名爲尤難。此石雖久，未足賴以爲重也，而況有貪污邪佞者出乎其間，人顧將指而議之邪？夫士而不能爲官，爲吏，爲臣，不可以名進士；人而不廉，不能，不忠，不可以名爲人。由是言之，則無俟乎作養激厲之政，亦可以興矣，而況有作而激之者邪？

漳大郡，其舉進士爲尊官，著偉績，有兹石所不能載者，而其名固在也。苟名兹石者皆感厲奮發，以廉能忠節爲天下用，使後之論者求之金匱石室之間，則兹石也不益爲科目光邪？若筌蹄經史，梯航科目，惟兹石之爲慕，則其自待於世，亦輕矣。姜君嘉興人，與予同舉甲申進士，廉能有文章。其在漳，救荒除盜，尤以正鄉俗、作人才爲務，非徒爲善政者。漳之人其亦思無負於君也哉！

冀州城重修記

冀，古州名也。自九州制廢，天下郡縣代有沿革，今所謂冀州者，例數隸真定府，亦古冀域，分并州地也。州故築土爲城，環城東北有渠，以泄滹沱、衡、漳諸水。每雨急水溢，渠不時泄，則城爲所浸，久益圮。成化壬寅夏六月，雨水大至，城自北門迤東，至於南門，壞者二千二百餘丈。州人恂懼哀泣，哄不能定。莆田李君德美實知州事，出諭民曰：「吾在，其毋恐，惟吾所令。」乃柵水，畚土囊瓦石以蔽水衝。水小却，回薄於西門，門且壞。君露頂跣足，籲天而號。忽有棲苴數百乘流而下，比及門，覆土下墜，若與之會者，於是木石可藉而施，水不得入。乃徐決渠澮，以殺其勢。越三日而水去，民相賀曰：「活我者李侯也。」癸卯之春，沮溺未平，君乃議修復。會物計費，經略既定，告於部使府長，下令於州中，帥丁男五千餘人，俾就役事。斷杶榆諸木，坎而櫱之，蒭土瓦甓，以次而下，下廣上剟，屬於故垣，樓櫓睥睨，俱崇并峙，遂嶷然爲完城焉。自是役之興，暘燠以時，未浹月而工畢。畢之夕，大雨如注，民賴城以益安。大夫士能詩者皆賦而頌。君尤欲刻之金石，以紀歲月，乃屬君鄉人刑部主事林君俊以請於予。

夫所貴乎守令者，能衛民生，捍民患，以爲之父母者也。水患之至，民之死生聚散皆繫乎城。城存而後民有所恃，故曰：城所以盛民也。然則捍菑補敝之責，非守土者其誰望哉？菑患之至，出乎天數。然必修人事以備之。應變於倉卒之時，而圖安於千百載之後，則雖患而不爲甚矣。蘇文忠公在徐，水患既去，以爲河之塞不塞天也，乃修其城，曰：水雖復至，不能以病徐也。是之謂以人事備天數。滹沱之爲冀患久矣，數十年以來，去歲爲甚。方水之窺城而入也，非樓苴之來，雖木石填委無所施其力。是城之全也，亦有所謂數焉。然非李君輯衆協力以爲之備，水雖少緩，未免浸淫之患。非其培植修葺，俾堅完而不闕，亦豈能豫蓄備患，垂百歲之利哉？且城之設非直爲水患計也，設險守國之義，固於是乎在。冀畿輔地，干城保障之寄，不爲不重，君之功亦豈但捍蓄補敝於旦夕間哉？姑記其事如此。

深澤縣重建廟學記

保定之深澤舊有廟學，宋元豐間墊於水，元祐初改建於城東北隅。國朝屢命修治，治輒圮。比歲尤甚，每春秋祀，朔望謁，則索葦爲廬，柵木爲門，苟簡畢事，莫有爲遠久計者。

成化己亥，梁侯驥來知縣事〔一〕，顧其地勢鹵瀉，歎曰：「玆不再徙，卒無以崇祀興教，實惟我責。」屬初政方殷，未究厥志。既逾年，入會其財，無闕用者；出試其民，無弗聽令者；又左右謀其羣大夫士，無違議沮事者。曰：「可矣。」乃相宜卜吉，築隰爲崇，闢溢爲閎，改舊爲新，遷廟於故址西南六十步，而遷學宫於其陰。廟之制：爲大成殿六楹，東西廡之後爲庖，爲庫；飾宣聖及四配十哲故像，造木主，題諸賢爵氏；

製甃爲祭器若干。學之制：爲明倫堂，楹數視殿；齋東西各減堂楹之二；由堂達門，皆缭以屋，爲生徒肄業所；堂之北爲饌堂，楹視齋數；又北爲廨三區，以居學官；學之北闢射圃，中爲射堂，楹視饌堂之數。蓋自壬寅三月肇工，閲歲而落，則癸卯二月也。

夫孔子之道，天下所尊，用以爲治。故廟有祀，學有教，必先焉而不敢忽。今之有司或異乎是，其爲賞罰黜陟者非錢穀之出納，則獄訟之曲直，故人悉舉而歐之。祀可簡，教可略，而簿書期會之務不容以暫廢，固然莫知也。其有事乎廟與學者，或歲計弗贏，或民力不裕，或政事有未優，則未免偏廢不舉之弊。於是懲其偏而自弛者亦有矣，可勝歎哉？是役也，節冗儲羨取之於官，故財集而民不知；出納明慎，具有條籍，故用侈而人不疑；經畫有術，施爲有序，故事舉而他務不廢；請令於御史，受成於郡守，而不私其事，故計定而人不見梶；分職於丞簿，委勤於幕屬，參謀於師儒，而不專其力，故功成而身不自知其爲勞。侯之志固可尚，而才優於治者亦概見矣。

侯字尚德，陝之咸寧人。考諱某，舉進士，歷户、兵、工三部主事。侯起國子生，拜章丘丞，以最陟知禹城。在深澤招流去暴，修敝創始，皆有成績，爲御史所旌。而廟學事，尤重且勞，故記之。先提學御史爲順德張君，今提學爲句容戴君仁，知保定府爲淮陽沈君純，丞爲烏程楊某，教諭爲林棠韓某，訓導爲楊某、周某。二訓導實請記於予，遣諸生，走京師，爲李某、楊某、張某云。

【校勘記】

〔一〕「知」，原作「如」，顯以形近而訛，今據文義與抄本正之。

李東陽全集卷三十二

懷麓堂文稿卷之十二

記

中元謁陵遇雨記

成化甲辰秋七月中元節，例分官助祭山陵。予與諭德張君啓昭、謝君于喬，侍讀商君懋衡、李君世賢當赴長、景二陵。前二日，陛辭退，微雨，予與于喬并轡荷蓋以行。出德勝門土城外，啓昭、懋衡、世賢皆會。行數里，雨頗急，下馬憩野寺。茶畢，至清河，少霽。再憩，再作，午後至沙河。河橋半圮，壅土度馬。馬上觀巖壑間片雲起，輒雨脚如注，明晦殊狀。暮至昌平，縣學唐教諭玉率諸生冒雨迎候。宿劉諫議祠後堂，予與世賢牀於東壁，與懋衡、于喬對宿。啓昭宿城西别館，以詩寄之，答焉。入夜，潦透壁，及我牀下，予亦苦衾薄，乃與世賢移卧前室。雨不止，明日益急。都指揮杜侯山來饋食，往訪之，遂會啓昭。入山，山橋危滑，馬歷磵度沙礫中。暮抵陵廬，駙馬蔡公孟陽攝祀事，遣使饋果。問其使，云比至沙河，河漲橋壞，舟而濟。予輩愕眙久之。夜半入陵，祀已，服盡沾濕。上馬穿林薄中，歷鄉所，度磵水，淙然有聲。出陵門數里，風驟作，前後籠燭數十盡滅，晦不辨色，遂失道。林木雜風雨聲，若虎豹號嗷，響振山谷。主僕朋侶，咫尺不相應，惟聞墮坑塹者相屬。予與懋衡、世賢進退無據，自度恐不免，時尚餘一燭，隱隱見前騎。有躍湍口以度者，予輩引馬隨之。每一馬躍，首没波内，蹶起，勢始定。又數里，乃得路。入昌平，水深尺餘。予先入祠，懋衡、世賢繼至。予誦紀難詩，有「思親」「望闕」語。二君愀然曰：「此豈君賦詩時邪！」是夕，于喬、啓昭皆宿别館。

又明日，會京府推官薛秉儀官邸。酒數行，五人者先至。沙河北岸，人積立如蟻，予與吏部侍郎耿公好問、户部侍郎李公文盛、禮部侍郎謝公大韶、兵部侍郎阮公必成、刑部侍郎何公廷秀、工部侍郎賈公廷傑、大理丞楊公貫之列坐沙際。官無舟，惟兩漁舟出没濤浪。貫之募吏，泅於南岸，呼舟徑濟。舟人利索錢，呼不時至。

至則衆競趨舟，舟欹輒覆，墮渚水，屢覆乃一濟，濟不過五六人。人望升舟者如登仙，攀企不可及。諸公僅以身濟，僕馬皆限岸北。予登一敝舟，啓昭攜一僕繼入。時舟已載二人，至中流，水急甚，回視舟尾有二人，竊附綴著水中。舟掣不得濟，乘流下數十丈，勢危甚。前有洲旋繞若相迓者，舟乃抵岸。予與諸公坐岸南，貫之出梨餅爲野饋。忽有一隸溺死，衆號呼相顧，皆慘沮無人色。舟人驚散，不復渡。予有黠吏，以一馬濟，復往取馬。予自引鞚待之，少頃又濟一馬。予與啓昭皆空乘無鞍靮，吏亦袒跣引馬。入村店，牖間稍稍見諸公，皆獨乘馬過。良久，于喬、懋衡、世賢繼濟，復相賀。僕馬猶有未濟者，時日已暮，去清河尚四十里，予計欲稍前。議未決，予輒上馬，衆乃追及，夜至清河舊館，爇火晚食。予憊甚，徑卧，雨猶淅淅下未絶。又明日，始霽。還至家，晝漏下數十刻矣。家君聞水漲，殊廢寢食，予至，乃就食。食畢，後渡者始至，云前夕赴祀時後屋東壁陡壞，蓋昔所置牀處也。因以詰世賢，更相賀云。

自予入官，二十餘歲，歲四三祀，予與其六，然未有若是險者。夜行失道，險一也；移牀而壁壞，險二也；以敝舟渡急流，險三也。失道之險，啓昭、于喬不與；敝舟之險，懋衡、世賢、于喬不與；壞壁之險，世賢之外皆不與，而予實兼之。三者之中，惟渡河尤甚，其不至於顛躓者僅一髮，而寒饑勞憊之狀弗論也。夫遭盛時，遊近地，舉吉禮，而乃有是阨，天下事固不可預計哉！君子守身莅事，惟所當爲，不可以夷險易志，然亦有義以處之。夏屋非巖墻類，固無庸議，獨終祀時若憩陵廬，待明發，必無道路之虞；渡河時能返駐昌平，俟水勢稍殺，擇利以涉，必無波濤舟楫之恐。此二事，蓋有遺悔焉。盡人事，乃可以諉天數。苟充是志，雖行之天下可也。因作記以自戒，且諗諸同行諸君子。

訓成堂記

先皇帝御極之年，今太常少卿兼翰林侍讀新喻傅公以檢討初命滿三載，吏部奏考上上，例得敕贈厥考妣暨於元配咸有秩號。而厥考之制若曰：「爾敦德履善，訓成厥子，實爲我近臣，茂著嘉績，惟爾之功。宜贈爾徵仕郎、翰林院檢討。」公拜受於廷，奉而歸，伏讀其辭。感君德父訓所在，欲識於不忘，乃摘制辭之要，大書而揭於堂曰「訓成」，而屬諸東陽曰：「請爲瀚記之。」

惟國家建學施教，縣科目以待俊賢，推其意，固欲家教而人役之也。然究其成者則有限，賢父兄之於子弟亦然，豈力不至哉？蓋人之有文學行誼，必關氣運，如鳳凰芝草，世不可以多得。使天下皆賢，則堯、舜之世有皋、夔而無共、兜矣。雖於家也亦然。然君不可以不教其臣，父不可以不訓其子，以徒諉諸莫之致。孔庭詩、禮之訓，虞庭典樂之教，皆是義也。今天下之選，重於進士，惟翰林則有甚焉。蓋職文字，敷治道，以極乎燮調參贊之任。此其人必豫養素教，儲之數年而發之一旦，然後爲稱。固國之教，而其訓之出於家者，亦焉可誣哉？

東陽與公同進士，又同入翰林，久且厚。愚不能友天下士，知文與行如公者，誠不可多得也。今天子右文新化，公以儲官舊臣日侍講幄。其在史局纂述，功德傳之無窮。又以其餘造就吉士，贊作人之化，其績益成於前矣。夫臣之於君，必思稱其教，故曰：「濟濟多士，文王以寧。」子之於父，必思成其訓，故曰：「夙興夜寐，無忝爾所生。」感恩報德，人心所同，而賢者之責爲尤備。公於斯堂，惡可以一日而忘哉？

公弟潮，亦舉進士，爲中書舍人。其子元，抱藝就試，亦將有榮焉。繼斯堂而作者尚未已，兹其始也。昔宋梅詢取陽詩名其堂曰「有美」，時則有若歐陽修者爲記。今公所得有重於彼，而文弗足以發之，豈非記者之責哉？

寧海俞氏祠堂記

寧海俞氏本汴人，宋南渡時徙浙之嘉興，元至正間仁九處士始遷寧海。國朝洪武末，仁九之子禮一辟方氏之禍，深自沉晦，乃徙於縣西梅村里居焉。居既定，欲創爲堂，以祀四世祖考，未就而卒。其子仲玉追念先志，乃於居之左卜地一區，爲堂四楹，奉主其中。其旁四楹爲庫，以藏遺書衣物，度凡祭器。又置祭田若干畝，以共祀事。歲時率婦子以祭，出入必告，至正朔望必造而參焉〔一〕。既又因其子鄉貢士穩上京師請予記，刻石於堂，以遺其子若孫。

夫聖人之於人子，必教之以養，曰：「不能養，不足以稱爲子。」没而不能養，則爲喪服以教之，服除而不能繼，則又爲祭祀以教之，曰：「不能服與祭，不足以稱爲子。」是皆因人情之不能已者爲之，非有强而使之也。然其服止於四世，而祀亦止於四世，蓋曰人之情有疏戚遠邇，於此而不爲制，則泛而不專。不專之弊，均於不能盡，故節而制之，以歸於中。然四世而上，以次而祧，下以次而續，則雖有制而可以至於無窮，是以聖人之教，可以行之萬世而無弊也。顧今之人多薄而少厚，故不患其過，而恒患其有不及。然則能舉是禮者非獨自盡，亦可以勵俗矣。

俞氏之先所可知者在宋，其所由徙在元。更世閲代之際，其譜系不失、宗族之不絶者亦甚危矣。不及其存而圖之，豈人子之心哉？但其親盡而情疏者，吾不得而强也。則情未疏，親未盡，吾之所得祀者又可以一日緩哉？禮一之貽謀、仲玉之肯構，皆所謂孝，無倍乎聖人之教矣。若簠簋籩豆、儀文度數之等，葬以士，祭以大夫者，亦聖人之制，君子之所得自盡也。穩之爵其始自兹矣，則其亢宗崇祀亦將益盛，而所以遺其子孫者亦寧有既哉！

【校勘記】

〔一〕「焉」，原作「馬」，顯以形近而訛，今據文義與抄本正之。

鎮原縣廟學重修記

鎮原縣在國初隸慶陽府，後改隸平涼縣。舊有學，不知其所由建，歷元而廢。洪武二十年，縣丞鄭旺於舊址重建。正統以來，知縣李寧、蔣泰、張仲芳，主簿陳興、馬良，教諭段清，訓導馬貞相繼修葺，久復就圮。成化甲辰，武昌徐侯鏞以御史謫知縣事，慨然有意於此。會歲大侵，民不堪命，方急賑貸，未暇也。按察副使婁君謙嘗以謂侯，侯謝曰：「鏞曷敢一日而忘是役哉？」越二年丙午，修豫備倉，掘地得藏錢甚富。侯盡籍於公，以代民税，共官用。因謂其師生曰：「此天所以相吾志也。」乃請於巡撫都御史鄭公時，給價庀物，修廟及學，拓地增制，木石磚瓦，以爲材型，冶髹繪以爲具繩，度構結礱，斲裝飾以爲工。指畫既定，規制亦舉有成事矣。侯改知臨潼，郭侯釗來代，乃暨縣丞王瑞等白諸巡按御史武君清，繼成之。縣人若真定府知府張侯珹，及致仕訓導范忠等若干人、國子生張泰等若干人、縣學生張塘等若干人，僉謂吾邑僻處邊徼，有此盛舉，不可無述，乃以書抵予，請爲記。

竊惟綱常之道，人心所同，其有備不備者，氣稟習俗之異爾。氣稟出乎天，習俗則繫乎所處之地與所接之人。故聖人立教，必有典則制度以爲準，又爲之條格器具以抑其過。誘其不及，導其嚮方，使不惑於他岐；示其瞻仰，使有所慕而不怠；羣其居處，使得專其業而不遷。夫然後不爲氣習所移易，而性可復也。孔子不得位，道不行於時，而著書立訓，所以爲典則、器具者皆備。於是乎有利器之喻，有居肆之説，志道遊藝之序，學文修行之法，雖萬世之久，四域之遠，人億兆之不同，然從則善，違則惡，一也。則凡囿於斯教者，惡可不致力於廟貌祭祀之間，以爲瞻依嚮往之地哉？學與廟之不可偏廢，蓋如此。鎮原之地，服弓矢，業耕牧，累歷世代，以入於熙皞之治，登甲科而名仕版者不乏也。又有賢有司陳力宣化，亟起而作之，非其民與仕之慶哉！夫居良肆，操利器，得工師以爲之依歸，而業終不就，則士之責也。矧秉彝好德，出乎其性，其所爲業有大於彼者，又將以奚諉乎哉？請以是爲諸士子勸。

是役也：廟有大成殿，徙於舊址西北五丈，爲間五。左右有廡，爲間各十。聖賢有像，惟廡像皆新設，其數百有九。前有戟門，又前有欞星門，有厨有庫，庫有簠簋罏爵，及凡祭器，爲數百八十有五。學徒於殿後有明倫堂，爲間七；有日新、時習二齋。前有學門，後有饌堂，間各三；有號房，間二十。凡費以緡計者千二百有奇，皆給諸藏錢，而官與民不與焉。

徐侯字用和，起己丑進士。其謫也，以言事故。今天子即阼，用大臣薦，擢知淮安府，優仕學，慎操履，蓋所謂良有司云。

南隱樓記

翰林侍講王君濟之謂予曰：吾黨有葉景蓊氏，世居吾洞庭之山。已而遷於蘇城閶門之南壕，因名其所居爲南隱樓，著志也。蓋洞庭之爲山，居奥區，限洪波，風濤洶涌，若不與寰境相接。顧人稠地陿，閲歲月，而長子孫者不仕於京師，則散而商於四方，蹤迹所至，殆遍天下。而景蒡世守隱業，至遷其居而不失。若蘇之爲城也，稱繁華之地。其最繁且華者莫如閶門，天下之仕者商者、旅而遊者，舟楫鱗次，貨貝山積，喧哄囂笑之聲窮晝夜不絶。而景蒡構一樓，藏古書名畫，與左右處，客至與語，去輒掩關而卧，州之人蓋有不識其面者。今老矣，無復有外慕矣，於是人皆以南隱稱之，遂定名焉。

夫苟有慕乎外，則雖險僻如洞庭者，不害其能仕與賈；苟無外慕，則雖繁麗喧哄如閶門者，亦不爲隱害。人之出處顯晦，固不繫於所處，然哉？然景蒡之志猶有所慕，蓋聞世之所謂學士大夫者慕其名，願得其文辭以傳於家。書札僕僕，不遠數千里，前後相屬，以請於吾，欲有以致之。是其爲慕亦士之所有事，非害乎隱者，而或者亦有以成之也。吾用是致之，請記其所以名。

予嘗泊舟閶門，一再宿，已不任其繁，欲辟之而不可得。又嘗遊周山，夜過具區，望洞庭，杳若蓬萊弱水之不可以即。其景物之相去固若是遠也。乃聞有山居市徙而世以隱名者，心實異之。以爲古所謂大隱者，果有其人乎？而久未之見也。因次其説以爲記。

曾文定公祠堂記

宋曾文定公子固居建昌南豐，舊有書院在縣西奉親坊，後因以祀公。寶祐中，郡守楊瑱建祠迎盱門外，參知政事陳宗禮爲記。元元統初，公族孫元翊祠於臨川，虞學士伯生爲記。季世兵毁，無復存者。國朝嘗建先賢祠於南豐縣學，公實與祠而弗專也。景泰間，訓導汪綸始即河東山麓公舊讀書巖爲亭，名之曰曾巖祠亭。成化壬寅，無錫秦君廷韶來知府事，慨其祠宇卑隘，乃命知縣李昱相地庀物，即巖之東而重建焉。背山爲堂，堂左右鑿石闢地，爲東西廡。前爲門屋，屋之前疊石爲洞。洞之前因危石爲階五級，下屬於池。池之上爲橋，以達於衢。其旁則别爲亭，亭右折數步則書巖故地也。甲辰春，工始告畢。於是命公子孫領祀事，而時謹視之。謂不可以無紀，走書京師，請予記。

夫所重乎立言者，必能明天下之理，載天下之事。理明事盡，則其言可以久而不廢。經傳之學弊而詞章作，其善者亦能述事明理，以翼聖道，裨世治，君子有取焉。其餘則嵬瑣叢雜，無所益乎爲言矣。若從衡權謀異端之説，其妨政害道，又可論也乎？古之所謂著述者，自六經迄於孟氏。若韓子，不免爲詞章之文，而所謂翼道裨治，則有不可揜也。宋盛時，以文章名者數家，予於文定公獨深有取焉者。蓋其論學則自持心養性，至於服器動作之間；論治則自道德風俗之大，極於錢穀獄訟。百凡之細，皆合於古帝王之道與治。而凡戰國、秦、漢以來，權謀術數之所謂學、佛老之所謂教，一切排斥屏黜，使無得以亂其説者。其所自立，非獨爲詞章之雄也。且韓子去孟子已數百歲，無師傳授受之緒，其言之立，世固以爲難。公之生歲又數百，而獨見超詣，去邪歸正，於治有裨，而於道不爲無益，則其言愈難，而其繫於天下亦重矣。

夫有功於天下則國祀之，有功於鄉則有司祀之。孟子而上，無俟論矣。予於廟之祀得韓，鄉之祀得歐陽諸公。如公之賢，固天下之祀不可闕者，而況其鄉哉？而況其子孫也哉？楊瑱與賢之心、元翊尊祖之義，於今殆兩得之，而無宗禮、伯生之文以紀事垂後，予於公不能無慨於兹祠也。

秦君廉謹士，好古而文，於其所嚮，可以觀政矣。

岳州府新築永濟堤記

岳州府城北十五里有磯曰城陵，當川、廣、雲、貴之衝。官所置有驛，有巡檢司，有遞運、河泊二所。凡朝所遣使有事於西南諸藩，牧伯而下，方巡歲代，及執事役夫之宣教布令，商賈民庶之往來，胥此焉集，其爲地至要也。顧其西則長江奔流，衝囓無定；東則白石、翟家二湖所匯，地勢卑墊。每夏秋際，洞庭、江漢與二湖合，浩蕩掀播，茫無畔涯。舟行則多限風濤，或累信宿；陸行則巡山歷澗，紆回三百餘里。艱阻萬狀，人甚苦之。前知岳州府眉山吴侯行驗欲築堤構橋，以得代弗果。福清戴侯某繼守，始就二湖口構木爲梁，頗利病涉。但冬置春設，歲費煩擾，利與勞不相直。成化癸卯，弋陽李君文明知府事，事既就緒，乃命築土爲堤。長四千丈，廣二丈，緣地勢爲平高者七八尺，堤成，名曰永濟。傍夾樹柳二萬，以固積壤。又鑿鉅石於華容之層山，爲橋二於舊所置梁處。廣二丈，高倍半，長五倍之，下可容舟。橋成，名其南與堤同，其北曰廣通。復慮水漲，則舟不能出入，乃仿規運河，甃石爲閘於二橋之北，廣五丈，高丈有二尺，長加高之三尺。架木梁以通車馬，建亭列室，以爲官屬迎候之地，而堤之事始備。蓋始於甲辰十月，越一年丙午某月，爲工二十有七萬，金三千餘兩而成。初，城陵居民與水高下，依山并磯，以附市集。至是乃募民，俾自占堤，築土架屋。市貨咸湊，煙火相接，户累數百，無復有轉徙。慮堤東隰地舊爲萑荻之區者，恃其障蔽，漸可耕藝，以頃計者，要其成可至數百云。

夫堤堰之制起於中古，所以障蔽水患，爲田壤計，鮮有專爲道塗設者。然民之生夷險勞逸，亦惟所在而爲之，利獨田也哉？城陵之險，惟道塗最急。今易水爲陸，縮遠爲近，就平夷而脱危阻，其利可知也。甚者變槎居爲市集，化棄地爲膏沃，又昔之所未有者。蓋一舉而數利兼焉。古稱更舊政者，不十倍利則不必興，有如是役，亦可以興矣。且其費必公出，工必傭致，慮定而事動，期克而功集，改聽易視，而民不知。微李侯之賢，其曷克臻兹哉？堤以永濟名者，自唐已有之，今名存實廢，不可復考。是堤也，吴侯之志，戴侯略施之，李侯實大成之。嗣是以往，如數侯者，異時而同志，則斯名也其亦可以稱情矣乎？

李侯名鏡，舉己丑進士，歷刑部員外郎，廉明平恕，修學校，飾公宇，百度具作，而堤之功爲多。佐是役者，某官某。請予記者，山東參政鄧君宗器、四川按察副使柳君拱之及其鄉大夫士也。

宿州符離橋月河記

宿州符離橋月河者，户部左侍郎白公所闢，以殺河勢者也。蓋自弘治二年秋，河決原武，支流爲三：其一決封丘金龍口，漫於祥符、長垣，下曹濮，衝張秋長堤；其一出中牟，下尉氏；其一汜濫於蘭陽、儀封、考城、歸德，以至於宿。彌衍四出，不繇故道，禾盡没，民溺死者甚衆。守臣聞於朝，詔廷臣舉可任茲責者，公自南京兵部改命茲職。至則金龍已塞，因堤而南之。又導中牟之派於淮，然河之大者未泄也。復舉兵部郎中婁君性於南京，會於宿遷。諮議既協，遍視原隰。得廢渠於小河口，東與泗接。詢諸耆民，咸曰：引汴而通之，則河勢可殺退。而稽諸典籍，得之書曰：濉沮會同；傳曰：濉即汴，沮即睢。今睢尚名州，而宿有睢寧驛，淮亦有睢寧縣，則知小河之爲睢也。遂浚而西抵歸德飲馬池諸口，以受汴。中經符離橋，見其庳不能檣舟，且水爲所阨，故横不可制。乃爲月河於橋南禹廟之下，長三百八十丈，廣十三丈，深二丈五尺。既又以其地當驛涂，爲機於梁，水涸則設，以通輿馬。又病河勢多曲，徑其折而疏之爲月河者十有四，爲丈殆萬餘。又緣河爲堤七百里，塞決口三十六。由是汴入睢，睢入泗，泗入淮，以達於海，復古故道。梁宋之地没於河者復爲良田，植藝交作，貿易駢集，固小河之利，亦月河泄之也。

凡河之費，取於邊儲之價及有司之藏，夫取於旁近州衛之籍。而是河也，用銀五百兩，夫三千五百人，量地授役，廪食芟息。老弱者稍節其力，病則遣之歸，而責代其家，若其夫之長。工始於三年五月望日，至八月望而成。助材用者鳳陽知府章鋭，經理其事者推官李渭，知州萬本，州同知馬慶，判官王玫，主簿傅林，指揮陳鑒、陳安、梅元，巡檢劉貞，倉副使張惟益。皆受役於婁君，而公實總之，以要其成焉。

嗚呼！河之爲患自古有之。漢以後決無常時，治法亦異，蓋有塞有浚有疏，而疏之説勝。國朝凡四決，後爲張秋。都御史徐公有貞治之，有撓其義者曰：不能塞河，而顧開之耶？使者至，徐出示二壺，一竅五竅者各一，注而瀉之，則五竅者先涸，使歸而議決。此白公之所親聞者也。金龍之決，山東以爲憂，而河南復慮其塞，兩議之弗定亦久矣。白公既從塞議，於是培增汴堤，又疏其下流如所謂月河者，故兩省之民咸宜之，疏之效亦明，甚矣哉！使繼公而治者修廢達滯，類觸而葺之，河之患可以終息，漢之白公不得專一渠之利矣。

宿學正顔實輩走書京師，請紀是河之成，故特書之。凡爲河之功者各有記，予不敢悉。公名昂，武進人，丁丑進士，今爲刑部左侍郎。婁君上饒人，辛丑進士，公舊屬也。

定州韓魏公祠堂記

定州之有韓魏公祠，舊矣。蓋公帥於慶曆，卒於熙寧，至元豐間州始建祠於學之西偏，塑公像而神事之。韓康公、吕申公繼帥，每釋奠孔子廟畢，必率僚屬弟子置祝設幣，奠諸祠下。後數年，知安喜縣衡規詢公遺事三十條，繪於祠之廡間。公子忠彦繼帥，遂成之。元祐間，從學正吕通等二千人奏，以廟額載諸祀典。逮於勝國，亦頗因之。歲久祠壞，有司莫能治。成化甲辰，知州裴侯泰改建於孔子廟東，爲堂四楹，高亢疏達，夐出前度，以歲春秋修祀事。學正吴經等遣諸生走京師，請予記。

初，公爲帥時，定州兵恃功作怨，欲譟於城下。公用軍法勒習，誅其尤無良者，士死戰，則賻恤其家。京師遣卒戍保州，道路喧擾，公悉留不遣，以素教者代之行。歲凶河決，官責堤防材用，司農又出金幣，使民均售，民愈急。公發廪賑之，爲暖舍饘粥，活饑民七百萬。於是訓兵勸稼，置學建師，而定乃大治。當是時，西北多事，始詔魏、瀛、鎮、定，并用儒帥。定之帥領定、保、深、祁四州，廣信、安肅、順安、永寧四縣。而定實居之，民之德公者尤深。故雖閱代歷世，而君子之澤終不可諠也。

然則堂而祠之，以附於禦災捍患、勤事定國之典，亦惡可少哉？

噫！才之在天下，何其難也。幹力宣化之能，授之大任，輒撓棟折鼎而不能舉；廟廊經濟之器，而親民社，領錢穀，其於燭照數計之細，或有遺焉。故黄霸佐潁川，治行最天下，而名以相損；蔣琬爲廣都，不治，諸葛武侯以爲非百里才；魏公治州鎮，德教旁洽，政令畢舉，及佐天子，安社稷，危疑嫌隙交集乎其前，擔負調幹，不動聲氣，而天下定。詩不云乎：「左之左之，君子宜之。右之右之，君子有之。」非公之賢，其孰能與於此？天下之名賢碩輔，必關乎氣運。宋固多賢，程子獨稱公爲間氣，是其靈在天下，固有不隨死而亡者。英廟之配昭勳之像，特一代之著耳。若其所統之故地，所馭之遺民，感慕尊奉，出乎其心者，公之歆饗昭格，豈能已於兹邪？

公嘗知魏州，魏亦有祠，司馬文正公爲記，稱狄梁公祠記出李邕、馮宿，以爲愧。東陽何人，而敢爲公役乎？裴侯勤民事，有惠在州，景仰先哲，實予心之同然者，是不可以不記。

李東陽全集卷三十三

懷麓堂文稿卷之十三

記

武昌府學重修記

武昌舊有學，在府治東南，北直布政司。蓋自宋慶曆建學時已有之，而重建於國朝正統間，久寖頹敝。今天子嗣位之初，湖廣左布政使張公公實莅政於兹，間以月朔，偕藩臬諸公謁廟至學，感而言曰：「夫學舍至此，吾輩之責也。」謀於巡撫都御史鄭公、巡按御史史公，請新之。乃發官帑，得贏貲若干兩，曰：「此足吾用。」藉民之有力者若干輩，曰：「此任吾役。」又簡其官屬之賢者數人，曰：「此辦吾事。」

刻日就役，撤明倫堂之舊而新之。爲間五，其崇三丈。直前爲綽楔，題曰禮義。其後建小臺，名曰望魯。臺後爲一亭，曰仰高堂。左右四齋，爲間皆三，而兩翼各增其一。東齋之後廣學官之廨，曰履素。西齋之後爲齋沐之所，曰精白。又西爲會饌之堂。又西爲號房，房八聯，以間計者百四十。惟孔子廟規制宏偉，不敢輕議興革，乃飾其垣楹，增堂之高數寸。前有池，楯其四旁。又前有戟門，爲扉六。其東爲神厨，西爲神庫。又於大門之外爲堂，曰聚德。又南爲方橋三，中爲神道，左右爲通衢。經始於弘治己酉之冬，暨庚戌之秋而成。其始則材石山積，工徒魚貫，旁午交錯，莫知所定。既其成也，金碧髹堊，崝嶸絢爛，離立交映，蔚爲鉅觀者，殆不知其所繇致也。

昔者聖人作宫室以爲民用，其利甚博。有闕庭而後可以朝會，有宗廟而後可以祭饗，有廨署而後可以行政令，有學校而後可以爲教誨肄習之地，是故道法兼用，本末具舉。苟二者不得兼焉，與其藻飾以爲重，憑藉以爲華，而不得其實，曾不如茅茨土階者固足以朝諸侯，除壤掃地者固可以奉鬼神，棠陰之茇，可以聽訟，綿蕝之區，可以議禮，而奚必以宫室爲哉？學之爲政，實兼廟祀廨舍而有之，所繫甚重，而政之廢，亦莫此若者。蓋非特業習之荒落，乃并其居處而忽焉，以爲政不在是。

嗚呼！是豈知政者哉？

湖廣大藩，武昌首郡，國家漸涵育教之澤。餘百斯年，軌文章紱之盛，不待北學於中國，而孔子之道明矣。是其學政所繫，不亦有徵，而可使弗繼乎哉？張公以春秋舉進士，績學翰林，歷著聲迹。今日之事，足徵所尚。而吾藩諸賢大夫，實左右之，良有司又奉而成之。其於聖天子維新之化，不爲無助矣。凡學之爲師爲弟子者，居其室，盍思盡其業，睹人之功，盍亦思所以稱其志哉！

始是役者，江夏知縣魏宏、武昌府指揮劉能及義官李寅，而終之者知府昌君政也。訓導梅某輩及其諸生致書京師，請予言以紀其成，故書之。

端友齋記

錫山盛舜臣氏性好硯，尤喜端石。嘗得於從父都憲公，又購諸好事者，凡四，乃求名工斲爲鐘鼎黼黻之形，請予及諸學士爲銘。意不可狎視也，構一齋以貯之，名之曰端友齋，而重請記於予。

予曰：「何義也？」舜臣曰：「虞聞硯者，昔人所謂四友之一也，而端者，義之正也。虞將與之處，而比德焉者也。」予笑曰：「有是哉！若是則器可以友視，而地可以名取也。」曰：「人必有所用，食飲居起，百凡之用，皆器也。德性之所資，氣習之所賴以成，有不可以朝夕離者，然則雖友之云可也。古之人弓劍有銘，盤盂有書，席必正坐，割必正食，佩琮以象方，中矩以爲步，固也。以至於泉盜者不飲，蒿邪者不食，木惡者不息，几曲者必斬，被不正者必却，惡其名而實則避之，安所往而不用其極哉？虞少也癖，頗事於辭藻翰繪之間，宜不得不資於所謂四友者。其三蓋日代月易，不能久與之俱。久要而不忘者莫如硯，而硯之出於端者，名莫加焉。虞之有取乎兹友者，非獨其器，且以名故也。」

予曰：「然則名爲硯，而又假諸四者之形，何居？」曰：「硯者，吾用之所切而用不止是，故假諸有用者而爲形。鐘鼎者吾之所不能有也，黼與黻者吾之所未始與見焉者也，而取之，取其形而歸之吾名。則凡器之有用者皆友也，皆友之端者也。使吾友禄鐘銘鼎，被黼黻於廟廊之上，用而不失乎正，而吾以藝與名託之，不亦有終乎？」予曰：「天下之友端而可取者亦多矣，子不往資焉，而顧假諸物，誠知非賤人而貴物，亦好奇之過也。」曰：「虞蓋慮夫天下之人高者不我就，卑者不我益，疏者不可親，而親者或流於狎也，故不得已而取焉。若以奇爲虞好，固不可得而辭也。」

予謂其言辯而理，既不可屈，且不能無取焉。姑記其事，使刻諸齋壁。於所謂友者，勵其端以考乎其終。若觀者謂予爲駁雜無實，以成其不中之戲，則吾亦過矣。

潮州府復三利溪記

潮州府舊有三利溪，蓋自海陽附郭而西，歷揭陽、潮陽以入於海，其間迤邐曲折若干里，三縣利之，溪是以名。正統間大水，爲泥沙所堙，天順間朝廷修大明一統志，而名不載，是其利之廢久矣。弘治初，永州周君萬里來知府事，病民之往來三縣者，肩任背負，利不償力，怨聲載塗。環海而行，則顛風怒濤，多墜不測。乃詢諸故老，得是溪，議修復之。命屬吏籍丁夫，具畚鍤，尺計日督，以要其成。自郭西至於陳橋、雲梯崗、楓溪諸里。水既告復，慮其縮而涸也，浚南壕，渠韓江之水以益之。又築關置鍵，以節啓閉。使歷冬夏，經旱溢，常平而無虞。於是耕者沾灌溉，商者行者免踣溺。數十年之利，復於一旦，而名亦隨之，皆仍稱爲三利溪云。

潮去廣州不甚遠，予聞洗馬梁君叔厚稱是溪之利甚博，非苟焉塞吏責者。吾長沙與永亦地相邇，素知周君，爲君喜。而潮人大理評事謝君某輩謂是役宜有所記，請予記，乃爲之言曰：

易以利爲四德，凡卦之象川者必言「利涉」；書成六府始於水，而三事亦稱「利用」。利惡可廢哉？顧淺於謀國者急功效，傷本基，則利未獲而已見其害。如以水言，固有壑鄰以召釁者。於是孟子輿、司馬遷諸子皆以利爲深戒〔一〕。夫聖人言之，而賢人以下乃不屑道，非以名同而實異故邪？守令之職，固以利民也。民不能自安，必藉提警驅使之力而後遂。故凡以佚道使民者，雖勞不怨也。苟玩事廢日，一聽其所自爲利，以至於弊而不能救，亦惡以守令爲哉？方君之議是溪，蓋亦有撓之者矣。深猷熟計，暫廢而大蠲。今之民獨非昔之民乎？其不曰勞我所以佚我者，殆非其情也。君之利於兹溪者，其有窮乎？

君名鵬舉，戊戌進士，歷刑部主事員外郎。慎而有爲，其爲府，興利除弊爲多。凡不涉是溪者，弗道也。

【校勘記】

〔一〕「輿」，抄本作「與」。

平陽府新修利澤渠記

平陽府城北舊有利澤渠。渠云者，漢儒以爲水所居也。蓋自元中統間，始引汾水，由趙城縣衛店村堰而東流，與霍、澗二水合爲是渠，以溉趙城、洪洞、臨汾三縣田。爲畝餘四萬，南北計爲里百二十有五。大德七年地震，渠壞。至順元年，晉寧路達魯花赤朵兒只遣翼城知縣張証浚之。爲泝口五十有二，爲小夾口十有九，爲桔橰三，爲井一，編置夫伍以專守護。每歲孟春，則浚渠增堰，教農興事。引溉有法，盗決有禁，而總其税於官。國初天造時，渠壞水壅。有司久弗議治，民失故利，而顧償空税。或躬挽水，出家貲鑿井以自給。歲旱水𪎭則苗弗獲濟，以爲恒患。成化甲辰以來，屢歲大旱，人相食，盗稍稍起山谷間。維時刑部侍郎何公喬新奉敕往視，會巡撫都御史葉公淇分遣郡縣，大加撫貸。事既定，詢可以佐荒政者。於是知平陽府李君琮暨平陽衛指揮楊輔等請復故渠，以通水利。二公以爲然，乃委同知沈志、通判王旻、推官楊杲令、輔督縣丞葉全、百户袁剛，募丁壯，給日餼，出公帑，以集材木瓦甓百凡之具。引汾於洪洞之西北，築壩以斷其流。復取霍澗之合流於羊獅嶺，鑿地四區，窪而級之，以爲渟泄之地。又於高河築壩二丈，窪十有四，節啓閉而時溉灌之。田既受沃，又引其餘入於城。城中人藉以爲飲者萬餘室，民皆稱利。田久蕪不藝者，價增至數十倍。經始於乙巳四月十有八日，訖於六月十有八日，月再間而成。府學教授某某等謂此事重大，不可無紀，走書京師，請予記。

蓋自溝澮不行於天下，言水利者不得已於陂堰渠井之間。雖非古法，亦不失其遺意。東南多江湖，水易爲利，故雖旱歲，田不甚槁。西北多平原高陵，雨則易泄，旱則無所救，渠堰之制，尤不可不加之意也。汾之爲利，自漢番係已引以溉皮氏、汾陰諸縣，底柱以東遂不復漕。唐韋武鑿渠灌田，至萬畝餘。今沿汾而下，渠堰相接，其迹蓋未泯也。宋史亦稱晉地多土山，旁接川谷，雨後水濁，宜灌溉。如程師孟所制皆是物也。利澤之設，其此類也乎？且豐凶固有天數，然亦視人事以爲重輕。春秋襄公二十四年秋書大水、冬書大饑者，戒不備也。故救於倉卒，不若豫於平素。使平陽之渠不塞，則灌溉所及，猶能十一。旱暵之害，豈若是慘哉！然則求三年之艾於七年之病，固君子所當深慮也。李君之功，其亦思所以勿替之哉！

君栝蒼世家，予同年進士，廉慎子諒，得牧民體，此特其一事耳。按山西志，正統間知洪洞縣王彧，以此渠久塞，嘗引二霍合大澗水爲渠，亦名利澤。今故渠既浚，名當歸其舊，而民多稱麗澤渠者，并當以利澤爲正云。

重修呂梁洪記

徐州有二洪，一以州名，一以山名。山名者曰呂梁。呂梁之爲洪有二，上下相距可五里。蓋河之下流與濟水會於徐，以達於淮。國家定都北方，東南漕運歲百餘萬艘，使船來往無虚日，民船賈舶多不可籍數，率此焉道，此其喉襟最要地也。洪石獰惡廉利，虎踞劍擢，陽扼陰齟，中僅可下上。水勢爲所束，不得肆，則激爲飛流，怒爲奔湍，哮吼喧哄，見者皆駭愕失度。鉅纜絃引，進不得寸尺，乘流而放，瞥掠瞬送，迅不復措手，其艱如此。

鉛山費君仲玉以工部主事督水利於徐，顧而歎曰：「此可以人謀勝！」乃循行洪北，見其支流水所泄處，舊閼以束藁，水至則蕩爲浮梗以去。州縣所具藁，歲至二十五萬，以錢輸者加十有三，而恒病不足。則又歎曰：「謀之不臧，勞無益也！」乃白諸部長及總漕都御史張公瓚、平江伯陳公鋭。聚徒給廩，輂塊石埴壤，疊爲長堤，百六十有五丈，廣五尺，而崇不過五尺。水小則迫之歸洪，河用不涸；大則縱之，使漫流其上。又於堤西築壩二十餘丈，以殺湍悍，而堤得以不嚙。又觀於東堤叢石間，民困牽輓，足不能良步。乃畚瓦礫，實其窐隙，外以石甃之，爲丈四百二十有奇。又東則甃爲長衢，爲丈七百九十。而梁於衢上者三，以析牽挽之壅，而行者因以爲利。吕梁之洪歷數千萬年而十去五六，君於是有奇績焉。然問其役，則洪夫之餘力；問其費所出，則歲課之贏財；問其食所由致，則剩載之餘粟。而自以經畫佐之，未嘗責辦於有司，勸假於漕士及往來之商民。而所奏減藁束歲十餘萬、民錢至三十餘萬，功倍而費益省，可謂難矣。

初，君自成化庚子越三年而成西堤。任滿當代，民交章借君，又三年而東堤成。君既報政，遷武選員外郎。吾友華容劉國紀亦與君有夙昔，及知徐州，達觀君所營作，歎其績不可以無述，請予記。予復聞於君從子翰林修撰子充者爲詳，乃爲説曰：

天地之道必賴乎財成輔相，然後可以利乎民。故唐虞置虞官，而益掌山澤，佐禹治水；周禮以中士爲川師，掌川澤之名，辨其物與其利害。其爲制不可詳，而其職固在也。今漕河所經，各有分職，要害之地則委郎官以總之。利害因革，惟其所任，然不過水道之疏塞。如所謂溝逆地泐，水屬不理孫者，則溽滌之而已矣，修治之而已矣。若長慮倍力，去險爲夷，因害以爲利者，詎不甚難矣哉？天下事固有一勞而永逸者，故苟其利倍於舊，則雖殫財力而不惜。今以利校之，殆不可訾矣。然則閲歷代之險而爲永久不遷之利者，誠可謂之難，非邪？夫功不必己出，惟其有益於民與世。繼費君者尚葺而保之，則茲洪之益於國愈大，而聖天子財成之治不爲小補矣。

君名瑄，仲玉其字。其爲放舟之廳、集夫之營、市易之場，皆洪事所賴。又值歲歉，以餘粟千石賑州民，以六百石給漕士，亦洪之餘費，故附載之。

漢丞相黄公祠堂記

無錫邵國賢知許州，首考圖志，謂許爲潁川故郡，漢丞相黄公嘗所治地，求其祠謁之，無有也，因歎曰：「此史所謂生有榮號、没見奉祀者，奈何弗繼？」欲圖建之，而州寡隙地。間於州治之北東得尼寺焉，則又歎曰：「此不得而彼得之，何哉？」乃驅其徒若干人，闢地去穢，撤故宇，構爲堂四楹，設主其中，歲春秋仲則率寮屬師生往舉祀事。於是公之祠歷數百年而復興，國賢復具書抵予，曰：「願爲實記之，以告許人。」施同知文顯上京師，又請焉。

漢之初，高帝以寬仁除苛暴，逮文、景爲尤盛。武帝始尚刑法，天下騷然。終昭帝之世，吏競爲嚴酷，民不堪命。當是時，公獨以寬和爲治。及事宣帝，久不變。雖習律法，察民隱而務包容；雖嚴核屬吏，而成就全安，不擿細過。潁川之治，實朝廷所最，天下所視以爲重者。夫不爲世俗所誘，惟所見以爲治，又懷其精智鋭力遏而不用，皆天下之所難。公於是賢乎人遠矣。或者謂宣帝澤薄，故善歸於吏。

殆不盡然，蓋帝雖不免尚法，往往最公治爲第一，賜車封爵，以示寵異，而卒以相位授之，使天下爲吏者皆公其人。帝之治宜不若是刻，而澤亦廣矣。然則公之益於天下已多，而況其郡之人哉？

史又稱公柄用，損於治郡，尤以鶡雀爲公累。予謂自漢以來，論學者多以災祥爲理道。公在獄中受書夏侯勝，勝之論洪範，固是學也。故謂公學之不純，則有之，若謂其以僞先天下，如張敞者所論，不已過乎？然則論公之世者，法其治民可也。夫善之在天下，無今古邇遠，其歸一致。使今吏於許者皆慕公之遺，不敢後，則所謂孝子、弟弟、貞婦、順孫者，今之民獨非公之民哉？

國賢以進士出守，文學政事，卓卓可紀録，蓋知所慕者也，踵焉而不敢後者也。故爲記於祠，俾來者有繼云。

方巖書院記

方石謝先生作方巖書院於台州太平之緦山，蓋舊所名杜山者也。山有孝子府君墓，墓有會緦庵，因更名其山。山之旁有獅子、虎頭諸巖，婁旗、文筆諸峰，仙人迹、月嶺、桃溪諸境。其外則環以大海，浩淼無際。其後則天台、雁宕諸山竦立乎霄漢之表。委靈輸秀，至是而極，則結爲方巖，巉聳峭拔，爲一方之勝，故院以是名。爲堂四楹，其左右翼而相觀、恐聞二齋以居學徒，置田三十畝以資教事。而仰高、望海、采藻三亭及桃溪書屋、方石山房皆在焉。自先生叔父愚得公以寶慶守致仕，始爲會緫，仰高而下，次第交作。先生又欲爲是院，請公主教其中。會有纂修之命，乃留貲於族叔怡雲翁世弼。越一年而以成報，則弘治己酉八月也。

夫書院之置，肇於宋初，若白鹿、石鼓、應天、嶽麓，其名最著。蓋鄉黨之學士大夫所建，而朝廷因之。及州縣學立，顧爲具文，而此獨不廢。其他聚徒講道，皆足以爲教於世，而不獨此也。然程子講於洛，而朔蜀之徒不能相通；朱子講於考亭，而江西永康之徒各不相下。要其是非得失，有不可易者，則存乎其人而亦不繫乎地也。厥後朱子之學遍天下，其在台者，有若石子重及杜良仲、仁仲兄弟及其孫成之，以及車清臣氏，問學之傳，遠有端緒。先生家自師友，又友鄉之善士，以及天下尚論於古之人。而究其實，則身檢力踐，未嘗設崖岸，立門户，惟名是務，然鄉之徒薰其德而善焉者亦多矣。

院既成，先生有歸志，又逾年，拜南京祭酒，不可以遽言去，而愚得公實領之。昔胡安定教湖州，太學取以爲法，後自爲之，而天下始被其化。方巖之教，殆自是行矣。使被先生之化者溯厥教源，茲院之名將不可朽。公雖退處林壑，亦豈不隱然爲天下重哉？請以是爲方巖書院記。

改建忻州廟學記

有來自西談太原忻州廟學之美者，謂其地勢高爽，構結閎壯。廟之中屹然而聳立者爲大成殿，其旁翼然而分列者爲兩廡，峙於其前者爲戟門，又前爲欞星門。學之中爲明倫堂，旁爲三齋，後爲尊經閣，後之旁爲射圃。四散而周環者爲肄誦之室、委積之所，爲庖爲湢。視舊學之湫隘庳陋，其爲善不啻倍之。環山以西稱府州縣學者，莫加焉。

未幾，州學正訓導率其諸生具書託介，以請於予，曰：「此吾王侯之績也。」蓋自侯之來知是州，屬意廟學，圖革其故而新之。會按察副使陳公分巡茲土，力贊其決，且爲相茲善地，略規定之。而王侯籍會官帑，慮弗給，重煩民力，不欲有所徵。適發地得藏錢十萬，曰：「此可以供茲役矣。」物計而工給之，沛然而有餘。而又采木伐石，皆躬入林谷。手閱書簿，累時閱歲而後終事。此學之所以成也。夫其廢之久而成之若是難，則其爲役不可以不紀。吾徒之爲師生者，願有請也。」

予惟學之道有本有具：窮理力行，進德修業，其本也；教有法，名有籍，用有器，其具也。然又有地焉。蓋非離喧避俗之爲羣，高堂廣室之爲居，閎制鉅麗之爲觀，足以壹志慮，移習養，則雖嚴驅力禁，强而使之學，亦散涣流蕩而不可得。是所謂地，又其急者也，爲士者盍亦思之乎？擇其所從入，猶擇地也。挾書詩，操文藝，以爲業，猶治其具也。日省時察，反而求諸身心之間，推之家庭，及於邦國者，皆執此以往，非本之可恃者乎？此其精粗外内固有次第，必并舉而不偏廢，然後足以爲成人，上之所教即下之所學也。嗚呼！兹學修而士之爲學者亦知所勵矣。向之玩歲廢業，無所恃以爲成者，猶可以自諉乎哉？

王侯之爲州也，疏兩河，立四倉，興利去弊，庶務畢舉，而又躬率生徒，示之程督，以爲懲勸，誠志乎古之所謂富教者。其所修治，宜不止於地與具也，因并書以俟。陳公名金，成化壬辰進士；王侯名軒，弘治丁未進士。工始於癸丑之夏，成於甲寅之冬，而記於乙卯之秋九月之望云。

修復茶陵州學記

吾茶陵在宋爲縣，有儒學在城西門外，太常丞陳蘭始建孔子廟。元升縣爲州，知州吴端卿創學舍，以兵毁。國朝洪武初，復爲縣，知縣成麟重建，永樂初知縣王貫繼之，正統間知縣徐亨、劉惟銘，成化初知縣吴真次第修葺，大抵皆故地也。予省墓歸，特造焉。比還京師，縣復升爲州。予同年俞君藎以御史出知州事，病其湫隘，不足以施教行令，遷於城中廣濟倉之旁。其地蓋左觖右空，前崎後阽，論地勢者弗以爲宜，累二十年科目響絶，士子凋落，而棟宇亦蠹壞弗能支。顧業已改建，莫任其咎。澧州判劉君遜亦以前御史來攝州，乃用羣議復故地，别爲堂三間，視舊加偉，未成而遽去。及李侯永珍爲州守，圖成厥役。乃會材籍工，卜日將事，爲繚垣崇址，爲廟廡，爲齋舍，爲講堂，皆從新制。功且就，學正江君海、訓導胥君安、詹君鳳謂不可無紀，會茶陵衛指揮僉事劉侯震上京師，乃致書介國子生周麟請予記。

按，茶陵當勝國詞賦取士時，如陳志同之天馬及先提舉之黄河，皆以賦擅場，其餘取名第、稱士林者踵相接。高皇帝一統之初，定經義式，實學士劉先生三吾所製，天下傳之。山川之靈秀，固嶷然殊也。百餘年來，師不倚席，士不廢業，而功效不昔若，至是尤極，亦孰使然哉？夫有此天地即有此山川，豈其限一郛郭間而隆替頓異，又有識者所未達也？今文教大洽，雖窮荒末裔，皆業經書，習禮樂。而湖南近在中服，士之淹貫經傳、嚮慕名義者甚衆。顧歲月之玩愒，俗尚之移易，或不能無修復之役，亦厲志改習之端也。且學之制自古以明彝倫、訓功業，本非爲科目設者。顧後世之士不能不假科目以進，則雖程課書簿之細，亦不免焉，况居業行教之所乎？

嗟夫！極則變，變則通，物有恒數。吾鄉之士其勉躅前哲，上企乎古之人，使文章行業爲天下重，不獨於科目而止，則是役亦不爲無助也。宜記其歲月，俟後之守吾土者請繼修之，以圖於厥終。役始於弘治某年某月某日，其成則某年某月日也。

裕遠庵記

方石先生嘗謂予曰：「吾人有身有家國天下之寄，必深思遠計，以爲無窮圖，乃可言仕。必自少至壯以及於老，自一世十世以及於百世，乃可言遠。予仰觀於古之人，恒攀企而不可及。上溯先世，知吾之所自來，懼無以承繼振厲，爲持循芘廕之地，蓋嘗自吾身始，又將於家焉圖之，天下計非所敢與者。然推行之端，亦學者所有事也。」予感其言，夷觀其所爲，檢察踐履，久而不懈，非志乎遠者，莫之能也。先生爲侍講，歸葬文林封君、高孺人於太平洋嶴山世墓，與其叔父逸老太守公修祀治墓，作譜合族，凡爲家之事，類足以傳之子孫。又自作壙室於封君之側。及以祭酒致仕歸自南都，始伐墓木，斲山石，構庵八楹，以備奠掃，逸老名之曰裕遠。前爲石門，而總名之曰大夢山。工既，以書報予曰：「此予結局一大事也，子志吾父，表吾祖，獨於此無言乎？」予聞之，重爲歎曰：「先生之計，其可謂遠哉！」

蓋是墓也，有節婦之風烈、封君之矩範，而先生實克揚之，昭穆之，相承幽明之相質者，百歲猶一日也。先生以身事親，期在不辱，修短存没之際，正俟而全歸者無所不慎。殆曾子所謂「仁以爲任，死而後已」，張子所謂「存吾順事，没吾寧」者，此所謂遠也。遠而能裕者也，彼區區顧計如漢水之沉碑、桓山之石椁，謀乎外無益乎其内者，亦惡可同日語哉？先生二子，興仁、興毅，皆蚤世，比乃有遺孫焉，族系之蕃衍，將與風範相爲無窮。今其名再入薦剡，朝廷將復起之，功業之在天下，又不獨言與德之不朽矣。顧兹舉爲家而設，故予教家之事加詳，而并及其餘云。逸老亦自爲墓，在庵南二里許，所謂會緦庵；合祭其高祖孝子府君者則在其西：皆别有記，可以互見也。

李東陽全集卷三十四
懷麓堂文稿卷之十四

論書手簡

合從連衡論

天下之勢輕重於權謀之中，君子於此可以觀世變矣。夫天下之勢，必有所在。在德則正，在力則偏，在謀則變。故德者定天下之勢者也，力者據天下之勢者也，謀者盜天下之勢者也。舉天下之大，徇於匹夫之口，捭闔張弛，惟其所命。其爲變也，不已極乎？

孟子曰：「五伯者，三王之罪人也。今之諸侯，五伯之罪人也。今之大夫，今之諸侯之罪人也。」嗚呼！爲從衡之説者何人哉？周失其德，天下之勢涣然無所歸。既久而爲秦所據，六國之命皆制於秦，朝夕惆惴，撑柱之不暇，故秦與儀也，得肆其邪謀詭計於其間。

大抵爲從者多訹之以利，爲衡者多怵之以害。利害交亂於天下而莫能辨，故合而連，連而合，莫之適成，展轉眩惑，載胥及溺而後已。固世之變，實謀之罪也。二者曲直固不暇較，然就而論之，從之謀在六國，猶可言也，衡之謀在秦，不在六國，無可言也。秦自孝公之後，并吞之勢已成，决非犬馬玉帛之可事。則六國之勢不得不合，故秦説一行而天下響應。然不一二年，雖秦也亦無以謀其身矣。夫以桓、文之才，假尊王之義，尚不能制一鄭之反覆，而秦以區區口舌，合異爲同，聯疏爲親，欲其久而不散，豈不難哉？儀乘諸侯不勝畏懾之餘，故得以劫行其説。秦死乃得大肆，而又解於武王之隙。不然，束手就擒，授人以勢，不待數十年之後，天下已爲秦有矣。

夫勢專，則秦以數千里一衡之地而卒并天下；勢分，則齊及燕、趙皆以二千，韓、魏以千，楚以五千里全從之地，而卒并於秦。由此觀之，君子不能無遺憾於從終之解也。雖然，秦嘗以帝業説秦，不用而後爲從於六國。儀嘗倚秦以爲用，見辱而後爲衡於秦。不然，則秦之爲衡，儀之爲從，皆未可知也。小人盜天下之勢，而又傾側𣫘𣫘爲其私身計如此。彼六國者，乃視之以爲輕重，而於其時有孟子者，其去其就，固恝然莫之計也。是可委之世變而已乎？如孟子之言行王政而王如湯如文王者，雖一國可也，彼六國者何足慨哉？予獨論儀、秦事，以著利口覆邦家者之禍，爲後世戒。

韓信論

信之事，兩司馬論之詳矣。有説者曰：信之忠，一拒武涉，再辭蒯徹，言出肺腑，容不可以僞。且其慮事料敵，算無遺策。不以全齊叛，而以一淮陰，不以逐鹿未定之時，而以天下一統勢不可動之日，亦明矣。其所謂逆，非有擅兵養士如陽夏、部聚候伺如九江者，不過以吾方念之之言，猶豫不忍倍之意，爲陳豨内應之謀，悔不用蒯徹之計之語。是安知非忌者所謀孽，抑或史氏之所傳襲而附會之者邪？

夫信之獄成於吕后，汲汲乎不待高帝之歸，臨刑之辭未足深信。且彭越再變，吕后實使人告之，何有於信？信蓋其尤所忌者也。然信之請爲假王也，陳平、張良躡足附耳之不暇。雲夢之執，平實爲之，而田肯復以得信爲賀。及其死也，以出亡夜追之蕭何，而亦與其謀。豈信之忠不勝智，固未免見疑於人人邪？方其始説高帝以天下城邑封功臣，不旋踵而自爲假王之乞，馳壁奪軍，易置諸將，帝固已疑之；失期得楚而不辭；納項氏亡將而不輒奏；及其失王就侯，身不自保，而猶以多多益辦夸於帝。蓋非特帝疑之，廷之臣莫不疑之矣。疑其迹而不知其心，悲夫！

嗚呼！平以下不足道也，彼良與何者宜知之，不但無百口之保，亦無一言以紓其難，坐視其赤族而不惻者，何哉？蓋高帝之雄心未嘗不耿耿於天下之豪傑，非辟穀之請、田宅之污，雖良與何，亦且不免其勢，固無暇於信。信之必死於高帝，旦暮等耳。苟徒摭片語隻字以爲信罪，豈君子之所忍哉？綱目書「后殺淮陰侯韓信，夷三族」，朱子蓋已洞見其曲直矣。程子謂讀春秋者必以傳考經之事實，以經別傳之真僞。綱目非史類也，愚請以經法讀之。

曹參論

大臣者，與人君共治天下者也，君豈能獨治哉？大臣之於君，善則引之，不善則諫之，以歸於治而已。不能引其善，諫其不善，是後其君者也，忘天下之治者也。天下之不治，豈獨君之責哉？

漢之惠帝立而遭吕后之慘，日飲爲淫樂，不聽政。曹參相之，不能諫，且以垂拱告之，是長其過也，是後其君也，忘天下之治也。遂使君怠於上，臣荒於下，日頹月挫。以求所謂清淨無爲者爲之，古之大臣事君之道如是哉？然則惠帝之不聽政，非特惠帝之責，固亦參之責也。參之清淨出於蓋公、老氏之道耳。老氏忘天下者也，非吾聖賢所以治天下之道也。參以老氏之説小用於齊，則不擾獄市；大用於漢，則醉客而不使言，聽吏酣歌而不致詰。甚者又導其君以忘天下，充其心，必至于剖斗折衡而後止焉。然酣歌淫樂，恐亦非蓋公之所謂清淨也。參尚能逭其責哉？蕭何之薨也，參奮然治行，蓋謂何之後，非其身莫可共天下者。吾意其縱不能追古之治，必有以繼高帝之業，使不墜也。曾謂其清淨以忘天下，而且長君之過如是哉？參爲相不過三年而死，其時惠帝固在，諸吕未王，太后未稱制，而萌已兆矣。藉使諸吕王，太后篡，而參與惠帝尚存，亦將爲清淨而已乎？將爲酣歌淫樂而已乎？其不可爲明矣。

夫參之從高帝攻城略地，身被七十創而不困，固非忘天下者。及爲相，而不事事，豈餘於將而不足於相耶？蓋以天下之民方辭見知之苛，安約法之簡，固不欲以政令擾之，方恐其君之多事也。嗚呼！參之心誠如是，其失滋甚矣。求民之安，乃至於酣歌淫樂以忘天下，畜禍養患於宫闈之内，而不知戒焉。設非平、勃諸臣爲之排擊撥正于後〔一〕，則漢之爲漢，我不敢知惡在其爲清淨之效也。使參能因吕后之慘，導惠帝以齊家睦親之道，必能固其根柢；因惠帝之淫樂〔二〕，戒之以憂勤惕厲之義，未必無所防遏於將萌。天下雖不大治，且不大亂。奈何淫樂廢事，以坐致後鷰〔三〕？·漢之幸而不墜者如綫，一垂拱之言誤之也。

雖然，參之相，天下歌之，後世賢之，彼平與勃者莫之或過，其有益於天下之治，殆亦多矣。稱漢之大臣，固不可歟？

【校勘記】

〔一〕「設」，原作「説」，顯以形近而訛，今據文義與抄本正之。
〔二〕「因」，原作「固」，顯以形近而訛，今據文義與抄本正之。
〔三〕「坐」，底本漫漶，據抄本補之。

與蔣宗誼書

某頓首宗誼府推老兄閣下：別遂一載，屢問南來者，具悉宗誼起居狀。屢欲作書奉問，匆匆筆札不能盡所懷，羸惰交集，將作輒止。前後兩辱手書，三復披誦，坐見顔色。然中間實有未了者，試與宗誼質之。

今之進士，文章材識如宗誼者不可遽得，曾不得置諸臺諫院署之間，而屈在外郡，誠非所宜。然雖不臺諫院署，而文章材識固無恙也。且所謂材與識者，非以爲用乎？今宗誼治劇郡，理刑獄，日與百姓相答問，搜其幽隱，而明其是非，使奸惡蒙創艾，善良得扶植，以弼天子教化，彰國家之典，其用不爲細。即宗誼居臺諫院署，或無所裨益，飽食安睡，苟爲身家榮，此正僕輩所自恥辱，於宗誼乎何有？若逢迎承事，則於職位亦有當然。人情世態，小小憑藉，有所陵轢，無足多怪。然此特杭州推官從事耳，非真有損益於宗誼，可擿數也。卑官顯秩，更迭爲之，宗誼必以爲辱。如暮宿傳舍，惡其敝陋，不待旦而之他，不已惑乎？即宗誼以爲辱不肯爲，他材識如宗誼者，又以爲辱不肯爲，其爲之者乃盡猥瑣不自振立之人，何以爲理？古之人不合則去，未聞以資秩之卑下爲辱也。若不力遣，使遠去胸臆，朝牽夕絆，愈久愈勞。堂堂丈夫，乃爲一官所困，豈宗誼所宜有也？

宗誼或謂平生爲文章，欲窮探博取，成一家言，而暫處紛擾，非其所好，是固有緩急之序矣。予嘗謂獲施一事，勝著千言。況宗誼年尚富，且甚强力，尊居顯施，當有以自待。及其功成志倦，然後歸老山林之下，盡取其平生所得者，大發而宏施之，以名天下、示後世，豈爲晚哉？宗誼姑少安，不患無以自見。投劾之計，非僕所敢與聞也。某頓首。

與李士常書

奉別來，屢勤教問，甚寡裁答。即有所答，必出冗迫，苟具簡牘，書名與姓，通問候之禮而已。雖欲執筆覼縷，略布所欲言，竟不可得。平生每自怪習惰成癖，其於世事多所闕失，若此則非惰之罪也。

僕居京師久，多知識，歲時來往，非惟人所責望，抑亦事理當然。加之應答文字逋負崇積，動經歲時，率意爲之，出不償入。又不能杜門自謝，遠同隱人。縱能極力排遣，不過人情細事，其於分内何所裨補？自濫官職以來，不減十載，學業未就，旋已荒落。每命志役氣，自謂足以妄攀古人，而棄本逐末，違道日遠。即今委靡沉溺，與草木同腐爛，則又倔然莫肯降下。其心愧恥，若爲人所唾駡擯斥者，惟有是耳。豈處之非其地，而進之非其方邪？

然得良友者爲之依歸，鞭辟警策，使不得自肆，或猶有可冀者，此僕所以不能自已者。吾兄信古好修，勇往自遂，不在子路之下，宜不苟然於世者。而又獨處遠地，深思靜學，志無所亂，而氣無所摧傷，造詣踐履，與日俱進。古之人學成而後仕，此僕所愧於吾兄者也。僕求友於四方，如吾兄者不可遽得。況以傾蓋之舊，承通家之好，在分不爲薄，而在義不得疏。此正僕所宜日夕左右者，而又隔絶如此，奈之何哉？然僕聞之，古之學者必資遊行以廣聞見，未嘗自以爲足，所謂自一鄉以友天下之善士。倘翻然一來，於僕固幸，僕雖庸劣，亦豈無所報哉？僕在此所恃以爲益者，惟時用爲多。時用之意，亦與僕合。不識吾兄以爲然乎否也？

閣提學南巡未至，及是時先暑而至，不妨按試。不然，則繼今以往，毋吝書札，以貽誨言，亦所望也。

老先生遺稿，近頗條次，但更録數手，譌謬實多，舊草殘缺，猝未能辨，須緩圖之。此事至重，非面盡不能既也。晦庵語録一部，用供覽觀，伏惟照察。某頓首。

與文宗儒書

承手書，知滄洲集已録出，將就梓，足見惓惓故舊之意。亨父有靈，當憮然於地下矣。

但所示樣本，每卷前一葉有撰述、删定、校正、刊行等名號，似爲不典。此集爲滄洲作，何必言撰？舊稿去取，乃諸同年更議互訂，何以獨歸一人？校正之職，乃後生晚進施於前輩者，尤爲非當。而刊行名氏，則宜執事著一跋語殿諸卷後，亦未有標於卷首之例。四者之中，無一可者。且今韓、柳、李、杜諸大家集本具在，其有無事例，不辨可知。至於栝蒼，乃處州郡，施之名亨父，又不知何以爲據？向所奉寄，止云録稿重訂，乃可入梓，正恐有失，而不意其失之至於此也。

今望亟以録稿見寄〔一〕。如已入梓，亦須除此四行，各以卷後五言律一首移補其闕，庶免貽笑好事，爲盛德美事之累。惟深亮此情，不吝改作爲幸。不然，則不若不刻之爲愈也。辱示近什，尚稽攀和，正坐此事惶惑，故未暇及耳。不罪不罪。

【校勘記】

〔一〕「録」，原作「緑」。顯以形近而訛，今據文義與抄本正之。

再與文宗儒書

得成通判寄滄洲新集，誠不意速就乃爾。剸繁治錯之才，於此可見。而不遺故舊之盛德，固不待論也。比見所寄樣本，卷首標識頗非古法，恐狃於成事，爲全美累，故特以危語相激。計不可以但已，豈真謂不刻之不若乎？薄言往愬，逢彼之怒，執事果以爲過，正墮吾計中矣。

今所剗去者，欲移卷後詩補刻，則改作太多，次第亦紊，略照文鑑等例，以各卷目録補之，各以小票粘其上。煩一二檢勘，不使有所遺誤。中間字面亦間有亥豕，方迫史事，不及躬自校閲，仍乞以原稿訂正，乃可摹印也。序文如命，不復多諉。外一篇已并前書屬匏庵，忙未及就。嚮時方石亦計爲後序，今稍遠，他日猶當以鄙意諗之。若鄙序不中繩墨，請爲瓿覆，以俟二公之序，視免删定之名爲惠且十倍也。

聞瘍醫已奏功，附此馳問，惟加愛。不具。

與楊應寧書

得胡僉憲所寄書，知太夫人奄棄榮養。通家骨肉，所以胥慟哭胥吊唁者，豈獨與談虎變色類邪！悠悠蒼天，竟何言哉！

聞六月初發太原，長途酷暑，塊苫踊擗，摧裂頓撼之狀，皆可想見，此固有不能已者。但不肖以孱軀弱質，一受寒濕，輒爲所纏縛不能解。今年忍苦針砭，百痛未能博一效。吾兄其爲國爲士爲家祀，俯從禮制，以成大孝，不識以吾言爲然乎否也？所委銘志，深懼荒迷，不足以當至意，然不敢不勉。周原已來，薄具賻儀，不能具禮，惟檢納。不次。

與顧天錫書

去年承寄聯句，哀疚中嘗略具數字以謝。比得蕭進士所附書，備悉居起。令郎聞近始到京，體質凝厚，如三四十歲人，成立可待，此足爲故人賀也。吉安人多稱政平訟理，宿弊盡去，大與曩所聞者異。豈公論在天下者，必久而後定邪？令兄太守公行，不及躬送。聞有炊臼之戚，老懷未堪，南遊之樂，當准折過半矣。幸爲引意。

聯句録本私籍，不意爲蕭履庵所傳。前年周子建方伯在雲南書告欲刻，已亟止之。去年王丹徒公濟不告而刻，緣此本未經選閲，又多訛誤，而其傳已廣，不可中廢，因重校一本，俾加修治，與初刻者不同。必如此乃略可觀覽，然非吾意也，强從之耳。近始聞子建已刻成，而吾兄亦若有此意者，不意高明乃復率爾。兹亟奉報，如未刻，幸爲停工，刻已，亦須秘不摹印，俟丹徒本完，即以寄上也。此録皆草草凑合，不盡衆長，諸公之意皆若以此爲憾，不但不感其惠而已。丹徒且然，況雲南本訛誤，當益甚尤，而效之亦何益也？

又承索拙稿入刻，此尤可笑。工拙姑不論，豈有方壯未老之人，汲汲爲此等事，爲天下戟指捧腹之具乎？厚意不可負，兹有先祖提舉公文集一本，當以累執事。提舉元進士，入國朝，隱永新山中，因葬焉。其問學行操視不肖奚啻百倍，吾兄蓋略聞之矣。永新實貴郡地，丘墓之託，所不能無，而遺集刻永新者已蕩逸不可得，倘因而許之，則其爲惠亦倍百且不啻矣。急遽中附此，乞一一亮察。邦用貳守聞已北上，故不别致，俟相見乃盡。

復愚得謝太守先生

不肖自延禍先考以來，憂病纏縶，久疏奉問。今春辱賜奠章賻物，詞意深厚，哀感之極，不知所以爲謝。奄迫祥禫，乃能略布一二。

壬辰之歲，獲附仙丹，偶以微疾蒙善藥，先考手録此方，藏諸篋笥。蓋嘗屢以試人，無不立愈。及晚歲得疾，謂非此藥不能辦。竊以衰老之年，干閉藏之令，似有未宜，力諫而止。適看牲夜出，先考乃手採藥籠，加麻黄一倍，覆被取汗，汗出不能休。不肖歸而聞之，固已拊心頓足，而末如之何矣。嗚呼！孰謂十五年自秘之方，數十人已試之藥，而竟以是禍於身，豈非天哉？是日也，使不肖不以公出，必不果藥，藥不倍加麻黄，亦不至此，而竟至此，豈非天哉？嗚呼！尚忍言之，尚忍言之。方石之來，略及此事，顧其詳有未盡言者。以執事愛我深，念我切，其繫於存没甚厚，故不得不言之。痛定之餘，肝腑摧裂，執事聞之，未必不重爲一悼也。

不肖辱教方石，非他人比。睽别間，每恨不得一見。乃今辱奠几筵，執手交慟。又以其餘沾誨，益傾情愫，罄平生所未盡。此實執事之庇，俾得以遂不肖之私也。第執事深藏高蹈，無由摳謁，再領教札及海物之惠，又豈知所以爲報哉？

先孝子公墓表本往年初稿，荒迷中苟以塞責，幸未鐫石，當重加改訂，以新卷奉納。病嗽不能親效簡札，令門生輩代録。禮簡意迫，惟執事有以諒之。不次。

答鏡川先生書

蒙示文集數百篇，如望大洋，登崇山，愈遠而愈不可盡。聾瞽開發，化爲眩亂，實不能有所擇於其間。顧爲嚴命所敺，妄紀甲乙，附以圈點，如古文選例。而或通篇累牘皆可傳誦，則有不勝附者。旋亦悔之，第已迹諸筆札，不復可去，至今爲愧耳。近承諭示，屢屢若欲稍加箋注如向來詩集例者。某之不肖，實所未能，蓋其體不同科而所施亦異也。執事倘不嫌甲乙之妄，則采而録之，猶宜去其圈點，使後人不以井蛙海蠡爲不肖者之誚，則爲賜大矣。惟執事亮之。

再答鏡川先生書

再枉台旆，且諭以評文之意，必欲如詩集例者。因復取而讀之，益見其浩瀚無際。前所窺測者，已復失其門徑。且當時時檢閲，尚多遺闕，意不自滿。今荒失之餘，加以病嗽，不能勤苦，豈復有所測識以形語言？言之不當，雖勞無益。

蒙以篁墩詹事所評桂坊二集見示，其識見語意，實有出乎不肖之外者。乞以諸集盡付此公，使出一手，庶幾評文者無遺珠之歎，評詩者無越俎之譏。非惟大小稱任，而勞逸亦得其平矣。執事以爲然乎？嗽作氣急，不能據案正書，略具數語，令門生輩代録以上。禮意簡率，當獲譴於執事，亦恃有以鑒之而已。

詩序稍有更定，别當請益。盛幣則決不敢當，謹專人叩納。平生所恃以盡區區者，正在此類。若不俯鑒此意，甚非不肖之望也。悚息悚息。

慰方石先生書

比書至，開緘見「忽斬我後」數字，且駭且痛，久而後定。天壤間乃有此等事耶！先生厚德遠祚，吾人所望於後者，何如而乃如是耶！道里遼隔，不獲伸吊哭之私，以少慰萬一。惟與體齋、青谿兩同年及師文職方交致唁問而已。投劾之計，先生本懷，又值此厄，宜無可以相縶者。惟斯文公議，斷斷乎不可釋。而區區薄力不能挽而留之，亦徒恃先生之意稍有以自遂云爾。歸期想邇，又闕攀送，當遥與愧齋太常同一瞻溯。定軒冬卿公辱致至意，冗間亦無以爲答，幸道此情。餘惟善加調攝，以爲後圖。至望至望。

與方石先生書

自得令郎訃，輒具書奉吊，并二三同年賻儀。去秋所得書，尚未及此，計當在臨行時到也。續傳得遺腹孫，令人驚喜失措，猶未敢以爲必然，及得抵家書，始信之。信天道之有知，君子之澤未艾也。校諸先世三代孤傳而後昌大者，不亦益奇乎哉！鞠養愛護之方，殆不容贊，數千里外，惟日聽其岐嶷崢嶸之報爲睽離慰耳。

小兒兆先已於歲正冠畢，辱體齋先生爲賓。兆同亦幸頑健。皆屢沐賜問，故汲汲云爾。闢屋西鄰，蓋楊侍郎貫之存時戲語其子以爲治命，而七旬老叔不肖之視以爲父者，欲得此爲娛晚計，意不可逆，故勉强成之。及以其半爲書屋，爲兒輩師友地，比舊差廣，則又欣然樂之，若以爲固當得者。人心操舍之無常如此哉！偶語及，輒縷縷不能已，諒不相厭也。餘惟節哀，爲道自愛。

與羅冰玉先生書

曩執事在南京，每以不獲手書爲憾。比遷閩，地且倍，乃數承教益。善教久敬，信不可以旦夕觀也。屢聞閩人稱執事恩法并用，師生咸服，誠足爲斯文賀。憶執事言動，恒必以古道爲準，不屑乎條格禁令之細，意者其已效乎？

僕株守鉛槧，無毫髮爲身益，於人何論？執事慎勿以優裕見羡，以重吾咎也。靜逸、靜觀相繼淪没，此豈獨交遊之痛？孟陽在蜀，音問甚疏。尚質自漢中來朝，遽以疾去。同年謝事者七人，諒邸報能悉致，不一一也。

與李白洲提學書

得所寄詩，皆清峭奇絶，脱去蹊徑。捧誦後，即藏諸篋笥，爲嶺南珠玉。間欲報之，覺燕石之形穢久矣。舊作古樂府數十篇，冗嬾不及録，姑以一二承教，幸不惜。

與劉方伯書

比承朝報，有浙左之命。雖官階不過尺寸，而事權之重輕、藩地之邇遠，有大不同者。蓋非簡之精，任之重，勢有所不及。然以尺寸之階，凡歷幾時月，經幾推薦而後及，其進也不亦難乎？

僕嘗飽歷世故，信升沉得失之有命，故苟命之當黜者，雖王公貴人引手推轂而不得，當升者，雖讎人怨家設穽下石而亦無如之何。吾兄之行不可爲不孚，望不可謂不著，此謗與忌之所不得加者。獨知之者未必深，而進之者未甚力耳。況行不如兄、望不如兄或有之，而孚且著不如兄者，苟有寸長片善，孰得而用之哉？是可爲兄賀而亦可爲兄慨，且重以爲天下慨也。

兄書自廣東來，未嘗不以民窮財盡爲慮，而無一語及其私，此豈爲尺寸計哉？

僕非不知兄者，顧於此方有概乎心，故欲發之耳。方石一辭而退，此正與難進者同科，吾儕豈足道哉？憑已趣得，附承差李桂寄去，計四月終可到。若過家暫息，必冬月乃可寄浙中書也。北覲諒已有人，會晤尚遠，惟爲國爲蒼生自重。不具。

再與方石先生書

三月二十五日日講命下，與董學士尚矩同進。誠不自意慵劣粗淺之資，循次就格，以當妙選，膺重負。燭之武有言：「臣之少也，猶不如人。」僕含愧竊禄三十年於此矣，非惟道德日負，而精力亦頗異於昔。聞命驚惕，懼益增咎戾，爲知己羞。執事聞之，諒不以斯言爲妄也。

去春以來，連攝三篆，惟院篆差久。蓋自體齋兼秩，當有所歸，而内閣以寅軒未謝，難於改請，屢避屢却，至於此而後脱焉。顧其所脱不若所負者之重也。承問及，敢并以爲告。

時雍方伯之遷，例以近格，固非超拔。但以專官居重地，亦道行志得之秋。而於執事尤有意慊焉者，蓋非直爲鄉邦計也。冰玉去歲入京，病見於面，知己者皆爲憂之。比聞過家增劇，未知得脱然赴任否？司成之議，豈但止或尼之而已哉！南屏兩薦，亦京府盛事。後薦尤力，而銓曹一切以例格之。此事成敗得失甚輕，而其命之厄亦可見矣。世固有連歲累遷，至五六而未已者，何人哉！古稱伐國不問仁人，談此於有道之前，似覺夫吾言之過也。

弄孫之興，近想益增。嘗寄諸公賀章，計已徹聽，亦必有倚歌之報。懸企懸企。老泉集三册，將意幸納。

與鶴谿潘先生書

數年前，兩辱長箋，教愛兼備。令侄孫貢士來，又領一札，及美茶名酒之賜。自揆愚劣，不敢率對。報者闕焉，而施者不厭，何以得此於執事也？悚愧，悚愧！

自與南屏兄締交，即獲以名姓承延接，以文翰蒙獎借。雖不克探深眺遠，窮歲月之力以極其所欲得，而瞻慕懸企，未嘗少置於懷。比者，以長子兆先問名於南屏之仲子。此兒乃蒙翁老先生之外孫，年十八矣。非惟再託姻好，事有宜然，而道義之相孚，肝腑之相照，若必有俟乎此而後慊者。執事聞之，未必不解頤一莞也。

側聞執事化鄉惇族，有吕藍田、鄭浦江之風，蓋其斂澤於天下，以施於此也有由矣。然則附絲蘿之末，沾膏馥之遺者，在我後之人，其容以少緩乎哉！惟不鄙而終教之，則愚父子之幸也。南屏以絶特之才、孤潔之行，横爲造物者所尼。府尹唐公無一見之雅而極力推薦，獨其言近激，所司遂以例格之。得不得，於吾南屏無所益損，而論人才識治體者，亦豈能恝然於其間哉？出於母之言則爲賢母，是不敢爲他人道也。貢士歸，謹布悃愊，附此一道。首夏漸熱，惟爲道自愛。不備。

與姜貞庵書

自金進士行一附書後，久闕繼問。方石先生來，備悉清況。欲一登澄心樓，清談對坐，以浣三十年塵渴，而不可得也。近得吕太僕所寄書，語意詳懇，豈但賢於十部從事？獨縑布之惠，奉領爲愧耳。

柳太守平生故人，政才官操，僕知之已熟。而清詩雅興，尤有不能忘情者。傾蓋之餘，能爲我一申意否邪？時雍南行，想獲會晤，到廣後尚未得消息。比見其筋力毛髮，不逮曩時。如僕者亦白見髭鬢矣，况先生哉！惟善調攝，以膺壽考，爲鄉邦望，亦交遊之幸也。

奉樸庵先生書

往歲坐春風中，親炙顔色，承接教旨，日涵月沐，飽德受益而不自知；及違絶道路，限隔曹署，聆一言，誦一字而不能遂；然後知遊從之樂，不可以易而視也。

某自闋服以來，再入館局，辰入午出，苟以應名籍供職事而止。老叔衰病不能任家務〔一〕，良賤數百指，衣食薪米，銖兩升合之籍，皆身自治之。求如少時俯仰左右之樂，亦不可得。此則某之私況，非父師之親、鄉曲之舊，蓋未敢以告也。竊迹是二者，乃欲以進德修業，緝久荒之學，圖日新之效，亦豈有所賴而成哉！竊伏自念以兒童出門下，不自揣度，欲有以報答萬一。今年四十有四，鬢且半白矣，能保其離奇液樠之質終不爲釜斤累乎？惟大君子矜其愚而終教之，幸甚。

今歲凡兩貢書，未審到否？徐亞卿先生回，謹此再布，伏惟照察。

【校勘記】

〔一〕「任」，原作「仕」，顯以形近而訛，今據文義與抄本正之。

答愧齋先生書

累辱手札，惓惓以方石南行爲願，至終篇無一語及他事者。今果有南雍之命，豈神交之妙，能預卜而遥度之乎？平生知舊，十年離闊，所以薰陶德性輸寫情抱者，蓋天下之樂，無以易此也。如僕之不肖，竊嘗寄興於金陵山水之間，欲以閒官散地相附，而竟莫能遂。於方石之行，固不敢有羡，羡吾子之得方石也。

方石行在即，使回，先此馳賀。東軒種竹，端爲故人，何時北上，以少酧夙昔之願，不得於彼而此是圖，可乎？某頓首。

與潘南屏手簡

墓舍愁寂，承過慰，款款連日夕，然鄙心尚未厭也。别後胸臆悶塞，食不下咽，或者亦坐此乎？山行野宿，恐非長計，必欲避喧遠俗，惟錢氏墓舍爲宜。一二里間，雖迹不相涉，而音問相往復，過此數月不難也。若必以我爲喧爲俗，不害爲所當避，則不敢與聞。然亦當再屈數日，不但已也。比家務有不獲已者，擬以晦日暫歸，逾朔而至，恐所欲知。不次。

又

前日作簡畢，即就針。針十有三處，而灸亦隨之。燒鐵以刺肉，灼艾以蒸骨，事體情狀，明者所知。右腕一穴，焮痛累日，至不知手處。瘡作而後解，膿潰而後定，信平生所爲勇決奇絶一大事也。知我者聞之，寧能閉户高枕，委之於秦、越之間乎？左手素不習書，比右尤拙，情之所鍾，有不容已，勉作數字，痛苦不悉。

又

承許致致庵記，心甚渴。今瘡痛財減二三分，得此則灑然矣。何吝，何吝？

又

朏日再出郊，手瘡小差，環跳復發，計非百日不能痛也。避暑事，趙老有族子爲僧舍壽安山下，去玉泉三里而近，林深地僻，足以爲有道者之居，其意若必欲相致者。而胡錦衣復盛稱東墅之勝，有涼棚暖室，重關複壁，不惟相與争勝，而又争先致之爲快。二者亦居一於此乎？此事必得面議。所議有不但此者，數日間毋惜一過。

致致庵記，希介意爲之。悲愁於邑中得此，其與庸常徵乞、苟焉以塞意者爲惠相萬也。惟心照，不次。

與楊邃庵書

僕哀疚以來，百事都廢，聰明不及，豈復有所進乎？樂府之擬，實未敢草草，亦未敢輕以語人。高明者不以爲非，則繼此猶可求教。至於筆墨點畫，未嘗有百日之功，今日所寫，明日已不欲觀，以爲常病。此病不差，未可以言進也。獨篆書法頗覺頓悟，此業若成，則於前輩不敢多讓。别後所得，惟此一端。今爲邵楚雄作「褒孝堂」三字，閣下試取觀之，果以爲何如也？

時雍先生已遷廣東民牧，到京尚未見面。希大將卜鄰於我。伯瞻之除，甚慰吾輩，但病未脱然時斂。初試畢，未會，計當穎脱。門生中有李永敷者，亦非池中物。高第二三輩，南來靳解元者，猶闕面談，後别報。忙甚，語不成倫，亮之而已。

又

比得手教，云僕初春所奉書於五六月始到，此書郵常事。繼此尚有書，不能記所附人名字，頗訝向時見謂止得一書於數月之久也。承已即吉，諒多哀慕。餘事不及一一。

惟樸翁老師病候未康，殊切懸企。伯瞻編修乃至此極，不勝斯文後進之歎，非獨爲鄉里門墻悼也。伯瞻以吾兄故視我不甚異，臨行時惓惓若不能釋者，而乃至此。追原其意，銘誌之作不可委諸他人，勉爲卒事。仍虚表石，以俟大筆。九原有知，蓋其尤汲汲焉者，而亦吾之所不能已也。

錢生改字與謙，近辱誨戒，大有所得。登科録一册，少將鄙意，幸檢入。

又

花帶一條，僕得之於方石先生者，轉以相奉，願附呂虔佩刀之義。物不足論，其人故可重也。幸麾頓，萬萬。

又

去冬陝中承差回，乘便附一書，當不沉滯。自上任以來，不得報，計以小試不暇。審如是，則上半年尚未可得也。途中書教戒諄至，感刻不可言。前已布謝，愧不獲面盡。西藩古文獻地，時雨之化，生意必大可觀，秋試當已略見。區區所望者，殆不止此也〔一〕。

宗哲西行，頗非其好，賴故人知己必能相與於成。公濟待大僕缺未得，兹乞假南歸，與宗哲同日分道而去。喬宗舉業似更進，可望大捷，其弟詩力亦益有加。小兒兆先於歲正冠畢，今亦頗事筆硯。想皆所欲聞，故此瑣瑣。惟爲道自重。

【校勘記】

〔一〕「止」，原作「土」。顯以形近而訛，今據文義與抄本正之。

又

始得陝西書，知考察過半，公明之譽，與山西同，而怨謗不作，益足以驗德業之高遠矣。非佞非佞。關中風物自古所稱，所示詩什雖其固有〔一〕，殆亦有江山之助，獨恨不得一共賞之耳。令郎書法大進，學業亦宜然，此甚可喜。若豚犬輩雖諳文路，安足道哉？日講事殷，循次承乏，非惟可懼，抑亦有可笑者。張生潛行，草草奉答。此生學業頗可觀，望青目一二。至感至感。

【校勘記】

〔一〕「什」，原作「仲」，「固」，原作「同」，皆顯以形近而訛，今據文義與抄本正之。

又

使車入陜後，僅得一書，知小試務殷，此時想彌節臺端矣。樸庵老先生四月内棄諸生，千里之外，同一哀慟，恨不得與一二知己會哭於几筵之下耳。葬祭已如例得旨，餘典尚未敢輕舉。中間情事，知者必能諒之。

時雍未至浙，當亦至家，爲經理家事也。小兒私試卷一二篇，知所欲見，便中附奉請教，亦果以爲濫竽中物否？餘不悉。

又

始得關中書，甚悉。樸翁已許謚，足慰輿情，門下之私不足論也。所喻李夢陽者，果得首解。及兩張生，皆如尊料。時雨之化，殆有不誣。僕所許何生孟春者，輸君一籌。然此子之進，尤未可量也。喬宗試卷亦以書魁許之，錯料乃爾，幸不遠耳。其弟亦署考功員外，併可爲喜而不寐者。錢生之弟，亦占一枝。小兒入場被跌，不令終試，近始平復，無足道者。公濟尚未至，拱之仍調兵備，未有缺也。餘不能一一。

又

獨坐翰署，清寒襲人。偶得故人書札，温如玉面。加之絨褐之惠，過綈袍遠矣。呵呵。時雍都憲治水賢勞，恐猝未易就緒。宗哲雖煩，視此猶在棲遲偃仰間。若風教文字之政，又弗待論也。所示與拱之倡和，佳甚。中年多事，此興不減，非夙有大抱負大藴蓄者不能。關西山川之勝，或亦不得無助。區區此技漸荒，將與棋局併廢。第猶有未能絶者，如署中諸吉士課業之類是也。後進中儘有異才美質，恨不得面談。凍筆草草。

李東陽全集卷三十五

懷麓堂文稿卷之十五

傳

夏忠靖公傳

公諱原吉，字維喆，姓夏氏。其先會稽人，後徙開化，再徙德興。祖希政，元季爲湖廣行省都事，國初占籍湘陰。父時敏，以布衣被召，授湘陰教諭。母廖氏，夢三閭大夫降其室，實生公。

年十三喪父，學詩及春秋。貧甚，教里塾以資養。選充縣學生，以詩領鄉薦。升國子生，例入禁廡書誥敕。太祖幸書所，見公字格方正，特賜緋衣一襲。復遣人察諸生所爲，獨公端坐正書，竟日色不惰，上心念之。二十五年，書滿，有司奏當署部職，上曰「夏原吉端厚」，特實授户部主事。同官有疑事，多就質。獨劉郎中者，恥其不能，因事譖公，云專尚書郁新柄。上察其誣，劉坐死。自是數遭危譖，竟得無他。二十九年，公考績陛引，面乞歸省，且云道遠乏僮僕，乞輿皁以行，上特允之。三十一年，廷薦擢户部右侍郎，充采訪使，巡撫福建。楊文敏公榮爲諸生，公一見奇之，曰：「必爲解首。」楊自是起名。郡有明月樓，多妖，宿者多死。公徑往宿之，妖遂息。歸鎮蘄州。三十五年，太宗入定大統，以公舊臣，負重望，遷左侍郎。公辭疾，不許。尋進尚書，凡貢賦役法，悉命詳定。公酌古今爲經久計，其所議多從厚，曰：「不可使後難繼困吾民也。」又命公申明教什三十餘條，榜示天下。永樂初，兩浙大水，國用告乏，三命公往治。至則奏罷蠹民、妨政數十事，諏訪耆宿，相度地勢，疏河導渠，修築堤堰，俾水歸於海。又奏發廩粟三十餘萬石，所活不可勝計。乃分給牛種，督之耕種，民忘其饑。有于澤者，奏水退田淤，宜召民佃耕，以足國用。公得報，數曰：「民疲極矣，可重役乎？」亟奏云水不勝戽，矧已後時，勞且無益，事始寢。吴人至今懷之。

三年，還掌部事，首請裁冗食，節浮費，又禁鹽鈔法諸弊。凡水旱，必奏請蠲租税。嘗以府帑倉庾及丁户田賦之數備書小帖，置袖中，時復檢記。一日，上臨朝，問天下糧儲若干。公歷陳其數，不失升勺。上奇其才，益親信之。時録靖難功，禄賜無虚日。又大封親藩，累討夷寇，創制宫殿，增置百司，財費以萬萬計，悉取辦於公。公極力經畫，無弗給者。采木運餉之夫道壅不進，命公巡視，自龍山抵北京，律治怠事者，給錦衣衛官校四十人，許便宜行事。公於號令中寓矜恤意，事乃大集。上思公，特召還。

七年，兼掌行在户、禮二部及都察院事。扈從車駕幸北京，復命兼掌刑部。有二指揮冒支官糧，上欲斬之。公曰：「罪自有律，若真盜者，何以加諸？」乃止。八年，上親討北虜，仁宗爲皇太子，在南京，命公輔皇太孫，留守北京，兼掌行在諸部及都察院事，諭之曰：「朕以房玄齡委卿矣。」公日決庶政，頃刻而畢。凡北奏南啓，下令天下者，惟公是賴，京師帖然。上還宫，慰賚有加。冬，還掌户部，從太孫周行鄉落，取民間虀黍以進，曰：「願知此味。」召見鄉老，令陳風俗，賜老給孤，表著節義，民皆感歎。道有逸兔，太孫欲馳射之，公諫而止。有從卒犯令者，指揮周敬以上命執之。太孫諭敬不得，遂繫敬。公極諫，以爲不可，因厚賜以勵其直，從之。九年，公考績，上宴於便殿，賜敕獎諭。又諭羣臣曰：「原吉乃太祖皇帝養成賢德士，爾等欲觀古名臣，此其人也。」命同太子少師姚公廣孝監修實録。十一年，再扈北巡，命輔太孫以行。十四年，太孫還南京，又從。凡道所見，必見諮問，呼爲先生而不名。十五年，再扈北。十八年，宮殿成，命馳召皇太子太孫於南京。至則陳太子承詔勿亟，今乃速來，蓋以陛下慈注之深，故孝思之情不得不切也。上善其對。公因言營造民疲，多至失業，宜悉聽復業而蠲其稅。十九年，三殿災，復請蠲賦稅，停采辦，賑饑饉，以回天意，詔皆行之。

初，大臣科道多言南北建都便利不同，上御午門樓，令廷辯，密遣中使問公言孰是。公對曰：「臣等罪也，科道言是。」上兩宥之。或尤公背初議，公曰：「吾輩歷事久，言雖失，幸上憐之。若言官得罪，所損不細矣。」衆始歎服。復命掌工部事。交趾平，上問公陞賞孰便。公對曰：「賞費有限，禄費無窮。」於是多從賞格。西域法王來朝，或請親勞之。公曰：「夷人慕義，宜示以倫義。若萬乘一屈，下必有走死而不顧者矣。」上曰：「爾欲效韓愈邪？」乃不出勞。他日法王入見，上命公拜。公曰：「王人序諸侯上，況夷人乎？」長揖而已。山東俘逆賊唐賽兒之黨三千餘人，上屬公與都御史李慶。公審其脅從者，悉原之。陝西有僞稱金輪王者，廷議將發兵。公言亂止數人，不宜重費，但遣人禽其首，惡自定矣。已而果然。或言周王有異謀，公奉命往詗之，復命曰：「王實無他，但恃陛下友愛之篤，故少肆耳。」上然之。谷庶人逆謀既彰，上問公曰：「長沙人通謀否？」公請以百口保之，遂免窮詰。太孫冠禮，有司以尚書蹇義、方賓名進，上特命公行之。

上元節張燈，許臣民縱觀，公奉母太夫人往。上宴羣臣，顧問公曰：「聞爾母來觀燈，尚在此否？」公曰：「已歸矣。」命徹御案暨寶鏹賜之。公弟原啓至京，上召見，賜酒饌。瀕歸，遣人送之，見舟中惟米二石，問公曰：「卿弟貧，盍少贈之？」公對曰：「臣所遺俸貲已寄之，無以爲贈。」上笑曰：「朕當助卿。」賜異布數匹。

十九年，上議親討北虜，羣臣莫敢言，公曰：「吾受上恩厚，不可不死争之。」約尚書方賓同諫，入，獨言曰：「頻年師出無功，戎馬儲積，十喪八九，災眚間作，内外俱疲。況聖躬少安，尚須調護？勿煩六師。」上命公治邊儲於塞北。賓懼，自縊死。遂獲罪，并籍公家。惟賜鈔千貫，餘皆布衣瓦器，命錦衣官克日召公還。公方治粟，使者趣甚急。公曰：「姑少俟，不爾，慮有侵漁。死吾安之，不以相累也。」上御午門，問征虜得失。公歷陳往鑒，謂當内治，不宜勤遠，略執不變。坐繫内官監，太孫屢奏請宥公。上察公忠，間訪國事，公敷對如平時。

二十二年，車駕至榆木川，不豫，顧左右曰：「夏某……」語未了，若謂「其愛朕」者。八月，楊榮以凶問至，皇太子親臨公繫所，與共哭，令出視事。公叩首曰：「臣先帝罪人，未聞遺詔。」强之乃受。命給尚方筆札，咨以國事。公首陳東南民力困於漕運，請幸南以省供億，繼請撫流民，罷西洋寶船，止雲南、交趾采辦金寶數事。上即阼，首復公官，賜章服器張咸備。

公始聞太夫人喪，辭歸襄事。上曰：「國事方艱，卿以喪辭，則朕亦未當在此。」特遣官護喪歸葬。太孫既正東宫，加公太子少傅。時吕震爲太子少師，班在公上。上引震次公，進公少保，褎職如故，兼給三俸，公辭太子少傅俸。尚寶少卿袁中徹以言語獲罪，且不測，公諫以爲先朝所愛，乃止罷官。

洪熙元年，上以天不雨雪，製憂民吟。公賡和，稱旨。翰林進公誥辭，上親增二語曰：「勿畏崇高而難入，勿以有所從違而或怠。」因召公至扆前，賜銀印一，其文曰「繩愆糾繆」，俾有封奏，則以此識之。三月，上敕公等除臠割鞭背及妖言誹謗等刑，公贊行之。尋命兼掌禮部，賜象印一，文曰「正直」，以使處分。上欲禁西山樵采，云犯者死。公曰：「材木固可惜，人命尤重。」乃命如律。上賜田五頃於城南，又建兩京甲第，以旌其功。李忠文公時勉以言事獲重譴，公從容勸釋，請下法司徐擬定之。

是夕，預受顧命。時宣宗在南京，中外洶洶。昭皇后命襄王監國，悉以軍國委公。車駕至郊，首問公所在。羣臣莫能對，上不懌。有頃召公，慰曰：「比見太后諭所以留卿意，卿當以皇祖事朕。」凡喪禮及即位之儀，皆公一二人所預定。命令詔赦，多主公言。或命坐賜茶，或退立殿廡，少休復至。凡章疏批擬未畢者，或攜出至家進之。

先是，命公監修太宗實録，未成，遂并修仁宗實録。國朝三預監修，惟公及英國公張輔爲然。宣德元年，漢庶人謀反，誣輔臣亂政。楊文敏公密勸親征，上顧公。公曰：「兵事貴速，榮言是。」從征還，賜閽者三人，令扶掖出入。公辭曰：「舊制非勳臣不敢用。」上曰：「卿輔導忠勤，非勳而何？」尚書郭敦以廉直得譖，公力救釋之。交趾復叛，王師屢失利，二年請降，廷議勿許。公與二楊公言民罷財竭，不可再舉，如癰伏於身，未潰則憂不測，已潰則宜緩治，兵乃得息。三年，公與蹇公入對稱旨，上留侍宴，令盡醉。將退，上顧公有欲言狀，就問之。公造膝以建儲請。上曰：「朕當白太后行之。」尋召至便殿，賜範金銀印八，其一曰「含弘貞靖」。嘗侍遊西苑，以騎隨。復命登御舟，遊太液池。上射梟，獲之，既烹，割以啖公。復遣中官偕玩奇石，恣所欲取，公取尤小者數枚。

有郎中還自河南，言山西饑民流徙南陽諸郡，至十餘萬。有司遣人捕逐之，多至死。公即以聞上，下令賑恤，且禁捕者，民賴以寧。扈從巡邊，上取公等糗精嘗之，曰：「卿亦食此乎？」公曰：「臣等得食此足矣，隨營將士尚多餒者。」遂撤上供物，賜公等，且遍賜將士。上還京，念公等四人春秋高，不欲煩以庶政，特賜敕輟部院務，俾專論道，而顧問益親。又從狩至兔兒山，諸將有違令者，上命褫其衣以辱之。公言天寒甚，不可因微罪至殺將臣。上不應，起入帳内，公隨之。上顧見公曰：「卿且休。」公曰：「陛下憐臣恩甚至，諸將瀕死矣。」上笑曰：「特爲卿赦之。」上元侍宴，賜紫瑛硯、龍香墨。公誕辰，御製壽星圖及詩賜之。自是寵賚稠疊，不可殫記。上嘗製玉冠二枚，以其一賜公，曰：「使卿子孫知吾君臣一體也。」

五年，兩朝實録成，賜宴賚。明日入謝，歸得末疾，猶執筆擬旨以進。是夜卒，年五十六。上早朝，聞訃震悼，遂輟朝，垂涕還宫，左右感慟，莫能仰視。公卿大夫，下及閭巷兵民，莫不歎息，有流涕者。贈特進光禄大夫太師，謚忠靖。賜祭殯葬，皆越常典。官其子瑄爲尚寶司丞，命户部復户役。後瑄官至南京太常少卿。孫崇文舉進士，今爲南京吏部郎中。皆賢而有文，世其家。

論曰：昔在祖宗朝，多用舊臣，以成治理。惟蹇忠定、夏忠靖、楊文貞及楊文敏四公者皆受知太宗、仁、宣三朝，託以心膂，佐遇隆重，禮絶羣僚。蹇、夏雖分部任事，實以三孤參決機務。而夏公輔宣宗，監國之功爲多。蓋是時，車駕在北，仁宗監國南京，務頗簡。又有蹇、楊諸人在，天下大政皆屬太孫。而時方沖幼，公獨領庶政，定危疑，鎮浮惑，不動聲色，而根本正固，可謂難矣。至親征一事，獨以身諫，瀕死而不變，有古大臣之風焉。仁宗親閲利害，故委任尤切。至宣宗時，廷降手敕，受寅亮天工之寄，庶幾與古宣麻者比。是時蹇重厚多謀，文敏明達有爲，文貞博古守正，而公含弘能斷。故事涉民社則多出公，涉人才則多從蹇，涉軍旅則多從文敏，涉禮儀制度則多從文貞。而可否相濟，期於至當，自餘諸閣老尚書皆各領厥務而已。

公之德量功業，天下皆熟其名，而惠澤所被，猶有不盡知者。某晚出鄉郡，以不及見爲憾。嘗伏讀累朝實録，退考二楊所著碑誌，得其大者，又徵諸其子太常君及其孫郎中所手録者加詳，故撮而書之。惟監國時所兼署，家乘以爲六部、都察院、大理寺皆在，而墓誌止書吏禮及察院，不知何據。姑并存之，以俟典型君子。

趙節婦傳

趙節婦宋氏，陝西咸寧人也。父諱暈，嘗知歸德州。趙琳者，歸德衛千户也，故節婦歸之。琳少負氣，與范指揮者交惡。范計傾琳，琳怒不能下。宣德庚戌，琳以代赴京伍。至兩河口，暴得狂疾，夜乘馬徑去。家人物色無所得，筮之，曰死矣。節婦乃爲位發喪，以其衣冠葬焉。

時節婦年十九，子一，曰遜，始晬餘。節婦誓與兒存亡。遜長而蔭，教之曰：「汝知吾所以不死者乎？爾負我，我無以見爾父於地下。」平居不假辭色，雖壯猶加箠撻。或解之，曰：「兒無父，將恃而驕。驕必敗，吾鬼不食矣。」遜卒克自立，拓産增業，有四男六女，雖屢幹公於外，慄慄如在膝下。節婦亦自飭嚴甚，别其母胡久，迓之郊，至則曰：「寡婦不敢野見，請見於車中。」及堂而後拜。有異姓遺女，育於宋，節婦弟之。既而三嫁，間往省，節婦駡曰：「汝玷我家，縱不能死，尚戴面來邪？」驅而出。節婦事姑謹，姑周老，病疽甚，節婦日一舐濯之，竟愈。姑季子狙節婦之財，輒予之。姑問所畜，節婦重怒其姑，則曰：「固在，實不存一錢。」姑死，葬稱子事。成化丙戌，有司上其節，詔旌其門，今年六十有七矣。

初，千户之病而亡也，泅於河而蘇。鬻油者張氏奇其貌，館而飲之酒，酒作復病。去後十年，霸州人云有狂男子，時能自言我宦家子，及問之，輒失度。求者至霸，則又傳之保定。保定蓋其支族在焉，至亦無所得，自是遂絶。又二十餘年，有僧寄歸德，嘗乞齋馬牧寺，爲里人所嗤。曰：「毋咄我，我官也，棄不爲耳。獨我哉？如趙千户者，亦僧也。」趙黨有劉八者，亟報遜。使詰之，僧曰：「予指揮徐忠，中山王裔也。土木之亂，逃爲僧，於香山求有道者師，久不值。至徐，聞有名僧在壽州，始造焉，其徒數十人。予問及家故，師怒，以觚擊予曰：『汝俗累故在，惡吾從？吾亦歸德趙千户也。』惟聞此而已。然師自爲此言，已悔之，曰：『吾秘此三十年，不覺妄發，吾不能久居此矣。』蓋將去也。」問其齒貌性度，質其母。其母曰：「噫！是也。」遜諸父俊即率二老卒至壽，訪之，則已發矣。後歸德有九僧入趙東鄰殷指揮家索飯，中一老者甚怪偉，問殷曰：「西鄰者誰乎？」殷具以告。僧顧其綽楔，笑曰：「嘻！乃樹此乎？」遂亟去。比遜追，又不及，人皆意其爲琳也。徐僧者居無何，其五子來自鳳陽，請歸之，不可，則强之去。竟逃還馬牧，猶能道趙千户事云。

太史氏曰：節婦之行高矣。當其夫亡時，非不能死，飲泣抱孤，凡趙氏之祀之絶是懼。其律身教子，皆能以義自勝，圖於厥終。雖烈丈夫，豈復過哉！千户之事，其亦矯詭，務脱覊縛之流，未足深論。獨人之情，有甚於死別者，於是蓋益重節婦之哀。天其或者矜節婦之心，使趙果不死，萬有一於後，亦未可知。彼節婦者固可以無愧也已。節婦於予外姑岳夫人兄弟也，予每聞其事，未嘗不斂衽而作，重爲之痛歎而不能已，故傳之，而千户之事亦附見焉。

劉益齋傳

劉益齋名毓，字德美。其先金陵人，有曰定夫者徙蘇之長洲。傳五世至益齋，以醫名於蘇。益齋生彌月而孤，族無期功之親，鞠於母氏，蒙其姓曰徐。母没，復劉姓，然鄉之人猶稱爲徐益齋。初業儒，爲舉子既成，不忍違養，去學醫。醫成，不求薦，祇以事母及其鄉之人。既老，郡大夫薦之朝，禮部都察院下御史，刻日趣上道，隸太醫籍。居歲餘，太醫長又薦之，入直内殿，時益齋年六十餘矣。

益齋之爲醫也，不爹辯，不幸劫，不偏任用，據理守經，重培養，慎攻擊，鮮不中者，中則喜形於色。疾有弗可治，雖未劇，必蹙然戚之。人或謂之迂，已而果然。或謂益齋曰：「今人利速效，一投劑已冀其驗，再則惑〔一〕，三則易矣。子胡不少貶以徇人乎？」益齋曰：「我本儒也，習聞其道，道可貶乎？彼弗吾任者，吾亦弗爲之用也。」故稱良醫者，往往不勝輒大敗，至殞滅不復可救。人亦餌速利甘不爲悔，及論其極，卒不能舍益齋焉。益齋醫雖工，然不自衒，嚮學如不及。嘗慕古人開卷有益之説，書門屏以自警，齋是以名。或疑「益」非謙稱，曰：「吾固以求益也。」

益齋樸厚簡雅，不媟語，不侮笑。雅慕好士大夫，多不取直。有窶者，尤愍惻不置，必卒事乃已。人以是多之。中書舍人周宗勉，蘇人也，序其事授予，請爲傳，以傳其鄉及其後之人，故書之。

太史氏曰：蘇之醫多出丹溪朱氏，朱氏之門有王仲光氏、韓復陽氏。二氏之傳爲盛啓東氏，益齋盛學也。予聞吴太史原博言。益齋來京師，予實見之，益知其言不誣。益齋誠良醫哉！自丹溪闡爲濕熱相火之説，人不能盡信，其信之者又一切屏去温熱之劑，至死不爲變。夫五行并運，五方錯稟，五病異發，五藥殊氣，古人之所不能廢。經云：陰不足，陽有餘，不言無陰。諸家云濕熱相火，爲病甚多，不言凡病皆熱。而世所言若是，豈非矯枉過之正邪？予與益齋論及此，其言曰：「有是病，服是藥，惟其所當。」予謂之善學丹溪者。且丹溪以母病學醫，遂成名家，後之爲醫者，莫之或過。宋太史論之，以爲其人非啻醫也。益齋事母孝，母没而後赴薦，其處與仕非無所據者，無乃近是矣乎？

【校勘記】

〔一〕「惑」，原作「感」，顯以形近而訛，今據文義與抄本正之。

止善劉公傳

公劉姓，諱必弘，字崇道，號止善齋，岳之華容人，其先東平人也。少失怙，自强問學，慷慨有大節。遭元季亂，海内分裂，乃遊武昌，下九江，盤旋吴越間。有所接見，輒與議論。議不合，輒歎曰：「是非足與有爲者！」拂衣去。如是者數歲，翻然歸其鄉。時盜賊蜂起，里閈無寧歲，郡縣吏皆棄印綬以走，民無所歸命。公與鄉民約，結義兵爲保障，戰不廢耕。倪文俊之黨有蘧某者，攻其鄉急，公一戰擒之，由是賊不敢犯。元行省參政潑張者據岳州，檄公治奸民所告變事，有「祁毛王十三」之語，皆邑大姓，連結甚衆。公託以五字爲人名號，斬死罪囚一人報之，事乃定。張屢遣人致公，欲與俱，竟不可得。然猶重公甚，每令其部人曰：「慎勿犯劉氏鄉！」衆皆賴之。太祖高皇帝定江南，公籍兵内附，還鄉里。洪武四年，上親録若干人姓名，下詔徵之。公以名當赴，至金陵，繫獄月餘，復詔遣歸。寓於南門外鬻鞍者齊氏，得疾，遂卒，年四十有一。其友嚴伯霖者屬公骸於齊氏，攜其篋以歸，有紀行詩若干存焉。後數年，公子孫遣人迎葬，則其主已易數姓，竟莫知所在。初，綱紀久壞，淫風惡俗遍天下。公鄉居，每集耄稚，諭彝理，明利害，多所變革。無賴民愧公者，或徙處他邑，終其身不敢歸。公日所與論議倡和，惟鄉儒徐執中輩三數人，自餘皆却立趨候，無敢與抗禮者，其嚴如此。公既没，子行簡亦不仕。至其孫仁宅爲廣西按察副使，曾孫大夏爲兵部職方郎中，世其家。

贊曰：予聞劉氏，宋南渡時有都統制寶者，從岳飛平楊幺，屯田岳、鄂間，爲恢復計。飛死失志，遂隱于華容以死。公每論及此，未嘗不感恨泣下，此其志決非偶涊于亂世者。觀其歷覽形勝，蛙視羣雄，待時委命，以成效順之績，有馬新息之風焉。當天下未定，虓呼而猘走者皆肆其兇暴，争搏噬吞嚙之利，以召禍取僇，近及其身，遠則及其子孫，無足怪者。公材足以得地，力足以驅民，黽勉自守，進不昧於所託，而退不失其身，始終之迹，有足觀矣。顧其德庇鄉邑，而禄不逮躬，僅脱械繫，卒困於道路以死。是固時命之不相爲偶者，抑將以遺其後人乎？

李東陽全集卷三十六

懷麓堂文稿卷之十六

傳

楊南里傳

先生楊姓，諱實，字誠之，别號南里，浙人也。先世居寧海，始祖廣仕唐，爲兵部尚書，五子，皆仕吴越，有相國巖者徙慈溪。巖九世孫適號大隱，大隱十二世孫雲，號南湖，始居鄞，遂爲鄞人，又四傳至先生。

先生幼多疾，書慌惚不能記，六七歲時忽若有得，隨所授輒應口成誦。初補縣學生，提學憲司奇其才，改補郡學。正統辛酉，舉鄉薦，登禮部乙榜，拜安福訓導。

安福舊文獻地，弟子最盛。先生嚴楷式，列條教，恩令大行。教諭闕，總學政者三年，番試諸生，躬自程校，示賞罰獎勵不倦。人始憚其煩，後益樂，至胥勸相。鄰邑龍泉學官闕，復奉郡檄往署，八越月而還。先生在安福九年，事無鉅細，皆精慎不苟，一時人士出所造就，多顯聞於時。

縣官歲行鄉飲，凡耆老無賢不肖，以名皆與。先生曰：「此非制禮意也。」乃命諸生聲其不德，黜數人。尋有巡撫大臣道安福，學官諸生倉卒不時謁，耆老被黜者乘間以他事中先生，遂落職。諸生訟其冤，不得，繼以泣，巡撫亦頗悔之。次日諸生具狀聯署，將復走愬。先生止之，曰：「使吾無愧二三子者，足矣。官得失，命也。」

既歸鄞，日奉親養，暇則與諸大夫觴詠爲樂。遇名山勝地，輒澹然忘歸。或問以往事，不答也。成化戊戌，有母喪，哀毁疾作。既又北走京師，徵銘士夫間。時其子文卿已舉進士，爲兵部主事。先生寓官邸，疾再作，未幾卒，己亥十一月四日也，年六十有六。文卿歸其喪，葬於某山，時先生父某以高年被命服，年九十餘，尚無恙。

太史氏曰：吾聞楊先生教先踐履，論古事必設以身處，不漫爲誕説。觀所論鄉飲事，誠耿耿不苟合者。其所養可知也。噫！官非郡縣，無賞罰黜陟之柄，徒以口舌執議，匹夫結讐，至終身不復用。故當大事者，不以身任天下之怨而欲有所爲，難矣哉！

喬烈婦傳

烈婦高氏者，工部侍郎樂平喬公諱毅之側室也。公夫人王氏既卒，高事公謹。公遘疾，湯藥必躬視，日不甘食，夜不就寢，每稽顙於天，祈以身代。公疾革，顧謂之曰：「吾殆不起，吾子孫必克自立。獨汝年少又無子，奈何？」高泣曰：「公脱不諱，妾固當死從公地下耳。」公卒，哀毁殊甚，引繩欲自經，爲家人所掣，不得死。乃取平生華飾投諸火，示無生意，於是防者日嚴。公子兵部郎中鳳扶柩歸，高抵家，悲號益甚，聞者愴惻，竟以間縊死柩旁，年三十有三而已。

死之日，適朝廷遣山西布政使胡欽祭公喪，胡聞其事，嗟歎不置。知縣劉義以狀聞，請表其節，以厲爲人婦者。下禮部，移御史及布政按察覆實，如義言，詔旌其門曰貞烈。後寶坻王子玉爲知縣，即邑中隙地構祠祀之，祠亦名貞烈，彰國典也。

予嘗觀中書舍人楊應寧所著祠記，聞高事爲詳。郎中君既卒，其子縣學生宗、進士宇請爲傳，立石於祠，以詔其子孫，故書之。

太史氏曰：世稱「慷慨殺身易，從容就義難」，信夫。夫臨事值難，氣激而義動，雖中人之質，蓋有視死如歸者矣。及事勢稍定，情得以自施，美利在目，甘言在耳，無重賞以誘於前，無嚴刑重法以驅其後，其不逡巡退縮自恕而不覺者，豈不鮮哉？世固有相約赴難，不終夕而已倍者，況積日閱月愈久而不變者哉？吁！身爲人妾，命不錫，朝不與，心誓身決，以求必死之爲慊。乃亦有以小官末職自諉不力於君父之難者，何哉？丈夫耎懦不立則喻諸婦人。揆之高氏，殆婦之不逮遠矣。

都御史朱公傳

公姓朱氏，諱英，字世傑。其先爲廣州節度使，徙居郴州桂陽縣。大父攀麒，陽朔縣主簿，父思諫，皆贈資政大夫、都察院右都御史。

公少孤，補縣學弟子，通詩、書、易三經，正統乙丑，與族兄克寬同舉進士，授監察御史。

己巳，閩、浙亂起銀冶間，公與諸御史承敕分守州縣。比至，大軍尚駐金華，公徑趨處州。聞土木之難，乃取道慶元，揭榜諭賊，招老弱被虜者，又計獲鉅賊若干人。有中使報黑面大王統衆三萬，欲劫所捕賊，議欲偕走。公不可，徐使人覘之，而令所司尸賊於市，竟無他變。

景泰改元，公還朝，論處中便宜五事，下諸司議行。外戚汪都督全縱家人侵民産，時林莊敏公爲給事中，公與交章劾之，詔奪産以給民。又劾中官善增、姚廣恃寵暴横，皆下詔獄。壬申，詔風憲官被訐者無論結不結，皆補外。蓋大臣有私怨於御史周鑑、王豪，嗾人誣奏，勘核未報，欲因事逐之。公上章極言非是，特賜采納，且敕諸司詳看詔格，故王、周得免，而用事者忌公亦深。

未幾，遷廣東布政參議。道桂陽，省母胡夫人。夫人閲其歸橐，惟賜銀十兩，喜曰：「兒居官如此，吾無憂矣。」舊廣民避役，各假額外隸從身以賄免，公至，悉遣之。與都御史揭某議軍傜法，限以十歲一役九休，至於今不廢。癸酉鄉試，有都指揮爲子求舉，公叱弗許。録屬郡囚，壹意伸雪。及專撫治，斗峒賊楊通擁衆流劫，剿平之，賜綵幣寶鏹。又招賊黨百餘，將臣欲處以軍法，公陳辯數四，止誅首惡數人。

葉文莊公巡撫二廣，興革進退，諏公爲多。嘗入賀，歸遇知新塗縣李舟、知南海縣趙莊，各囊白金以贐，公却之。後二人以贓敗，受贐者俱坐累，公獨不及。天順間，有采珠之役，中官督責甚急。公獨筦布政事，故緩之，以俟巡撫會議，因疏乞召還，民賴以無擾。二廣嘗會兵剿賊，文莊屬公督察奸弊。參將范信會剿大藤峽，至廉攢間，誣鄉民爲賊黨，欲殲之。公馳赴其壘，凡所獲無辜，皆審實縱去。信忿不能成功，月餘未退。會文莊間使至，公亟請班師，民始脱血刃。

又有告廣州丰湖民作亂者，公知其冤，亦力争以免。潮賊羅劉寧等屢挫官軍，公會兵平之，獲被虜者數千。公别置營以處女婦，已而各還其家。新會有閒田，争不決，公以給貧無田者。遷右參政，聞母喪，還桂陽。

成化乙酉，改陝西，更守延、綏、甘、涼。涼州及西寧官藏被竊，所司委罪主者至，皆誣伏。公訪獲真盜，遂明其誣。滿四寇固原，官軍失利，大將以下皆獲罪。都御史項忠奉命往討，檄公餉事，且詢進止計。賊平被賞，擢福建右布政使，再遷陝西左布政使，均徭定法，兩省便之。

甲午，擢都察院右副都御史，巡撫甘肅。首陳安邊十事。大略欲練兵積糧、興屯種、柔諸番。既又陳徙居戎、簡貢使、謹烽堠、防奸細諸事。又以歲議陳八事。所舉武官如王璽、劉晟，皆爲時名將。

乙未，總督兩廣軍務，兼巡撫，民卒遮道，留者不絶。諸將或私致饋，盡却之。

廣方不靖，將臣每張其勢以邀功伐。凡動大衆，必檄遠州，刻期輸挽，民道死半鋒鏑。公下令撫輯，有梗令者，始購首惡誅之。要害所在，芻粟皆豫。或因糧於寇，故兵民咸息，盜亦無敢肆亂者。廣西立山猺賊嚮順，請置永安州，以其子世吏目，餘黨皆爲編氓。立山實大藤盜衝，自是莫敢越境。後山惡少間聚出掠，有利其田者，風所司以亂聞，或請屠其鄉。公移兵臨之，語其良民，執羣兇以獻，誅止數十，所活亦以萬計。田州岑氏有内亂，公諜諭族屬，俾除世讎。皆感泣，共殺首惡，傳首軍門。於是諸郡猺獞率聽命還業，數歲間，增户四萬三千、口十五萬。他如天河、荔浦、潯融間諸盜，以次行戮，未嘗妄殺。上每加慰勞，下敕獎勸者六，特升右都御史，加從一品禄。

交趾侵老撾諸郡，且立營栅於龍州外境。議者謂彼謀内寇，詔諸鎮設備，且詢公。公奏安南小國，不過與老撾争隙地耳。姑諭之，若果不自量，致討未晚。上用公言。交人感畏，修職貢不弛。新會貢士陳獻章隱居養母，公累疏起之，授翰林檢討。給事中林榮、行人黄乾亨使滿剌加國，溺於海，公奏録其子各一人。

兵部尚書缺，廷臣首薦公。上以二廣重地，未可輕代。公乞歸展先墓，已，即還鎮璽書召入掌院事。未幾考績，上遣中使賜羊酒寶鏹，尋加太子少保。乙巳星變，公陳八事，又以關陝饑，請移甘肅餘糧以賑，再請京師出粟賑諸郡就食者，皆從之。

乙巳，公疾，上命醫給内餌，且賜酒饌。七月十二日卒，上遣中使賜萬緡，贈榮禄大夫、太子太保，命有司營葬。子五：守孚，刑部郎中，後公卒；守頤、守謙、守蒙，鄉貢士；守貴，縣學生。孫瓏，廕補國子生。所著有澹庵紀年、誠庵奏稿、任真子集若干卷。

太史氏曰：廣東、西地自大藤之捷，民物凋敝，府藏空竭，識者蓋深憂之。吾聞朱公莅政，專事儲蓄，數年間所積金爲兩數十萬，流徙還業者四十餘萬，以脅從獲免鋒鏑者不可勝紀，其有功於國家甚厚。傳稱君子能國，仁人利博，豈不信哉！方入長内臺，議彌災策，時曹分條集，公所陳或爲秉筆者所沮。楊中書一清上記説之，公即命肩輿，徑造議所，力伸前説。雖未悉施，其所負亦壯矣。予於公得其大者二焉，故特著之。

化州同知楊公傳

公姓楊，諱景，字某，雲南安寧人也。事母以孝聞。性狷介，不妄取。少補州學生，舉永樂癸卯鄉貢。卒業國子，拜霸州判官，專領馬政。政久弛，逋課累數歲，官急徵，馬數益耗。公歎曰：「養馬者民也，民困，馬何由息？」乃與民約，悉縱使就業，期年而馬足。會遭母喪，民數百輩詣闕，請奪情留公，不得，皆涕泣去。服闋，改澧州，力益舉劇。有卒失牛，誣民吴姓爲盗，州爲成獄。公疑之，陰遣人置牛郭外，縱之歸，牛經卒門奔民家，入其笠中，卒乃服罪。

合九載秩滿，民請留，部使者六七至，例不得復留，擢化州同知。峒夷亂，賊千餘將攻城。會久雨，城寖壞，民謀走徙，號聲震天地，守將夜縋城以遁。公令曰：「吾在此，毋恐！」時城中民兵不滿三百，公激以義，且示福禍，皆願盡力。乃撤故倉木以蔽城缺，又縛藁人被衣鎧置城上以疑賊。賊夜至，攻甚急。有三人緣堞上，擒斬以徇。賊知有備，乃引去。歐都督信在高州，聞警，以兵至，則賊已遁。歐大驚歎，書「守忠」二字遺公，而置守將於法。公益治城練兵，寇屢至，無所獲，遂不敢復犯。民皆曰：「活我者，楊公也。」

方賊亂時，有按察官夜至城下，守城將啓關内之，公執不可。按察怒曰：「汝寇我耶！」公謝曰：「今日之事，城爲重。」明日，果聞有異服自稠人中遁去者。按察方欲報公，愧而止。公每獲賊，既鞫實，必誅而後報。或曰法不當爾。公曰：「脱有不虞，奈何？」既而，鄰郡傳賊者皆墮賊計，人益服之。化俗尚鬼，有廣西羅姓者客死，民謌傳爲神，祠事之。公毁室，斧其像，妖遂息。

天順庚辰，以老乞致仕。道巴陵，貧不能歸，因占籍焉。子一清，舉奇童，入翰林，登進士第。而公卒，家益貧，不能歸巴陵。一清乃葬公鎮江。比拜中書舍人，獲敕進公階儒林郎，封公配張氏太安人時，公已卒若干年矣。

太史氏曰：世恒謂處常易，處變難，其非然哉！夫自取舍至於利害，以極於生死，皆有際分，有所嚮必有所辟矣。苟縱意恣欲，簞豆無所擇，而望其赴難徇義，蹈死而不顧，惡有是理哉？予與中書君遊，聞化州事，壯公所爲。及詢其恒居細行，固若是濯濯也。嗚呼！居小官，處僻地，能嚮義辟利，確然不爲變，不可謂不難矣，故著之。若化州事，灼灼在人耳目者，固皆難之，豈俟論哉？

五宜高公傳

公高姓，諱明，字上達，號愚軒，後更號五宜，廣信貴溪人也。未冠時，嘗刲股愈母疾，以孝聞。景泰辛未，舉進士，拜監察御史。諫造龍舟，巡都城九門税鈔，劾崔主事敗法，監内庫，并督五城兵馬事。有戚指揮者爲大臣所怨，坐死，辯釋之。徐州民越訴贓吏，例當戍。公議戍例爲誣訴設，今所奏實不過當杖。制可，著爲令。州又以妖言十餘人具反獄以聞，公訊無反狀，止坐本律。按河南，宣滯理枉，禁賦河徙退地，黜吏不舉職者六十餘人。監丙子鄉試，得人爲多。會西北有警，餉不告乏。内巡畿郡，入總三法，司奏牘。天順改元，率諸御史劾兵部尚書陳汝言怙勢亂法，下獄死，聲益振。忽午刻臺囚五十餘人劫獄走，衆相顧駭愕。公馳片紙報九門毋出行者，使號諸途，得卒百餘，襲捕之。庚辰，劾天下述職官，御史趙明爲號首，實出公筆，辭頗激。上詰主筆者，公請獨任，不以累趙。都御史寇公深素重公，從容言：「累年彈文奏章，皆高明手出，幸不以細故爲罪。」上曰：「是能御史也。」置不問。

吏部擬公爲山東按察使，上謂李文達公賢曰：「高明宜内任。」又謂寇深曰：「明可都御史。」未幾，遷大理寺丞，稽武官貼黄。御史鍾同，景泰間諫復儲事，下獄死，尸久不獲。公究得之，率諸同年買棺治斂，屬鍾子啓歸葬焉。憲宗即阼，擢南京都察院右僉都御史，政令清肅。時淫雨爲災，極言内自宫禁，外至夷狄，皆有陰盛陽微象，又請塞納馬納粟諸幸途，薦郎中何宜等可用，朝論韙之。

揚州鹽寇作，守兵失利，敕公督捕。公造巨艦，名曰籌亭，往來江南北，躬督卒伍。會遣中官及錦衣衛校卒五千人籍首惡家，公慮變起，館穀之，不使出户閾。分遣御史督兵，禽滅九百餘人，盡得之。中六十餘劫獄，復入江爲盜。公伺賊出没，伏蘆洲，乃以官兵蹙賊入蘆中，伏起禽之，亦不遺一人。又並江高山置邏堡爲久計。有中官鬻私鹽，又擅執儀真指揮，卒哄不可解。公撫卒，令勿嘩，籍鹽入官，乃劾舉如法。覈南京諸曹不職者三十人，清四十八衛軍政，理兩淮鹽課，劾户部及諸巡撫官縱法狀，陳利害十餘事，多見施行。

公念二親老，弟又夭死，再乞致仕，不許。乞終養，許之。既免喪，聞上杭盜起，敕起公往捕。公力疾上道，督兵剿賊。録賊俘四百餘人，誅首惡四十餘，悉輕坐。海濱民矯令募亡命，恣不軌。公慮興大獄，止坐妖言律誅之。既又析上杭溪南里，置永定縣。衆多其功，公盡以推將士。會疾作，不入報，疏乞骸骨，納敕符以去。上察其懇誠，特許致仕。歸居縣北，創早閒亭，鑿白鷗湖，結薌溪社。諫官國子生交章起公，竟不起。自述銘并輓章爲卷。成化乙巳九月十九日，忽不樂，書對句曰：「平生無一事欺天，至死全百骸歸地。」遂卒，年六十有四。上遣官諭祭。後三年，今天子命有司治壙，蓋異數也。所著有愚軒稿、糊壁集及南臺籌亭稿，多散失，惟終楚、征閩二録藏於家。娶恭人徐氏，子二：鸞，早世；鵬，縣學生。側室子鴻。孫二：楠、梓。鵬遊京師，請傳公行以傳，公壻鄭御史惟桓有狀。

太史氏曰：高公初乞歸，疏稱無才一宜退，有疾二宜退，親老無昆弟三宜退，及以治盜徵，謂宜再起，功成疾作，宜再退，其號五宜以此。昔孔戣有二宜去，司空圖有三宜休，皆斂退事，史傳所稱載。嗚呼！勇退固難事，然退而出，出而復退，其出不徇物，而退不爲矯情者，蓋尤難焉。君子論士必先大節，矧其才卓卓有治效可指述哉？故公雖名位未極，功澤不遍施，揆厥終始，稱國之大臣可也。

王古直傳

王古直名佐，字仁輔，後去「車」爲「甫」，古直其所自號，以號行。世居台之黄巖，今分太平縣地也。

少爲詩及行草，漫遊京師。有鄉人坐事者，古直候諸官，官并捕候者，詢其拏甚急。古直甘侵辱，竟不言所在。入刑部獄，獨暴立烈日，不與衆囚伍。李主事廷美異之，檢衣帽間，得柯學士諸詩，問之曰：「爾能詩耶？」使賦日影詩，成，縱之歸。長揖而出，獄吏皆大笑，然右直亦自是得名。與今侍郎黄定軒、侍講謝方石友善，嘗主方石。方石以憂去，主林給事克沖。克沖使海國，主王員外存敬。存敬亦出使，主定軒子主事汝修。然亦不恒在，卒然求之，莫得也。

旅食三十年，無僮僕，不置釜甑。有大籠五六，惟詩畫數百幅。中貯壺酒，晨出飲一再勺，已復鐍之以去。上元節，京師燒糯汁爲瓶，以貯水畜魚，旁映屏燭，通明可愛，俗呼爲泡燈。古直買置謝館，日玩弄爲兒戲。一日誤觸碎，意拂然不樂，曰：「吾平生家計在此，今蕩盡矣。」方作章書，值掾吏至，曰：「遽敗吾興。」羣掾欲毆之，或俾自爲計。古直曰：「我固當毆，毆則吾名益彰。」一日，遇諸塗，竟被毆，獨袖手承之以歸，亦不以屑意也。或勸使仕，大言曰：「我來爲爵禄圖邪？」「盍科舉乎？」則笑曰：「安得以少年處我？」嘗在酒所歎曰：「此亦功名事業也！」顯靈宫道士請主師塾，館餼甚厚。閱月忽辭去，曰：「安能矻矻操朱墨，坐几案間乎？」克沖之使，欲與俱，不果。或問之故，曰：「彼不吾强，吾安能爲彼行邪？自古大賢聞人不渡海者何限，海豈必渡然後爲快也？」其性氣屹屹，不肯爲人屈類此。然意度率直，内不爲蹊徑，遇所會意，欣然忘去，人亦以此樂之。

爲説者曰：方石先生嘗云：「天地如許大，中間可喜、可歎、可怪、可笑事何所不有，可勝道哉？」沈按察仲律嘗值古直，詢其邑里名迹不置。古直曰：「公不須問，大抵奇怪人也。」其亦善自道耶！周官稱四民，班固表人物列九等，魏晉以來中正第九品。予雅知古直，然不能目其爲何如人也，作王古直傳。

仲節婦傳

仲節婦鄭氏，揚之寶應人也。祖克明，某州府同知。伯父仲體，南京户部郎中。世有顯者。父仲宣，母楊氏。節婦以父命許嫁同縣仲公旺，未行，連失怙恃，挈弟妹四人以居。弟宏，尤稚弱，躬爲撫鞠。年二十四，始歸。歸不逮舅事謹，視巾櫛，至親井臼。七年喪其夫，有子女各一。自屏膏沐，矢不貳適。日侍姑側，凡所欲，輒逆與之合。姑疾，累數月，扶掖搔抑，未嘗手輟。或夜禱於天，請以身代。姑惻然感之，曰：「願吾婦得婦亦若是，是我所以報也。」姑卒時，伯氏太醫院判祖在京師，仲氏德廣商於外，節婦獨具衾斂，舉凡葬事皆中禮〔一〕。院判公歸，泣曰：「吾母之喪，吾兄弟存没緩急，皆弗克與濟，愧汝多矣！」拜且謝之。節婦曰：「所以忍死不嫁者，非姑與子邪？今日之事，婦職也，曷敢言謝？」

季氏德陽生子萱，母病不能乳，節婦乳抱卧起若己出。既孤，又子育之，愛不弛教。子蘭，拜中書舍人，歷尚寶司卿、右通政，今爲太醫院使，節婦始封太孺人，又進封太宜人，養於官。有白其事者，下禮部核實，詔旌其門曰貞節。節婦今年七十有五矣。嘗謂蘭曰：「我儒家女也，汝荷國恩，弗克取科第，吾於吾孫取之。」孫三：長本，次棐，皆舉進士，棐今爲禮部主事；次相。女一，適某。識者謂蘭以才賢致官，位參閩譽，其子又顯揚之，以亢厥宗，微其母之節，勢不及此。故節婦雖貴盛有秩號，其他善行亦富可紀述，而人獨稱爲仲節婦，蓋舉其重者云。

太史氏曰：易稱：「恒其德，貞，婦人吉。」又曰：「安節，吉。」旌門之義，其取諸此非邪？予與仲節婦子交稔矣。蓋嘗拜節婦於堂，見其强健龐厚，不色惰，屹然有嚴君風。殆所謂從一而吉者也，承上而得其道者也。其興家規，貤國恩，有以哉！今旌門之制亦嚴矣，年有限，案有覆，更人累歲而後得報，報者不百一。猶或名實交戾，聞見不相準，窮簷僻縣，乃或有之而弗見於世，皆不免於君子之憾。予所目擊如節婦者，寧不爲國典重哉？故及節婦之存，傳其事，俾其子若孫藏於家，亦以播諸鄉國，庶足爲薄俗之一勸云爾。

【校勘記】

〔一〕「凡」，原作「兄」，顯以形近而訛，今據文義與抄本正之。

奕説

吾嘗觀於奕矣，奕之初本無情也，卒然而合之，疆分類别，擊取攘劫，若有得失乎其間者。及其地交意逼，主於必勝，其勢莫肯先却焉。故或役心命志，如蛛遊蜩化而不自知。其勝者施施然若闢土地而朝秦、楚，不勝則赬面戟指，無所不至。

今之言奕者，必以適。以適而反自勞，則不若縮手而旁觀者之爲適也。勞與適相遭，非智者不能卒辨。至於覆圖斂奩，則其所謂勝負者始茫乎其不可攬，然後勞亡而逸見。其甚者猶或以夸之乎人，或者悵怏鬱結，愈不可釋。嗚呼！此又何哉？古之不善奕者曰蘇子瞻，其言曰：「勝固欣然，敗亦可喜。」用是知不工於奕者，乃得奕之樂爲深。人之達於是者，可與言奕也。世之善喻世者必以奕，以奕觀世，鮮有不合者也。

張翺漢翔字説

太倉張用良之子曰翺，字漢翔，以商遊於京師。職方郎中陸君文量，其姑之夫也。稱漢翔少得家訓，敏而克肖，既用禮冠，齒成人於鄉黨，而未究其有字之義，以請於予。予因職方君嘗識其諸父用美、河間通判用光，知鉅族子志於爲義，可以與之言也，乃爲説曰：

高飛曰翱，布翼曰翔，凡鳥之性皆然。易曰「本乎天者親上」，此之謂也。然於飛之中，又有高下遠近之不同。必極於天者，而後爲至，爲鳥而不極於天，非鳥之至也。爲人而不極於高且遠，不可以爲人也。人可以不如鳥乎？夫鳳翺翔四海，鶴飛薄雲霄，鴻鵠一舉千里，其飛不同，其爲高且遠一也。故士之志於世用者，能如鳳之於岡、鶴之於甸，則爲之，不能則爲鴻爲鵠，要之不失於卑近而已。

然又有説焉。周禮士執雉，庶人執雞，工商執鶩。雞鶩不能飛，雉雖飛，不過尋丈，而比德取義，顧有攸存。然則鳥固有不必飛而貴者。今漢翔商服，而士習當守分遵制，如其所執。乃欲使之翺翔雲漢之間，不已過乎？蓋物固有分，分不可過而求。故斥鷃之卑，無羨乎扶摇之九萬。及其志力所勉，則卑可以爲高，近可以爲遠。故鳩之飛，不過榆枋，及其奮迅自致，則可以極於數千丈之表。漢翔勉乎哉！古之人固有舉於海市魚鹽之間者，苟能崇德廣業，由此而進，固不害其爲世用。如其未能，亦可立身亢宗，爲一鄉之善士。雖在儕輩，亦羣雞之鶴也。漢翔勉乎哉！

陸儀莊甫字説

太倉陸君文恢之子儀少孤，其伯父職方郎中君文量育於官而教之。既長，爲據古禮，肅賓備服，誦辭而冠之，字曰莊甫，而未有説其義者。文量乃屬於予曰：「儀敏而慎，可以與之進也。」

予曰：人之有威儀，猶室之有隅也。德修於内則容莊於外，然容不莊，則易慢之心入而爲德累，故修德者必於是慎焉。古之人慮人之或忽乎此也，故冠之纓弁以爲之觀瞻，被之裳衣韍韐以爲之章采，從之以車鑾佩玉之音以爲之節度。周還有規，折還有矩，頭目手足有其容，坐立登降、揖讓酬勸有其法，以防制而衛養之，使心不外蕩，則德不容不修於内矣。故儀禮之繁，至於千百，抑戒之作，論威儀者累五六言。孔子稱君子所貴乎道三，而容貌居其一。儀之不可不敬也如此，是惡可以其微而忽之哉！然或服美以爲華，色莊以爲泰，鵜梁有不稱之恥，夏畦有諂笑之病，則顧役於外，而德益蔑矣。故君子恥服其服而無其容，恥有其容而無其辭，恥有其辭而無其德。德之不可不敬也，又如此夫！

且禮始於冠，冠而後服備，服備而後可以正容體、齊顔色、順辭令以成禮，禮儀備而後可以成人。冠之辭曰：「敬爾威儀，淑慎爾德。」此之謂也。莊甫之冠，蓋亦聞是辭矣。然則緣辭以達禮，名顧而義思，則其儀也莊乎不乎？其本於德而爲之乎？必有以自考矣。

李東陽全集卷三十七
懷麓堂文稿卷之十七

雜著

讀唐史三十一首

蘇子謂唐高祖起兵不待建成、元吉之至，爲太宗之謀，借隋吏以殺兄弟也。吁，焉有是哉？當是時，建成之惡未著，又無一日之隙，太宗縱有利天下心，亦未必若是烈也。及其後舉，乃迫於勢，而始不能以理處之。然太宗固可與爲善，使房、杜諸人能以聖賢之心諫之，其事亦未可知也。蓋興大事於羣疑之間，其勢固有不容緩者。舉兵於内，召子於外，亦如是而已矣。君子觀人，固當平其心，不可設機穽以幸物之中。然自處者必求其全，毋有所虧玷，以自貫其横議也。使太宗無臨湖之釁，則建成雖死於隋吏，亦孰得而疑之哉？

徐世勣既降唐，以竇建德虜其父蓋也，復降於建德。此固同於徐庶而賢於王陵矣。及觀於建德，知其勢必無成，而可以託其身，以爲富貴之地者，惟唐也。遂忍棄其父而歸唐，羣臣請殺蓋，非建德猶有君人之度，則蓋已死矣。及事唐而至於高宗，富貴既極，則觀其無能爲，而可以保其身以爲子孫之地者，惟武氏也。又忍棄其流涕嗌指之言，以成武氏之禍。非狄仁傑、張柬之輩出而扶持之，則唐已絶矣。嗚呼，忍哉！夫勣爲子而忍其父，固徐庶之不若；爲臣而忍其君，則又王陵之罪人也。故苟志於富貴，無所不忍矣。

有請去佞臣者曰：「願陛下與羣臣言，陽怒以試之。」太宗曰：「朕以至誠治天下，恥前代帝王以權數接其臣。卿策雖善，朕不取也。」夫不取其言，乃善其策，是固有以中其心，而又惡其名，故陽却而陰納之，豈真有所謂誠哉？觀其密使左右賂令史而欲殺之，又陽怒程名振之不拜，以觀其所爲，則正中請者之言，而自戾其言。如此類者多矣。觀人不於所勉而於所忽，不於所言而於所行，信哉！夫人知過而不改，其患甚於不知。不知則猶有所待知，而不改則亦已矣。太宗之言有聖賢不能過，其行或常人之所不爲，正坐是哉？

賞罰，天下之大柄，臣民所視以善惡者也。於可不可之間，不能以髮，而況褻而亂之乎？長孫順德以受贓見劾，太宗賜絹數十匹以愧之。胡演不可，太宗曰：「彼有人性，得絹辱於受刑；如不知愧，一禽獸耳，殺之何益？」是所謂褻而亂之也。夫罰之不可以賞，猶賞之不可以罰也。且孫伏伽、張玄素、皇甫德參皆以論事得賞，孔穎達以諫太子得賞，常何以薦士得賞，張藴古以獻箴得賞，長孫順德以受贓得賞，斯可以類乎？必以爲功可疑也、親可議也而赦之，赦之斯可也，何假於賞而愧之哉？又曰如不知愧，殺之何益。夫罪小不忍殺，罪大又不足殺，是終免於罰也。或曰：漢文帝之於張武嘗爲之，然則文帝非耶？曰：是固不可以訓。然文帝所爲多出於誠，猶過乎厚者也。太宗者非慕名徇欲而姑爲是縱脱云乎哉！予懼後世操賞罰者皆假此以徇其私，故舉以爲戒，曰是不可以訓也。

傅奕，可謂獨見之士也〔一〕。上高祖之疏、斥蕭瑀之議〔二〕、答太宗之言，皆以闢佛爲事，毅然有不可犯之色。終太宗之世，異端不至於大盛，而蕭瑀卒坐是以貶，或者奕有以啓之乎？然其説亦不能大行，如韓愈氏之光明於世。愈之言曰：高祖「羣臣材識不遠，不能深知先王之道、古今之宜，推闡聖明，以救斯弊」，以爲恨。是奕之謂也。然則使愈生於太宗之世，其庶幾乎？曰：亦如是而已。仁義不明於上，教化不行於下，而欲制强敵於口舌文字之間，難矣哉！此歐陽氏本論之所以作也。

侯君集滅高昌，坐贓下獄。岑文本曰：「命將出師，主於克敵。苟其克敵，雖貪可賞。李廣利貪不愛卒，陳湯盜康居財，二主皆赦其罪，封侯賜金。」太宗乃赦君集。吁！太宗於此失刑矣。夫征伐以已亂也，而縱其貪是生亂也，何取乎功？且廣利之於宛，湯之於康居，君集之於高昌，皆窮兵黷武於所不必伐之地。所謂率土地而食人肉，罪不容於誅者，何功之有？彼固使之不以其道，又縱其貪而赦之，失不已甚哉！厥後廣利死降，湯死罪廢，君集死反，皆其君不能正其罪以折其驕縱之心以啓之也。元帝不足論，彼武帝固太宗之所慕，而文本使效之，是見其君之過，不塞其源，且決之壅以溢也。高麗之役，太宗豈獨任其過哉？故君子惡喜功者，惡徇私以生亂者，惡利口之覆邦家者。

賈充負弑君之惡，秦秀乃以其立嗣不明，請惡其謚，而武帝改「荒」爲「武」。封德彝與弑隋煬，亦賈充耳，唐臨乃以諫廢隱太子，請追其謚，而太宗改「明」爲「繆」。夫有所諱而予之者，私也；有所憾而奪之者，亦私也。賈充固武帝之所諱，而秦秀假小罪以攻之，故其從也難。然使秀舉其弑君之罪，如陳泰之對司馬昭，則武帝不得而諱之矣。封德彝亦太宗之所憾，而唐臨乘小釁以攻之，故從之也易。然使太宗正其從逆之罪，如高祖之責德彝，則唐臨不得而惑之矣。卒使二人者負天地所不容之大惡以終其身，又不能正名定罪於既死之後，予未嘗不切齒於斯焉。嗚呼！謚之不當，其罪者亦多矣。此特其著者耳，然猶出於臣下之議，而惡謚之餼羊猶存。後世之謚議不及於廷，而惡謚遂廢，徒以高資顯秩，皆得美稱，是不特爲虚器，反以累先王立謚之美意矣。

太宗之立晉王治，説者或以其不立吴王恪也而罪之。夫治於此時無片惡寸過，舍之何名？恪雖才，固不得以庶長先之矣。太宗獨憂其不類己，而欲立類己者。且所謂類，何以乎？太宗悦魏王泰，以爲類己也，幾乎奪嫡。又嘗壯武才人馭馬之對，其意豈不以爲類己也？又博觀羣臣之中，惟李勣爲類己也，而託之孤。卒使勣助武氏，以成其不類己者之禍。故太宗啓嗣世之禍有二，而立晉王不與焉，曰妻巢妃也，用李勣也。其父殺人報讎，其子必且行劫，而況教之以盜，而又以大盜輔之，何所不至哉？周之成、康非有齊聖之才，而成守文之治者，文、武貽謀之善，又有周、召宏畢之臣以夾輔之也。高宗固中人以下之質，然使太宗不貽之禍胎，而褚、柳、來、韓之徒扶持之不暇，雖不極治，亦不大亂。若曰高宗固不克終者，則予未如之何也已矣。

甚矣！聖人之言深而遠也。坤陰始凝則憂其馴致，姤女始壯則戒其勿取。愚者孰不以爲迂，以爲未必然也。惟未必然而然，此聖人之言所以深且遠也。高宗立武才人爲后，其惡不足言已。以利害言之，彼雖至愚，豈不知愛其國家？武氏之禍，古所未有也。天下之女禍莫甚於褒姒、妲己，而極於吕后。褒、妲未嘗自取之，吕氏自取矣，亦未至改姓易世也。故韓瑗亦以爲褒、妲之流，而宗廟不食之諫不能入也。其禍乃出於古之所未有者焉。武氏之再入宫也，雖豫藏禍心，不過奪嫡，至於吕后極矣，乃至改姓易世，亦出於所不意者。蓋由高宗之胚胎醖釀，非一朝一夕之故，則亦有偃然自以爲當得者矣。天下之事出於聖人之言者，愚者皆能知之，而智者或不免以爲迂，以爲未必然，以至於敗者，多矣。而況知其然而爲之者乎？予又不得不爲中宗、玄宗幸之也。

易曰：「開國承家，小人勿用。」甚矣！小人之不可與共事也。事成則挾功以覬賞，而君子亦不得不賞之。賞之而其欲不厭，則怨懟生焉。及其厭也，則憑倚怙肆，必至於凶國害家而後止。然則曷若絶之於先乎？唐玄宗誅韋后，何假乎一婦人之謀？而太平公主與焉，遂使其竊動盜柄，以成殺儲廢帝之謀，將發而僅敗，予於是復爲張柬之危之也。及其誅太平也，何假乎一宦者之力？而高力士與焉，遂使其蠱上亂下，至於播蕩傾覆，僅免其身於瀕死之際。予於是豫爲僖、昭危之也。讀唐史者，得不痛恨於玄宗也夫？

太宗作帝範十二篇以教太子，姚崇以十事諫玄宗，皆謹始之道，事之大者也。而女寵不與焉，豈其父有所諱於其子，其臣有所昧於其君歟〔三〕？何見之疏也！其後高宗、玄宗皆以女寵召禍，再危唐室，其以是夫？嗚呼！其所言旋已棄如遺塵，過如飄風。則雖太宗諄諄以是而教，而姚崇諄諄以是而諫，吾無望於二君。雖然，父之於子，臣之於君，則不可不周思極慮，以内之無過之地也，小畜之「攣如」，家人之「嗃嗃」，吾因之重感於斯焉。

事有不可無悔者，有不可悔者。悔非君子之得已也，知之未周也，行之未安也，而悔生焉。聖人以人不皆周知安行也，故不得已而予之悔。若其所能行者而自暴自棄，以陷於大惡，則有不可得而悔者矣。賈充悔弑君，而自憂傳謚於將死之日；高歡悔弑君，而敬事魏主者終其身，然其惡卒不可悔也。太宗之内巢妃，充其惡與弑君者均之，爲亂常敗紀無赦耳矣。故善悔過者莫如太宗。殺盧祖尚而悔，殺張蘊古而悔，殺張亮而悔，悔責皇甫德參，悔踣魏徵之碑，然無一言悔於巢妃之後者，知其不可悔也。聖人恐入之沮於遷善也，故開悔之門。予亦懼人之狎於改過也，故立不可悔之戒，亦聖人之意也。然則何以免於悔乎？曰慎。

褚遂良、來濟、韓瑗死武氏之立，狄仁傑不死武氏之篡，君子謂遂良守經，仁傑近權。然觀遂良之仗節，見太宗納諫之效，數年之士氣未衰；觀仁傑之成功，見太宗致治之效，數十年之人心未去，此亦不可得而誣也。顧其所處猶有不同者，若易地而觀，則仁傑必能直諫於將立之時，遂良未必能成功於既篡之後。故爲遂良死者難而易，爲仁傑生者易而難。邵子謂任天下之事不若死天下之事，死天下之事不若成天下之事，是也。然臣子不幸而當此，能爲仁傑則爲之，不能則必爲遂良，乃不失正。苟徒畏死而貪名，幾何其不爲李世勣、許敬宗也已。

有宰相之道，有宰相之體，有宰相之才。姚崇有宰相之才者也，宋璟有宰相之體者也，其於道概有所未聞。然則孰爲近？曰：璟爲近。何也？以其剛也。孔子曰：「剛毅木訥，近仁。」崇也用諂以濟其寵，任詐以行其志，其平生大節，惟反正一事耳，而又涕泣於遷宮之際。是不得不於崇疑之也。予故曰有宰相之才云爾。璟也執義而不屈物，守法而不徇情，至使武后令張易之往謝之，而玄宗知王毛仲之不可致，可謂剛矣。然獨不與反正之事，豈張柬之之義有所不及歟？抑偶不值其間歟？使璟在，机上無留肉矣。仕於武后之朝者，其大節皆繫於反正之一事，不然，其何以自解於前日之事乎？是不得不於璟惜之也。予故曰有宰相之體云爾。雖然，唐之宰相知道者寡矣，有臣如宋璟者，亦何以多議爲哉！

君子之去小人恒難，小人之擠君子恒易，何也？君子惟公言正論，不可則止，而根盤蔕結於君心者，不可猝拔，故未聽而先疑之。小人之於君子，欲揚而攻之，則畏公議而不敢發，及窺君心之微，知其陽親而陰厭之也，則爲曲邪詭秘之計，乘其罅而中之。其爲言似緩而實急，似遠而實近，似公而實私，使聽之者隱然有以動於中而不疑，則其志行矣。然使其君無厭賢之心，則其言亦安得而入哉？故優人設爲旱魃之辭，而宋璟見逐；張九齡直言牛仙客之不可用，而仙客卒代其相。二君之於兩賢，其厭之深矣。人主恒言皆欲退小人進君子，及君子常爲小人所勝而不自知，哀哉！

張九齡諫用牛仙客，是也。其對玄宗之言，非也。夫九齡豈不知仙客所以不可用者？盍推本而極言之？乃屑屑於資格門第文辭之末，顧欲以臺閣誥命之地勝之。是啓李林甫「何必辭學」之言，而益屈於玄宗「有何閥閱」之問也。且此說若行，萬一有大賢出於草茅之下，欲薦而拔之，其何以自解乎？故宰相之言，不可不慎也。

胡氏之論高力士曰：力士苟能爲明皇忠計者，密主張九齡而去李林甫，左右王忠嗣而去安禄山，論功較績，夫孰與讓？此於力士固無責焉，以當時得譽於士大夫而無疾惡之者，故不可不辨也。予曰：不然。力士所以能恭謹者，安知非矯情干譽，而實用以自張大乎哉？且當是時，張九齡輩既去，則當時朝廷豈有卓然稱士大夫者？而何疾惡之有？縱使其能進賢退不肖以終其身，而劉季述、韓全誨之徒不免出於末流之下，啓弊之罪不可逃也，而又何功績之有？況九齡、忠嗣果賢將相也，則亦安肯出於其門哉？若使陰受其薦而不自知，是罔賢才而用之，無一可也。誠使其善爲計，有問則辭曰：「臣有間廷之役，不敢與國事。臣雖不負陛下，臣死之後，必有負陛下者，毋使後世謂宦官與國事始陛下。」然後爲忠也。然則孰與視其失而不救乎？曰：寧失賢才於一時，不可亂紀綱於百世。

玄宗當播遷之際，昏耄既極，無尺寸之策，決於一走。使肅宗不從父老之留，天下非復唐有矣。然唐之存亡繫於太子之留不留，而不繫於即位與否。肅宗以儲君討賊，天下誰不應之？夫玄宗嘗有高枕之言，既沮於宫中之請，及傳後軍之命，又已於馬上之辭，是時楊氏既誅，長安未保，誠無樂乎爲君。雖靈武之報不行，而寶册之使必至。使肅宗直以遺大投艱之義，流涕西向，再拜受命於馬嵬之下，較之遜避於咫尺之間，而掩襲於遲疑之後，猶之可也。嗚呼！李泌未至，而李輔國在傍，彼肅宗者，何以及此哉？故其即位也，未嘗不以爲當然。而其矯情固遜，至於三四而不已者，亦其心有不安矣。泌之言曰：「家事宜俟上皇，不然後世何以辨靈武即位之意？」則其臣有所不安矣。廣平王俶之言曰：「陛下未奉晨昏，臣何敢當儲副？」則其子有所不安矣。欲免於後世之公議，得乎？爲人臣子而不通春秋之議者，必陷簒弑之罪。彼肅宗固不待西内之隙，吾無以末減云爾。

昔人謂壞唐者三：女后也，奸臣也，宦官也。惟玄宗兼有之。中宗有女寵而無宦官，敬宗有宦官而無女寵，然皆身死賊手，恨貽來世。若玄宗者，内有楊貴妃、高力士，外有李林甫、楊國忠，彼林甫、國忠之於貴妃、力士也，株連蔕結，狐媚狗合，左巢右窟，牢不可破，職是三者，可以亡矣。而又有安禄山者闖乎其間，林甫能制而不制，乃養之以自翼，國忠不能制而欲制之，乃激之以自快。玄宗者岌岌乎當敗局而據危巢，豈翅寄生孤注之類哉？然則不死於數人之手，幸也。有國家者觀乎此，可以慄慄乎其畏也已。

李泌之術高矣，肅宗欲使倓爲元帥，泌懼其逼也，諫而歸之俶。及欲以俶爲太子，則勸其待上皇之至，而又使俶自辭之。張良娣之將立也，又勸止之。俶有惡於良娣，則又勸其監建寧之禍。及其迎上皇復位也，知其不來，又請作羣臣表，而上皇始至，肅宗襲位之後，上皇還京之前，嫌隙未至於大露者，皆泌之功也。蓋泌有過人之術，故其言皆委曲深到，足以深中人主之機而奪其情。彼固能料肅宗能用己於艱難之際，而極言之也。及良娣、輔國構結既成，建寧既死，而肅宗强勉承順者，將有不終之漸，既不欲與其名，又恐不免其身，故雖以先朝故舊，不及見上皇之至，一旦決欲去之無疑也。然固未能忘情於功名之際，故以德宗之猜忌、元載之凶嫉，出而周旋其間，進退不以介意，卒老於相位者，其亦有以深中乎德宗，而料元載之不能害己也乎？及觀其用，則定太子，保功臣，論宰相，乃其所持以爲正；而談神仙，稱禍福，乃其所挾以爲奇者；故其術雖高，而學或未粹矣。

肅宗治從逆之黨，以六等議刑，不忍之過也。春秋之法，人臣無將，將必誅。禮曰：「臣弑君，凡在官者殺無赦；子弑父，凡在官者殺無赦。」豈有受他人之爵而爲之臣子者，而吾復從而君之哉？李峴之議，是畏人之附賊，而屈法以誘之，乃益狎其附賊之心也。

人君進君子退小人則治，進小人退君子則亂。一小人退而一小人進，則其爲亂益深矣。代宗惡李輔國之强，使人殺之，而程元振進，元振既黜，而魚朝恩進，朝恩既誅，而元載進。雖其極力剗除，而旋已受弊。中唐之世，能果於退小人者莫如代宗，而進小人之數者亦莫如代宗。要其初，皆以微勞小惠不忍而用之，故小人有所恃而爲惡。其後皆以狎昵近習之故與之謀而去之，故小人無所懲而爲善。剛者不爲也，人君之德以剛健爲主，不剛而能成治者，未之有也。

君臣之疑生於偪而成於譖，非明哲之君察之，未有不至於禍敗者也。郭子儀以子愛之故，受昇平公主之譖，何其危也！而代宗處之雍容廣大，無纖芥之疑。此太宗所不免者，而代宗能之。卒保護功臣，以爲唐室之砥柱，其美不可誣矣。是時魚、元之徒方欲肆其忌嫉，乘釁而動，使與聞其言，安知不從而媒孽之乎？此子儀有不賞之功，而無震主之威，則其不受疑於代宗也，固亦有道矣。

理亂之機，豈不危哉？唐高祖、太宗之世，上下相維，內外相統，召之無敢不至，令之無敢不從。故雖以高宗之昏懦、武氏之濁亂，而天下莫有解體者，紀綱存焉耳。自玄宗啓禍祿山，遺患力士，遂失萬乘之尊。雖幸而不失舊物，而天下之豪奴悍婢已有輕天子之心矣。而況以肅、代之容緩繼之乎？故不終玄宗之身，遂有挾禁兵以行劫遷之計，爲軍將而擅廢置之權者。於是稱兵犯闕，踵接京師，入室更衣，變生肘腋。再振再蹶，以至於求爲匹夫而不可得。然則紀綱之壞，不於人君而誰壞之哉？故理亂之機，不可不慎也。

甚矣，迂腐之人之不可用也！田悦有衆七萬，欲拒朝命，未有以劫其心也。洪經綸爲黜陟使，直以一符罷其四萬，使悦藉以激其士，劫其心，而其勢遂熾。此乃高歡假以興冀、唐公假以興晉陽者，而經綸實以遺悦，何其戾哉！經綸之心非不善也，本以制藩鎮而適以助姦，本以重朝廷而適以賈怨，人之不可不學也如此。孔巢父之殺其身於李希烈也，其亦近是乎？

盧杞因李希烈之逗遛，説德宗暫罷楊炎而復用之，其姦不足破矣。縱使其非姦也，而德宗從之，豈人君之度哉？德宗已有除炎之志，故既罷而復聽殺之也。及懷光拒命，以杞爲辭，德宗從而罷杞，則杞所教罷炎之故智，實以姑塞其意而徐復之也。非陸贄輩力争之，則杞詎可止乎？胡氏謂杞因懷光而去，則權不自天子出，是已。然苟使其前迷後悟，以心誠去之，則亦何可避此嫌而隱忍以稔其患哉？

諸葛武侯敗於馬謖之違令，而戮謖以謝衆；郭汾陽敗於史抗等違渾瑊之令，而赦瑊以收功：皆是也。武侯之言曰：「四海分裂，兵交方始，若復廢法，何用討賊？」則其戮謖也，豈得已哉？謖不戮，則將帥必不用命，而王雙、張郃之首不可斬，武都、陰平之地不拔矣。且武侯能泣廖立、死李平於身歿之後，則謖之見戮也，容復有餘憾乎？謂武侯用謖之過，則可謂戮謖之過，則非也。若汾陽之敗非瑊之罪，史抗諸人之罪也。抗等諸人不可勝誅，而瑊又必可以收功者也。此乃一時之事，不可以爲法。若一切行之，則猾悍者皆起其跋扈之心，其所以容之者，乃所以殺之也。書曰：「威克厥愛允濟，愛克厥威允罔功。」軍旅之法，當以是爲正。

段秀實之死於朱泚也，胡氏謂其見幾不敏，不能執羈靮以從君，負材抱忠，草草而死。嗚呼，豈其然哉，豈其然哉！德宗之出也，變生於倉卒，非有明皇之詔也，何幾之可見乎？惟陸贄、王翃輩數人追及於咸陽，而諸王公主不及從者尚十七人。蓋是時得間者先出，後時者見陷，去住之幾，間不容髮，其事有不可知者矣。且秀實之於盧杞、白志貞，孰忠且智？杞、志貞能之，而秀實固有所不能邪？陝州之役，秀實尚能使白孝德不終日赴援於數百里之外，而其身不能從君避難於咫尺之間，乃端居待死於其第，又不待辨而明矣。不得已而隱忍見賊以圖奉迎之計，又不得已而用間以尼追襲之兵。是時無秀實，則以德宗之狐疑、朱泚之兇黠，而又有盧杞百口之保，幾何不墮其計中？德宗之得趨奉天，誰之功也？及其智窮勢急，攘袂奮笏，擊賊流血以死，豈其所願哉？故責秀實之死，與責張巡者何異？不得不辨也。

德宗多疑，而信吐蕃如父子。信乎疑者之必貪，貪者之必愚也。渾瑊素稱良將，何乃蹈其機而不悟乎？瑊身受其任者也，亦避德宗之疑，而不敢辭耳。使瑊辭之，則張延賞之譖不在西平而在瑊矣。然則可乎？人臣秉忠信以事上，必爲國家計，而不恤其身，如西平可也。必不得已，則駱元光焉，違命以從宜，亦可也。

張延賞之譖李昇也，德宗以問李泌。泌發其間太子之謀，請罷昇宿衛以遠嫌。夫間太子者，延賞耳，陰謀既得，詰而去之，復何嫌之有哉？乃罷吾之宿衛，以自解於離間之人，是愛太子不如愛小人也。居人父子之際，不可以言嫌。德宗未有嫌太子之言，而泌以遠嫌告之，是啓之也。他日昇黜而太子幾危，得非延賞爲之乎？昇誠可去，使其與延賞俱罷，亦庶乎無此患矣。

咸陽人上言見白起，請爲國扞西陲。德宗贈起以官，人君之愚未有如此事者。自老人結草之説興於左氏，而後世有以謝玄之捷爲蔣子文之功者，有稱白衣老父之言而立老子廟者，有稱李靖求食而立廟者，有稱玄元皇帝降於朝元閣而求其像者，豈惟德宗哉？李泌謂將帥立功，而陛下褒贈白起，其言甚簡而明。然直以事論之，不能辨其理之誣，以格其非也。不立廟而葺其故構，去三公而贈尚書，五十與百步之間耳。嗚呼！泌自稱奉道，又方以鬼神幸於德宗，雖欲格之，猶將不能，而況未必知之乎？

【校勘記】

〔一〕「傅奕」，原作「傅弈」，據舊唐書卷七十九本傳改。

〔二〕「斥」，原作「片」，顯以形近而訛，今據文義與抄本正之。

〔三〕「歟」，原作「欺」，顯以形近而訛，據文義正之。

李東陽全集卷三十八

懷麓堂文稿卷之十八

雜著策問頌表

原壽

壽之道有三説焉，曰數，曰氣，曰理。天地以運，人以世，花木以歲，蜉蝣之屬以日數也。人能使物不壽，而不能以自壽。天地能畀人物以壽，及其至也，雖天地不能以自壽。然天地之數有恒，而人物之壽無恒，於人之中又百有不齊者。於是數之説窮，而言氣者勝。上古之時，其世鴻濛，其質敦厖，其欲寡而不淫，故其民壽。中古以下，質澆而欲滋，及於後世，嗟乎極矣！雖有壽者，猶將戕之，矧其未必有耶？然方其鴻濛敦厖也，固不免孩殤殀折之徒，而黄髪傴僂鯢而鮐者亦間見乎今之世，何哉？於是氣之説窮，而言理者勝。傳曰「仁者壽」，又曰「大德必得其壽」。夫苟植德，則睟面盎背，身安而氣和，其所醞釀培植，自有不可已者，殖私稔惡者反是，此天下之通理也。然顔之殀、跖之壽，恒不免夫君子之論。於是理之説又窮，而天下貿貿焉不知其所歸矣。

夫有理斯有氣，有氣斯有數，三者固相有而不相無者。是何其乖戾錯逆之甚哉！意者其各自爲用，而不能相通邪？其或轇轕紛亂乎其間，而莫之辨也。然則君子將何居？曰理勝。洪範：九，五福曰壽、富、康寧、攸好德、考終命。德者，壽之所以成始而成終者也。

吾觀夫自古以降，其有能植德者，不壽其身，則壽其名，及其子若孫。雖其修短盈朒或不能齊，而其所享皆所謂睟盎而安和者，雖皆謂之壽，可也。殖私而稔惡者反是，雖不謂之壽，亦可也。及其惑也，則求之於醫藥；而不得，則求之於服食；而不得，則求之於禳禬巫祝之間，則其説愈繁而愈不可通矣。然則如之何？曰修身以俟之，先其事而後其獲。若曰有氣焉，有數焉，君子不謂也。今人以壽祝人，人雖知其未必得，必喜而受之；以德勉人壽，雖知其可得壽，鮮有悦而受者。君子之愛人也以德。故祝之壽者必願之德，願之德，乃所以爲愛之至也。作原壽。

記女醫

京師有女醫，主婦女孩稚之疾。其爲人不識文字，不辨方脉，不能名藥物，不習於炮煉烹煮之用。以金購大醫求婦女孩稚之劑，教之曰：某丸某散，某者丸之，某者散之。載而歸。人有召者，攜所購以往，脉其指，灸其面，探藥囊中與之。雖誤投以他藥，弗辨也。然而婦女之愛其身若子者，舉其軀付之無疑焉。幸而不至於喪敗，捐穀帛金珠予之，不少吝。其恒喪且敗者，曰命也。且傳引譽之於鄰里，而不足，則譽之鄉黨，而不足，則又譽之姻戚識知之人。鄰里鄉黨姻戚凡識知之人有疾者，皆樂而求之。幸而不至於喪敗，則又引譽之。其喪且敗者，則又曰命也。非女醫之所治者，雖名家術士，未嘗信之。其彊而治之者，雖治亦弗之貴也。其不幸而喪且敗者，則悔且咎之，曰不用女醫之過也。雖士大夫家亦不免焉，其愚不明亦甚矣。嗚呼，豈獨女醫哉！

記女巫

女巫者，主呼召鬼物，問吉凶禍福，祛疾病。凡疾病者，女醫不能治，則之焉。女巫者，焚香，飾盛服，或被髮，手刀劍自試，以神其不能傷。或衣錦衣，腰數十鈴，跳梁噭號。或嘯以呼鬼，且至，則呼其先姓名曰：某爲神，某爲女神，某爲祟，某爲禍，可禳可除，惟令之從。祈而聽者曰：某之先誠有是，誠有是。咸稽首伏地不能起，願殺雞羊，澆酒化楮以爲謝。

蓋人之死者無有不爲神，神者無有不祟，且禍焉者也。又令圖其神之形於家，以祀以禱。乃棄毁其所事之主，而鬼其親之身。若是者家有之焉。有所喜，則召女巫至，鼓舞號噭，以爲福；有所憂患，則因以除之。雖湛溺老佛，亦未有若是甚者，卜筮而下弗論也。

彼女醫者，予恒慨之，若是者將何如邪？夫女醫者不過殺人之身，而巫乃能喪其心，此其害又有甚者。人不自愛其身，又不有其心，其愚不明又甚矣。嗚呼，又豈獨女巫哉！

醫戒

予年二十九有脾病焉。其證能食而不能化，因節不多食。漸節漸寡，幾至廢食。氣漸苶，形日就憊，醫謂爲瘵也。以藥補之，病益甚則補益峻〔一〕。歲且盡，乃相謂曰：「吾計且窮矣。若春木王則脾土必重傷。」先君子憂之。會有老醫孫景祥氏來，視曰〔二〕：「及春而解。」予怪問之，孫曰：「病在心火，故得木而解。彼謂脾病者，不揣其本故也。子無乃有憂鬱之心乎？」予爽然曰：「嘻！是也。」蓋是時予屢有妻及弟之喪，悲愴交集，積歲而病，累月而憊。非惟醫不能識，而予亦忘之矣。於是括舊藥盡焚之，悉聽其所爲。三日而一藥，藥不過四五劑，及春而果差。因歎曰：「醫不能識病，而欲拯人之危，難矣哉！」又歎曰：「世之徇名遺實以軀命託之庸人之手者，亦豈少哉！鄉不此醫之值，而徒託諸所謂名醫，不當補而補，至於憊而莫之悟也。」因録以自戒。

【校勘記】

〔一〕「益」，原作「盆」，顯以形近而訛，今據文義與抄本正之。

〔二〕「視」，原作「祀」，顯以形近而訛，今據文義與抄本正之。

食戒

予病脾時，沈都憲時暘嘗對食，退語人曰：「是非不能食，乃多食之過耳。」後鴻臚淩主簿遠爲予言：少時病不能食，有一叟問曰：「汝欲食乎，吾教汝食，翼日可空腹以來。」比至，設飯肉各一器。將就食，遽以手止焉，曰：「未可也。」取其飯，以箸畫之爲四分，乃使食。食下一口，欲就肉，又止焉，曰：「未可也。」如是者三。盡一分，使食肉一臠。如是者四，而器盡，復問曰：「汝尚能食乎？」曰：「能。」曰：「不可。子姑去，凡食必準此爲法。」及歸，不閲月而食進。往謝，且問之。叟曰：「脾性惡膩，汝未食而先以膩物困之，安能使之運而化乎？」予聞之，重有感焉。越十餘年，病再作，皆用此法而差，因録以自警。

思石鐘山辭

予嘗讀蘇文忠公石鐘山記，壯其爲辭，以爲善辯者無所施其巧，博物者無所用其智，誠兹山之偉觀也。竊獨疑之，辭勝者近夸，勢劻者難敵，而材力萎薄，莫之敢攖。加以逸步多艱，寡聞成癖，未嘗不攘臂三叫，臨文長吁，思欲駕長艫，逆鉅浪，揖山靈於巖際，酹坡仙乎水中，而卒莫可得也。王君湖口之産，宦遊京師，出所爲圖，發我幽思，作思石鐘辭。

倏鏗鍧以騰越兮，潛發乎予之耳傍。既跌宕以旁擊兮，駭予聽之無方。蹇予處此一室兮，獨何爲乎此聲？曰惟有石鐘之山兮，恍若見而莫予征。披山經以窮搜兮，極地志之所載。翳兹山之爲靈兮，屹立乎吴楚之會。彼夫人之好奇兮，爰告予以嘉名。歷漢唐之閎辯兮，匪坡仙其孰明？儼圖畫其若兹兮，目髣髴其遇之。予固不知其靈異之至此兮，蓋始信而中疑。夫山之偶得名兮，紛不出乎一口。或以形而與聲兮，蓋旁觀而博取。苟聖人之所遺兮，安知不出乎牧叟與樵童？彼固知歌鐘無射之爲何物兮，又焉用夫闓豁與噌吰？矧坡仙之所陋兮，鏗考擊其猶在。豈不可乎爲名兮，彼渤也其何罪？惟詞人之豪宕兮，筆鋒莫之敢當。縱馳波於萬壑兮，寧肯度尺而寸量。予既不知其果不然兮，敢争衡於千古？鼓蘭棹予南遊兮，念長路之伊阻。嗟昔人之凋弊兮，徒下上其求之。山既不能以自鳴兮，猿鶴聚而咻之。相九州之奇迹兮，予獨滯此一邦也。幽怪慌惚紛不可名兮，曾何獨此石鐘也。豈刻雕而爲之兮，造物者之冥冥也。縱不得與於嘉名兮，亦何害其爲形也。

石鐘之山崷崒而嵯峨，嗟爾石鐘兮其如予何！

大雅堂辭

大雅堂者，番陽胡氏世居之堂也。胡之先有振卿者，當元季之亂，以鄉兵應韓邦彦，累功授饒州路簽判。爲賊所得，紿之降，醉其衆，手殺數人，事弗濟，駡賊而死。其妻趙氏攜其孤叔儀間關還其鄉，守節終身。時有名斯堂以暴其事者。六世孫刑部員外郎韶以遺卷請予，爲楚辭以傷之。

嗟大雅之久不作兮，歲月忽其不反。世汩汩以競趨兮〔一〕，見頹波之既奔。元社屋而人非兮，歸斯堂之獨存。當彭蠡之弗瀦兮，魚鰕亦紛其跳躑。民倀倀其無所歸兮，詎一倅之能恤？慨胡公之烈烈兮，奮長戈而獨前。顧吾力之幾何兮，支大厦於既顛。轉百戰而不少摧兮，胡一蹶而弗興？吾豈甘霽雲之就縛兮，寧爲區寄而無成。血余口而駡弗絶聲兮，亦何慚乎杲卿？諒萬事之不可爲兮，終一死以自明。哀彼婦之悍悍兮，亦哀哀其兒泣。身秉節以不渝兮，誓黄泉之同入。寧不知身之可惜兮，惟全義之爲急。亦豈無夫忠婦節兮，誰使夫一門之交集。信二美之不可兼兮，俗每難乎獨立。番之水兮匡之山，流清泠兮聳孱顔，鍾彼氣兮靈傑，孰妖氛兮可奸？殆將使污潰若泚而自雪，培塿若增而巑岏。彼冠屨兮何人，矧箕裘兮後賢。撫斯文兮若不可以復和，徒一倡而三歎。

【校勘記】

〔一〕前一「汩」字，原作「泪」，顯以形近而訛，今據文義與抄本正之。

夢鶴辭

御史張君希載之生，其母夢有鶴自天而降。予聞而異之，從而爲之辭。

若有夢兮滇之陽，歷倒景兮溯瑶光。彼鶴兮何來，捩孤雲兮下翔。入我户兮升我堂，縞雙袂兮玄裳。召卜史兮占之，奄何爲乎彼祥。鬱佳氣兮葱蘢，覆高門兮如蓋。倏余子兮降神，將有徵兮其類。美姿兮修能，潔冰霜兮靡中與外。睨雞羣兮鷗輩，迥隔彼兮塵壒。縞裳兮冠豸，光繽紛兮綷縩。望天門兮峨峨，振我羽兮誰鎩。漸鴻兮薦鶚，高翮兮遠擢。乘塒兮奮若，或内顧兮如怍。鑒余影兮清漣，抗余音兮寥廓。縱曹分兮彙較，天壤之間兮孰如我鶴？鶴之生兮惚恍，鶴之來兮夢想。彼人之鶴兮非幻，彼占之祥兮疇能以我爲爽？雪爲骨兮玉爲顔，駕弱水兮超蓬山。

覽圜方兮在睇俯，點視兮齊煙。閱萬有兮獨壽，與四靈兮爲羣。諒兹語兮不愧，彼曲江之人兮，若千載而猶存。

寫騷亭辭爲葉崇禮太守作

古之風兮云邈，騷之辭兮誰作？吾寫吾騷兮，吾寧以此爲樂。高歌兮傷烈，微吟兮愁絶。寫吾心兮中結，彼世之人兮無寧以我爲拙。晨暉兮夜膏，風燈兮露毫。往不棄兮復不爲勞，寫吾心兮匪吾騷。諒兹興兮有託，豈吾生兮不遭？騷兮騷兮，楚之人欲寫而不可得，空送子兮江皋。

藻軒解

青華主人建閥南輿，高居江渺。構材爲亭，甃石爲沼，層瀾碧皺，衆卉雲繞，擷芳漱潔，名之曰藻。

客有過者，難之曰：「萬彙叢茁，羣植並分。鉅者爲梗橡，秀者爲篁筠，堅者爲檜柏，芬者爲蘭蓀。山苞水葩，莫可具陳。彼藻之細，何足以云？」主人曰：「君子設佩，聖人取物。匪名則嘉，惟義斯擇。品不必富，類不必僻。泥形爲迂，執象爲惑。子坐聽我，言藻之德。夫藻者氣孕天秀，根含地靈。内秉柔質，外敷素英。不雕而華，匪馞其馨。順時生者爲孫命，與物徙者爲和光。寧負潔以自濯，亦何心於行藏？」

客曰：「可得聞邪？」主人曰：「窮海之裔，荒溪之涯。舟楫之所不至，人迹之所不加。以汗漫爲方，以波濤爲家。雖溷迹於草莽，寧委情於泥沙？」客曰：「孅哉，善藏其用！子既出矣，請言乎動。」主人曰：「或載衣襟，或登筐篚。滌以甘泉，薦以方筥。陋末迹於芻蕘，恥遺瑕於葑菲。繪形則與火齊光，比德則與鑒爲軌。功雖著而不知其勞，用非奢而莫閟其美。」客曰：「韙哉，君子之斐！」主人曰：「嘻！物貴實用，禮戒彌文。弗玩其華，而采其根。楚佩江茝，周歌澗蘩。桃李薇蕨，維葛與蘋。匏瓜行葦，列國所陳。繄藻之德，於吾則均。朝爾吾居，夕吾爾羣。匪藻吾軒，亦藻吾身。下雪民隱，上華國勳。惟夙夜是存，以無負於吾軒。」

客起再拜，斂容棘吻：「君門巍巍，矇者莫瞬；君行濯濯，瑕莫可捃。包荒納污，辭不我擯。鄙人何知？敢謝不敏。」主人不答，莞爾而哂。

冷庵對

陳君粹之以冷名庵，舊矣。比以江西僉憲考績京師，持卷視予。因託問答，以著其意。其辭曰：

冬季之月，隆寒初沍。積凌增丘，飛雪斷路。冷庵主人，方下帷閉户，僑于燕山之下。客有過之者，但見空籟灑地，冷飈襲巾。鐵光面發，玉屑譚紛。爐圍不暖，纊挾無温。

客曰：「嘻，事有定分，理有固然。今子寒不爲郊，隱不爲袁。貧不爲睢，窮不爲虔。拖幽守寂，冷何利焉？」主人曰：「我性固是也。」

客曰：「天有夏令，祝融煽陽。赤龍奮飛，火傘高張。野埴龜坼，曾波沸湯。石爍金流，鳥獸遁藏。無邵堯夫却扇之能，王仲都環火之方。子於斯時，能保厥常？」主人曰：「吾冷自若也。」

客曰：「地有炎陬，南海之窟。歊氛晝壅，毒霧朝欝。汁漓成漿，氣吐成焨。蒙絺若負，揮箑如失。無葛仙翁入水之神，費長房縮地之術。子遊其間，雖冷奚益？」主人曰：「吾冷自若也。」

客曰：「煌煌要路，赫赫權門。勢焰騰天，炎埃漲輪。名腸内煎，欲火中爊。獄鍛者爲能吏，手炙者爲通人。故月不可火勝，玉不免石焚。子不能遠走出世，高飛絶塵。胡周旋其間，而弗恤厥身？」主人曰：「噫，吾聞之矣。伐國者不問仁，擬人者必以倫。此獨何言，而於我是詢？吾固濯吾行操，澡吾心思。松桂爲徒，霜雪爲期。將使憸人膽落而不復逞，貪夫股栗而不自持。矯彼煩濁，歸於清夷。冷之道，其莫予之也，又安能移火鼠之智，而恤夏蟲之疑也哉？」於是汲氿泉〔一〕，煮白石。餐清冰，嚙苦蘗。客亦再拜，飽冷之德。願同晚歲，爲冷庵客。

【校勘記】

〔一〕「氿」，原作「氿」。詩小雅大東：「有洌氿泉，無浸穫薪。」（高亨詩經今注，上海古籍出版社，二〇〇九年五月）此處顯以形近而訛，今據文義與抄本正之。

政難贈楊質夫

天下事非一人所能獨辦也，官官而稱，人人而繼，然後能遍舉而不墜。外由學校郡縣，以至於藩憲，内由百執事，以至於卿相，職寖簡而人愈難得。或得焉又不能久，舉而莫之繼，猶弗舉也。然則交承之際亦難矣。若魏相之嚴，而繼以丙吉之寬，時人翕然以爲知大體，然或病其風俗傷敗而不能問。郭子儀之寬也，李光弼以嚴代之，旌旗卒伍，精彩一變，而士有憚色，幾不能安乎其位。此其斟酌調齊之宜固各有在，而下上之異議、彼此之殊觀乃爾，況未必當乎？

夫學校者政之一也，而其務甚重。今名籍給稟稱爲士者，未嘗不志道慕功，而其情則多樂放縱，而惡拘檢，是自爲異也。朝廷懼士之不自力，則置爲儒師。又恐其不力於教，而統之郡縣。又慮其所統之不專也，則置憲臣以領之。天下之大，欲憲臣皆得其人者，固難。而前創後繼，殊上而異令，彼以爲是，此以爲非，彼以爲便，此以爲非便者，多矣。故嘗譬之農，農師者，固欲其鼓舞勸相，戒遊懲惰，去稂稗而培嘉禾也〔一〕。業不勤，田不殖〔二〕，則責歸之。然或時不均，力不節，業未及成而農已告瘁矣。人孰不欲獲良田，食嘉穀？於此得農師焉，又撓之使不得盡其力，此政之所以難也。

山西提學僉憲之任，去年得吾友楊君應寧。丁政之弊，力起頽廢，遭訕怒而不悔，不逾年以憂去，未竟也。四明楊君質夫實繼之。議者曰：「應寧嚴矣，非寬則無以有濟。宜少貶繩墨，以徇人之不能。」或曰：「學政之弊也甚，十弛而一張，舉於暫而不持於久，未可以爲善。」或又曰：「弊久則習玩，玩則易，變則難。其勢宜漸，未可以一朝致也。」予嘗以質質夫曰：「子安從哉？」質夫曰：「皆是也。天下事必有理，事有所在，則理各有所宜。某豈敢適莫於其間哉？度時宜，觀士習，視今日之緩急而爲之耳。某固知懲羹吹虀之不可爲，亦何截趾適屨之足爲尚哉？然固有不可易者，先自治而後治人之謂也。某知此而已。」予曰：「政得其宜則易，失其要則難。」

質夫以文學舉高第，歷兵刑主事，清慎守約，移政於所未試，其無難焉耳矣。昔韓非作說難，韓退之作行難，皆有感而爲之者。予於是亦有感焉。質夫又予禮闈所舉士，以予爲知己，不可以無言也，作政難以贈之。

【校勘記】

〔一〕「惰」，原作「隋」，「稂稗」，原作「粮釋」，不可解，顯以形近而訛，今據文義與抄本正之。

〔二〕「田」，原爲墨釘，據抄本補。

喻戰送李永敷南歸

永興李生貽教從予遊，見其文奔放不可羈馽，心甚愛之。然懼其激而過也，稍爲之所，俾俯就繩尺。蓋其心始而疑，中而翕然更張之，卒乃奮然嚮進，若不我惑者。久之，其名益彰，同舉者未嘗不孫避焉。及試禮闈，復失利。予爲之愕然以驚，曰：「有是哉！」

既閲月，生以别告。予謂之曰：子知戰乎？鼓進金退，左射右刺者，法也；神出鬼没，東聲西擊，變化而無常者，用也。韓信以意用法，故勝；趙括能讀書而不知合變，故敗；薛萬徹好出奇，不拘常法，故不大勝即大敗；若衛青之天幸，李廣之數奇者，皆不論也。生之文豈不既律矣乎？然而不捷者，數也。是未可以自沮，而亦未可以自足也。勉哉，生乎！吾待子於屈、賈之壘矣。

易曰：「師出以律，否臧凶。」是豈獨於文爲然？生乎勉哉！予猶懼生之文或過於博也，故贈之片言以示約云。

擬楊文懿公謚議

吏部右侍郎兼詹事府丞楊公諱守陳之卒也，朝廷賜謚曰文懿。按内閣所擬，御筆所定，蓋謚法所謂敏而好學、柔克有光者也。文之義十有二，懿之義三，獨取此二者，以其近也。

公髫丱穎出，讀書目五行下。考正諸經，辨疑發晦，鈔録論議，出人意表。出而應試，舉浙江解元，登進士高第，入翰林，歷宫坊，爲編修、侍講，爲洗馬，爲侍講學士、少詹事。其舉業精確，録於有司，傳之四方。又見諸考校，爲鑒衡模範，昭不可掩。及播而爲紀述制作之文，奇聳健拔，脱凡化腐，敍事寫物，迭出層見，偉然成一家之言，尤晚生稚筆所覬望而不可及者，傳之後世，不卜可知也。夫是之謂文。

若開門授徒，汲引牖導，因才而教，温顔而善誘之，不煩懲創刻艾之力，而士多成材，世獲其用。居家雍睦，與諸弟爲師友，無宿怨，無間言。處官際物，紓坦夷之懷，履平直之行，而禍機不加於身，嫉言不聞於耳，榮名顯爵，以壽自終。夫是之謂懿。

文言學，懿言行，文見乎外，懿兼乎内，體用之謂也。昔孔文子失於飭身，而不聞謚懿，孟懿子不能守禮，而不得謚文。合是二美，稱於一代，其於千百世亦有徵焉，顧非今之所甚難哉！國朝文臣出自翰林，類謚爲文。以文媲懿者，惟英廟時有，若内閣學士吕公原及公。吕公亦浙人，亦舉解元進士。又翰林臺閣之地，銓衡之任，差若有殊，而階秩之多寡、年壽之修短，以彼較此，亦有可論。顧其學行之同，考諸謚法，皆可以無愧矣。

東陽辱公愛最久，不敢用私比爲公累。竊惟淵穎吴公萊爲書院山長，不登仕籍，而學士宋公濂輩爲議以謚之。公謚出朝廷所賜，雖薄劣顓固不敢與有司之事，而官在太史，職專文學，據禮析義，侈恩命，揚令譽，以俟來世，亦其所得爲者也。公弟春坊諭德維立、子山東按察副使茂元、刑部主事茂仁以請，遂爲之議。謹議。

應天府鄉試策問二首

問：天下之事，處之必有攸當。嘗觀古人之行，而有疑焉。錢穀問内史，決獄問廷尉，善論相者也。而吏禮委延賞，刑法委渾者，則以爲不可分。載其清静，府中無事，善爲相者也；而自校簿書，流汗終日者，則知之而不能變。白去副封者有矣，而以瓦壺焚疏者乃蔽之而不聞；不用密啓者有矣，而以啓事選官者，固先擬而後奏。或曰願從逄、干也，或曰願爲皋、夔也，或薦賢爲國非爲私也，或明揚士類獨少此也，是何其事之異邪？

有入定大政，雖大臣莫知者也，而兄弟燕語不及政事者有之。有告君獨斷，雖舉朝莫奪者矣，而力主新法不恤人言者有之。有十説玄宗而後拜相，有三奏高宗而後議和，有不欲補外入守少府者，有被罷願留自至中書者。布被之詰則曰黠忠，政府之短則曰凖直。登聞之命則曰頤入，恐其不静也；諫官之舉則曰介入，恐其責難也。是何其事之同邪？夫人皆賢也，而所施異其事，事相似也，而所出異，其人不可以不辨也。是將以一言蓋一人、一事蓋一時者非邪，抑猶有同而異、異而同者存乎其間邪？即已行之事以求當然之義，則其言也非出位之言也。試爲我言之。

問：古之論爲國者，曰食與兵，此二者相須而不可闕者也。夫兵民之判久矣，今不暇遠引，姑以時之切務言之。南畿多良田，而賦亦仍舊，宜其足供也，而往往有闕賦之夫；北畿多閒田，而賦又甚薄，宜其足耕也，而在在有無田之室。賑貸美意也，而貧民或不蒙其惠；勸借權法也，而富室或并受其菑；儲蓄長計也，而有司或虚有其籍。此又天下之通弊也。兹欲使民之家必給，人必足，雖有水旱不足以北戎爲害，何道而宜？嶺海之間，南蠻之率服久矣，然必有區畫之方；關塞之外，北戎之挫衄屢矣，然必有備御之策。肄練有法，而作止或有未齊；勾稽有籍，而什伍或有未實；稟給有制，而衣食或有未充。此亦天下之恒事也。兹欲使兵之戰必勝，守必固，雖有外警，不足以爲患，何施而效？夫水旱者，堯、湯之所不能免也；夷狄者，三代之所不能無也。然則先事而爲之慮，及時而爲之圖，以求所謂久安長治者，苟有經濟之志，宜於此焉熟矣。其悉陳之毋隱。

順天府鄉試策問三首

問：國家開科策士，必首舉聖製爲問，而經史時務次焉，尊時制也。在我太祖高皇帝時則有大誥三編，太宗文皇帝時則有爲善陰騭、孝順事實、性理大全書〔一〕，宣宗章皇帝時則有五倫書，英宗睿皇帝時則有大明一統志，及我皇上嗣位以來，則有續資治通鑑綱目。或躬御翰墨，次第成編；或分官纂修，手賜裁定。顧其首簡，必親製序文；或繼志補作，以著述作大意。天下臣民家傳人誦佩服而體行者，蓋已久矣。王言之博大、篇帙之浩瀚，固不可以一二指，亦不可以頃刻陳也。請問諸書述作之大意何居？見諸序文者何説？仰窺伏讀之餘，有得於心而願體諸身者何事？夫不知其意而徒習其辭者，雖多無益；不體諸身而徒得其意者，雖精亦且無用。皆非所望於諸士子者，盍敬陳之？

問：古者帝王建國立都，必在天下形勝之地。三皇五帝、三王之都，史册所及載者，果皆形勝之所在歟？漢、唐、宋之間，或以都名，或以京名，其制不一，其爲形勝，抑有可論乎否也？我太祖高皇帝定鼎應天，肇開帝業；太宗文皇帝駐蹕順天，爲億萬載太平之地。今兩京對峙，諸曹並置，稽諸往牒，亦有之乎？應天形勝，古有是論。至於國朝，始足以當之。若順天之形勝，蓋天造地設，非偶然而得也。而古之論者未始一及焉，何也？且體國經野，必有規制，太祖之創業，度越前代，無容議矣。今地勝於古，則其規制宜亦有古之所不及。若漕運之法、屯田之地、衛兵之制、邊關之寄，出於太宗之所貽謀者，其亦可講其一二邪？諸士子生於斯，長於斯，遊學於斯，請言形勝之大與宸謀睿算之深且遠者，以昭示天下後世，其毋有所讓。

問：禮著無隱，孔子稱勿欺，此事君之法。雖微事細行，不可略也。古之人有入仕陳狀不妄增年者，有不令子弟冒籍他州者，有訓子孫不得洗補官文書者，有飲酒坊市不飾他辭者，有齋所食肉對上不隱者，有不與遊燕辭以貧故者。或條對得失，稱客所爲；或薦詳議官，而不隱其事；或保郭積，而不願易名；或得智高，不辨真僞，而不以奏功。若是者，果孰難乎，抑亦有優劣於其間乎？若以野鳥爲奇應，以玉杯爲秘物；增部民户口以升秩，奏左藏銀帛以受賞；常懷數奏，僅出一二者有之；私書僚佐，勿令上知者有之。若是者，果孰甚乎，抑其情猶有可原者否也？夫論人者必以其世，鑒往者可以知來，善可以法，而惡可以戒也。諸士子較藝而來，階是以入仕，有日矣，請言其志。

【校勘記】

〔一〕「太宗」，原作「太祖」。

會試策問三首

問：帝王之馭天下，必有詔令，以宣德意，振紀綱，施政立事，其用至大。唐、虞、三代之典謨訓誥，不可尚已。後之詔令近古者莫兩漢若，創業如高祖，守成如文帝，中興如光武。約法關中，民惟恐其不王；布詔山東，老羸至扶杖而往聽；領長安市者，決聖主於一見焉。其感人動物，亦不可誣也。及王通取七制以續聖經，而説者以爲僭，意者於三君之外，有所未愜乎？恭惟我太祖高皇帝，天縱聖神，驅天下之豪傑，用夏變夷，掃蕩六合，挈斯民於衽席之上，盛德大業，振古所無。如正綱常，明禮樂，重教養，訓官職，慎固邊圉，控制夷狄。詔敕所布，皆親御翰墨，或口授意旨，辭嚴義正，直追古帝王而上之，餘不足論也。當時，文學侍從之臣往往極其揄揚贊述，雖未盡其大，而亦有得其概者。今令播天下，副在有司，或板刻南雍，垂訓後世，皆士之所宜伏讀而卒業焉者。請著一二於篇，若由之而不知，則凡民之事非所望於諸生也。

問：廟祀國之大事，而祧與祫又祀之重者。或謂唐、虞、夏皆立五廟，至周始立七廟，或謂自古皆七廟，其爲説孰是乎？周廟七矣，又有所謂文武世室者，數不足定乎？或謂祫以七月，或以十月，或謂有時祫，又有三年之祫，將安從乎？漢之廟制不暇論已，唐之獻祖既不合食，建中諸臣有請遷别廟者，有請正東向之位者，二十年然後決，而韓愈有不可之議。宋之祫行於嘉祐矣，當時諸臣有請太祖東向者，有請依故事虚東向者。宋之僖祖遷於治平，還於庶寧，論亦不一，而程頤有折衷之說。其後撼於紹興，遷於紹熙，亦復異説，而朱熹有復古之議。其是非得失可悉言乎？我朝列聖，繼世百有餘年，議祧議祫，固其時也。今天子嘗下廷臣集議，正德祖之位，奉祧懿祖，制爲夾室，肇行祫祭之禮，誠一代之盛典也。其於前代何所合乎？諸士子嘗聞俎豆之事，行且有駿奔之職矣，請敬陳之。

問：國之資於人者二：曰貢獻，曰工役。其所以予人者亦二：曰官爵，曰賜賚。皆有常制，古所慎也。中世以後，君臣之論議政事，古風尚存。乃有却千里馬，焚雉頭裘，關市舶者，有不受之命；進良馬者，有對仗之劾。露臺惜金，洛陽罷役。汝南傷民，則銘屏以懼之；上陽導侈，則劾罪以免之。對禽獸者欲拜之官，而或以爲不當拜；獻瓜果者欲授之秩，而或以爲不當授。寧抑得默啜之功，而僅授郎將；寧失平江南之約，而尚惜使相。敝袴以待有功，佩刀以旌佐命。神策之賞難繼，則議分邊軍之給；圜丘之賚太廣，則請聽兩府之辭。其慎如此，然亦有難易優劣於其間乎？夫有君有臣，則有是政，而觀於此，亦有不盡然者，何也？聖天子即祚之初，止藩閫不得私獻，禁郡縣不得擅役，清名器於既溷之餘，褫服色於已頒之後，真足以兼總百王，垂訓萬世矣。吾曹百執事之臣，果盡能將順斯美而無所負歟？茲欲各守其職，不違道以市功，各戒其事，不徼寵以爲利，庶幾裨聖德而成聖治。其職所當守，事所當戒，亦必有可論者。試畫一言之，以助官師之規，可乎？

豐年頌 闈試

古者聖人重農爲治。舜命十二牧，曰「食哉惟時」；箕子敍洪範八政，一曰「食」；孔子論政，亦曰「足食」。故詩稱豐年，春秋謹歲事，其所繫甚重也。今天子既受億萬民命於天於祖宗，躬耕耤田，以示先天下。每月朔日，進畿内耆老於朝，俾順天尹諭以務本作業。蠲除之詔，振恤之令，見於比歲者，蓋至再至三於今矣。乃成化甲午，歲大熟，畿内及山東之地實先焉。於是朝士大夫相賀，道商旅相慶，野之民老稚癃疾聚而嬉遊，起而歌呼。惟天之靈，惟吾皇之德，信如蓍卜，捷如影響，無有違逆。於戲，盛矣！臣待罪史官，擬爲頌歌，以紀盛事。臣誠材識卑讁，不足以鋪敍德美，闡歘瑞祥。至於推本陛下敬天勤民之意，昭於上下，用供能祈天永命之實，則不敢闕也。頌曰：

惟帝十祀，雨暘時備。農夫告言，曰有豐歲。其歲緊豐，孰肇厥同？維甸之封，於山之東。維民播止，於彼原隰。穜稑既茂，黍稌孔碩。不荒於稂，不害於螣。相之勃勃，其來繹繹。維民穫止，百力具作。載車載橐，載臿載檠。以畢我賦，以饗以酌。朝饔夕飧，永以終樂。民食於麰，甑石則多。既飽而遺，囷有藏餘。民之祁寒，卒歲是謀。有緼有繒，申襲其襦。道塗其幢，民亦云徙。今入其室，父兄婦子。以及閭里，賓友燕喜。惟皇恤民，不遑寤寐。有振有賚，有蠲有貸。民之生矣，惟皇之賴。今天降釐，嘉福來萃。曰此豐歲，皇有大惠。有開明堂，敷德納祥。迺儉於贏，迺儆於康。皇曰予庶，力爾耒事，迓休四方，以報上帝。曰予羣牧，勿謂民富。無亟其逋，俾我民厚。民拜稽首，皇德斯懋。維德之懋，皇有萬壽。庶幾終祐，以淑我後。小臣作歌，敢告左右。

瑞麥頌

瑞麥，頌豐年也。和氣旁達，嘉麥效祥，頌聲作焉。以參上德，昭農事也。

維田有麥，載被其隴。既堅既實，岐岐總總。我場我隴，其積如踊。皇德斯播，於植於動。維此瑞麥，曰帝之寵。

維麥在田，載耕載穮。胝我手足，劬我耜銚。以夕以朝，中心孔怊。載抃而謳，於歲之秋。曰茲豐年，維我民勞。

天監帝德，亦念民阻。噓以和風，渥以甘雨。貽我嘉麥，及我穀黍。維年之祥，祈不我拒。以遍率土，於天之下。於天之下，永荷皇嘏。

瑞麥三章，二章章十句，一章章十二句〔一〕。

【校勘記】

〔一〕「二章」，原作「一句」，顯誤，今據文義與抄本正之。

擬進憲宗純皇帝實録表

伏以君明臣良，極一代治功之盛；父作子述，垂萬年簡册之光。故聖謨暨神器俱傳，而功業與文章並顯。憶憲皇之震出，屬國運之豐亨。虎步龍行，識太平之天子；河清海晏，知中國有聖人。文陳干羽於兩階，武氾煙氛於八表。復鴻名於景泰，漢高之大度弗如；上徽號於聖慈，虞舜之尊親斯在。重儲嗣則著文華之訓，明史學則續綱目之編。衿佩三千，聽橋門之警蹕；豆籩十二，增闕里之褒崇。聲華赫赫以無前，靈爽洋洋而在上。望遺弓而引睇，翻往牒以傷心。

欽惟皇帝陛下道盡君師，孝兼繼述。祖有功，宗有德，議隆九廟之儀文；左記事，右記言，思繼五朝之實録。承玉几垂衣之命，念青宮授簡之恩。啓百司庶府之攸藏，合九服諸藩之所輯。曹分館析，綱舉目張。大而典章政教之施，細而名物度數之備。功由衆集，敢自謂劉知幾之一家？式自古稽，奚獨遵沈既濟之五例？德輝下照，炳若丹青，善惡具陳，判如白黑。庶幾天地之運散見於日星之餘，涓滴之勤仰裨於海嶽之大。伏願藏諸便殿，副在秘書。上以廑乙夜之觀，下以備甲令之籍。監於成憲，確乎家國之蓍龜；詒厥孫謀，遠矣河山之帶礪。恭成憲宗純皇帝實録若干卷、實訓若干卷，合目録凡例共若干册。無任瞻天仰聖激切屏營之至，謹奉表隨進以聞。

擬册立皇太子賀太皇太后表

伏以居宫闈而母天下，養已極於兩朝。閲子姓以及曾孫，年未逾於六紀。天休滋至，國本彌尊。率土交歡，含生均戴。恭惟聖慈仁壽太皇太后陛下聖同坤厚，慈若春温。仁包海宇以爲家，壽與岡陵而並算。慶延夏啓，遥從有子之塗山；德比周姜，親見斯男之太姒。乃值佩萸之月，重占繞電之祥。采輿議之攸同，謂皇儲之當豫。前星炳耀，藉寶婺之餘輝；少海淵澄，出銀潢之正派。鸞旗鶴駕，絢爛交陳；桂殿椒房，鬱葱旁接。睹仙顔之載悦，識内教之夙成。下以貽哲，命於初生；上以應嘉，名於長樂。博觀載籍所記，在古誠稀；粤有宗社以來，於今尤盛。臣等恩沾俯育，身際奇逢。報稱心勞，揄揚力薄。聽韶音而獸舞，望嵩嶽以山呼。紫禁深嚴，愧寸誠之莫達；金甌鞏固，祝萬歲以無疆。

李東陽全集卷三十九

懷麓堂文稿卷之十九

狀疏

西北備邊事宜狀 閣試

右臣伏以比歲邊虜乩加思蘭等嘯聚部黨，并合羣類，據我河曲，擾我延綏、寧夏，深入我韋、秦、固原諸處。近又覘我大同，逼我萬全。朝廷命將出師，天威所至，雉伏鼠竄，無有遺者。然其虜掠丁口，驅逐生畜，所喪已多。況惡草難去而易生，奇疾難攻而易動。今草枯河凍，風高馬健，賊北無所獲，計當復西，西必復度河曲。縱今不度，明年必來。歲復一歲，爲患滋甚。所宜深防曲慮，以消未然之釁，爲永久之圖也。議者恒以夷狄劫奪，固其本情，邊防警報，亦是常事，故以計未然者爲喜事，圖永久者爲迂談，沿襲因仍，莫知底極。蓋三邊去京師數千里，國家承平富庶已越百年，居中夏之豐，而論遠疆之僻，處冠裳之樂，而謀兵革之難者，無怪乎其然也。

臣竊觀：秦并天下，而長城所築，近在洮延。宋之盛時，不收幽、朔，而靈、夏之域旋亦棄去。漢、唐疆宇雖廣，而和親歲幣所費不訾。蓋匈奴盛衰不常，多至數十萬，少者亦不減其半，必有兇主黠酋而君長之。逮至於元，遂僭一統，爲天所厭，極盛而衰。

自我太宗親御六師，虜益北遁，逾時累月，振旅而還。迄今虜衆離亂，交讎互噬，其數不滿數萬，不能當我一鎮，自有匈奴以來，未有衰於今日者也。夫以全盛之力馭極衰之虜，雖草薙禽獮，亦不爲難。惟陛下本懷：以武功妨文德，有所不暇；以中國困小夷，有所不屑；以華民徇醜類，有所不忍。而職兵事者乃或不加之意，使其窺覘糾結，爲國大患，至於民罷兵弊而不解者，此臣所以夙夜而不能忘也。

臣聞之書曰：「制治於未亂，保邦於未危。」兵法曰：「毋恃其不來，恃吾有以待也；毋恃其不攻，恃吾之不可攻。」國有所恃而盛，民有所恃而安，士有所恃而力。故饋餉屯種，豫其富也；弓甲鞍馬，豫其利也；城郭溝塹，豫其固也；作止圍援，豫其習也；斥堠間諜，豫其明也；號令賞罰，豫其行也。故曰以治待亂，以靜待嘩者，治其心也；以近待遠，以飽待饑，以逸待勞者，治其力也。如是以戰，戰則必克；如是以守，守則不危。不能待人，而顧爲人所待，其不顛倒錯亂者寡矣。

今國家經理區畫，可謂甚精，體統節目，可謂甚備。然轉輸之地方數千里，而士屢告饑；廄寺繁列，而馬無留良；武庫充牣，而用輒失措；城堡棋布，墩堠相望，賊至而不知其期，賊去而莫窮其處：是豈法之過哉？奉法者之弊也。天下之弊起於因循，而成於蒙蔽。今堡伍所聞者，方鎮莫得而什一也；方鎮所聞者，部曹莫得而什一也。如是則安，不如是則危，如是則榮，不如是則辱，如是則留，不如是則去。夫人之情，豈不知所擇哉？故臣嘗夙夜反覆，以求當今之弊，或者其專在乎此也。

古之論將者曰委任，曰賞罰。故屯軍細柳，御轡不馳，授劍江南，副將失色，其委任之專如此。愛能遁陣，誅及裨官，曹彬成功，尚惜使相，其賞罰之審如此。今綰章而拜，秉鉞而行，委任可謂不輕，然責其得失，且曰我不得專也。捷獲有擢，失機有律，賞罰可謂不闕，然考其勸懲，則曰意不在令也。夫國之安危，民之休戚，皆繫之將，而其言如此，復何望哉？臣願陛下嚴簡擢之法，省參督之制，核功賞之實，奮威刑之斷。舉一將則衆議必同，任一人則羣疑莫奪，賞一功則疏遠不棄，罰一罪則貴近不疑。如是則人革其心，官奉其職，繇是而糧芻可充，器馬可利，城塹可固，練習可閑，斥諜可明，號令可信。雖廣而八荒之表，遠而億萬年之後，可以高枕而無虞矣。況區區者小虜，惡足爲西北患哉？故臣嘗夙夜反覆，以求當今之宜，或者其無出乎此也？敢摭其大端，爲陛下獻。至於形勢名數之細，亦條具一二於後，興利除慝，則有司存，惟在陛下斷而行之耳。臣誠愚闇不識大計，臣不勝犬馬惓惓，惟陛下俯賜覽觀，幸甚。

一、今西北邊疆，大同、萬全皆據山阻塞，易爲守禦。惟陝西自撤東勝以來，河曲内地棄爲虜巢，深山大沙，險反在彼。或乘凍度河，或經歲不出。蓋自孤山至花馬池千五百餘里，自花馬池至高橋亦不減五百里，退無所據，進不可入。分兵而備，則無所不寡；載糧而運，則有所不給。遂使寧夏外險，反南備河。以漢、唐之全壤守宋朝之近地，此自失其險故也。然虜始入寇，不過近邊。比歲得我逋降，覘我無備，頗敢深入，蓋千數百里而餘。更數十年，雖在延綏，恐不易保。往時屢有建議，欲復守東勝，因河爲固，東接大同，西接寧夏，以爲聲援者，事不果行。或以爲虜衆在内，未易深圖。或以爲中界沙地，餽運難繼。或以爲創立城堡，民力不堪。蓋分地出鎮，止限本區，受命出征，不逾年歲，誰肯任此事者？臣謹按，張仁愿城受降，乘默啜之虚；范仲淹城大順，籍遊兵之力。大順固不必論，受降遠在河外，尚不聞缺食之困，必有其説。今宜專委大將一人，統領邊事，訓厲士卒，使賊勢挫衄。乘間而入，何患無時？節財省用，假五年之積，何患無費？去内邊之給，并力外供，俟成屯田，漸省其半，何患無食？七年之病，三年之艾，苟爲不畜，終身不得。一勞永逸，以爲長久計，惟此爲宜。若當今攻守之宜，則如别議。

一、屯田之制，古今所重，論守備者必先焉。今沿邊諸衛所，良田美地多歸長官，壯夫餘丁半爲服役，不能不仰給於餽輓。山西、河南諸道并進，自綏德至榆林，屯兵之地幾二百里。及諸堡分給，又倍蓰之。山谷陿隘，車轂不通，驢所負芻米多至狼籍。石米之費或逾一兩，束芻之費或至三錢，民勞兵困而財不足。遠不能致者，則輕齎銀課，而重其入價。大抵士所食者皆陝西之米，馬所食者皆陝西之芻。銀價既賤，芻米益高。爲之長者，又加侵竊，卒所當得，不及其半。此其爲弊又有不可勝言者，豈經久之利哉？臣謹按，趙充國之於湟中，諸葛亮之於渭南，皆以擾攘之際，責有成效。今宜嚴責課督，均餘壯之役，廣加開墾，謹防鈔掠。其目前所給，取之三藩。其所屯穫，寖以收積。五歲之内可省其一，十歲之内可省其二。雖推之天下可也。

一、馬者，士之所資，況與虜戰，尤爲急務。今太僕所表，苑馬所牧，名存而實耗。孳息既寡，其種亦消。必欲嚴督馬政，非假數年之力，未易充足。茶馬之制，其上馬爲斤八十，中者六十，下者四十，最爲西邊大利。自金牌制廢，私茶盛行。有司又屢以敝茶給蕃族，甚或有賊殺其人者。蕃既憾於失信，又利於私易，亦往往以羸馬應故事。使蕃地多良馬，而西邊闕於用，甚爲非便。臣謹按，王忠嗣在朔方河東互市，高估馬價，諸胡争賣馬於唐，胡馬少，唐兵益壯。今宜敕禁茶御史及陝西布按二司，揭榜招諭，明立恩信，復金牌之制，嚴收良茶，頗增舊價。上者二百，下者亦不減一百。彼貪於高價，則私市不得行。我便於多馬，則微利不足恤。以一歲八十四萬之課，所得亦不減千五百匹。此亦修馬政之一端也。

一、臣謹按，宋西邊三路東兵三十萬，土兵之募亦十五六萬。今河曲兵不過三萬有奇，强健者不及其半。營堡之間，多者數百，少者數十而已。較之於宋，二十而一。況擢者以官，絶者不繼，謫者多竄，日減一日。雖欲增置，其道無由。惟土兵之制，猶有古之遺法，常時召募，甚得其用。邇者驅之版築，編之衛所，即成真軍。甚乃坐名僉補，使爲世役。故召募雖勤，而應者不至。夫自兵民既判，則籍農爲兵，猶非得已，況驅迫維縶，使同罪人，誰肯爲之？今宜厚加優恤，罷其衛所，除其補代，無事則歸守令，有闕則增其召募，則應者必多，而保障可固矣。

一、兵家之勢，擊首則尾應，擊尾則首應，擊其中則首尾俱應。以一鎮論之，具自有首尾。以天下論之，則諸鎮相爲首尾。如一鎮所轄，少者不下數十城堡，相去多者或至百里。兩鎮相接，必有所分。其所分地，非請命于主將，則不敢妄動。其所主將，非受命於朝廷，則不敢遠遣。或有緊急，各幸其不值，閉城坐視。或當其分界，則互爲諉託，以避罪辜。至有經數城而入寇者，其爲玩事甚不細。臣謹按，趙充國在邊，西則張掖、酒泉，北則雁門、代郡，東則漁陽、上谷，皆其所統，故其任不分。張仁願在邊城，東西中三受降城，相距八百里，斥堠之所，千有八百，故其援不絕。今陝西之地，以鎮名者三，河曲二千餘里，以堡計者才二十有三而已。今宜總置大將一人，統領三鎮，增置城堡，使不過三二十里。令百里之内，雖不同鎮，亦相救援。若有所失，罪及其鄰。則兵勢不離，而邊患可弭矣。

一、胡虜之性，本無遠圖，在於得利。其所以能死其衆者，亦以利。戰勝而獲，利歸其身，故其來也不勸，其喪也不悔。中國之兵，上下有統，有所俘獲，必聞於帥，然帥遂責而取之。或供公需，或爲私畜，其在官之利甚微，而在下之觖望甚重。人有遺力，亦此之由。夫細人之情，孰不爲衣食計？以死易食，在彼猶難。軍富兵彊，利固在我。臣謹按：晁錯言胡人入驅，而能止其所驅者，以其半予之，縣官爲贖。今有所獲，計籍紀功，惟子女歸其家，自餘鎧仗駝馬，使得用之，牛羊財貨，使得有之，而官不與焉，則士卒之氣不勸而自倍矣。

一、比年命將出討，多領官軍掾史，動數百人。往往怙寵恃勢，所過州縣，需索百端。臨戎接戰，則耎縮不前；報捷紀功，則爭奔恐後。使邊民興怨，邊士離心。或陽稱賊退，以幸其早還；或陰匿邊情，以弭其復出。其爲弊也，何可勝言？況制勝則所費不訾，失利則損威不細。邊兵生長疆塞，能寒苦，習戰鬭，誠爲可用。但以筋力則困於驅使，以田産則窮於朘削，得首級則苦於需奪，殞鋒鏑則蔽於申報，故無肯致死命者。臣謹按，陳貫言禁旅當衛京邑，不宜戍邊，不如募土人。今宜省行賚以增邊賜，節餽運以益邊儲，操養作厲，以專其用。則財不徒費，功不虚成，在内則邦本不摇，在外則國威不失。其輕重利害，可坐而辨也。

一、功以首計，自古爲然。比年以來，南則荆、襄、廣東西，東則遼陽，西則延綏，諸處出討官軍，或以賄取，或以勢脅，或以老稚，或以婦女，甚者邀殺被虜之人。夫功不以實，已非懲勸。若吾民被虜者，去而從賊，尚可得生，反逆我軍，顧不脱死，孤窮困厄，實可哀憐。傷天地之和，壞國家之體，雖以死償死，其損已多。今罪惡暴露，而主事者尚蒙遷敍，造罪者不過贖功。夫罰而弗果，則如勿罰。勿罰猶其罰，罰而弗果，則無復有所憚矣。臣謹按，魏尚差上，不免縶囚，石鑒虛張，竟行罷黜，此古之所已行者。宜嚴敕邊將，戒飭官士，敢有仍蹈前惡者，以軍法徇於軍中，用謝百姓。主將不舉者，御史劾之，雖有功寵，亦不相掩，以戒將來，則民怨獲信，士氣始振。不然，臣恐頗牧爲將，未易成破虜之功也。

一、臣謹按，春秋傳曰：「王者不治夷狄。」蓋必操之得其要，處之盡其宜。此理也，亦勢也。吐魯番近我甘肅境外，今虐奪哈密，怙其桀驁。又假貢獻，以覘我動静。置之度外，似爲良策。恐小人者投抵釁隙，邀功利，損威命，以啓覬覦之心。繼今以往，不宜輕遣信使，來則容之，去則遣之，慎固封守，以消未然之患，此所謂操之得其要也。哈密之使還自京師者，既無所歸，則羈於甘肅，蓋至數十百人，既費廪給，又煩防範，日復一日，不可不慮。今宜擇近邊隙地置爲官司，給田授種，使之居作。彼感我恩惠，憤其仇讎，或有外患，可使盡力。不然，則分置天下諸郡，優其力役，使爲編民。其願歸本地者，縱而勿禁。此所謂處之盡其宜也。

應詔陳言奏

弘治六年四月二十七日，節該欽奉敕諭：「天道弗順，亢旱逾時，民庶驚惶，朕甚憂懼。凡軍民利病、時政得失，爾文武羣臣條奏來聞。欽此。」

臣等俱於午門外跪聽宣讀，聞命驚惕，罔知攸措。臣伏見去冬少雪，今春缺雨，風霾時作，井泉多涸。自都邑畿甸，東接齊、魯，南抵淮、濟，西連襄、隴，赤日拆地，黄塵蔽空，冬麥不收，秋穀未種。或餓死道途，或典賣兒女，或流徙他鄉，争程競渡，以苟旦夕之命。蘇、松、嘉、湖諸府，霖雨經年，大水横溢，財賦所出，莽爲荒區，瘟疫流行，賊盜交作。河南、寧夏、遼東等處，地震有聲。半年之間，奏牘累至，誠有如聖慮所及者。臣退自修省，以爲災異之來，皆臣等諸司不職所致。仰蒙陛下不即譴責，曲加戒諭，蠲滌舊過，勉圖後功。而又引歸聖躬，博采羣議，以共答天意。此古帝王遇災而懼之盛心也。

臣被擢先朝，繼塵侍從，禁署清銜，華衣美食，皆朝廷之恩渥、生民之膏血。三十年來，略無寸補，撫心知愧，内不自安。而職在講筵，不關政務。惟君心爲化理之源，經傳乃致治之法。其勢似緩而實急，其功似淺而實深。顧講讀有時，章句有限，宏辭奥義，未易悉陳。嘗慕宋范祖禹講月令，而深論誠於奉天之道；林機講禹貢，而極言勤儉爲治之理。又聞唐崔郾半歲不問經義，則謝以無功；李絳逾月不訪理道，則自慚飽食。臣之瘝曠，實又過之。近臣於五月二十二日經筵，輪講孟子。兩年之内，輪侍日講，亦用此書。今不敢遠引，謹摘孟子中格言要論切於君心治道，臣與二三講官已徹聖聰而未悉愚見者，析爲數條，極論其理。而軍民利病，時政得失，如陛下所欲聞者，以類附焉。陛下倘不棄其愚腐，一賜覽觀，則雖輟講之際，如對聖賢，燕居之時，若臨臣庶。於以見諸實政，施及羣生，庶幾天意可回，災異可弭，民生可安，國祚可永也。臣不勝犬馬惓惓，一一開具，以俟采擇。

一、孟子曰：「至誠而不動者，未之有也。不誠，未有能動者也。」臣竊惟天人之應，捷於影響。故書曰「惟德動天」，又曰「惟天無親，克敬惟親」。孟子此言，實得之子思，傳之孔子者。如成湯六事，旱沴遽銷，宋景一言，熒惑立退，不可誣也。臣伏見弘治紀元以來，二三年間，天地降祥，雨暘時若，感應之理，昭然可觀。近二三年，休徵弗應，由冬入夏，旱虐尤甚。陛下露禱於中，羣臣齋戒於外，計日彌久，獲效愈難。意者於初政之善有未盡合乎？抑應天之政或以文而不以實也？臣願陛下齋明治心，勵精圖治，賞一物必思天命所當予，罰一罪必思天討所當加，御一珍膳必思民之飢，服一美衣必思民之寒。雖居暗室，常如天監之在前；雖處深宮，常如民瘼之在目。不以正心誠意爲可厭，不以天道幽遠爲不足徵。災異之奏自郡縣者，彙爲卷帙，以備覽觀；庶政之付在有司者，限以旬日，必令覆奏。使議朝政者不爲道旁作舍之空談，拯民災者不爲紙上栽桑之故事。將見和氣充塞，歡欣交通。天意不回，雨澤不降者，必無之理也。若齋醮一事，誑誕尤多。累月經時，幸於一中。偶獲者有賞，而不效者無刑。徒費貲財，復傷治體。且往歲不祈而自至，近年累禱而不應，其有無真僞，不辨可知。陛下初納羣臣之議，嚴因禁革，近因禮部之言，即令停止。請斷自今日，凡事關祈禱，上涉於天，以經咒干賞賚者，並加斥絶。永不爲太平聖治之累，亦應天以實之一端也。

一、孟子曰：「君仁莫不仁，君義莫不義，君正莫不正。」臣按，人君一心，萬事根本。根本既正，而後天下可從而理也。故用人之非，不足過讁；行政之失，不足非間。豈真以爲不足讁不必間哉？蓋心有不正，則雖讁一人之非，而有不勝其讁，雖間一事之失，而有不勝其間者，所以甚言心不可不正也。然正心必先於誠意，誠意必先於致知，格物講學者，格致之要也。宋蘇軾進端午帖子曰：「始覺深宮夏日長，只將無逸鑒興亡。」王巖叟因侍講奏曰：「陛下退朝無事，以讀書爲樂，天下幸甚。」故心必有所啓而後明，必有所繫而後定。不然，則衆欲交攻，羣言競惑，不於聲色，必於貨利，不於奇巧，必於幻妄。以崇高貴富之地，當宴安暇逸之期，有不知其自失者矣。臣願陛下當此盛暑亢旱之時，澄清聖慮，保愛天和，慎重遊宴，調節飲食。每朝謁兩宮、裁決政事之暇，取累年講官所進直解，置諸左右，時一翻閱，用代温書。以俟秋涼，仍舊講讀。使義理融徹，根本不移，辨天理人欲之幾，爲體驗擴充之地。凡用人行政，弭災召和，舉而措之，引而伸之，無不得其當者。不然，則雖發言盈廷，積疏成案，一兩之後，旋復置之度外矣，何所益哉？臣嘗再講孟子此篇，今復敢以爲陛下獻。臣不勝至願。

一、孟子曰：「詩云：『經始勿亟，庶民子來。』」謂文王作靈臺，戒民以勿速，而民如子來趨父事也。古之聖王用民之力而得民之心，蓋其爲臺爲沼，皆與民同樂之處，而經營之際，又從容慰拊，惟恐有傷。故不惟人不之怨，而反爲之喜。不然，則雖嚴刑以驅之，峻法以持之，祇能用其力而已，豈能得其心哉？臣切見兵民既判之後，民出財以養軍，軍出力以衛民，二者交相爲命，不可偏有重輕者也。今諸營官軍本以壯國本，制外患，而操練日少，工作務殷。累歲頻年，未嘗少息。見在之數，或不敷於坐派；停止之詔，或遽移於陳情。使其精力消憊，志氣摧頹，嗟怨之聲上干和氣。比者諸司屢嘗執奏，陛下憫其勤勞，量爲停免。而如金水河、昌國公墳等處，特令儹完。夫有司以停止爲請，朝廷以督併爲名，恐名實相違，無以昭示天下。而盛暑鑠金，流汗成血，兼時倍力，困苦益增，又不若不督之爲愈也。臣伏見山陵太廟，工役之重，無以復加。而盛暑祁寒，未嘗不免。今縱以爲緊急工程不可終廢，亦宜俟雨澤既降，秋氣稍涼，然後再圖修治。則所緩不過數月之期，而所息不啻萬人之力。其餘不急之務，仍照原降詔書一切停罷，則可以慰人心於困迫之餘，養士氣於摧傷之後，亦弭災召和之大者也。

一、孟子曰：「不違農時，穀不可勝食也；數罟不入洿池，魚鼈不可勝食也；斧斤以時入山林，材木不可勝用也。」臣按，天地有自然之利，而其生也有限，故君人者必撙節愛養之，然後享其利於無窮。然欲節天下之財者，必自君身始。故曰以一人治天下，不以天下奉一人。夫天下不以奉一人，將誰奉乎？不私其有之謂也。今天下民窮財盡，其勢已極。姑以三者言之：山東諸府，穀麥所宜，草根樹皮，掘食殆盡，繼以人肉；荆沔諸湖，魚産極富，水竭魚荒，河泊歲課，多用折納；易州諸處，柴炭所需，林木已空，漸出關外一二百里。其他賦税，大抵皆然。天下之地，無一處而不貧；萬物之利，無一物而不盡。今據圖按籍，計口數物，於都邑之内，臺省之間，何以知之？而況於九重之上哉！若京師市鋪，光禄寺科派太繁，供應之物急於田賦，買辦之使亟於催徵，官價不充，動逾時月。國門之税，曩因户部委官張鑒過於侵剋，嗟怨盈途，商賈幾絶。陛下洞見其情，降旨切責，然後貿遷不滯，天下歸心。但其起例太重，今雖漸減，猶未甚輕。商賈利微，物價增貴，由此數者，兹欲蠲租減税，則國用不充。二者之外，别無長策，惟雜泛差役及額外科派。請下有司，痛令裁省。而節用一事，尤萬事本根。宋太祖欲造熏籠，以條貫不合而止；仁宗夜思燒羊，忍飢不索，恐天下遂以爲例。有天下者，豈少一薰籠、燒羊哉？蓋索一物必有十物之費，而其弊猶有不可勝計者也。我太宗文皇帝所服裏衣澣垢，納而復出，謂侍臣曰：「朕雖日十易，新衣未嘗無，但自念當惜福。昔皇妣躬補緝故衣，皇考見而喜曰：『正可以爲子孫法。』朕常守先訓，不敢忘。」宣宗章皇帝載在五倫書君道篇節儉類，蓋將爲萬世法也。臣願陛下遠稽前代，近法祖宗，上警天心，下憫民病。凡羣臣百司隨事經營、極力裨補者，不過分寸之益，惟陛下一轉移斡運間，而天下受無窮之福矣。臣不勝懇悃激切之至。

一、孟子曰：「飢者易爲食，渴者易爲飲。」臣惟民之困苦如溺之待拯、焚之待救，其情實急。赴之者雖焦頭爛額，沾體塗足，有不暇顧。若事勢牽掣，不能兩盡，急則治標，緩則治本。比於醫國，理亦宜然。臣切見山東等處災傷已極，夏麥絶無，秋田少種，種亦未保。巡撫等官極力區畫，財盡粮竭，已無餘策。近者廷臣屢請漕運官粮量留賑濟，未見準行。臣惟京儲固重，歲給尚羸，若限數借撥，量價糶賣，計歲還納，似亦無妨。臣請斷自宸衷，特命户部議行漕運官借撥一百萬石，少亦不下五十萬石，及運舟未盡之日，扣計後船，於臨清等處水次倉分納，令收糧委官監糶，以濟其急。而留貯價銀，用爲糴本，以俟來年豐熟，量價糴還，後年運舟，分帶至京，亦不爲晚。惟糶糴之間，稍加調停，脚價之耗，别爲計處，使還官雖遲，不失本數。則朝廷豈靳此百萬之數，不假以一二年之期哉？況運舟後至者多爲軍衛，貧窘力不能前，歲歲稽延，愈久愈困。使得稍免半途，早還暫息，以圖後功，亦未必爲無益也。

一、孟子曰：「仁政必自經界始。」臣按，古者經界之制，所以均井田，平穀禄。今雖制與古異，而分地納税各有定業，其間貧富固不能齊。若豪强得以兼并，姦巧得以侵奪，則富者愈富，貧者愈貧，小則争，大則亂，必然之理也。臣切見畿甸等處，奸民惡黨，競指空閒田地，以投獻爲名，藩王世家，輒行陳乞。每有賜予，動數百頃。得請之後，標立界至，包羅村落，發掘墳墓。訴訟之牒，纏綿歲月；寃號之聲，震動遠邇。往年固有聚衆持刀毆傷内使者。民心既失，國體又虧，上下之間，兩無所益。夫天地之物，固各有主，生齒既衆，地豈有遺？故凡以空閒爲請者，皆欺也。朝廷雖屢頒禁令，俞允繼之，投獻者謫罰相仍，陳請者終於得地，歲復一歲，當何時而已乎？臣請自今以後，除官有籍册者上俟處分，其稱爲空閒，輒乞管業，更不賜許。陳情者無效，則投獻者自止。占籍之民，庶不罹兼并侵奪之害，而有司亦免覆勘之勞矣。

一、孟子曰：「君行仁政，斯民親其上，死其長矣。」臣按，仁政之大，不過教、養二事而已。軍之所賴以養者在府縣，所賴以教者在將帥。養之無法，教之無方，而欲其臨難遇敵，赴湯蹈火，不可得也。臣聞廣西之地，近因軍糧不足，以致官軍囂鬨，幾成大變。及出軍之際，蠻賊截途，總兵方面等官横被戕害，又變之大者，固由紀律不嚴，事出意外。而旅進羣行，坐致奔潰，不聞有挺身犯難以相捍禦者，實亦教養失道，氣沮心離，故顛沛之間，視爲秦越。人心國勢，所繫非輕，朝廷已問罪伸威，吊生恤死。既往之事，不必重陳，但賊勢方張，散滿山谷，攻圍州縣，占據村落，狼貪蠶食，無月無之，版圖雖存，人户漸耗，有司畏罪，不敢悉聞。數年之後，此地之患，未易言也。攻守之議，必先兵食。今官軍士兵尚皆可用，惟糧爲乏。近聞荒歉之餘，歲頗豐熟。臣請下巡撫總兵大臣亟議方略，措置儲蓄，審計折價，毋得仍前缺乏。非惟足用，務使有餘，然後可以責斬馘之功，期蕩滌之效。臣又聞西北諸邊，軍糧折價，十分爲率，給不過二三分。禁例雖嚴，莫知改革。未然之患，可監於前。臣請申明禁約，依本地時價量爲增給，仍計其耗，餘謹視出納，以供官用。使人情少慰，兵氣漸揚，則攻守之間，惟所用而無不效矣。

一、孟子曰：「省刑罰。」臣按，刑者聖人輔治之具，不得已而用之者也。然必定爲輕重之等，而於其疑者，則寧舍重以就輕，所以體上天好生之心，以爲民生也。今之五刑，最輕者爲杖爲笞，雖杖有分寸，數有多寡，極爲詳慎。獄訟既多，人苦難制，乃有矯輕以從重者。在京法司密邇輦轂，尚少過差。在外諸司，或倚法立威，笞杖之罪，往往至死，補立卷案，旁引醫証，縱令事覺，不過以因公還職。於是箠人重者爲能吏，殺人多者爲好官，習俗相承，日以彌甚。夫梃之與刃，刃之與政，其殺皆同。以極輕之刑置之不可復生之地，傷天地之和，壞國家之法，莫有大於此者。假令以一時之暫，一二人之少，諉諸過誤，理或有之。而多者數十，甚者數百，乃概以因公自解，豈復有所懼哉？今故勘平人者有抵命之律，刑具非法者有除名之例。

偶不出此，則謂之因公，一名爲公，雖多無害，此則情重而律輕者，不可以不議也。臣請除已往不究外，自今以後，凡拷訊輕罪，即時至死，累二十或二十人以上，本律外，仍令吏部法司議行降調。或病死不實者，醫証人等并治以罪。且律不可易，而例可增。今科罰銀物，不至殺人，尚有降調之例。以此法當此情，似不爲過，亦可以爲殘民之戒也。

一、孟子曰：「欲爲君，盡君道，欲爲臣，盡臣道，二者皆法堯、舜而已矣。」又曰：「責難於君謂之恭，陳善閉邪謂之敬。」釋之者曰：人臣以難事責於君，使其君爲堯、舜之君者，尊君之大也。開陳善道以禁閉君之邪心，惟恐其君或陷於有過之地者，敬君之至也。但責善之論易至犯顔，閉邪之言類多逆耳，順適者可喜，而觸忤者難容，故惟堯、舜之世人人得言者，以堯、舜能容之也。中古以諫爲官，言者亦少，願治之君常勸其直而容其過，所容者愈難，則其爲德愈大矣。仰惟陛下即位之初，大開言路，先朝言事之臣汪奎、蕭顯、徐鏞等多由貶謫次第敘遷，如林俊者，言事尤難，特加超擢。天下之人歌頌聖德，皆以爲堯、舜復出也。間有言事狂直、上煩譴責者，詞雖太戇，心實愛君。既示磨礱，宜加收拭。近者，羣臣交章請赦彭程，至於十數，已蒙恩旨，令該部看詳，必有聖裁，臣無容議。臣切見任儀所坐，亦以扶持國體，非爲私謀，而小小過差，未蒙湔雪。今當陛下求言之日，而不宥以言得罪之臣，天下之人，孰知所嚮？陛下既已復數人於前矣，亦何惜宥此一二人於後，以答羣臣之請，慰千萬人之望哉？臣近講孟子此篇，因推論此事。臣之愚，亦堯舜吾君之心也。

一、孟子曰：「尊賢使能，俊傑在位，則天下之士皆悦而願立於其朝矣。」臣按，賢、能皆天下之士：賢以德言，故曰尊尊者，置之高位，畀之重禄，改容而禮貌之；能以才言，故曰使使者布列庶位，分委衆職，隨所使令，而皆適於用。其小大輕重，固有等也。臣切惟今之内閣六部、都察院、諸衙門所謂大臣，講讀、臺諫所謂重任，近年以來，三司得以訟巡撫，府縣得以訟巡按，小官百執事得以訟尚書、侍郎、都御史，事下有司，互爲勝負。使其爲極惡大罪，人人得而攻之者，固不待言。乃有或經按問，或經考核，或經糾劾，或經參駁，肆詆毁之辭，爲報復之計。此風既行，漸不可長。況其所奏，多涉誣罔，上煩聖聽，下駭物情，非聖世所宜有也。凡摭拾原問，律有明條，不干己事，例當立案。臣請自今以後，凡有屈抑，止許據實自陳本事。凡懷挾讎忿，故爲誣衊者，概勿施行。庶幾委任得專，體統不紊。臣又見經筵乃講道之地，與朝著不同。故凡奏對之時，雖師保大臣，必行跪禮，惟講官拜稽之後，立講於前，以示優異。此祖宗定制。而古之大儒猶有致議於坐立之間者，以聖賢之道在焉故也。官不必高，所任實重。苟非其人，不宜濫置。既授之任，必重其官。近日講官小有遺誤，遽遭糾劾，荷蒙聖恩，特置不問。是朝廷優之以講道之禮，而有司律之以奏事之儀。自開設經筵以來，未嘗有此。臣伏睹累朝所定儀注，止有侍儀官六員、御史二員、給事中二員、序班二員，無所謂糾儀者。先帝臨朝極嚴，奏對御史等官不敢毫髮縱貸。而如大學士陳文、侍講商良臣等進講差錯，不聞糾劾，朝廷亦不以責糾劾之官。臣又伏見先帝念通政司、鴻臚寺奏事繁難，特命差錯一二字，不必來説。欽遵至今，即是故事。臣愚以爲經筵之職，較諸通政所奏、鴻臚所引，事體尤重，而講讀之辭，動以千計，繁又倍之。臣請自今凡進講時一二字差錯者，照先帝所降通政、鴻臚恩例，勿得糾劾，以仰成陛下優禮儒臣之盛意，斯文幸甚。

辭免起復纂修奏本

奏爲纂修事。弘治元年閏正月十六日，順天府宛平縣送到公文，該内閣題纂修謄録官員内有事故回還原籍者，著該部行取等因，奉聖旨：是。欽此。續該吏部題纂修謄録官員在京住坐者，移文行取等因，奉聖旨：是。欽此。欽遵備行到臣。緣臣原籍係湖廣長沙府茶陵州人，金吾左衛右所軍籍，在京住坐。有父李□於成化二十二年十二月二十日病故，臣照例依墳守制。近經一年，哀苦餘生，疾病交作。右股及足向爲寒濕所侵，行步艱難，不便鞍馬。雖欲黽勉趨赴，實有未堪。伏望皇上俯賜矜憐，容臣在家暫得調理。俟制終病愈之日，即當供職，以圖補報。臣不勝感荷天恩之至。

李東陽全集卷四十

懷麓堂文稿卷之二十

箴銘贊引題跋

悔箴

言以醫戒，行以患懲。嗟此之人，孰可與成？戒則必持，懲則必作。有狂而聖，或其可學。

成齋箴

惟天生物，物不相有。惟人性同，無或薄厚。中戕末摧，疇執其咎？形踐者聖，質變者賢。成己成物，責斯盡焉。凡我同胞，覆幬必均。一物不成，如手足弗仁。樞機在躬，先本後末。一德不備，如身常飢渴。居必仁宅，行必義路。志則必專，執則必固。惟四勿爲，惟五弗措。曰吾弗能，是謂自畫。曰人莫己若，是謂自賊。勖哉君子，成爾令德！式瞻爾堂，式警爾心。君親有訓，師友有箴。君子勖哉，無廢寸陰！

止齋箴爲汪希顔同年作

止乎止，過則踰，不及則邇。學止乎中，人止乎聖。彼顔弗孔，猶不可以竟。聖有方，道無徑。顔之希，塗則正。止而止而，其未底而，不可以已而。

筆銘

魯叟獲麟，漢吏興術。絶爾於經，假爾於律。嗟哉管城，孰工孰拙？用之者人，慎爾勿忽。

紙銘

以白受緇，文斯生也。以方受割，用乃成也。制於物而爲功，亦何病其形也。

艾齋銘

人非聖，不能無過。過矣而弗自知，知之弗能改，改之弗能力，然後其過成焉。予之過多矣，嘗取其尤大者六端，欲作銘以自戒，未能也。文選黄公之子鄉貢進士汝修有志於學，名其居曰艾齋。其父執方石謝先生爲説，而汝修請予銘。予不能銘，汝修因取所自警者爲告。若汝修之過，其同異多寡，蓋自能知而擇之，奚盡待於予言哉？銘曰：

惟人弗明，惟害之萌。明而弗强，其過乃成。若莠於田，匪耘弗登。孔戒克己，顔德以貞。狂克作聖，曲能有誠。力致於艱，既倍乃勝。豈不易知，實難厥行。予有六去，去惰去輕，去玩去謔，去忿與矜。志則有餘，予力未能。予復何懲，而艾是名。家有庭訓，鄉有典刑。有一其言，百我兹銘。歸爾攸居，往服爾膺。慎爾出入，戒爾寢興。君子勖哉，靡言不徵！

丁氏半山亭銘

潛川丁君繼仁，隱士也。作亭於銅山之半，名曰半山亭，其子鴻臚序班鉷乞予銘諸石。縣之近區，若槽山之奸雄，冶父之神怪，龍湫之虚幻，皆君子所不談；麟山之風致，亦未足深論。彼半山者，王荆公之故名也。荆公争謝公墩詩，議者謂其習氣所發，使其有知，未必忘情於地下。予爲君識之，以貽其後人，使知兹亭爲丁氏故物。君之心非有所競，而人亦莫得而競也。銘曰：

廬之潛川，有山曰銅。有亭厥中，作者丁公。雙甍夾飛，層簷闢空。繩平度均，不下以上。吐吞嵐霧，凌薄蒼莽。俯臨平豁，仰抗高爽。羣奇羅列，萬象森朗。連山逶迤，如屏如墻。長江重湖，渼渼茫茫。喬林長堤，曲澗方塘。晨暉夕陰，往來其旁。西望槽山，魏武所駐。姦雄一顧，乾割坤據。金卯訖籙，旋爲典午。河山猶在，俯仰千古。歐冶遺山，鳴金既躍。張干雷邪，光彩淪落。幻術莫究，九原不作。僧有伏虎，龍湫是於。龍亡虎逝，此事長吁。亦有龍眠，麟山故迹。丹青窈渺，千載泉石。山峙川流，歲月若奔。歸視吾山，吾亭固存。我居我遊，我燕我飧。終我齒髮，貽我子孫。昔有半山，粤惟安石。謝墩王寺，名同代隔。我來君去，誰主誰客？平生英氣，所遇成敵。終焉一歸，誰失誰得？今有半山，若蹈陳迹。彼豪有知，此憾誰釋？物各有主，古人則云。往者勿追，來者有聞。富貴難恃，虚無莫陳。不朽有圖，惟德與文。汝亭不欹，汝山不磷。我銘在兹，垂千百春。

寓齋銘爲博士陳後作

寓形太虚，物各有處。人亦物耳，顧爲物寓。身寓於世，意寓在物。視厥所寓，可以觀德。少遊東南，壯居帝京。藏修息遊，於晝是名。朝亳暮綵，是究是營。體物之妙，以發我情。我情匪留，聊以寓我。苟以爲寓，奚所不可？古亦有言，隨寓而安。優哉遊哉，以歲以年。

莫職方曰良得晁無咎墓中硯爲之銘曰

名以文致，死殉以器。後三百年，誰發其秘？惟名與器，神不輕畀。兹幸在子，吾於子乎試。

柳舍人硯銘

堪輿肇判，沙水交洎。後千萬年，結爲玄玉。視其質，黯爾而光；叩其聲，詘然而足。琢以成器，必藉乎昆吾之刀；寶而傳家，不毁於季孫之櫝。補天五色，得非女媧氏之所遺乎？却陣千軍，當與中書君而並録也。

鐘硯銘

古有鐵硯，兹有石鐘。在類雖殊，於象則通。乃藝之華，匪樂之宗。觀物者盍舍諸條理之外，而求之制作之中乎？

瑶池夜月硯銘

鑿深爲池，修凸爲月。湛玄雲之陰，開穎兔之窟。人間天上，見此二絶。瓶泉日注，毋我池竭。池竭尚叵，毋使我月缺。松華桂魄，千載不没。

臨江周逸庵處士畫像贊 卷中有張廷祥編修、傅曰川檢討文。

周子觀國，實登我堂。曰世有令德，臨江之望。視我以遺像，夸我以鉅章。色養志順，生娛死傷。謂世鮮克孝，君篤不忘。朝經暮書，教子義方。學有名秩，官無槖囊。捐貲振貧，辭不受賞。謂世利是競，而君不有其藏。壯遊江湖，老歸故鄉。謂君於於，而衆攘攘。國有褒錫，家有祀享。不顯其存，其名則彰。我辭匪誣，沿傳摭張。後千萬年，式昭耿光。

張汝弼小像贊

俯首凝顧，其神在内。發爲文章，不采而繪。外探物化，中含道腴。諷刺諧謔，皆文之餘。奉上不諂，寧我爲簡。合交不污，寧我爲疏。君子觀士，慎其所趨。有弗君如，匪華則諛。君貌五圖，兹惟其肖。贊者數十，孰際其妙？君得我辭，掀髯而笑。

朴庵蕭封君像贊

魁梧傑奇，貴人之儀。樸厚静堅，壽考之資。胡人事之定，而天道之違。贈典在國，公貴則有。慶延於家，孰謂非壽？是不在其躬，而在其後。人亦有言，爲冶爲弓。賢哉黄門，豈惟父風？朋友之義，視公如翁。九原可興，杖屨其從。

都閫李公像贊〔一〕

公起秦州，爲千户侯。克旅克猶，永昌是遷。維邦鉅藩，關、隴之間。西征北徂，摧羌滅胡，勢雄萬夫。兹矢彤弓，天子錫公。惟公之功，功高望尊。公子公孫，倬哉公門！公氣渠渠，公容于于，若武而儒。公神上征，燁燁厥靈。孰爲公形，冠纓佩琚。公在堂居，見者必趨。

【校勘記】

〔一〕「閫」，原作「間」，顯以形近而訛，今據卷前目録正之。

中書舍人王允達像贊

行若不違衆，言若不出口。樸不外飾，儉無苟取。其藉也可立，其據也可久。是無愧乎文獻之鄉，忠賢之後。觀其日不重肉，戒能世守。此雖細事，亦今之所僅有也。

西社別言詩引

谷鶯遷木，情已應於友求；陰鶴鳴皋，聲必傳於子和。矧伊人矣，不如鳥乎？瞻彼白洲，實吾華胄。劍光衝斗，煥南國之文章；筆陣横霜，聳西臺之義概。代鷹骨爽，冀馬羣空。胸蟠雲夢之九吞，眥決岱宗之一覽。登壇賈勇，氣奪三軍；對客揮毫，名傾四座。羡楊穿之獨妙，愧歜食以同耽。春墅煙花，夜堂燈月。冥心探物，山川無地以逃形；險語通幽，神鬼有時而破膽。雪車競怪，石鼎争豪。雖角力於雌雄，竟忘形於爾汝。十五年之會晤，夢也何疑；四千里之暌離，眷焉將邇。慕路、回之言贈，念元、白之神交。越海吴江，載星槎於漢節；廬山蠡澤，耀晝錦於韓鄉。顧兹壯遊，欣我同志。唐臣五術，兼采風謡；漢法六條，旁行郡縣。蓋已布棠恩於周頌，又將詠芹樂於魯詩。夫豈徒哉，無非事者。匪遊觀之是玩，諒聚散以何心。觸物興懷，感時言志。欲發倚歌之興，先慚授簡之才。爰萃羣言，釐爲兩卷。

周原己席上題十月賞菊卷

東籬掃徑，慨花事之將闌；西社傳書，念瓜期之未晚。百年易過，九日重遭。惟菊爲隱逸之稱，而冬乃閉藏之令。挺孤芳於獨茂，脱衆屣於羣紛。視蒲柳之望誰先，比松柏之凋尤後。神農嘗藥，著靈品於方書；屈子餐英，播遺芬於詞苑。物非遠取，類實羣分。闢地成田，八世守柴桑之業；周氏世以菊號，原己號菊田。揮毫作賦，一鄉傳甫里之風。君惟有之，是以似之。我則知者，不如樂者。敢將幽意，用託微馨。懷彼隰之皇皇，詠初筵之秩秩。貯之以數仞之華屋，得其所哉；佩之以五色之錦囊，永爲好也。念菲葑之無下，愧糠粃之在前。未揭齋楣，先題簡首。

柳通判考滿旗帳詞代廣平府作

六品郎階，已拜三回之命；兩年郡駕，兼書九載之勳。寮寀增輝，閭閻出色。恭惟別駕柳君，衣冠望族。詞賦雄才，秀掇瓊林，價高金部。分司漕路，操出納之平衡；揭榜公門，剗貪緣之宿弊。名移新檄，步輟通班。弭節南陽，旋車北甸。省耕問嫁，視民飢由己飢；斷獄明刑，處官事如家事。念朱岐之靡定，感墨突之未黔。方偉績之告成，屬喬遷之在佇。分襟誼重，永懷與子偕行；臥轍心勞，皆欲從公於邁。蓋季路之別有處，而何武之去見思。望驄奴如登仙，久矣吾其衰也。取青紫如拾芥，沛然誰能禦之？醉留貪公瑾之醪，持贈乏繞朝之策。齊州鶴去，長隨綠綺琴邊；燕市駿來，合置黄金臺上。載歌雅曲，用託微情。御街行：

蓬萊宫殿深雲霧，君別路，君歸路。鵷鸞班外佩環聲，又被天風吹度。桃花觀裏，幾人重到，屈指從頭數。　廣平城下甘棠樹，曾見春遊處。道傍兒女送春歸，無計可留春住。碧霄清漢，星輪霧節，一任君來去。

與潘南屏納徵啓

天道立陰陽，著六經而爲易；人倫首夫婦，在五禮以稱嘉。孰主張於無聲無朕之中，而品節於有本有文之際？共惟先生，淵源舊學，經濟遺才。海底珊瑚，不受虹蜺之釣；雲間鸑鷟，寧歸翡翠之羅。虚幨倚玉之姿，久結斷金之契。今夕復何夕，參商無會面之難；吾翁即若翁，兒女重通家之誼。每羨凌雲之健筆，遥傳詠雪之希聲。顧門屏無射雀之才，豈霄漢有乘龍之望？念蒙泉丈人之愛，爰及屋烏；挹蒲陽太守之風，緬懷溪鶴。偶雖齊大，敢爲一旅之辭；諾以季聞，已荷千金之約。惟幾乃吉之先見，而敬則弊之未將。詎云筐篚之多儀，少效潢污之可薦。禮從宜，風從俗，幸沾仁里之薰；車同軌，書同文，況沐聖朝之化。稽陳編於往哲，在古則然；衍福澤於後昆，自今其始。菲陳是愧，海納爲祈。謹啓。

跋馬義婦傳卷

馬德明之婦盧請代夫病於天，德明愈而盧死。説者或以爲天之死之者，厚之也，蓋以助名教也。或曰偶然也，或曰不如周公之誠，且至是以死也。吾嗚治辨之曰：「黔婁非周公也，天非薄黔婁也。」是數説者皆已屈於嗚治，而亦不著其斷。何哉？予以爲君子於前，但當取其代死之心，而不必責其應否於天；於後，但當憫其死之不幸，而不必求其所以死之故。如斯而已矣，奚必泥拘拘之迹，以尋諸茫茫之境哉？不然，則此惑終不解。

題趙子昂書茅屋秋風詩後

右杜子美茅屋秋風詩，賀給事克恭所藏，云趙子昂書。今按此書累有俗筆，當非子昂真迹無疑。嗚呼！讀是詩者可以興矣，書不足論也。

唐室中興，瘡痍未復，子美以一布衣，衣不蓋兩肘，食不飽一腹，不愁朝夕凍餓，死填溝壑，乃嘐嘐然開口長歎，爲天下蒼生計。其事若迂，其志亦可哀矣。使開元之世海内富庶，邊塵不生，唐之君與相能以子美爲心，豈有成都之禍哉？豈惟開元，古之人皆然。嗚呼，漆室婦死、狂人病子之誚半天下，孰可與言是詩者哉！賀君卧病環堵間，展卷呻吟之暇，尚有味於予言哉？

書許魯齋辨説後

明仲先生嘗讀許文正公遺書，見其辨説，歎曰：「是足以箴吾病也！」要予書一通，置之坐隅。

辨之失，盡於此説。不得已而已，與得已而不已者，均之爲未善辨不辨、可不可之間耳。天下之人，有若予之愚闇，非强辨莫能喻，又明仲之必不可棄者。明仲若遂閉口，則吾曹何賴焉？予方恐其辨之未至，而何已甚之有？矯枉過直，君子不爲，惡醉强酒，大賢所戒，在明仲擇之而已。

題栝蒼陳氏畫

畫，技之微者也。其用不過充玩好、資議論而已。及其至也，亦足以攘造化之巧，達幽明之際，感發心志，流通精神，畫亦未可少哉！故其爲道，始於摹擬肖似，而極於變化，千形萬狀，不可窺測。上下數千百年，變而爲數十百家。其所爲所見，亦有不同，而同歸於妙而已。

予生不習畫，手不能舉筆濡紙，而凡爲位置高下，皆不能外乎吾心；口不能指摘年代，辨閱名氏，而凡爲妍媸工拙，清濁雅俗，皆不能逃乎吾目。平居未嘗費一錢之購，無寸紙尺素之藏。凡持以求題識者無虚旬日，至懸之齋閣，坐卧其間，後先相代，而吾家未嘗無畫。蓋吾之於畫，猶元亮之於琴，子瞻之於酒也。

栝蒼陳汝同氏居京師，家藏書畫數百卷。汝同嘗遊於江湖，及歸，而其家毁於火，先世之古物無復遺者，汝同每痛之。一日，得山水圖一卷，請於予曰：「吾將以此藏於家，然不可無先生識之。」予嘉汝同之好事，遂書於其顛。志汝同之續藏者，實自此圖始。

跋鶴山魏先生書真迹

修撰吴君原博所藏鶴山先生手書，云得之吴江虞氏。虞本僕射允文之後，故與魏通家。書稱提刑眷丈者，蓋其先世也。按宋史：理宗寶慶元年，李全亂楚州，制置副使許國走死。五月，全襲彭義斌而敗。六月，義斌死於嚴實，復失京東州縣。此云全往恩州，不知所爲。及彭發許喪，必有勝負，則此書當在二三月間作也。初，寧宗時，史彌遠用事，鶴山與真西山再召還朝。嘉定十七年，累遷起居舍人。上疏言：君臣上下同心一德，則平居有所裨益，緩急有所倚仗。今則面從而腹誹，習諛而踵陋，天下之患，有不可窮者。而彌遠始不樂，所謂上下不交之説，蓋此疏耳。是年，寧宗崩，理宗即位，鶴山進起居郎，以疾求去正祠請事，至是爲李知孝所劾。彌遠猶外示優禮，改權工部侍郎。又力求外任，始以十二月出知常德府。越二日，又爲朱端常所劾，奪秩貶靖州。遷官之命、鉗市之辱，若合符節。其出處大計固已預定，非苟然者。

觀其稱西山之賢，有東南人物凋落之歎，則其慨然自附於濂洛諸賢之意端可想見，可謂一代偉人也已。然其獻納之餘，録本遠寄，汲汲以未達爲歉，似與程明道秘密諫草之意不合，此何見哉？或其憂世憤時之志鬱而不伸，固有不得已於知己者，亦未可知也。

嗚呼！理宗號爲崇尚儒碩，而真、魏二賢貶逐不暇〔一〕，則其爲治可知矣。自鶴山去國後，國勢日蹙，一再傳而宋亡。觀於此書，其亦有所感哉！

【校勘記】

〔一〕「真」，原作「其」，顯以形近而訛，今據文義與抄本正之。

跋韓給事所藏張汝弼草書卷後

張汝弼嘗自評其草書，以爲大者勝小者。予謂英雄欺人每如此，不足信也。及觀韓黄門此卷，則其大字果勝。賢者固不可測耶！

跋馬抑之所藏二帖

此帖書法真得屋漏痕意，當是山谷真筆無疑〔一〕。吾蒙泉翁極通書法，省所題識，意亦可見。古稱名家者固有定價，不可易也。馬君善書，其寶此固宜。而邢禮部題此，若疑非真迹，不可曉也。

子昂臨右軍十七帖，非此老不能爲此書。然觀者掩卷，知爲吳興筆也。大抵效古人書，在意不在形，優孟效孫叔敖法耳。獻之嘗竊效右軍醉筆，右軍觀之，歎其過醉，獻之始愧服，以爲不可及。此其形體當極肖似而中不可亂者如此，能書者當自知之。

【校勘記】

〔一〕「真」，原作「直」，顯以形近而訛，今據文義與抄本正之。

跋張汝弼書蔣玉山既醉軒詩卷

醉與醒，異趣而同適。醉者常呰醒者爲拘，醒者常病醉者爲縱。屈原曰「衆人皆醉我獨醒」，李太白云「但得醉中趣，勿爲醒者傳」，此皆有託而謂，非真語也。蓋次公見謂醒狂不害爲賢，梅聖俞每醉，輒叉手温語，蘇子瞻乃以爲非善飲者。人之趣固若是異哉！事或出於偶然，或成於有意，是不可執一論也。

張駕部飲酒不過中人，而書此軒及卷若甚醉者。其興致風態固出一時，要非有意。論者蔓引波漫，各極其趣，蔣君其有擇乎此邪？然世之文章事業，疲志憊力者常患於泯没，而一時一事或以傳播。是固有幸不幸，而亦繫乎其人。此卷之傳，其賓主之美概可想見，醉不醉不必論也。予亦不能飲者，書此以附吴、陸二太史之説。

跋陳愧齋送傅曰會詩序

方山謂予曰：「曰會之來，講毛詩於師召先生者數月，故其贈序，師召獨慨然爲之。」予未始信也，及觀序中有論詩知學之語，乃知其言不誣。師召門生数百人，不必躬自指授，類能有經學以顯，固有一及講席而再魁文場者，用是可以爲曰會賀。雖然，韓退之抗顔師一世，而李翺獨岸然不爲下，又安知今日無豪傑如習之者出邪？

書雞壇清話卷後

今年予作止詩詩以自戒，鼎儀以詩來約曰：「止詩亦欲止今春，欲止今春止未真。乞取止詩來止我，止詩合寄止詩人。」予請援張汝弼故事，以隻雞斗酒爲罰，竊計數日後必有縛雞載酒而至者。鼎儀固未嘗止，亦不承盟。

越兩月，予病起，遊大德觀，爲鳴治、師召所督，得聯句四章。鼎儀聞之，折簡告罰。予謂罰我固當，不宜獨先。若君本不承盟，予亦無獨盟之理。鼎儀執不置，乃以雞酒往受罰焉。

初，鳴治、師召之見督也，曰：「第爲之，即有議君後者，吾二人實任其事。」至是，果以猪紅三斤、蛤蜊數十相助。明仲聞之，曰：「此佳會也。」盡却他故赴之。而亨父亦爲鼎儀所致。凡六人，鼎儀乃盛爲席以樂客。於是，分韻賦詩，劇飲盡醉，所謂勝負賞罰者皆不能辨，亦不必辨也。

越數日，明仲夜歸，乘醉作序。其文雖工，事或未合。予掇其顛末以書於後，俾好事者有考焉。

跋謝氏家藏墨迹卷後

吾友謝君鳴治視予家藏墨迹卷，乃其從父愚得先生世修、故王城先生世懋筆也。愚得致事歸自寶慶，王城以科舉往來江、浙間，鳴治亦嘗以省覲還鄉里，離合往復，凡爲書及詩若干通。其二通則愚得與黄文選世顯論致仕書，及王城與鄺黄巖載道詩十首。嗚治皆歸而藏之。王城論詩，一字隻句，必相鍛煉，雖數千里外，答問不倦。愚得當嗚治筮仕時，以名節問學相勉督，拳拳不容口。他如作郡之方略、分縣之利害、出處之節、彝倫之義，無所不備。蓋自近世科舉之學興，父兄師友之教能及此者鮮矣。謝氏之多賢，其固然哉！

愚得之再赴寶慶也，予方南歸，遇於流河驛。至金陵，愚得留江上十日，乃同舟西邁，别於長沙之滸。王城，予嘗序其遺詩而不獲見。蓋於是俱有感焉。昔范文正與侄帖，以身不營利爲訓。陳焞得之，銘於坐以自警。私淑之益，予得之嗚治者多矣，而況乎親炙之者哉！而況乎世守而永慕之者哉！因爲題其卷首而歸之。

書賀氏先迹後

姑蘇賀氏本貧，蓋自大理公已然，至乞鬻穀於鄉先輩，此其手帖也。公之子復庵處士某及其孫感樓先生美之，家益貧。感樓教授鄉塾，僅足供朝夕。稍以其餘爲耕獲貿易計，歲增月拓，前後積數十載，始充然有餘貲焉。

予聞不仁者不可以久處約，約而無所守，苟有才智，雖匹夫可以爲富。大理公竟以貧死其守，可知感樓世守先訓，食必其力，故其起家亦若是難也。知大理之所以貧與感樓之所以富，則其繼與守也，其容以易乎哉！世之人富者恥貧其祖，貴者恥賤其先，擠匿誇詡，無所不用其極。感樓方惓惓此帖，比之無恤之簡，則所以儆其身以示其子孫者，固亦有道矣。

感樓得此帖於采蓮涇俞氏，其子解元恩上京師，出以示予。予感其起家之難，而慮其處樂之不易也，書之以告其後人。

跋謝氏逸老堂詩卷後

逸有二義，書曰「作德，心逸日休」，以道言者也。又曰「不敢自暇自逸」，以欲言者也。君子蓋有擇焉。愚得先生作郡湖南時，賦訟之外，雖細事小役，亦夙計夜會，寢與食有所不暇。然謀身無蹊徑，與人無崖谷，田廬妻子之計無所累乎其心，固未始不逸也。及其功成志倦，引身而退，徜徉容與於山林之下，似若甚逸。然而修宗譜，築祠亭，建義學，議鄉約，作敦彝會，見諸詩歌文字間者無虛歲，則其心與身亦未始逸也。是先生之逸不以欲樂，而以道寧，豈非古君子之心哉！先生素多病，能慎言語，節飲食，得頤之道。自歸黄巖，聞其風神健爽，視曩昔益倍，予甚喜之。

昔有若問宓子賤曰：「子何瘦焉？」曰：「憂官政也。」子貢問子夏曰：「子何故肥？」曰：「吾出見紛華富貴而悦，入聞夫子之道而樂，二者心戰戰勝，故肥。」今先生無政之憂，有道之樂，康寧壽考，蓋其所當得者，此予所以喜也。或者乃謂先生居江湖，志廊廟，初不以進退壯老易其志。夫使其道足以勝欲，則所謂憂者豈足以害其樂哉？

先生所居有逸老之堂，予從大夫士爲詩，因嗚治以達。先生素不予鄙，聞予言，必曰：「吾侄知我，非其友莫宜爲此言也。」

李東陽全集卷四十一

懷麓堂文稿卷之二十一

題跋

書愧齋倡和詩序後

師召陳先生初以詩經名天下，既入翰林，爲古文精簡有法，尤捷不容思，日可給數篇。或乘醉縱筆，不復記憶，若有神助。獨於詩，雖能而不甚好。人有乞者，不得已應之。朋輩投贈，多不裁答，領之而已。去年，偶閱杜詩，有所得，乃揭其近體篇目於壁，暇則闇誦，至貫穿無遺。自是下筆袞袞，時出奇句，其鋒甚鋭。回憶曩時不此之好，口雖不言，察其有悔色也。

昔黄山谷謂坡老曰：「有文章名一世，詩不逮古人者。」而彭淵材恨曾子固不能詩。自今觀之，子瞻豪雄浩瀚，決不出山谷下；子固集所傳諸作，當世亦豈多得？不足信也。夫天下無兩似之物，二美相並，必有所掩，然則人惡以多技爲哉！若吾師召，殆不欲以詩掩其文，故方稍振圭角，而亟自韜晦，乃委於朋友之助如此序所云者。噫！以予之闇劣，何所不賴於友，而況詩乎？師召既悔倡和之晚，乃輯所往還者得若干篇爲卷，而其所爲詩在焉。詩家者觀之，則其言之誣不誣可知也。

題山谷墨迹後

「肥欲有骨，瘦欲有肉」，此山谷論書語。今觀此帖，當識此老筆意。

書宋諸賢墨迹後

右宋李忠定公書一，張忠獻公書一，趙忠簡公劄子一，外小帖一，吕太保安老、李参政泰發書各一，姑蘇沈啓南氏所藏者。吴太史原博攜至京師，予得而觀之。嗚呼！天下未有不用君子而治、不用小人而亂者。宋之衰，非無君子，而屢於不能用。然其君子，亦有過焉。秦檜首惡，天下所由亂，賢如忠獻，實與薦之。泰發雖與持議禍至死，初不能無參政之屈，此其所憾者。呂非純才，仇視諸賢，無足深論。忠定再罷，乃由忠獻。忠簡雖與忠獻合，而屢惑讒間，至悉變其所爲。則所謂君子者亦不能同志戮力，自貽矛盾之患，何怪乎國勢之不昌、小人之禍未殄也？晦庵謂明大義，識事理，惟忠定兼之。蓋雖張、趙，不能不各有長短，呂、李而下，其器可知也。然使其志論獲行，小大畢用，皆當有益於世。今觀其尺書寸札，皆國家天下事也。卒令厄塞困頓，賫志以没，國亡世改，而其辭獨存。哀哉！

恭題魯府尹所藏先朝敕諭後

臣獲從應天府尹臣魯崇志，伏睹我太宗文皇帝之德音，蓋其先臣穆舉進士時所得者也。文皇帝聰明神武，求賢圖治，汲汲若不暇。凡所策士，既爲親定甲乙，復自閲名籍，慰勉敦勸至勤，敕諭諄諄教戒，其至如此。故皆感激奮厲，什志倍力，争效用以致太平。名臣碩輔，照耀先後，尚可指而知也。湯誥曰：「克綏厥猷惟后。」泰誓曰：「天佑下民，作之君，作之師。」蓋人君之在天下，有師道焉。湯、武而下，雖英君誼辟，鮮有與於此者。惟我太祖高皇帝，實全有之。以至於文皇，丕承大烈，赫乎洪武之風也。

臣穆歷官監察御史、按察僉事、都察院右僉都御史，始終一節，克稱能臣。宣宗章皇帝之褒敕、英宗睿皇帝之悼祭，宸書麗藻，後先輝映，皆足以仰承而不愧。於是知聖教所及，三十年如一日，以至於今，又四十餘年矣。聖天子之所簡用賢如崇志者，謂非聖教之所遺乎？民生於三，事之如一。章皇帝之德教與都憲之澤，其在崇志克引而承之，奚翅異世，雖千百代可也。謹拜手稽首題其後。

書同聲集後

予從方石先生倡和得此卷，愧齋題爲同聲集。予豈敢同先生之聲哉！然於先生之心，則不敢有異也。言異而心同，則其異也不遠矣。

題張滄洲遺詩後

嗚呼！亨父先生不可作矣。其遺詩在文量職方者，予泣而觀之。清古翹拔，無一字犯俗。雖偶書旁集，若精擇而後得者。世果有仙乎？吾亨父死必爲之。惜乎，吾不得而見之也。

書圍爐詩後

東陽童時遊京庠，四明邵先生實掌教事。間與今翰長楊公圍爐對酌，東陽適侍几席。公命作圍爐詩，撰五言一首。公覽而賞之，因袖以去。越五年，東陽叨進士，獲從公官翰林。每見所作，稍稍當意，輒加獎借。今又且二十年，東陽將滿再命矣。公偶語及之，因出示一卷，皆名卿士詞翰，而是詩在焉。公曰：「吾於是時已待子於今日矣。」

東陽竊自念樸劣幼稚之資，僅曉聲律，此兒童恒事。公以大方先輩曲爲汲引，以俟其成，此古君子之盛心不見於今之世久矣。而東陽聰明不及，方百倍韓昌黎之歎，寧知驪牝之質，終不爲九方臯善相之累乎？昔蘇文忠謂文章士各有定價，先後進相汲引。因其言以信於世則有之，至其品目高下，付之衆口，非一人所能揚抑。是公於東陽雖日汲引之不暇，亦安能使之自勵於進哉？竊用是懼，思有所勉進，以副公望而未能也。姑識於卷末，更二十年觀之，使公不自悔其誤，則東陽於公庶乎可以無愧矣。

書蒙翁類博稿後

嗚呼！此我外舅蒙泉先生岳翁遺稿也。公在國子時，已名能古文歌詩，然稿成輒棄去。及第爲翰林，著作甚富。入内閣，與機務，攻曹、石罪，逆得禍幾死。戍甘之行，第宅爲勢家所奪，書册蕩逸，委不復顧。比召歸，又爲讒媢所中，出守興化以去。及致政家居，檢閲舊稿，存什一而已。公既屬纊，東陽以治命拾遺文，得於其從子坪。竊懼闕略，不敢就次。乃與公門人潘君辰、李君經稍加搜訪，或摘殘草，手自謄識。越十有餘年，始克成，編爲十卷，乃屬公同年都御史張公瓚刻於淮安。未竟而張公卒，乃屬我同年知府陳君道刻於金華。名曰類博者，存公舊也。

夫文章事業，大抵與世運升降，而亦存乎其人。顧二者雖相爲用，亦各以其盛者稱，而莫之或兼。固人之難，亦造物者之所靳也。公少以經濟自許，天下亦以此望之。入翰林，雖以文顯，而非其志。及得政行志，奮不顧私。再黜於外，亦無暇乎所謂文者。既老且倦，則斂其所欲爲者以歸於文，而又不幸死矣。故功烈震一時，氣節蓋天下，而文章制作有遺力焉，況於放失闕略之餘哉！然執是以白於世，固奇偉壯麗，炳朗震耀，斷斷乎不可没也，可謂難矣。且古之文章，亦必其人有道德行義，始足以爲世重。今之世有如公者，雖片紙隻字，人固當寶而藏之，況其所存焯焯如此哉！然則公文之闕，固造物所靳，亦後生者之責也。

公於書無所不讀，葉文莊墓銘載經疑數卷，已逸去；著皇極新解，未及就；深衣纂誤一卷，藏於家，以俟續有得者並刻焉。

希蘧府君二絶句後記

右希蘧府君題畫絶句二首，括蒼梁澤所藏，吴先生原博爲求得之。此二詩家集所不載，且無圖印，然固知其爲真迹也。東陽曩歸茶陵，詢府君裔孫旭政，獲睹手抄詩、易二經，皆貧無書時所録，楷法精甚。諸族所藏大書行草，亦遒逸含古意。雖小大不類，然其結構則一也。東陽舊未有藏，忽得此，不啻拱璧。先學士公實與見焉，命謹藏之，以遺子孫。來者其勿褻哉！

希蘧府君題朱澤民畫長句後記

右希蘧府君題朱澤民山水圖長句真迹，有名及字印各一而無畫。崑山許翀鴻高所藏鉅卷，皆元諸人詩翰，此其一也。

原博吴先生見而説之曰：「此在子，卷不過三十之一，無之不爲闕；在其子孫，則千金之寶也。子何惜三十之一以爲千金之饋乎？」他日，以諾告，且曰：「爲我作海月庵記，即可致矣。」記成，而詩果至。

又數日，陸先生廉伯以澤民畫一軸爲贈。上有空楮，取是詩校之，不爽分寸。即標於其上，睹者不能辨其爲二物也。嗚呼！干將鏌鋣，千載離合，世間此事，似亦有鬼神之力。雖府君有靈，不能不爲之憮然，況爲之子孫者乎？

軸頗舊，不復裝飾，所以存故實，彰奇異，使來世益愛護，永不散失。而二先生各題其傍，以識其所從得云。既得之十年，爲弘治二年己酉春三月十九日，謹記。

書楊侍郎所藏沈啓南畫卷

沈啓南以詩畫名吴中，其畫格率出詩意，無描寫界畫之態。畫家者流乃以分寸繩墨指而病之，豈未知芭蕉爲雪中物耶？亞卿楊公貫之得此卷於趙中美氏，趙與沈有連，當爲真筆。近吴人所攜贋本充人事，似此卷者蓋少。指彼而議此，又可乎哉？予不深於畫，每愛啓南之詩，見其屋烏，若無不可愛者，故爲一辨。

書陳大參六嬉圖詩卷後

東坡三適，山谷四休，皆有詩。適以處變，休以養生，事異辭殊，然皆達人君子事也。

陳南山六嬉之作，其仿諸此乎？或謂嬉之言甚於休適，非良士瞿瞿之義。是不然，善戲不虐，君子所與，張而不弛，雖聖人有所不能。且今所謂嬉者，不過載酒濯纓，振衣長嘯，采芝放鶴，以陶寫情志，宣導沈鬱，而不出乎名教之外。嬉乎，嬉乎，吾不得而訾也。

南山官郡侯，治劇地，紛輪鞅掌之餘，乃託興丘壑，寓情韋布，與野夫林叟相倡和，蓋又以文爲戲者也。戲不以物而以文，其爲嬉也不尤善乎？詩自有序，論體裁者稱爲善作，予又推其義如此。

跋存復先生遺墨

御史姑蘇朱天昭，視予以其高祖存復先生澤民手書一卷，蓋范石湖四時田園雜興詩也。先生勝國名士，世多得其畫，而罕見其書。虞邵庵謂其文爲畫所掩，書固未暇論也。今存復集刊本有大星記跋，載予先提舉希蘧府君事，予家亦有府君題先生遺墨，予與朱氏雖稱通家可也。

石湖集世不傳，浦陽吴清老嘗作月泉社，爲詩試，實用春日田園雜興爲題，乃四時之一。時東南名士盡在選中，而拘於律體，亦未有能出石湖之外者，宜先生之重是詩也。況天昭之於世澤，有念祖修德之義，又豈獨以詩而已哉？

予又聞天昭有睢陽五老圖真迹，溯是以往，其世澤尤有甚遠者，尚當於他日考之。

題姚少師所書劉太保詩

元劉太保詩一絶，國朝姚少師所書也。劉、姚俱隱於僧。劉，瑞州人，名子聰，號藏春居士，改名秉忠。佐世祖建號立國，爲國朝驅除，今京都地是也。姚，蘇州人，名道衍，號逃虚老人。洪武間以高僧徵。事文廟，潛邸參謀，贊成大業。其改名廣孝，世傳以爲御筆所定也。

兩翁雖遭際不同，迹頗相類。觀姚書劉作，有契會之意焉。程錦衣用明持以視予。兩翁皆天下奇士，其學予則不能知，後有具法眼者，不知作何等觀也。姑書此以俟。

敬書雲陽集後

右我希蘧府君詩文集十卷。家有舊本，題云男位編集，即墓表所稱自立者。字畫瘦勁，有府君家法，蓋其所手録，而永新俞千户懋所刻也。

東陽省墓時，俞氏已絶，板刻無知者。比吾友顧君天錫知吉安，謂東陽曰：「此吾郡流寓，所當表見。」東陽乃取舊本，屬廣陽劉瀚、永嘉趙式分録之。國子祭酒方石謝先生爲序，則太僕少卿李公貞伯所録。次以舊序若干篇。惟劉某序隸字多闕，無所從質。會禮部主事楊君謙來自蘇州，以録本見遺，因得補其殘舛。並以近所得於括蒼梁澤、蘇州許翀者古詩一、絶句二，及近時大夫士題識附焉。

近又見朱大理文徵所藏清明上河圖跋尾真迹，蓋今第十卷所載。後有印曰「不二心老人」，此平生所未聞者。府君之志，又於是乎觀。吾李氏子孫，其敢忽諸？

書碧落碑後

碧落碑石本，吾子行所藏，自云手補首行五字及十五葉一行之闕。今觀補字，非子行不能作也。獨其跋語謂以籀文歸小篆爲妙絶，恐未必然。周伯琦疑其雜出諸體者得之，蓋其妙在筆不在體也。

此帖數傳至陳刑部明之。予嘗見此刻，久不復識。手臨二本，輒爲好事者取去。數月後，偶檢舊藏而得之，則首行固在，而其中乃闕三十餘字，豈模拓先後互有異邪？古刻寖不完，此固可寶。而子行之篆、伯温之隸，與楊宗道之楷書、宋潛溪之題跋，皆不可得已。明之其永寶之。

書耿氏家藏公牘後

禮部尚書青崖耿公以家藏公牘示予，其一爲其祖汝明公洪武初所給户帖，其一則山西鄉舉公據也。

公之先出鉅鹿，徙居平定。至公復給帖領舉，爲河南盧氏教諭。永樂初，卒於官。宣德、景泰間，以其子清惠公貴，累贈刑部右侍郎。成化間，以孫貴，加贈南京禮部尚書。居盧氏者三世矣。

户帖稱耿氏爲儒籍，蓋因元之舊而然。按元史選舉志，分天下爲十等，儒居其九，君子於是知元祚之不長。夷夏倒置，自古所無之大變，不足深論。士當是時，非大家世族而能以儒爲籍，不爲他岐異術所汩，又幸而不罹於坑焚之厄，以待圖籍之收，蓋亦難矣。及科舉法行，公即以儒起家，以啓其子孫。再世爲尚書者，國朝不二三見。清惠公之廉德重望，雖登華陟要，不愧爲儒，播在天下，著之國史。今青厓公爲史官，爲祭酒，爲禮部，世守清白，爲儒流冠冕。公之澤其益昌乎！然儒之道至元爲極晦，而在我朝爲極昌。觀於是，不獨見耿氏之興也。且趙氏之簡，三年而已失之；唐之告身，或不再世而已爲貿物之具。今公方寶襲是帙，與累朝誥命相表裏，其所關亦大矣哉！

予又聞今歲禮部之火，是帙在侍郎周公伯常廨舍，卷歸而廨燼。意其爲神物訶護，使永爲家廟之寶，非偶然也。因並識之，以示其後人。

書米南宫真迹後

右米元章跋顔魯公真迹。顔文蓋爲節度李光顔作者，而今亡矣。米稱顔、柳挑踢，用意太過，無平淡天成之趣，固宜。乃以爲後世醜怪惡札之祖，其所遺書曰海嶽名言者屢屢言之。嘻！亦過矣。蘇東坡嘗言：「書至顔魯公，天下之能事畢矣。」蘇、米皆名家，而其言若此，何哉？蘇稱米書爲超逸入神，而米對神宗呰蘇爲畫字，其取舍又各不同，不可知也。匏庵蘇學而藏米帖，謹以是質之。

書溪山風雨圖後

右溪山風雨圖一卷，無題識，有私印曰「容齋清玩」，官印曰「紹興省試總轄」諸司印。按宋洪邁號容齋，在理宗初以奎章閣學士知紹興府。此卷有紹興人王某題，稱知府相公所藏，意者爲洪氏物。又有「皇姊圖書」印、馮子振詩奉大長公主命題。子振，吾長沙人，號海粟，又號怪怪道人，今私印所篆者，仕元爲集賢待制。所稱皇姊爲元公主，則此卷又爲元外戚家物。又有「李氏珍藏」印，不審爲何人。今爲庶子吴君原博所藏也。

嘗記容齋隨筆稱畫之妙者，人必以爲似真，江山之妙者則又以爲似畫，此世間常語。今觀此圖，凡溪山、草木、人物、器具，皆風雨也，論畫者殆將以爲真乎？使其固幻，然歷二代數百年，宋、元之江山皆不能有，而此圖方入盛世，爲大夫君子藏弆，觀物者不以真幻爲輕重可也。

書同聲後集後

方石以纂修命再入官，所與倡和又若干什，題曰後同聲集。於是先生之聲益高，而予之不可强而同者益遠矣。然先生益不予鄙，所以與之者甚厚，是其所以同也，果有不係於聲者乎？或者又以爲言乃心之聲，有不容以不同者，則予不敢以不勉也。先生拜國學之命，將棄予而南，蓋將與愧齋同其聲。集成，幸以寄予，予則爲序以報之。

書馬遠畫水卷後

右馬遠畫水十二幅，狀態各不同。中間江水尤奇絶，出筆墨蹊徑外，真坡老所謂活水也。吾不識畫格，直以書法斷之。

書蒙翁所藏黄華老人真迹後

右黄華老人書三十三字，吾外舅蒙翁先生所藏，翁及天全翁徐公所題皆在焉。老人本金人，姓王氏，名庭筠，字子端，號黄華，舉進士，官至翰林修撰。書學宋米元章，論者謂其胸次不在米下。此詩已斷裂，不能讀，而字畫遒逸可玩。蒙翁題五字，筆意渾成，天全並稱爲得意，信然。而天全此書亦奇偉絶俗，雖稱三絶可也。

某將南歸，時蒙翁指此書謂曰：「子至姑蘇，必見此翁。」某未至數日，而翁已卒。歸見蒙翁，已卧病不能語。嗚呼！異代不足論，二翁雖異尚殊見，皆蓋世人豪，而亦不可作矣。可勝慨哉！可勝慨哉！

書蒙翁所藏西南夷圖後

我蒙翁所藏松雪西南夷圖，後所識「子昂」二字及碑目小字，皆非松雪書，蓋臨本也。卷中有潛溪、頤庵兩先生詩，後題百餘字，亦我翁親筆，故自可寶，畫不必論也。翁既没，卷藏於從子坪。後十有七年，某乃獲見焉。三復展玩，不知涕淚之交頤也。

書林藻帖後

右唐林藻深慰帖。藻字緯乾，莆田人。父披，爲饒陽郡守，有子九人，世所稱九牧林氏者也。藻，貞元七年進士。嘗試珠還合浦賦，人謂之神助。官至嶺南節度副使。有書名，而傳世甚少。宋宣和書譜所載，惟此而已。今唐帖如歐、虞、顔、柳世所盛傳者，皆不復多見，況其餘乎？此帖僅一紙，歷數百年而不失，可謂難矣。匏庵吴先生得而藏之，因爲題其後云。

書虞邵庵墨迹後

右虞邵庵先生八分「擬峴臺記」四字，篆「南豐曾氏新建文定公祠堂記」十二字，楷書記文一通，詩跋各一首。書家者流所謂人品高師法古者，殆兼有之。此危太樸家物，屢傳至左庶子吴君原博，蓋百四十年於今矣。祠堂記及跋皆先生所著，文意高雅。臺記出文定，世所傳誦，固不俟論。而王荆公詩筆亦與近時俗學不同，雖謂之三絶可也。原博博古能文，且精書法，其以予言爲將無同乎？

卷尾有黄晉卿題名，宋景濂、陳衆仲、吴師道跋語，又出三絶之外。詩所謂「尚有典刑」者，竊有慨焉。姑識卷末，以俟後來君子。

書岳陽樓圖詩後

江、漢間多層樓傑閣，而岳陽爲最。洪都之滕王，西山在眺；武昌之黄鶴，漢陽川樹，可俯而數也。故海吾不得而見之，天下之大觀於此焉盡。

自唐以後數百年，兹樓之興廢屢矣。予過岳時，吴都憲輿璧、吴太守行驗實修之。爲簷三疊，棟宇新構，而階級不具，未可登眺。洞庭之波濤浸乾坤、浴日月、含括萬象者，第得之舟中。顧望之餘，不能無憾。比北歸，聞樓成而雷火碎其上，太守懼，稍損其高而重覆之。今存者僅二疊，然其雄偉固在也。

每觀世所傳圖畫，而不得再至其地，未嘗不悵然感之。河間太守謝君道顯得此圖，寓至京師。學士大夫名能詩者多賦其上，予欲效之，而情興荒落，才力弗稱，竟不能就也。姑述其所見如此。

李東陽全集卷四十二
懷麓堂文稿卷之二十二

誄祭文

倪文僖公誄

成化己亥三月十八日，南京禮部尚書致仕倪公以疾卒於南京。既越月，訃至京師。天子悼念舊學，特贈太子少保，謚文僖，遣使者諭祭，命有司治葬事。嗚呼！予小子昔在童稚，嘗辱愛於公。及與公子舜咨同舉進士，在翰林稱後進，獲瞻下風，奉餘論者二十餘年矣。悲悼感慕，宜不在諸大夫士後。獨材力卑謭，懼不足振耀潛德，而公固有無所待於予者。乃竊據古義，爲辭以遺舜咨，請歸以誄公。

誄曰：

嗚呼哀哉！堪輿孕精，山川效靈。公出河、汴，乃生舊京。奇材異表，嶷然天成。目掣流電，氣吐長虹。揚芬曜華，爲國之光。頖宫育材，翰苑登秀。海鯨力翻，天馬神驟。經帷儲宫，公在左右。規周矩旋，義講仁究。金縢玉函，刊舛除謬。發爲文章，水涌林茂。羣芳畢求，百貨争購。北有太嶽，祠命肅將。旱禱而雨，天徵其祥。其祥維何，公子是名。出使朝鮮，載揚載宣。禮却淫樂，詩陳雅篇。壯哉兹行，遼海有編。京府選士，文衡在公。有勢若敵，公當其鋒。中堅如山，不畏擊撞。姦屈不逞，藴爲禍宗。戎車北轅，遷於上谷。山林廟堂，七載來復。載直詞垣，載編實録。巍巍南宫，兩振華躅。春卿位正，以長羣屬。惟皇眷念，老且彌篤。公來告疾，遂反初服。始亨中屯，宜饗終福。嗟彼蒼者，胡奪之速。嗚呼哀哉！

公在朝廷，如珪如璋。天子之眷，士林之望。公在夷敵，爲麟爲鳳。聲名風馳，國體山重。公在關徼，百險不回。可抑者身，志則莫摧。新亭有原，公在冥漠。神遊氣行，下上寥廓。江山流峙，俯仰如昨。九原莫歸，逝者誰作？嗚呼哀哉！

公族既茂，公子既賢，秘書有涵，太史有遷。匪公肇之，孰開厥先？諸生在門，樸斫爲才。各適時用，小桷大榱。匪公師之，孰詔後來？嗚呼哀哉！

玉軸丹書，文犀繡麟。寶鏹金鋌，醖美食珍。賚賜絡繹，罔非渥恩。宫保贈秩，文僖議謚。工官治葬，儀曹降祭。維此備典，孰謂常制？生何憾言，殁有餘責。大運無端，人生有涯。金石何堅，草木何萎。其亡其存，非夭非耆。公名則昌，公澤則施。幽冥有知，聞此誄辭。嗚呼哀哉！

祭朱文鳴文

成化七年歲次辛卯正月壬戌，友生翰林院編修李東陽謹以清酌之奠祭於亡友刑部主事朱文鳴之靈曰：

君生丙辰，我卯在丁。我丱我角，君冠兩纓。思樂泮水，言趨其庭。肩隨步徐，我弟君兄。壬午之歲，館於老氏。左圖右書，搜章摘字。疏燈縈明，茂竹窗翠。狂歌其中，此興誰制？

秋空踔飛，遠翼雙厲。我以無能，先登進士。屈蠖之伸，較於一試。翰林文字，刑曹簿書。我在散地，君勞其軀。城東之居，地僻且孤。狂奔疾馳，僕隸怨呼。過我輒入，頭垂氣蘇。曾不幾何，愈瘁而枯。我詠君詩，鐵面高顴。君笑鼓掌，我刑汝圖。此言雖戲，實爲君虞。屋折其梁，爾夢之符。憂以告我，我言其誣。曾不幾辰，君卧於廬。五日一札，十日一車。我力不繼，情親勢疏。訃來告言，此事有無？

憶君之形，蒼崖古柏。憶君之行，清冰苦蘗。三年主事，不給朝夕。病根蔓纏，負券山積。然猶弗足，乃至此極。天之生才，百不得一。有人如此，何奪之疾？我嗟吾曹，滔滔不歸。君其去矣，孰使予悲？我之疏頑，視友如師。君其去矣，孰與予規？君愛我文，手不罷持。銘雖不工，我敢負之？我病我目，實勞所思。張棺不舉，范吊何遲？子駕有日，永從此辭。平生之交，在此一卮。

代人祭文鳴文

峨冠方裾，長揖廣趨。在户倒屣，出門候車。今我來斯，蹇不下除。深杯曲盤，載笑載歡。撫掌歌叫，江懸海翻。今我來斯，不聞語言。謂君生邪，爰寢爰柩。謂君死矣，如左如右。孰云非夭，不盈四十？孰云君貴，不滿一秩？三年抱病，一旦而劇。人之云亡，天意誰識！君有父母，老懷實驚。妻號於房，面垢首荆。隻踊雙擗，兒啼在庭。有來賓親，十舊五朋。言薄其奠，肉肥酒清。君不來兮，我哭吞聲。

代人祭夏太常文

吴江之東，崑山之峰，衣冠所鍾。如公之拔絶踔厲，孤騰乎其中。垂髫接丱，從師於難，顛蹶頓撼，瀕死而不散，卒離於窮。春秋三傳，舉子之冠，蜚英踏俊，遂上第於南宫。入翰苑之清峻，班華直禁，豁雲霧而開重瞳。舊名曰昶，登日其上，蓋天下之爲昶者，皆識夫宸翰之蛟龍。

當是時，朝紳野服，鯫生老宿，林立而山簇者，莫不後踵而先容。公居其側，揮翰濡墨，迅灑横擊，不知意之所適也，而不失乎冠冕佩玉之風。陳文東之楷法、王孟端之墨竹、吴仲圭之泉石，皆博取而兼工。中書主事，出陟入侍，五朝四擢，而卿九寺，遂以是終。青春臺閣，白首丘壑，人孰得以兼樂者，而公亦自慶其遭逢。風臺月渚，禽魚竹樹，下上回薄，翱翔而容與，不知歲月之春冬。三子之似，十有六女之婿，安問疾視，離拜而羅跪者，或不識行次之卑崇。

山頹川逝，不知老之將至也，猿啼鶴唳，走者宿而號兒童。昔人謂人生如夢，利害何較，如公者，曾不滿夫一覺，而況乎草木之與沙蟲？吾嘗達觀於斯，知造物者之莫之爲也，而亦何憾乎公？公乎，公乎，而今不可以作矣，吾知涕淚之何從！

祭外舅蒙泉先生文

嗚呼！人有不必得，世有不可無。故君子有所任以爲重，物論有所藉而不虚。愚嘗觀於古之人，或不滿夫一歎，及其至也，何止乎涕淚之與欷歔？在朝廷則廟堂若增而高，在闗徼則山嶽若增而重，在鄉邑則文物若增而都。如公者，勢不可以多得。而今亦已矣，又安用此乎堪輿？

愚嘗論公之心，狀公之行，而不可得也。蓋能誦古人之書矣，文起八代之衰，道濟天下之溺，忠犯人主之怒，勇奪三軍之帥，如是而後舉公之節概；如雷霆之爲威，而雨露之爲澤，如龍虎之爲猛，而鸞鳳之爲祥，如是而後盡公之規模。然公之直，知者或以爲僻；公之儉，不知者亦或以爲污。豈愚識之未臻與，抑所謂情者將人人殊也？

嗚呼！其在天下者不敢知，愚之痛其莫余紓也。方愚之未見，固畏其風格高厲，進而復却者屢矣。其見也，不知夏日之既晡。論書法必窮漢、晉之源，論文章必極馬、韓之趣，論理數必探河、洛之圖。愚生也晚，考德問學，無所底定，如瞶者之於聽，盲者之於途，孰意公之有意於愚也。門墻之託，方以爲終身，幸別而復合者，曾不過一再見之餘。病不侍於牀，紖不越於野，而窆不哭於墟，愚於公之愛，可以爲辜矣！

公之文多既逸之稿，公之門無可屬之孤，此愚志之不敢忘，而力不可彊而驅也。平生名節，其所以報公者庶其在此，公亦有以鑒愚之區區也邪！

祭學士柯先生文

維年月日，門生翰林院修撰吴希賢，編修謝鐸、焦芳、陳音、倪岳、李東陽，檢討傅瀚、張泰，謹以香帛牲酒之儀，再拜遥祭於詹事府少詹事兼翰林院學士竹巖柯先生之靈曰：

國必有老成，繫天下之輕重；世必有公論，别天下之浮沉。然老成不在年位之高，而在才德之稱；公論不恃衆人之口，而恃士大夫之心。故見李司隸者傾龍門之高，見韓荆州者失侯封之貴，見歐陽内翰者歎宫闕之壯、華山之峻、河水之深，而況託師生之分，聆道德之音者乎？此愚於公所以憤懣抑鬱而涕淚沾襟也。

當夫名冠甲第，辭雄玉堂，愚於此時固已識公之文章；秉章綰鑰，衡度精確，愚於此時固已窺公之材略；山静川澄，冰清玉瑩，杜苞苴之門，辭起復之命，愚於此時則又見公之德行。若是者非愚之私也，蓋天下之所知，而公論之所歸也。故金縢石室之秘，人莫不以爲宜；絲綸臺閣之選，人莫不以爲遺。及其降司成之召也，方藉以爲重，而憂哀累歲，徘徊而未至也，皆憾以爲遲，遽謂公一蹶而至於斯也。嗚呼悲夫！

泰山之高，瞻者不知其爲勞；梁木之壞，造物者不自以爲悔。此人情之所同，而天道之不可賴也。千里之辭，一觴之酹，又豈特區區門墻之愛而已哉！

蒙泉翁禫祭文

嗚呼痛哉！公棄館舍，三年於今。日月既邁，山高海深。矯矯遺像，遥遥德音。吁嗟蒼天，實勞我心。嗚呼痛哉！

人各有能，道義文辭。下及書數，工農卜醫。有一於此，我則宜師。惟公德全，左右矩規。一旦而殁，云胡不思？嗚呼痛哉！

惟人求師，有取斯獲。遐方僻壤，窮野幽窟。九原與歸，曠世相發。惟公我師，恩則骨肉。云胡不思，一旦而殁。嗚呼痛哉！

始公之亡，摧腸裂肝。往來倉皇，莫知憂端。痛定益痛，於理則然。我之思公，以歲以年。或過門墻，或登几筵。耳續遺事，手披舊編。浩氣旁塞，幽懷永歎。如泉斯堙，如蔓斯延。糾結沈鬱，終焉罔宣。嗚呼痛哉！

公門巍巍，孰駟而出？公廟奕奕，孰尸其室？孰傳公訓，其簡秩秩？孟春之日，既禫而吉。公主將祔，使我心怵。既酹我清，亦薦我苾。我辭有窮，此恨何極。嗚呼痛哉！尚饗。

祭蕭文清文

疇昔之歲，君來京師。仲氏我友，言通其私。登君之堂，朝填莫篪。燕我樂我，不我棄遺。君歸於東，病不自持。訃來告言，將信將疑。我懷若人，心如渴饑。嗚呼哀哉！

惟君起家，克幹克紀。既構乃室，亦婦厥子。賓有几席，祭有豆簋。惟仲作宦，躋崇陟美。光於前人，以及伯氏。亦有禄賜，以佐甘旨。壽有歌頌，病有藥餌。胥成孔艱，永訣何駛？凡人之情，莫如兄弟。孰合而生？孰奪而死？天之弗仁，以至於此。嗚呼哀哉！

君德既茂，而志亦專。而年壯强，而質樸堅。宜昌而折，疇不哀憐。況彼同氣，於人亦然。我有芻酒，以寫我虔。道遠莫致，空言是傳。庶幾有知，以慰九泉。嗚呼哀哉！尚饗。

祭錢都督士英墓文

維成化十六年歲次庚子七月己卯朔之二日庚辰，山海關蕭顯、栝蒼潘辰、長沙李東陽過後軍都督同知錢士英之墓，乃炷香酹酒爲文以祭之。其辭曰：

嗚呼哀哉，公胡爲乎來哉！佳城蓊鬱，不如堂宇之閎富；翁仲森嚴，不如騶隸之趨走。胡厭綺繡之華而委身乎衾槨，飫膏粱之美而鍾情乎籩豆？是將孰豐其前而又孰闕其後也？

公德之容兮，玉質金相；公澤於家兮，山高水長。胡爵不及五等而止，年不過三紀而亡？將嘉木異草，風雨易乎中斨；或奇物秘寶，雷電爲之下將。是宜其始爲人間之瑞，而終必還造物之藏也，而又何傷乎？

公身不死，宗有令子。公業不淪，家有能臣。吾將幽以泄其鬱，而明以慰其神。歎宿昔之無由，而斯言之莫我聞也。噫！孰使予過公之墟，吊公之墓，而寄悲思於荒閒之濱也邪？

祭劉姥楊氏文

維成化十七年歲次辛丑春三月戊戌，劉姥楊氏卒於其外孫潘君時用之第，與時用遊者某官某等謹以夏四月乙巳朔，具牲醴香燭之奠爲文而祭焉。其辭曰：

姥有令女，寡於潘門。生子而孤，實惟外孫。曾不幾時，寡死孤存。天屬潘祀，於姥之身。保抱鞠育，曰惟姥恩。孤既壯大，有行與文。有屋以居，潘祀再敦。姥家既喪，而子亦貧。孤實奉姥，載晨載昏。婦執紉鑿，兒嬉女忻。一閫之外，孰非塗人？姥老而病，我呻我顰。棄我而逝，天胡弗仁？孤報姥德，志鬱不伸。姥不待孤，而況吾親？我曹通家，如弟如昆。吊而不傷，古義則云。今日之吊，實傷我神。既奠我旨，亦薦我芬。有孤在旁，孰謂弗聞？嗚呼哀哉！尚饗。

同年祭張亨父文

嗚呼天乎！既喪敷五，胡又奪我亨父也？是胡生之之艱而奪之之屢也？謂天生之，何轗軻困頓，視其死而不救？謂天奪之，抑又孰從而予也？

嗚呼亨父！行足以絶俗，才足以空羣。抉六義之奇秘，紬百氏之紛紜。當其鉥心劌目，出鬼入神，傲倪一世，前無古人。蓋縱之可以轢唐及漢，而卑之猶足以掃元季之遺塵也。世豈易得如君者哉！

嗚呼亨父！方其始仕也，神采逸發，而憂患摧其勢；志氣堅勁，而疾疢纏其體。七年而始拜，十有七年而一徙。職編纂而功不施乎館局，班侍從而名不徹乎旒扆。人方惜君之淹，而詎意哭君之死也！

嗚呼亨父！我等與子同登薦書。而官同曹，而志同趨。朝行與遊，夕譙與嬉。其言嘻嘻，其意於於。其離而合也，吾方以爲暮。及其合而離也，寧不假我乎須臾。甲申之選，在翰林爲獨盛，十有一人者，乃喪其二矣，又孰爲之乘除也耶！

嗚呼亨父！昔在京師，僦屋以居。辛勤拮据，以有此屋廬。昔在壯齔，孑然一軀。載繼而昏，以有此二雛。奈何居未暖而鬻，兒未齓而孤。賀者未還，而吊者已入其閭矣。

嗚呼亨父！惟物之生，類百其殊。孰歉孰盈，何黠何愚？君之官階甲第，視敷五爲未足。引而續之，則已有餘矣。君而有知，固可以少慰，亦孰使予流涕慟哭〔一〕，太息而欷歔也耶？嗚呼哀哉！尚饗。

【校勘記】

〔一〕「使」，原作「父」，於義不通，今據文義與抄本正之。

祭彭民望文

老葵彭君民望既卒且禫，其子長沙府學生騏歸自京師，君之友某乃能以束香端布爲文寓騏，使歸以祭君曰：

嗚呼！老葵而止於斯。生無以爲存，而死無以爲歸。有禄也而家不得以爲養，有家也而身不得以爲棲。君於此時，雖欲爲無名之士、不識字之人，而亦不可得而爲也。然則學何爲而博，詩何爲而奇？舉何澒而捷，聞何藉而馳？彼造物者何所厚，而予又何所靳而不施邪！

嗟今之交，如手翻覆。惟我與子，義則骨肉。然而濟難銘死，吾不如孔易；致賻啓殯，吾不如宗器；著狀買石，吾不如元玉。妻嫠居於家，而吾不能贍；子遊學於外，而吾不能淑。乃徒絜酒爲儀，悲歌當哭。挂徐劍而傷心，返橋車而痛腹。是將何助乎君，而亦何慰乎僕也！

我堂子居，我陌子遊。魂乎來乎，其在故丘。山川悠悠，道阻且修。爾孤之還，宛乎吾送子之輤也。數千里之外，九原之下，其有感於予之求之也邪？

祭謝生興仁文

維成化二十二年歲次丙午，太平謝生興仁既葬已閲歲矣，其父翰林院侍講方石先生同年友翰林院學士倪岳，侍講學士李東陽、焦芳，左春坊左諭德兼翰林院檢討傅瀚，左春坊左諭德吴希賢，以六月甲戌朔，寓香燭酒果之儀而祭之曰：

嗚呼謝生，而止是邪！何生之難而死之易邪！昔汝少時，從父於官。卓汝頭角，長汝羽翰。飫汝以經史，飾汝以衣冠。學與歲而俱增，習與性而相安。其生也，可以爲難矣。及夫病不浹一旬，年不逾一紀。摽梅之詠徒興，鳴鹿之歌將起。趨庭之訓未終，屬纊之言在耳。遂使功名之軌半道而還，顯揚之心飲恨而死。其死之易也，一至此耶！

嗚呼！汝祖之孝，汝父之賢。業則必傳，慶則有延。謂宜在汝，而又弗綿。木方植而已蠹，田欲秀而無年。吾曹在父稱執，於輩則先。感聚散於今昔之頃，寄悲歡於存歿之間。緘辭致奠於數千里之外，蓋不知吾涕之潸然也。嗚呼哀哉！尚饗。

祭李士常文

嗚呼哀哉！荒郊多風，陰埃蔽空。君來自南，倏何匆匆？君本北人，畏暑如烘。抵觸歊霧，卒殞厥躬。寧不憚寒，冒此隆冬？有知無知，幽明孰通？嗚呼哀哉！車行張供，薄餞兹土。由春歷秋，長路伊阻。靈輀後載，飛旐前舉。溘焉相逢，寂寞我睹。古亦有言，人生逆旅。中有不齊，存亡出處。幽懷鬱鬱，哽咽誰語！

嗚呼哀哉！蒙泉翁門，有士如雲。我識君賢，逸莫與羣。姻聯交通，我弟君昆。維月之夕，與風之晨。燕我會我，倡和並陳。揚榷時務，討論典墳。箴我礪我，匪惟昵親。十有餘年，獨往孤存。

嗚呼哀哉！君本能文，謂我亦頗。連篇累牘，不厭爲夥。我銘君墓，莫知其可。掇君鉅行，遺厥細瑣。我不君諛，君寧愧我。摛毫未成，有淚交墮。

嗚呼哀哉！君配再娶，煢煢孰依？有子三人，呱呱北歸。兄號於庭，弟泣於岐。復有羣從，載攀載隨。我非塗人，寧不君悲？君没何鄉，君歸幾時？豈謂兹辰，酹此一卮。關山邈矣，歲月如馳。執紼而送，永從此辭。嗚呼哀哉！尚饗。

同年祭陸鼎儀文

静逸先生陸君既卒之四月〔一〕，爲弘治二年己酉六月二十五日壬子，某官某等謹以清酌庶羞之儀，寓其子爰以歸，而爲文以祭焉。其辭曰：

嗚呼！昔者識君於二百五十人，何其壯也。振響乎文藝之場，蜚英乎霄漢之上。抱國史之多才，爲詞林之宗匠。固已揚一時之光，而負天下之望也。既而再徙官秩，三歸故廬。佪翔容與於宦籍者，二十年餘。際龍飛之新運，騁驥足於亨衢。邇絲綸之密地，陳啓沃之嘉謨。而疾疢嬰其志意，造化斂其形軀。當宁臨軒而嗟悼，士林掩涕而欷歔。是其關氣數之升降與家國之盈虛者，又不知其何如也。嗟君之學兮，文華道根；嗟君之志兮，山陵海吞。蓋將仰視古人爲必可企及，而俯念斯世之同羣。彼夢想之莫遂，徒聲名之與存。此天下之所共惜也，而況乎同年之誼、異姓之親。吾方睇滄洲之落景，問吉水之迷津。悲逝者之不復，歎斯人之共淪。蹇芻束之無由，而兹言之莫我聞也。嗚呼哀哉！尚饗。

【校勘記】

〔一〕「静」，原作「靖」，據文稿卷二十三明故中順大夫太常少卿兼翰林院侍讀陸公行狀正之。

祭周原己院判文

嗚呼！菊田何識予之晚，而别我之遄！衣冠之會，風月之壇，幾日幾年，而遽至於斯也！病不唁於堂，喪不吊於次，而葬不送於阡。存殁之恨，吾曹且然。而況衰顔白顛，生劬死憐。孰繼身後，孰娱目前？今日之事，哀胡可言！孰予之才，弗使其延，弗永其傳！吾將先以致吾憾，而後以詰乎天。嗚呼菊田！尚饗。

祭樸翁先生黎公文

嗚呼！昔奉先君之命，撰杖屨以從公也。導我幼稚，開我晦蒙；誘我以力學，教我以固窮；穀我以三飯，乘我以一騄。此誠父子之愛，而猶得見長厚之風也。厠官翰林，復爲公徒。示我以廉角，造我以範模。謂形迹不可以不慎，而富貴不可以力圖。蓋於撫事酬物，雖不能盡得其妙，而尚可以髣髴其粗也。

南都之行，吾曹孰依？三年易邁，再見無期。睹筆札之遺誤，知年力之既衰。恨湯藥之不親，悵車塵之莫追。知幾勇退，固君子之所有事；而瞻望感慕，久而不能舍者，則後生之於前輩，學者之於師。

此公之去，如龍翔鳳翥而不可縶。公之没，如山頽木壞而不復支。登公之堂，吊公之子。就位而慟哭，溯風而長號者，亦豈足以盡區區之私也哉！

祭李都憲母文

嗚呼，恭人其賢乎！蓋自從夫以來〔一〕，身奉巾櫛以周施也。江洛之行，以歲以年。治家有儀，教子有編。詩書之聲不絶於耳，綺靡之物不至於前。及夫棘寺之錫、烏臺之命，鸞飛鳳翥，蔚乎其相宣也。人以爲勤儉所致，如屋之於構，穫之於田。殆將收晚景於桑榆，酬往勩於朱鉛。雖八帙之壽已多，而猶有遺憾於天也。疇昔之歲，辭頌以禮祝者，亦孰知爲吊哭之地在瞬息之間乎？故或朝籍相通，或里巷相連於令子者，皆不能不爲之愴然也。恭人其賢乎，嗚呼哀哉！

【校勘記】

〔一〕「從」，原作「後」，顯以形近而訛，據文義與抄本正之。

祭黎夫人文

昔在髫丱，我遊在門。樸翁我師，與父同恩。誨我迪我，我饔我飧。有饋在中，曰惟夫人。翁載朝籍，我追後塵。三十年餘，我子翁孫。我壯失怙，衰絰在身。翁來京師，吊我實勤。翁歸幾時，内訃是聞。翁子至止，彼酸我辛。二年不吊，於禮則云。我則骨肉，豈惟戚欣？翁子南邁，實馳我神。辭以告哀，哀胡可陳！

禫祭告先考文

惟禮有三年之喪，國有二十七月之制。雖哀慕罔極，而制不敢逾。祥既經時，勉從禫事。追惟去歲，有纂修之命。屬以憂居抱病，苦瀝愚衷。曲承渥恩，特予優假。今喪制告畢，遺體漸平。忍死於砭焫之餘，期畢力於銜橜之下。瞻望靈爽，實不知所以爲懷。俯仰覆載，心焉如割。涕淚嗚咽，哀何可窮！謹告。

冬至告祠堂文

節序流邁，載臨長至。思慕恩德，哀何可言！且夏秋之交，雨水爲厄，祠宇漏濕，神無安主。徙易他室，閱時累月。興言及此，夢寐不寧。兼以後垣傾圮，增建新屋。繚如長藩，苟以完固。此蓋先考之志，久始獲遂。而起居不逮，遺憾終天。謹因時祭，用伸虔告。靈爽如在，幸庇佑之！尚饗。

祭謝生興毅文

年月日，方石先生之次子興毅訃至京師，其父同年友某官某輩聞而痛之，乃致清酌庶羞之儀而侑之以辭。辭曰：

嗚呼毅也！何爾兄之夭而爾復繼也！何爾子之殤而爾亦逝也！何爾父之厚德而天弗之庇也！有是哉！予言之而不能既也。嗚呼！尚饗。

同年祭吴汝賢文

丁未之歲，君去南邦。官爲大夫，手握印章。二紀之詘，一日之昌。曾不逾年，君病在牀。孰使訃我，使我涕滂。緬憶疇曩，載翱載翔。中更事端，聚散存亡。吾曹三哀，彭、陸及張。君實繼此，云胡弗傷。君壽非夭，君胤亦長。何以吊君，君有高堂。養則弗終，豈無顯揚？國有譽望，代有文章。欲以慰君，君魂茫茫。嗚呼哀哉！尚饗。

李東陽全集卷四十三
懷麓堂文稿卷之二十三

哀辭行狀

嘉禾姜封君哀辭

南京刑部郎中嘉禾姜君用貞，予知己友也，嘗道其先君之德於予。君未六十而没，於今若干年，予懷思之而不可得見焉，從而爲之辭。辭曰：

有子克孝，式揚厥先。曰有世望，嘉禾之間。巖巖徵君，抱負奇傑。内秉剛毅，外鑒清徹。蒐羅百家，景仰羣哲。雄辭逸辯，瀾翻障決。逢時之艱，家步中跌。勃興其餘，有奮無蹶。乃如君才，俾有攸設。羣疑衆糺，盤根錯節。孰不就緒，毫分寸析。終焉罔宣，飲恨而絶。孔融重交，季布持諾。談笑訟解，纓冠鬬却。赴難寧力，分財寧薄。人笑其拙，我執愈確。有如君義，幸有攸託。白刃可蹈，三軍可奪。如何弗施，白首丘壑。九原是歸，往者誰作？

鄉曰義士，士曰嚴師。考德問道，如龜如蓍。既誦嘉言，亦瞻令儀。於生有歸，於死有思。韋冠布裳，不掩其輝。人生之榮，匪紱與圭。

有美郎官，冰心蘖操。人謂賢子，繇父之教。睿藻宸書，其章孔炤。帝曰汝賢，以勸爲孝。東隅之失，桑榆之茂。孰謂公死，不食其報？

事有莫致，情有固然。有涯者生，罔極者天。皋魚泣木，悲風在顛。王裒灑血，柏爲之殘。盡哉孝子，胡不其憐？月旦有評，太史有文。歲月其邁，陵谷亦遷。公德斯傳，百千萬年。孝子盡哉，以慰爾虔。

松塢黄公哀辭

予讀黄巖謝太史所爲松塢黄公傳，而哀之曰：黄公蓋其鄉賢者也，今不可作矣，哀哉！人生逾八十而没，不爲夭；生有子，子没又有孫，皆貴且賢，不爲晦；没而葬，葬而墓木已拱，於今數十年，不爲近。若是者，皆無事乎哀。予獨念公之能使市信其直，盜匿其名，而僮僕遠於罪，可謂盛德，而哀今之人之莫之能也，抑以重哀夫今之人之哀之異乎此也。爲之辭，以遺公之孫曰文選君世顯者。其辭曰：

台之山山思而水號，霜雪憯栗兮草卉凋。崖嶔谷嶇兮道路險以嶢，虎豹伏匿兮狼狐嗷嘷。歲既暮而改色，見東流兮滔滔。家巍巍以孤存，魂一去而莫爲招。聊撫景以慨俗，懷佳人兮鬱陶。

悲乎傷哉！今之人鬬捷夸妍，争儇競浮。錙銖相傾，睚眦爲仇。視狴犴爲堂室，化冠裳爲戈矛。渺狂瀾之萬疊，瞻砥柱兮中流。

悲乎傷哉！今之人鼠社狐城，蠅奔蚋趨。招曹嘯羣，什伯其徒。磊冰成山，炙手成爐。以郡縣爲市集，以賄賂爲菑畬。念誰爲之扼拒，莽前路兮長驅。

吁嗟黄公！狷介之節，樸茂之風。有睹其貌，無疑乎其中。予不必吝，取不必豐。辯我者爲喑嘿，誑我者爲盲聾。盜飲德以懷愧，僕銜恩而效忠。彼瑣兮若此，又何論乎耆老之與兒童？

吁嗟黄公！家有冠組，不華其躬。門有車馬，不藉爲龍。不轢衆以自力，寧斂盈而若空。慕閉門之泄柳，嗤返駕之周顒。彼鄉飲兮不可以屈致，矧辟書之可通？

吁嗟乎黄公！世寧復有斯人哉，吾將操几杖以從之也。過公之鄉兮斗斛不欺，入公之門兮左書右詩。聞公之子兮公子孔碩，見公之孫兮公孫孔儀。既老成之凋謝，庶典刑之在兹。縱往轍兮既駕，亦遺蹤兮可追。

已矣乎！歲華斂兮萬物歸，浮生盡兮大運非。歎義景之莫縶，終零露之易晞。諒古今之一揆，孰彭殤之有違。匪遺德之罔既，奚若人兮獨悲。已矣乎！吾生不可以復見，徒隕涕而沾衣。

董封君孺人哀辭

翰林編修寧都董君尚矩既喪其考文林公三十有五年，始復喪其母孺人温氏。予往吊問之，時君哀甚，且答且泣，咽不能成辭。既數日，得君所爲行狀，蓋其事有誠足哀者，爲之辭二篇，以泄其情。若公及孺人之賢已爲館閣諸公所著者，兹不復贅，而亦不必贅也。其辭曰：

大兒五齡兮婦三十，君中捐兮百憂集。執兒手兮屬婦，吾不兒父兮兒有母。燠寒兮渴飢，兒心兮母知。壯無使遊兮，少不可使嬉。敬爾如父兮，畏爾如師。豈不兒憐兮，無禽犢爾爲。

兒官兮兒禄，念遺言兮如夙。昊天兮何極，兒生有身兮豈其可贖。賣田兮買榔，然松明兮代燭。攜孤兒兮墓哭，泪斑斑兮石爲竹。朝辟爐兮夜績，我分勞兮婢僕。父書兮兒讀，布衣兮齏粥。悼吾人兮未亡，非此輩兮安屬？兒得官兮歸來，爛高堂兮命服。愛桑榆兮獨茂，嗟往事兮誰逐？傷別離兮伊邇，念歸寧兮不復。哀皇天兮茫茫，胡白日兮太速？慨吾生兮摧肝，歛予恨兮終曲。

余通判哀辭

南昌余鼎實爲温州通判，藩臬部使者交薦其賢，獲荷錫典。成化丁酉，述職京師，道南昌，卒於家。君之季實娶於學士謝先生之子，先生與君厚且親，謂其材行有餘，而位與壽皆弗稱，可哀也。既爲文以傳其家，復屬予爲之辭。其辭曰：

油屏兮棨輈，侯之來兮越州。山川繆兮阻且修，歲奄忽乎春復秋。吏民歌兮擁道，周侯將行兮不可留。鸞書兮錦裳，侯之歸兮故鄉。入我户兮登我堂，子列侍兮孫扶將。志弗違兮身靡康，胡爲中年兮罹此殃！

越之岡兮楚之阪，魂朝馳兮暮返。望東皋兮野色，芳草萋兮將晚。慨時命兮不逢，哀壯士兮中蹇。渺巫占兮詹卜，誰復問兮修短。長繩兮落日，蒼天茫茫兮豈其可綰？吉地兮良辰，侯之輀兮兩輪。佳城鬱兮彼原，送者默兮如雲。紼有謳兮刻有文，生弗達兮死有聞。九京兮可興，亦將感兮吾言。

程襄毅公哀辭

緊程伯之在周兮，粲華冑於南邦。越襄毅之挺生兮，氣廓落而開張。珠照乘以馳輝兮，金躍冶而騰光。鏗鍧震耀極宇宙兮，孰不知快睹之爲祥？君門突其巍峨兮，歷諫省而高步。值國是之多疑兮，抗英聲乎言路。分侯藩以來宣兮，望遼海而東騖。西略乎岷嶓之墟兮，擣夷猺之巢户。領太僕與内臺兮，載經營乎東鄙。承黼命於先朝兮，實受知之所始。歷南都而軼西曹兮，命屢下而載庚。朝濤居而暮陸處兮，寢食惕焉其弗。寧有夷猘於西南兮，駭羣言之如沸。皇授鉞於大司馬兮，駕戎車而言邁。陵嶔谷窅乎不可名兮，曰豹尾與龍背。驅猰貐于坤隅兮，掃欃搶於天際。歌凱奏而還朝兮，六旅爲之增氣。紀名氏於太常兮，册兩官於一制。

身抱疾以思退焉，疏屢上而弗俞。贊留務於南都兮，曰惟老成之是須。物不可使過盛兮，寵吾獨可久居？超一去其不復還兮，皇軫念而莫予拘。涉山川以遨遊兮，巾予車於歙之野。製蘭楫與芰裳兮，作晴洲之釣者。斂予福以全歸兮，顧命服之在躬。彼富貴之罔不崇兮，獨耆壽之不終。維國有華焉，公亦既有子也。美弓裘之未艾兮，公寧獨憾乎此也？摳予衣以登階兮，及公年之未衰。發予棹於龍江兮，曾歲月之幾時。頑父子以翱翔兮，敢忘情於欣戚。悵芻束之莫將兮，溯長風而太息。

維瀛有洲兮，維芝有山。維公何歸兮，往來其間。木經秋而改色兮，鳥千歲而知還。彼大化之無垠兮，歸萬幻於一端。孰泯泯其不忘兮，孰耿耿其無存。國有史兮家有乘，嗟公之賢兮，孰使予之多言。

追封涇國公蔣侯哀辭

悲風颯其何來兮，壒塵沙之蔽空。奄西日之不我留兮，歎川流之既東。星夜隕而無輝兮，劍秋沉於碧淙。感時序之屢移兮，哀壯士之不終。公何歸乎，公將乘風而遠遊。四方上下杳不可名兮，吾將巫陽之是求。胡冰萃其崚嶒兮，凛穹廬之不暖。彼衣垢而食腥兮，悵華風之日遠。雜諸羌之異種兮，語啁哳而不通。炯鬼燐於沙場兮，倏晝昏而夜明。陟蜀徼於西南兮，棘道阻其如棘。隩碉房以爲巢兮，構篁箐以爲室。莽白骨之縱衡兮，血濺濺而相射。夔魖魍魎錯然而成羣兮，或睢盱而跳躑。生秉節以周遊兮，魂髣髴而不止。公乎歸來兮，胡爲獨樂乎此？帝閽兮九重，粲瑶堂兮紫宫。屹巖廊兮在望，麟閣起兮層空。桓圭兮衮衣，公歸來兮此中。棘門兮幕府，左幢牙兮右弓斧。趨金章兮走朱組，令之行兮莫予敢迕。公不歸兮何所？

甲第兮高堂，繡爲桷兮雕爲梁。曳華裾兮飄綺裳，鬬捷獵兮紛成章。琱盤兮玉膾，薦旨酒兮芬芳。吴歈兮越謳，歌宛轉兮何長。公樂其歸兮，樂且無央。

涇之封兮楊之里，地之靈兮橋木生。梓河爲帶兮山爲礪，鐵爲券兮金鏤字。國有臣兮公有子，揚休光兮延錫祉。家千年兮廟百世，公不歸兮竟何逝。

吹龍篴兮鳴鼓鼉，攬余轡兮巖之阿。鐵兜鍪兮金盤陀，驅絳轂兮乘赤騢，溯靈飈兮泛仙槎，公不歸兮奈公何。茫茫九垓兮渺不可以極，山蒼蒼兮海增波。

明故廣西按察司副使致仕進階中議大夫贊治尹劉公行狀

公劉姓，諱仁宅，字廣居。其先山東東平州人，宋南渡有都統制諱實者，從岳武穆岳、鄂間，始居華容。大父諱必弘。考諱行簡，贈監察御史。妣周氏，封孺人。

公生八歲，日誦數千百言。年十五，能屬文，補縣學生。永樂庚子，舉湖廣鄉薦，卒業國子。

正統庚辰，拜江西瑞昌知縣。躬省田畝，教其民始作織事。深山中有流民千餘家，邏者往索賂不得，與鬭不勝，則妄言民反。有司議兵事甚急，檄公先往。公單騎至山口招之，民喜曰：「劉知縣至矣。」争出自辨。公返命曰：「無他，請以身保。」兵遂息。九江屯兵多侵暴土著，公嚴立條令，執其尤者一人杖殺之，皆相戒不敢犯。赤湖河泊所屢涉侵盜，民困徵納，多竄死。公上疏請蠲其宿負若干而更始之。瑞昌舊額荻課歲數十萬，而非其産，每轉易他所，費數倍。公請以所産栗薪代納，民稱其便。庚申歲大旱，公禱於神，大雨浹邑，晝境而止，人甚異之。

辛酉，述職京師，廷選爲浙江道監察御史。未幾，以母憂去，廬墓三年。服闋，調南京四川道。奉敕治南畿盜，地用大寧。己巳，詔大臣舉可領諸道邊務者，公擢廣西按察副使。時嶺賊蜂起，柳慶路絶，有司無敢議行者。公率先藩閫，撫順誅逆，羣黨乃平。

景泰辛未，守潯州都指揮黄竑殺其異母兄思明知府㟁及其家七百人以滅口。公與參政曾公翬往治之，居月餘，盡得其迹。竑乃使人持千金私二公於馬平驛舍，且約事定後其子當得府政，則盡輸其府藏若干，而父子各擁兵數萬於外，以相挾撓，聲勢甚熾。公陽許之，乃留曾公於潯，爲約而去。至南寧，竑二子來迓，公伏甲士縛之。曾公亦誘執竑於潯以歸，論死。竑窮蹙，乃陰遣人上京師，造姦謀以徼恩澤，果得釋罪，且進位都督。既益横，乃使人捃摭他事陷公以報憾。公亦上疏自陳，事下有司。未報，公遽委政去。

天順初，今上既復儲位，竑飲藥死，其子政輩皆伏誅。有勸公出者，公不應。成化戊子，以子大夏恩授誥命，進階中議大夫贊治尹。丙申五月二十一日卒，年八十有一。

配嚴氏，封恭人，有賢行。子三人：長大中，義官，孝友克家，娶張氏，繼營氏；次大夏，以解元舉進士，翰林庶吉士，歷兵部車馬職方郎中，才諝識操，蔚爲時望，娶吕氏，繼傅氏，皆安人；次大奇，縣學生，娶毛氏。女二人：長適縣學生黎浚，次適舉人黎民政。孫男五：祖生、祖震、祖謙、祖巽、祖頤。孫女三人，長適縣學生王寅之孫。某年月日，葬公於某山。

公質直沉慤，不事矯飾。述職時，楊文定公在内閣，同鄉皆往見，贄奉甚厚，文定弗悦。公獨後往，且用禮贄，甚見嘉奬。爲御史，文定嘗過其家，徑造卧内，見其服用簡樸，歎曰：「真御史也！」公去瑞昌三十餘年，大夏奉使過潯陽，有父老數十人拜而告曰：「某等皆尊公所部民也，故來見君。」乃述公舊政數十事，且問公齒貌起居狀，皆南望戀戀，感慕泣下云。

竊惟公之盛德美政，卓卓在人耳目，宜刻之金石，以詔後世。而東陽於職方君爲知己，聞公事爲詳，乃狀其一二，以備采擇。謹狀。

明故中順大夫南京太常寺少卿掌尚寶司事夏公行狀

曾祖希政，贈少保兼太子少傅户部尚書；曾祖母劉氏，贈夫人。祖時敏，贈少保兼太子少傅户部尚書；祖母廖氏，封太夫人。考原吉，累官少保兼太子少傅户部尚書，贈特進光禄大夫；妣鄧氏，封夫人，妣王氏，贈夫人。

公姓夏氏，諱瑄，字藴輝。其先自衢徙饒，代有顯者。曾祖諱希政，元季爲湖廣行省都事，兵亂死事。祖諱時敏，洪武初爲湘陰教諭，遂家湘陰。考太師忠靖公諱原吉，歷事太祖、太宗、仁宗、宣宗四朝，碩德雅量，豐功偉烈，著在國史。

公忠靖公次子，少穎敏，喜讀書。嘗竊觀忠靖奏草，及忠靖朝退，必請問所議事。忠靖笑曰：「是非爾所知也。」然心默喜之。禮部尚書胡公濙嘗夢上以櫻桃一盤賜忠靖二子，長子琉退避不敢受，公獨受賜。後琉早卒，胡公以告忠靖，曰：「繼夏氏者，必此子也。」仁廟嘗顧問忠靖曰：「卿子年幾何？」欲以近侍官之。忠靖曰：「臣子幼稚，非食禄時。俟成立，事陛下未晚也。」

宣德五年，忠靖薨，宣廟震悼不已，即日遣中官致命於家，拜公尚寶司丞。明日，公與叔父原禮入謝。時公年甫十有三，進退有度，特賜冠帶衣服。公扶柩歸鄉里，宣廟憫公幼，特免守制，使養母於官，而別遣官護喪，歸且厚恤其家。公强記過人，太師張公輔呼爲小友。少師蹇公義而下多公父執，禮重之。宣廟欲大用公，未逮也。

正統初，英廟追念忠靖勤勞，特賜公田十八頃，而蠲其税。楊文敏公榮將歸，謂公曰：「尚寶非處君地，吾還，當薦君。」未幾，楊公卒，不果。雲南夷逆命，公上疏乞立功自效。尚書王公驥奇之，將以公往，有沮公者，乃已。八年，命視尚寶司事，公以母疾乞侍養還鄉，母愈，乃就職。

時四方多事，公上疏陳七事：一謂湖廣苗本異種，必有首惡糾合爲寇。宜密令諸協從諭以利害，誘以重賞，使反兵相攻，然後出其不意，擊之必破。一謂苗出遠劫，必使老弱守寨。宜分兵間擣其巢穴，則賊分而勢寡。一謂北邊雖每歲朝貢，狙詐難測。宜令知兵者行邊旌勇智，退老弱，繕兵治械，修城隍，謹烽堠，以備不虞。

一謂福建盜作，雖出師剿捕，功久不就，使賊勢日張，民困轉輸，不得耕食，是益盜也。宜督將臣，乘時殄滅。多見采納。

十四年，北邊犯京師，公憂憤陳四事：一謂虜乘勝遠鬬，其鋒不可當，然能野戰，短攻城。宜堅壁勿戰，使進無所得，退復氣沮，然後出奇設伏，諸道奮擊，破之必矣。一謂虜深入吾地，宜令死士夜襲其營，仍設伏内地，以待追者。一謂虜既舉國入寇，邊無所禦，宜調邊兵之半入捍京城，内外夾攻，彼將自潰。一謂吾軍依城爲營，進無死志，退有所歸，宜嚴號令，以堅其志。如以三隊爲法，前隊戰退，令中隊悉斬以徇，容而不斬者同罪，則士畏法而不畏敵矣。詔亟行之。後虜使至，公又言：「虜無故遣使與我譯者偕來，必佯爲遜辭，以緩我應援，疑我進退，覘我虚實；或爲誑事虚情，疑我譯者，以緩我謀，賂我譯者，令爲反間。宜慎防之，以觀其變。一謂虜若引退，宜分兵五路，間道襲之。以正兵二路擊其前，以奇兵二路攻其傍，以伏兵一路絶其後。仍以宣府、大同諸路邀其歸，蓋彼方恃强，不虞吾至，且待使回圖我，而我先奪其心，勢可必破。況今太陰犯昴，主胡不利，太白出高，用兵敢戰吉。臣以爲天道人事，機不可失。」當道不能盡用其言，識者惜之。

公又言：「虜既得利，今冬來春，必圖再寇。今汝寧、鳳陽諸府及河徙故地流移之民無慮百萬，恐因隙而動，爲患不淺。願假臣便宜，使招募智勇，以爲國用。仍條陳事宜，以爲先召吏士，及其故老，俾各舉所知。凡舉主及所舉勞以酒幣，揭名於旗，以倡忠義，然後榜諭。凡有知兵敢戰、習騎射、諳地利、能爲間諜者，許以官賞，復其家一丁，以給其力。事平之後，不願爲兵者釋之。教閱之法，以百人爲率，擇其能者十人以教其九十人。兵集既衆，又習戰法，内可以捍京邑，外可以消郡縣之變。」事下兵部，尚書于公謙請試用其才。侍郎王公偉，公知己也，時爲監察御史，亦請敕公募兵淮揚。會事定，不果。

久之，公以母老乞就養金陵，命掌南京尚寶司事。二月，丁鄭夫人憂，上京師，復陳三事：曰賞罰。以爲御將不可不嚴，任吏不可不寬。宜罪敗師棄守之將，以戒不忠；增廉官能吏之禄，以礪不任。曰去利。以爲善治國者不損民以益己，因舉近事以利致害者：貪虜入貢，致生邊患，窮兵麓川，以疲中國，其弊在上；污吏賣民，以妨文治，貪將虐兵，以耗軍伍，其弊在下。宜減浮費以輕傜賦，省遊食以足軍儲，惜民力以培邦本。又謂貴州宜仍洪武舊制，置行都司，罷藩臬郡縣，命一良將，輔以文臣，使專決於外，以寧邊患。曰審機。以爲制敵之機，係乎攻守之得失。因舉近事之失機者：虜初寇大同，氣鋭鋒利，不當戰而與戰，以致敗績，一也；宣府懲彼失利，畏慎太過，虜經其城，當戰而不與戰，以致土木之敗，二也；及虜越重關，犯畿甸，自納其死，而我過爲防禦，無所施措，以致大變，三也。宜鑒覆轍，懷遠圖，揚天威，以雪國恥。大學士高公穀見公疏，薦於朝，亦不果用。奉使秦府，充册封副使，凡所賜遺，悉不受。

天順二年，公以疾請命掌南京尚寶司事。逾月，遷少卿。八年，賜誥命，特贈所生母王氏爲夫人。成化二年，進爲卿。時五府多闕，惟都督一人。公奏守衛事重，非一人可任。乃命四都督往更宿衛。十四年，九載考最，陞南京太常寺少卿，仍掌尚寶司寺。方圖請老，歸守先墓，無何疾卒。

未卒五日，猶力疾草疏，大略言：臣伏見太宗文皇帝賜皇太孫敕諭，皆農桑軍國爲政治民之要，誠祖宗詒謀之至意。願陛下置諸左右，覽而行之。仍命皇太子讀誦，使預知民事艱難，守成不易，則不必遠求諸古，而天下可治。臣懷此言，久未敢輒上，今臣病死旦夕，死而不言，永無日矣。命其子崇文上之。訃聞，上遣官諭祭於南京。

公爲人寬厚簡易，内剛外和，孝弟忠懇，皆出天性。幼喪王夫人，事鄭夫人甚謹，嘗棄官走南北侍養者十餘年。鄭夫人卒，女嫁虞氏，生子誠而孤。公視若己子，悉以鄭夫人遺物並分賜田三頃與之。誠死，又厚撫其孤。與弟璘無間言異色。親舊患難，力可援者，必爲之盡。侍郎王公卒，公娶其女爲子婦。其師太常少卿鄭公雍言子死，經理其家。駙馬井公某道死，嘗以千金託公，其家弗知也，公悉封識還之。

公恂恂寡言，及辨議古今成敗、兵民利病、文體高下，皆卓有定見，不隨時好惡。然自負高，與人寡合，故罕有知者。爲詩文，宏博豪放，舉筆千百言，而感世觸物，義歸於正。平生所作近萬篇，號拙菴稿。晚年號白鶴山人，自爲傳論曰：「人謂其庸腐者，是也；謂其非庸腐者，亦是也。夫璞玉一也，器則玉，未器則璞耳。今山人久爲宦，而無所見，其能是將爲玉耶，亦爲璞耶？識者必能辨之。」

公雖在散地，恒憂先天下。每見天垂象，或四方有警，則咨念不置。與客言，必先問及北事。常曰：「國家養士於居平之時，士當效力於有事之日。」嘗夢中賦詩云：「臣愚思效忠，志欲追前古。空懷葵藿誠，未罄朝陽吐。深思結中腸，遠慮遍寰宇。舍生寧顧軀，矢死期報主。」病篤，猶以地震爲問，語不及私。惟書遺教屬其子崇文，皆檢身奉職語。又爲一辭，亂曰：「梅花一枝開，春風雙珮響。拂衣而歸，天清月朗。造化小兒，齊聲撫掌。」遂卒。

公生於永樂戊戌三月十五日，卒於成化辛丑二月十七日，享年六十有四。初配周氏，都指揮某之女，有賢行，贈宜人，先公卒，葬京師，越四十年，乃返葬於湘。繼李氏，都指揮某之女。子三人：長崇文，戊戌進士，材器奇博，不愧公世〔一〕；次崇武，次崇勳，俱學舉子。女五人：長適留守衛指揮袁勳，次適刑部尚書周公子縉，次適刑部侍郎金公子舉人麒壽，次適刑部主事吴洪，次聘刑部侍郎張公子紞。孫二人：長某，次某。某年某月某日，歸葬忠靖公墓側，以宜人周氏祔。

公卒已有銘，銘頗略。崇文復述行實，請爲狀，以干大人先生銘諸神道，以昭不朽。東陽，公同郡人也，哀公之没，慨典刑之在鄉里者不可復見，謹敘次一二，以備采擇。謹狀。

【校勘記】

〔一〕「愧」，底本原空一格，今據文義與抄本補之。

明故中順大夫太常寺少卿兼翰林院侍讀陸公行狀

公姓陸氏，諱釴，字鼎儀，號静逸，又號凝庵。其先當元季亂，居蘇之崑山。譜牒散逸，莫知所由徙。其可知者曰曾祖三郎，祖諱銘。考諱晟，育於吴氏，遂蒙吴姓。公既貴，始復陸姓，封考爲翰林院編修文林郎，妣王氏孺人。繼母盛氏。

公生而器度凝重，不與羣兒伍。三歲時嘗書一「仁」字於掌，衆異之。籍太倉衛學爲生。天順己卯，舉南畿鄉貢。癸未，試禮部第一。甲申，憲宗即祚，廷試第二，授編修。同修英宗實録成，遷修撰，賜白金文綺。成化丙戌，同考禮部，時稱得人。以疾乞歸者數年。嘗上疏勸上接儒臣，以養德性，詢治道。丁王孺人憂，服闋還任。戊戌，再考禮部。今上皇帝在儲宫，公用遴簡侍講讀，敷納詳懇，儀度莊飭。上退問内監臣曰：「今日講書者爲誰？」因稱善者再。自後，每直講必目屬焉〔一〕。上即阼，嘗以疾告，特蒙賜問。丁編修公憂，還任，始考九載績，遷右春坊右諭德。又進日講，累荷白以恩擢太常寺少卿，兼翰林侍讀，同修憲宗實録，充經筵講官。又進日講，累荷白金文綺楮鏹之賜。一日，遽得末疾，久之稍愈。後上疏乞歸治疾，給驛傳，且諭使亟還。歸閲歲，以弘治二年二月八日卒，年五十而已。娶陳氏，子爰，太倉衛學生。

又娶張氏，子賜。孫一，壽學。女孫一。明年庚戌某月某日，葬於某山。

公讀書必究理道，涵泳往復，期於自得。爲文章，周縝雍裕，惟所欲言，終日不厭，亦不襲前人語。詩調高古，盡去穠豔。當所得意，縱筆揮灑，刻意極力者顧追之而不可及。尤嗜書，清勁可愛。旁及纏度疆里醫律諸學，亦皆研核，必得其肯綮乃已。其爲人沖澹沈默，動必繩榘，不爲聲利所移易。平居言不妄發，及析理論事，不求苟合，要所自負，有決不爲世所泯没者。每欲試諸職務而不可得，然其憂世愛國之志，未嘗一日忘於懷也。未病時，猶具遺草數事，不及上。並所著春雨堂稿、春秋抄略各若干卷，藏於家。

東陽同舉進士入翰林者，若侍講彭教敷五、修撰張泰亨父及公，皆間世奇産，公又與亨父同里學，皆相繼以没，天下所同惜。而公方直經幄，職國史，身所關繫者尤大。東陽於公，蓋不獨交遊悼哭之私也。其子爰匍匐走京師，特乞銘爲不朽計。予既吊且哭之，謹掇所聞之大者爲狀，或可以備采録云。

【校勘記】

〔一〕「目」，原作「自」，顯以形近而訛，今據文義與抄本正之。

明故資善大夫南京禮部尚書致仕進階榮禄大夫謚文僖黎公先生行狀

曾祖諱某，曾祖妣某氏。祖諱仕禎，贈資善大夫南京禮部尚書；祖妣某氏，贈夫人。考諱斌，寧縣縣丞，贈資善大夫南京禮部尚書；妣元氏，繼妣王氏，俱贈夫人。

我先生黎公諱某，字太樸，學者稱爲樸庵先生，世居岳之華容。本楊姓，曾祖元勳，出繼姑氏後，爲黎姓。考斌，宣德間舉楷書爲寧縣丞，有德政，民建祠祀之。先生資稟特異，少苦學，肆力諸經史，從父宦遊。歸與兄資、深相師友，爲縣學生。景泰丙子，舉湖廣鄉試。天順丁丑，舉進士第一，授翰林院修撰。有言官被謫者，先生以書抵當道，請救之。當道曰：「彼言涉我輩，奈何？」先生曰：「正以涉公，故須公救之，乃見盛德耳。」當道不能用，然心實重之。預修大明一統志成，賜金幣。癸未，同考禮部會試。

憲廟即阼，充經筵講官。成化丙戌，滿九載，遷左春坊左諭德，供職如故。丁亥，修文廟實録成，進左庶子，賜金幣及宴有加。辛卯，上疏乞歸省，賜寶鏹，爲道里費。甲午，命考順天府鄉試。有試卷奇甚，後場不類，疑有弊。勾稽墨卷，果得謄録生截卷狀。移簾外按其事，而取是卷爲解首，則名士馬中錫也。丁酉，修續資治通鑑綱目成，遷詹事府少詹事，兼侍讀。今上正儲位，日侍講讀。戊戌，充殿試讀卷官。會天下鄉試録多舛繆，或犯國諱。先生摘奏數十條，下禮部翰林議，治考試提調官罪，且申定格例，行之至今。擢吏部右侍郎，持法堅正。有請屬者，笑應之，然竟不行。聞人有玷行，雖所甚愛，必加摧抑，不曲爲庇護。下至胥隸，亦畏憚無敢犯。權貴用事者勢甚熏灼，先生律己待物，不通饋問，卒亦無他。凡内批事，翌日部大臣必陛陳補奏。時除授寖廣，有諷令勿奏者。先生曰：「此祖宗故典，所以防僞遏姦，某不敢廢。」諷者色沮。久之，竟停陛奏，而先生亦改南京吏部。丁未，滿九載，遷左侍郎，加正二品禄。

今上始擢爲南京工部尚書，尋改禮部。上疏陳正風俗、革姦弊諸事，多見施行。辛亥，以末疾乞致仕。詔可，仍賜誥命。歸一年，壬子四月十八日卒，距生永樂癸卯十月二十九日，壽七十。朝廷賜謚曰文僖，遣官諭祭，命有司營葬事。

先生性耿介寡合，重倫尚節。痛違禄養，極嚴廟祀。兄嫂卒，其孤民獻及女皆幼，育爲己子。遇二季沾、滄無間言。山東按察副使董國器妻死，而董使邊未返，先生展省至臨清，使攜其柩以歸。太常卿余孟亨卒，家貧不能舉，先生倡諸鄉宦，合賻贈，俾襄葬事。鄉吏鄧禄寓銀數十兩，後禄死，藏所寓物十年，俟其子長，乃還之。居官儉樸，不受私饋，尤慎形迹。事涉矯託，輒窮本末，必暴白乃已。人有過，必面質。或弗能堪，然底裏洞徹，無毫髮留匿，人亦亮其無他，弗憾也。嘗患鄉俗侈，躬自裁損，昏葬飲宴，稍示節度，多視以爲則。所居黄洋渡，積潦病涉，捐私帑築堤四十丈，民甚利焉。

先生於書無所不讀，爲詩文典贍雄偉，成一家言，有龍峰集若干卷。楷法遒整，自習業至公牘，連篇累帙，多不可紀數。教法詳備，日亹亹不倦。凡所汲引陶鑄，登甲科，仕中外，後先踵接，至不能相識。胥史嚮學，輒優給役，俾圖卒業，舉鄉試者四人，舉進士者一人。

教子尤厲，不假辭色。子民表舉甲辰進士，今爲户部主事；民牧舉庚戌進士；民獻亦舉鄉試：皆未始有外傅焉。配金氏，累封淑人，贈夫人，有賢行，先先生卒。子六：長民牧，次民表，次民衷，金出；次民安，國子生，民俊，民信，皆側出。女四人：長適荆州府學生張某，次適鄉貢士程鶚金，次適縣學生羅熺，次在室，側出。孫二：循紀、循章。女孫一，許聘劉某。某年月日，葬黄湖山之原，金夫人祔。

嗚呼！先生清德重望，登甲科，躋臺鼎，保身完名，饗有壽祉，延於後嗣，誠可謂一代偉人矣。其所樹立，要不可使磨滅，非託於當時名筆，將無以爲後地。東陽自童丱執經史，領教佩德，垂四十年。聞訃驚怛，不能拜哭於几筵之下，爲終身痛。謹撰述平生事行及爵里卒葬，以備采擇。惟諱與先考同，未敢直書，徒恃先生名在天下，有不待於書者。挂漏之罪，固有所不敢避云。嗚呼痛哉！謹狀。

李東陽全集卷四十四
懷麓堂文稿卷之二十四

墓表

高祖戊七府君墓表 互見南行稿

成化壬辰之春，曾孫封翰林院編修淳將歸謁曾祖考處士之墓於茶陵，玄孫東陽實自翰林請於上以從。曾孫淳乃具述曾祖本末，授於玄孫東陽，使撰次其辭，刻石京師，載而歸，表之墓道，以示於凡爲宗族鄰里鄉黨者。其辭曰：

嗚呼！惟我李氏，出自臨洮，譜傳爲唐西平忠武王之後。王之第十子曰憲，爲觀察使，始居江西。江西之八世諱餘，在宋爲茶陵州同知，留居中洲。傳至十三世，爲我曾祖考處士諱某，行戊七。時有諱祁，元元統初進士及第，鄉人稱爲狀元者，蓋族兄弟也。狀元既避地居江西之永新〔一〕，諸族兄弟若一源、若高清、若尚賓、若我曾祖考，皆留茶陵，茶陵之族益廣。

國朝洪武初，惟我祖考處士諱文祥，始以戎還于京師，實生我先考處士諱允興，以及于淳，于澤。澤今爲金吾左衛所鎮撫。淳生不及祖考，祖妣賀之存，尚能道曾祖時事，曰：「吾舅爲人敦樸謹厚，德浮於言。其行吾則不能詳，然人皆曰是長者也。其世吾則不能詳，然人皆曰是李狀元之族也。其墳墓吾能知之，地曰荷木坪，泉曰光泉，水曰芝水，去中洲五里而近。」先考之將没也，召淳等而命之曰：「吾父母葬京師，吾力不能歸，吾死其從之，然汝輩慎無忘茶陵。」淳等泣而謹識之。

淳伏念生賴先世積累，有以至今日。惟我曾祖考養不逮，祭不造，亦惟我同姓父兄保護之勤，一二三者舊左右望助之力，是賴於數十年，靈有攸宅，亦有攸待。維桑及梓，夙夜之所不能忘也。

嗚呼！享其澤而不知其所自出者，非人也。知人之所自出而不感且動焉者，非人之情也。無踐我封，無翦我樹，無圮我基址，以成我之志於不替者，是深有望於我後之人、於我宗族、於凡我鄰里鄉黨也。謹拜手稽首而表之曰：「此我曾祖考處士李公之墓」。

是歲夏四月丁丑，曾孫封翰林院編修文林郎淳、玄孫翰林院編修文林郎東陽立石。〔二〕

【校勘記】

〔一〕「永」，原作「末」，顯以形近而訛，據本卷族高祖希蘧先生墓表一文與抄本正之。

〔二〕南行稿所收此表無此句。

明故贈文林郎南京陝西道監察御史陳公墓表

吾友南京監察御史陳直夫之葬其父居蘭翁也，徵行人司副莊君孔暘爲之銘。既又以爲銘載幽壤，非建石表墓將無以焯於今後，以書屬予。予與直夫遊，既同學，又偕舉進士，知翁行甚悉，雖不佞，然亦不得辭。

翁爲人質直峭厲，不爲物挫。少代父戍交趾，矻矻走數千里，竟莫能達，僑居廣西。還籍京師，營一室，衹能蔽風雨。而意氣侃侃，對客談辯，窮日夜不休。教子嚴甚，未嘗過假辭色。比直夫取科第，得一官，稱貸以行。養不腆，僅足爲朝夕費，然猶戒之曰：「無以我故受污辱名。」凡常俸外有例可取者，棄弗用。卒之日，幾無以爲葬。葬甚薄，而直夫猶能却非義之賻，至以咈人而不恤。君子固難直夫，然益知公教之所及如此也。

直夫爲御史，思舉職，不苟與人合，其合必以義。嗤笑怒駡集於其身而不爲動，且日以益甚。然直夫每臨事，輒蹙然曰：「某不肖吾父，某不肖吾父〔一〕。」君子固多直夫之賢，然亦見翁之不可及也。

昔漢孫性爲親受污辱，而其父不欲；陳萬年教子以諂，而子不受命。觀其所從違，而教與繼者皆可知矣。殆揚雄所謂有是父有是子，無是父無是子者，非邪？由是而觀，則父子同德如陳氏者，其亦可謂之難，非邪？雖然，翁之賢，微直夫，則卒老閭伍，人無知之者，欲章章然焯於今後，未必可得。得不得固非翁所知，然考德論世，君子所不可闕者，予故表之，以爲世勸。

公諱簡，字文澈，别號居蘭翁，紹興山陰人也。以直夫貴，贈文林郎南京陝西道監察御史。曾祖諱遜，祖諱普，父諱珪。配徐氏，封太孺人。三子：長雄；次勇；次直夫，名壯。女一，適錦衣衛千衛千户王福。孫男一，曰鍾。女孫三：長適朱欽；次適莊宴，宴，孔暘弟也；次在室。翁以成化己丑三月四日卒於南京，是年九月二日返葬於山陰，其地曰黄龍尖山之原。葬之六年，徐孺人卒，又一年乃祔，别有表。

【校勘記】

〔一〕「某」，原作「君」，今據文義與抄本正之。

明故兵部武選員外郎郭君墓表

成化乙未春二月壬午，兵部武選員外郎郭君卒。户部郎中李君漢章，君知己也，狀君行以授其子仁，俾乞予表墓。仁既歸，以其年四月丁酉葬君城武杜村先墓。比復走京師來徵文，而李君爲速予日不置。予既哀仁之孤，又感於李君交友之誼，乃爲之辭曰：

君諱璽，字文瑞，姓郭氏，兖之城武人〔一〕。譜逸，不可考。由君以上得三世：曰曾祖諱彦禮；祖諱昇；父諱浩，贈承德郎兵部武庫主事，嫡母劉、母賈，皆贈安人。

君少失怙，養母甚孝，事諸兄謹，與人不易合。負意氣，勤問學。學成，舉天順甲申進士，奉詔入翰林爲庶吉士。拜工部營繕主事，風岸卓卓。監局諸工掾多出入曹省，無所憚，至相與抗禮。君方坐治事，有譟於側者，君執而笞之。其人有所愬，中君以法，竟下詔獄，坐贖，人皆危君，君固自若也。成化丁亥，丁賈安人憂去。庚寅，改兵部武庫主事。會武選員外郎闕，吏部謂非强有力者弗任，乃擢補君。君家無私謁，曹事有不能決者，往往以一言定之，人服其能。甲午，君得疾，冬益劇，乃上疏乞歸。命未下而卒，年四十有一。

配劉，封安人，生二子：仁、仕。側室崔，生一子：儒。卒之日，家無餘貲，鬻舍償券而後返葬。自公卿而下知君者，皆嗟悼不置云。

夫材與氣二者恒相爲用，然論士者必先氣而後材。故雖有庖丁之刃、郢人之斤，苟非其氣足以蓋物，未必不斂手縮臂，趦趄而自失。其固不能者弗論也。郭君平居議論洶洶，無諂辭佞色，居官未嘗阿意所事。其所奮激，雖横罹刑罰，不少抑，故臨事處職，皆能有以自遂。其勝于脂韋耎脆、視人之顔色以爲進退者，亦遠矣。使天假之年，君又充拓之不暇，其所建立，固可限哉？

初，君居翰林，而志在曹署。既得劇地，乃日以益顯。向使君局文事，又蚤死，豈得遽以自見稱良吏若是藉藉也？嗚呼！予固歎夫宅材者苟處非其職，鮮有能盡其用者也。夫既具材負氣，且得官以爲用，而又不得盡以死士之用於世，亦甚難矣哉！

初，予與同爲庶吉士者十有八人，其既卒者河南杜大勉、大興王器之，及君爲三人。大勉在翰林輒病，歸卒於家，予知之弗能詳，大抵樸厚士也。器之予同學生，其人篤厚和易，而中介介有分別，勃然嚮於義，拜南京户部主事，卒於官。昔王荆公表征處士墓及其友二人，況三君者皆同仕，有名籍，誠不宜使没没，故予因郭君附論之。君而有知，其不以予言爲然者，吾弗信也。

【校勘記】

〔一〕「城武」，原作「武城」，據（萬曆）兖州府志與本文「葬君城武杜村先墓」句正之。

明故處士謝公墓表

有孝子之孫節婦之夫曰處士謝公，諱乾，字性端，台州黄巖人也。孝子諱伯遜，嘗刲股愈母疾。奉母避亂，備極勤苦，鄉以孝稱。子厚睦，有隱德，實生公。公讀書識大義，與鄉名士陸修正、鮑原弘、湯朝宗爲文字友。陸貧甚，公特置摯，禮之終其身，及其子猶然。公性剛峭，與人寡合。遇事不可，輒面折，不曲爲假借。竟以是得禍，卒年三十有一而已。

節婦趙氏，出宋宗室系，歸於公，生一男，甫晬，二女皆幼。公卒時，節婦年二十有九。有欲奪其志者，節婦聞之，斷髮自誓，謀稍沮。節婦歎曰：「彼所利者財爾，財不去，禍終未殄。」乃盛奩具以嫁夫之幼妹，曰：「是固吾所厚者。」聞人有貧乏，及橋梁道路當葺治者，因以給之。數年，貲亦衰，外議始息。年七十有三，乃卒。

滕嚴閆者，少節婦十歲。節婦初寡，憐其少，欲嫁之。嚴泣曰：「閆兒獨非人哉？」卒不去。後節婦十有七年卒，人尤異之，曰：「節婦之能範其家如此。」

公子胤，有五子：鐸、鐃、鏄、鑑、鋭。鐸舉進士，歷翰林編修、侍講，以編修貴貤父封。侍講君既壯，鄉大父行已少，不能悉公行，節婦之存也，猶及見焉。時有司欲以節婦事上，節婦聞之，辭。既没，例又不得旌，然鄉之人皆稱爲節婦無異辭。

夫人之有德惠節義，必尊官重地，大行而顯施。或不幸而涉患歷難，出乎人之所不能爲者，其名乃著。然德在身，而安危窮達繫乎時，故天下未嘗無德而鮮有名。古之臣稱皋、夔、逢、干，以婦稱者，非太任、后妃，則共姜之徒也，其間淪没而不傳者豈少哉？故名者君子有之，而非所賴以爲賢也。

謝氏之孝，以疾病離亂著，節以孤嫠著，皆出乎所不幸。不然，則閭閻閨壼之間蓋亦難乎其爲名矣。若處士公生治世，未嘗顯仕，非託乎所謂孝與節者，雖賢孰得而知之哉？然婦之道，無成有終，其在家教有不得而專者。予於節婦蓋益見處士之賢，然亦以徵孝子之教未泯也。

論君子之澤者，必以五世。世世而承之，則可以至於無窮。今謝氏自孝子而降五世矣，節婦之後僅三世，而侍講君出焉。文章行義之懿固若是盛也。今使天下論東南世族知有謝氏之孝與節者，自君而益著。則所以承休紹祉、引於無窮者，當不自今日始耶！

予與君同舉進士，入翰林，麗澤厚且久，其家教世澤類能言之。節婦既合葬之二十有三年，君將刻石墓道，以遺子若孫，謂予宜爲文。謹備述節婦事，溯厥德源，以著處士之行，作墓表。

裴定州墓表

予嘗慨天下守令不能以皆才，才矣或不能久於其地。或攀轅願留，上疏請借，以至予立石頌德，皆有不能已於民者。而況才而去，去而不幸以死，豈徒其民思之，凡爲天下慮者蓋不能恝然於懷也。予遊於天下不數，往往得人焉於士大夫，耳入而心識之。去年，吾友太常傅公道裴定州之才，定州君亦嘗以名姓通予。比君子繼芳以墓石請，則於君之没已閲歲矣。嗚呼惜哉！

君姓裴氏，諱泰，字道亨，山西靈石人也。舉鄉貢，爲國子生，知博野縣。適歲饑，民且徙。君籍諸富室，留三年之積，盡糶其餘，市價不踊。其發粟以十家爲甲，按籍均給。有撓法者，令相舉察，下不得欺。民流至其地，日爲給糜之。暨秋，乃餽之歸。嘗修縣城，唐河決，躬登埤救之，民緣所種柳得不死。因築堤堰，相接五十餘里，自是諸水皆不決。

六年，以上考遷知定州。王師西征，供億不匱。境多盜，置旌善、紀惡二簿，以示懲勸，弗格者輒緝擒之。朝廷嘗詔有司里積穀二千石，定所積獨過其數，用以賑饑給種，所活爲多。唐、磁、沙三河常没其旁田，君鑿渠築堤，加博野之半。尤重文教，所至輒修廟學。博野舊有二程子祠，特請於朝，著在郡祀。定有韓魏公祠，亦增飭之。皆有文存焉。其政迹鑿鑿可紀録若此。都御史、御史屢旌於朝，當被錫命。既奏而君去之，未命而卒。故其民思之，大夫士亦多賦之。

翰林侍讀王濟之有銘，吏部喬主事希大有狀，蓋濟之實傅其子繼芳，希大則繼芳友也，故得其詳云爾。君卒於弘治己酉七月二十二日庚戌，八月十七日葬於縣南翠峰之麓。三子：長紹芳，國子生；次繼芳，又次承芳，皆縣學生。女四，嫁者二，義官張鵬、縣學生張瓚其婿也。

明故奉議大夫雲南按察司僉事致仕邵先生墓表

東陽髫時籍順天府學爲生，静齋邵先生典教事，俯見甄奬，訓厲特至。及先生以按察僉事致政歸，旋棄館舍，而東陽不能一拜哭於几筵之下，心竊愧之。越二十有二年，先生之子莊爲工部主事，扶太宜人喪歸，念先生墓石宜表，請爲不朽計。又三年，莊改授刑部，而文尚未刻。嗚呼！東陽寧忍爲先生没哉！

先生姓邵氏，諱玉，字德温，其先寧波慈溪人也。四世祖承事郎馮二府君，徙居鄞。曾祖組乙，祖予文，考敬先。

先生爲縣學生，舉宣德十年鄉薦。正統元年，登禮部乙榜，授汝州學正。歷遷南寧、河間二府學教授。合九年考最吏部，遷順天，始以京秩入流品。會朝廷命大臣會薦可爲按察督天下學校者，先生用兵部尚書馬公昂薦，超擢雲南僉事，兼督貴州。未幾，墜馬傷足，遽謝事以去。居十有餘年，乃卒。先生生永樂五年十二月三十日，卒以成化五年十月十六日，卒壽六十有三。八年某月某日，葬鄞之清道鄉高車頭之原。

先生學本諸經，博涉史傳。爲文章，典雅有法。氣象嚴毅，行甚謹，不苟爲酬接。其爲教必先孝弟忠三者，期以磨濯士行，爲天下用。在順天，雖不久任，諸生思之至今，繼教者皆莫及焉。在雲南，不遐遺其人，凡所按試，冒險阻，窮歲月，未嘗色倦。三應聘爲考試官，山東、西俱號得士，而江西得故侍讀彭公教爲解首。若今學士張公元禎，禮部侍郎傅公瀚、董公越，祭酒羅公璟，皆時名士。鄉榜之盛，無與爲比。信天下之良有司也。

嗟夫！作人選士之典，在國家爲最重。今倚席以教，定額以試，曰是足矣。求才稱其職，竭志力以圖於成者，幾人哉！閲世寖久，歎人才不易得，前輩之不可復見，奈之何不爲先生悼也？謹以是表諸墓。

先生在汝，設饘粥以救饑民；在山東，有士子囊金求舉，斥弗納；在山西，作暫心詩以見志；在雲南，見道傍羣婦稱夫死戍擕幼而啼饑者，督有司録其孤籍，廪於官。此其懿行善政在人耳目者，因附著焉。

先生娶莊氏，生子康及女二人。次娶宋氏。後復娶太宜人莊氏，性孝謹。舅老失明，奉養於官，手製饋饌。又養寡母趙並夫黨陳嫗終其身。鄉人妻從戍者病甚殆，爲之館穀，待其差而遣之。有市首飾者直百金，先生曰：「汝欲之乎？」曰：「使婦飾百金，爲之夫者難乎其爲廉矣。」生子莊，以母氏名，舉進士，爲今官，不忝家學，以恩詔進公階奉政大夫修正庶尹，封母爲太宜人。女亦二。前莊氏祔先生墓，例不得封。今太宜人亦合祔於左，故又附書之。

明故封承德郎太僕寺寺丞章公墓表

人之行可傳於世者，惟文是賴。其所謂文，史册之外，亦惟傳狀銘表爲著。其弊則辭浮於實，或執情揜義，至以爲實行者累。君子蓋每難之，行豈可易而傳哉？太僕寺丞章君忱，介吾劉内弟釗以考妣墓表爲請，其族貢士君頎亦爲速。予稽厥事行，則錢文通公實銘厥考封太僕公，厥妣安人之葬，則子婿胡參政謐爲銘。錢銘書孝行未悉，胡又主女德，勢不詳及公，故君有不但已於兹者，雖貢士亦以爲然。夫使其辭無溢美，又無遺憾，非獨孝子之私其親者，則其爲行可知已。

公章氏，世居會稽偁山，諱珙，字用信。曾祖考諱黼，祖考諱昇，俱以公季父敬貴贈嘉議大夫禮部右侍郎。曾祖妣孟氏、祖妣楊氏，俱贈淑人。考諱敏，妣唐氏。

公，季子也，性至孝。每昧爽詣寢室，問飲食及所指使，俟命乃退。考病風，扶護不倦。及病喘痰塞，或口就吸之。妣老，疽發背，夜必籲天，祈以身代死。事二兄某、某，無間言。從弟璠、璟、瑄繼入朝籍，家寖盛，公不爲貴挾。居鄉以善先物，至爲平鬭訟，然未嘗私議人過。善殖生業，有餘羨，亦以給人。正統間，歲大侵，發積貸貧。嘗冬夜乘舟，聞中流呼號聲，視之，溺者也，亟援之，歸覆以衣，與之酒而蘇。其他修圮橋，平淖塗，人賴以濟者甚衆。其爲學確乎不變，論詩一本義理。及論人賢否、事成敗，無不中者。蓋公之重於鄉如此。

安人徐氏，亦邑鉅族，少習班氏女訓。五歲喪父，哀不自勝。事姑湯藥，不手假，姑每舉以爲諸婦式。子能言，輒置膝上，口授詩書。及見成業，於公遺教實亦有助焉。然則，不謂之媲德其可哉！

子四：長愷；次即太僕君忱，起進士，知臨城縣，能惠教其人，去而見思；次忻，懌，皆側出。女二：長即歸胡氏者，次適雲南知府董復。孫十：材、翰、概、槩、柔、柄、和、櫏、槈、某；其長三人，皆爲紹興府學生。女孫六。曾孫七，女如女孫之數。公墓在偁山高原，以天順戊寅閏二月二十七日葬。安人以成化丙戌十一月二十二日祔焉，距公之葬九年，迨今又二十四年矣。

嗚呼！公行以孝重，而吸痰事適與先府君合，予故悵然感之，又爲之黯然以悲。故雖備羣録，附内行，而於此特加重焉，其亦孝子之意也夫。

族高祖希蘧先生墓表

東陽少時，則聞族高祖希蘧先生。蓋吾李氏近自宋茶陵州同知慶遠府君，至先生乃復顯。先生之名，鄉人不敢斥，稱爲狀元，至於今，雖旁邑猶然。東陽稍壯，乃克稽據家集，知爲李齊榜進士第二人，而鄉以高第故特稱此，殆其俗然也。及屢見先生書迹圖印，乃知其號希蘧，又號爲危行翁。又按諸書，知先生始應奉翰林文字，以母老就養江南，授婺源州同知，遷江浙儒學副提舉。今閩本一統志於永新流寓書遼陽提舉者，蓋傳刻之誤，元江浙所刻宋史有提調官名氏可證也。及以母憂解職歸茶陵，值元季亂，不復出。入國朝，力孫徵辟，隱永新山中。爲俞統制子懋所館，至梓其集以傳。其卒也，葬永新雷公峽，去茶陵界三十里。夫人某氏祔焉，其子自立亦祔焉。自立府君之子某始歸茶陵，歸中洲之北沖。成化壬辰，東陽從先考學士公歸，訪其裔孫旭政者，見先生手録易、詩傳及諸族所藏大書數幅，獨深歎慕，乃摹其遺像〔一〕，且爲文祭于其墓。圖有以表之，然未敢易也。

越十有八年，弘治己酉，在先公□聞先生之裔不安厥居，遺迹蕩逸，莫知所在。因追念清風大節弗大彰於世，區區不肖之私亦有未竟者，以爲私愧。竊嘗觀遺文而有得焉。先生當元之亂，慨然欲效一障以死，而不可得，蓋見諸余廷心之序。又以爲委質事人，不可終負，蓋見諸王明妃之詩。及我國朝，用夏變夷，校諸前代廢興，不可律視。顧堯、舜、巢、由志各有在，抑亦天下之不可無者。則昭德紀行，以貽來世，豈獨爲不肖之私哉！況其墳墓在他邑，而子孫不幸莫得而守之，則凡爲吾族蒙聲望沾教澤者，雖欲不惓惓於斯，可得哉！

吾友顧侯天錫方守吉安，因以先生墓爲託。是實先公遺命，因循玩愒，獨不及其存而圖之。嗚呼痛哉！永新地雖異省，實吾比境守望相接，姻戚相屬，樵牧之不忍犯者，殆不待於斯言，然不肖之私，自不能已於言也。

先生諱祁，字一初，固所當諱而有不敢諱者。竊附臨文之義，雖得罪於君子，亦有所不避云。

【校勘記】

〔一〕「摹」，原作「墓」，顯以形近而訛，今據文義與抄本正之。

周氏先墓碑

右軍都督僉事周君賢葬其考贈驃騎將軍右軍都督僉事公，徵予銘墓。既又念先世之葬皆未有銘，復以書來乞文，將刻石墓道。予以既爲銘辭，書再至。君夫人之弟翰林庶吉士李君士常强予不置，曰：「都督君意也，非獨於厥考爲然。」予不得辭。

周氏墓在宣府城東十里，曰跑沙原。窆而葬者三世：其一爲曾祖考宣府右衛指揮僉事諱益，曾祖妣恭人某氏；其一爲祖考贈驃騎將軍右軍都督僉事諱瑀，祖妣贈夫人魯氏；其一爲驃騎公諱暹。其先出黄州黄岡。入國初，有諱文者爲公曾祖考，自武昌内附，樹功行陳間，起家百户，再遷爲千户，歷興武、黄州、驃騎、和陽四衛，而至大同。益始遷宣府右衛，進指揮僉事。及公凡三世，世居及葬皆在宣府。

周氏之世德遠不能詳，然其業弓矢甲胄，其志忠勇勤力，上教下習，皆克稱任使，取聲譽。驃騎公之行，予聞諸士常。其爲人謹畏勤黽，謙恭不伐。居官交友，不騁氣陵物。御士卒，未嘗用喜怒爲誅賞。既老謝事，日閉户危坐，非課田治圃，未嘗輒出。家貴富，又壽考，莫能禮抗，益斂孫，不爲侈肆，人以爲難。故都督君奉命分藩，茂著聲績，以能振祖父之烈，其所繇來遠矣。今之官惟武冑爲世業，然承平久，文治日益隆，弓矢韜略之業，官不時練，家不時肄，名存而實惕。惟邊塞地出戰入守，武家子弟往往習騎射，諳形勢〔一〕，其業不弛。若謀識材器相爲盛衰者，則存乎人焉。北邊之鉅鎮曰宣府，宣府之世將曰周氏。周氏自裨屬以至副將，凡五世，蓋以業顯，固其教習使然。然環宣府之鎮地數百里，帶甲數千百家，能若是者蓋一二見而已，豈不難哉！

古者鄉大夫祭則有廟，葬則有墓。有事而去其國邑，則入告於廟，出告於墓而後行。蓋繼志述事，未有不先乎此者。今都督君出守懷來諸衛，去其廟與墓甚遠。然方奉天子恩命内陟閫幄，旁行天下，不得守其官邑，故封墓築舍，刻石紀德，以與國家之盛相爲無窮者，固今日事也。乃爲紀其世系名德，爲文而復系以銘。銘曰：

周出姬姓，氏以國分。代歷春秋，漢乃有聞。居黄實繁，世遠莫陳。我明誕興，如龍斯雲。爲千户侯，累徙在邊。徂北自西，居於上谷。封户十倍，食指數百。蔚爲鉅家，照耀南服。桓桓都督，四世乃發。煌煌錫命，光被前閥。盧矢彤弓，金鎧兜鍪。登埸一呼，左羆右貅。孰不堂構，或圮或丘。或子而孫，有肩載矛。赫赫周侯，人莫爾儔。侯有祠廟，高祖及禰。侯有墓兆，昭穆濟濟。春薷秋芰，侯有薦祀。立孝盡制，實自侯始。有碑麗牲，銘者太史。

【校勘記】

〔一〕「諳」，原作「諸」，顯以形近而訛，今據文義與抄本正之。

李東陽全集卷四十五

懷麓堂文稿卷之二十五

碑誌

明故亞中大夫山西布政司左參政樊公墓碑銘

嗚呼！吾先學士公友多天下賢俊士，數十年來，彫謝殆盡，惟默庵樊公巋然尚存。成化丙午冬，先公棄諸孤，越一年而樊公亦卒。東陽哀痛荼毒中，聞之益悵怏不能已。公子楚玉奉布政參議徐君敬夫狀、按察僉事楊君應寧銘，因其友喬生宗上京師以碑銘請。公之銘，尚忍爲哉！

公姓樊氏，諱英，字世傑，默庵蓋所自號，其先臨潼人也。考諱斌，以戍籍府軍前衛，居京師。生公，有奇質，受尚書於布政洪公弼。弼名士，士爲所造就甚衆，公其最者。正統丁卯，舉順天鄉試。景泰甲戌，登進士第，拜監察御史。凡所建白，皆切治體。鉅盜張傑掠真定，民甚苦。公往捕，並其黨禽之。通州倉宿弊甚劇，公舊居鄰京倉，盡得諸弊，有所釐革。衆咸愕服曰：「勿紿樊御史。」

天順丁丑，石亨擅權，朝野奪氣。公與諸御史劾之，出知東鹿縣，未行而復。戊寅，巡大同、宣府二鎮，威令大行。辛巳，巡南城。有張剛者横鄉邑，怙權臣門達以自庇。鄰寡婦富而無子，剛謀奪其業，訟之官。官莫敢直，達以屬公。公不聽，竟繩以法。達怒，嗾剛誣告諸不法事，逮入詔獄。達適典獄，因文致成之，坐除名罷歸。

成化乙酉，憲宗皇帝即阼，諫官論達罪惡，因白其所誣陷數人。達既謫死，公復爲御史。以父憂去。服闋，再入臺。有御史被薦爲都御史者，輿論弗㥧，公劾而黜之。按湖廣，風裁益著，贓吏有解印去者。襄、鄧饑，流民肆掠且萬數。公會積粟穀爲賑貸具，乃廉其渠魁，諭以曲直福禍，使歸閭井，久之遂定。都御史羅公篪疏其事以聞。己丑，擢遼東苑馬寺少卿。馬數耗，不滿百。公置朋市法，越五年，馬至四千匹。戊戌，遷長蘆都轉運鹽使。河間、真定饑，上命廷臣出賑。官無厚儲，公先後出運司銀七萬餘兩佐之，活者甚衆。丁未，擢山西布政司左參政。甫上，得末疾。適當稽戎籍，力疾至平陽，遍歷諸縣，得戎工脱籍者若干人，勸民出粟若干斛以備賑。勞疾篤甚，比還司，遂弗起，十二月二十四日也，壽六十有二。

公考封文林郎監察御史，妣王及配劉皆贈孺人，繼妣薛及繼配羅皆封孺人。再繼吴、葉，側室吕，實生楚玉，李生楚珩。珩女四：長適縣學生馬俊，次適監察御史王玹，餘在室。戊申某月某日，歸葬於某山。

公性孝友。方貴時，痛失母養，事繼母謹，撫弟俊曲盡恩意。讀書務探隱賾，理官事務抉奇擿伏，以警動羣聽，蓋其素所獨見必出此。東陽嘗與聞之，問其術，笑而弗答也。然爲御史，連斥外，馬鹽事皆瑣瑣若不足用者。徊翔四十年，天下科第士皆其後進。隨列進秩，又弗克大振以死。知公者寧不爲天下惜之？參政階爲中大夫，秩從三品，用碑於墓，禮也。因爲銘以遺楚玉，俾刻焉。銘曰：

偉哉樊公，髯虬氣虹，臺端之雄。摧奸扼强，中有剛腸。如百煉鋼，如千里駒。歷塊過都，老益健驅。馬蕃於邊，峙鹺成山。公功則然，公氣弗舒。而才有餘，曰此吾粗。西藩巖巖，大政是參。公胡不淹，而已於兹。民懷吏思，莫我或追。公歸故原，公魄所安，公名弗刊。

明故萬全都司都指揮同知致仕封榮禄大夫柱國後軍都督府都督同知劉公神道碑銘

弘治三年庚戌十一月十九日，封榮禄大夫柱國後軍都督同知劉公以壽終於宣府之私第。其子都督同知寧方爲大同副將，亟具疏乞歸治葬。朝廷以邊圉務重，不允歸，而遣官諭祭，命有司營葬事。寧乃迎公喪，葬大同十里河城東先墓。既又遣使具書，奉吏科左給事中王君上古狀，介千户徐時鳴請予銘，刻於神道之石。王君宣府人氏，以武廕，時鳴又劉氏内弟，能爲予道其詳，可據以銘。

公諱政，字以德，姓劉氏，世爲淮安山陽人。祖諱成，從高皇帝起義兵，初隸武雄衛，調水軍衛，屯田和州。考諱本，從文皇帝靖難，以功授百户，調瀋陽衛，再調開平衛。公甫丱而孤。宣德丙午，廕父職。庚戌，朝廷徙開平於獨石。公盡置家産，獨負父骸骨以行，創潰於背。一時孝聲籍籍，動關徹間。時昌平侯楊公洪爲遊擊將軍，公在部下，以功進副千户。昌平摘所部兵與公番射，皆莫能勝，以弟之女妻之。自是，昌平位望日盛，凡出戰，公未始不從。然公素負氣，不能相下。以龍門衛功遷正千户，賜金織衣、楮幣諸物。以瓦房嵯功進指揮僉事。正統丁巳，以西涼亭功遷指揮同知。例比試京師，歸莅衛事。竟與昌平不協，調大同左衛。己巳，虜犯内地，敕諸邊守將分部邀擊。公東巡行一舍許，猝遇虜，與戰。有一虜躍馬奮刀而前，公颺袍袖繞其刀，奪而斬之。賊衆辟易，不敢近。公以五百人轉戰賊後，由陽和口歸，不亡一人。進指揮使，復賜金幣。景泰庚午，戰大同境外。他統兵者多失利，公復全軍而返。既又戰於北門外及西鵝口，皆有功。入衛京師，會兵部覈功籍，擢山西行都司都指揮僉事。天順丁丑，以崞縣功遷都指揮同知，命復莅萬全都司事。戊寅，奉敕守備馬營、赤城諸堡，號令明肅。凡論邊將勇略可任者，必指屈焉。成化丁丑，以老乞謝事，置别墅於赤城滴水崖，往還其間。及子寧廕永寧衛指揮使，官至都督，公以其官進封。越三年乃卒，壽八十矣。

始娶楊氏，爲封武强伯諱某之女，先公四十七年卒，贈夫人。繼王氏，封夫人，先三年卒。子七：寧其長也，次宇，早世，俱楊出；次宣，次賓，俱以功賜冠服，次寶，旗手衛所鎮撫，次容，俱王出；次實，側室某氏出；孫一。楊夫人先葬滴水崖，及王夫人卒，公遷楊柩，同窆於今墓。公卒之年十一月某日乃葬，二夫人皆祔。女一，適都指揮陳某子英。

嗚呼！古者重世臣將家，蓋其韜略技藝，耳濡目擊，有不習而能者。視驅市人而教之，其易且十倍。今都督材勇絶出，爲時名將，迹其所由起，固若是烈也。若公以盡瘁致命之身，考終正寢，生有禄，没有廟，耀於無極，則非遭天子明聖武偃弗用之世可得哉？是公之進退生死，所繫甚大，不可以不録。銘曰：

都城翼翼，北控戎狄。屹屹重門，有將如雲。桓桓劉公，户百其封。識者曰此，萬夫之雄。宵戈晝韃，之死不折。奪刀斫賊，一桄羣魄。繇北而西，盡虜巢窟。匪俘則馘，靡往不獲。公名在邊，功在幕府〔一〕。銀牌綵幣，雜以鏹楮。官階屢躋，歷千萬户。載參藩侯，獨鎮西堡。虜知公姓，曰莫可侮。公年既高，棄爵如土。曰我自取，棄亦在我。高堂殯服，我死其所。我躬不有，疇恤我後？天實全之，有子如父。式遷厥封，前母後婦。峨峨墓碑，過者下馬。

【校勘記】

〔一〕「功」，原作「切」，顯以形近而訛，今據文義與抄本正之。

明故嘉議大夫南京兵部右侍郎王公神道碑銘

昔在天順甲申，憲皇御極，乃取英皇所録會試禮部士二百五十人，廷策而第賜之。自紀元成化以來，二十餘年，布列中外，聲績相望。及今天子嗣位之初，選賢圖舊，登兩京爲諸曹卿佐者踵相接。時王公文振實爲兩京兵部右侍郎，聞者胥爲朝廷得人。賀未幾，而公訃至矣。上特賜葬祭，越於恒制。於是，同年進士户部侍郎吴公道本輩爲位吊哭，太常卿兼翰林侍讀學士傅公曰川爲墓銘，其子經復請予銘於神道之石。予所按狀出巡撫直隸都御史張公天瑞，蓋公同官工科者也。

公姓王氏，諱詔，文振其字。世爲北畿人，府曰真定，州曰趙，縣曰寧晉。曾祖諱思義。祖諱理，郲縣主簿。考贈工科給事中，諱昂，始自縣徙州。

公十有餘歲，補州學生，治禮經業。寧晉曹文忠公見而奇之，遂妻以女。領順天府鄉舉，十年而得進士。趙之有進士，自公始。乙酉，拜工科給事中。論事持大體，不爲顧忌。嘗出副藩府册封使，不受饋遺。睿皇后崩，時當孟秋享太廟，時議謂不當以卑廢尊。公上疏言：「禮有喪不祭，無以則移日，候釋服行之。」不報。庚寅，乞歸省，賜寶鏹千貫。辛卯，遷都給事中。嘗與六科偕奏事，辭極剴直，中請起致仕尚書王竑、李秉，而黜都御史一人，有讚之者。憲皇召至文華殿，親賜譴責。衆錯愕莫敢對，公仰而呼曰：「臣等言雖不當，實區區犬馬之誠，非有他也。」時論壯之。

乙未，擢湖廣右參政，政尚寬簡。會屢歉，民流徙頗衆。公極力區畫，多所全活。都御史原公傑制置荆、襄，築城置府，暨凡施設，皆與有力，亦與有褒諭焉。戊戌，以父憂去，湖人思弗置。辛卯，乃再命。有田訟久不決，公訊得實。又有鉅盜累歲弗就禽，一捕而獲。癸卯，遷右布政使。乙巳，以繼母張孺人憂去。

弘治戊申，遷貴州右布政使。未幾，遷右副都御史，巡撫雲南。愼守禦，嚴斥堠。以孟密亂與招集功，再荷褒諭。己酉，奉詔録囚。躬冒巇險，觸炎瘴，平反甚衆。尚書吴雲，洪武間繼王忠文公褘死事雲南，褘既建祠秩祀，而不及雲。公奏於朝，賜謚忠節，與褘並祀。辛亥，始召赴南京。道得疾，既上而劇。命官屬治棺槨，教以斂法，且呼其孫，屬後事甚悉，至瞑不亂，實九月六日也，年六十四。是年某月某日，葬州南故城之新兆。

母張氏，贈孺人。娶曹氏，封孺人。二子：長縉，義官；經，爲州學生，其次也。四女：適進士宋鳯、州學生楊紹、國子生李庭陽、士人楊森。一孫：慶。女孫二，長適宋時泰。曾孫亦二：儀、偉。

公體貌魁岸，内坦亮，自處不苟。夙敦友義，馭下吏嚴而有體。雖歷顯要，清儉如平生。卒之日，囊無長物，亦可謂直諒君子矣。銘曰：

公生北畿，敭歷南土。爲六卿佐，爲天子輔。若雲從龍，厥施將普。若濟川楫，而翼之羽。若馳康莊，勢孰予阻？倏焉中蹶，是孰爲主？孰畀之生，孰奪之祜？有賢設科，拔十求五。維我同進，歷歷可數。官乎匪淹，命實予迕。侈名最德，以耀終古。

明故通議大夫南京兵部右侍郎黄公神道碑銘

公姓黄氏，本名曜，字孔昭，以字行，乃更字世顯。世家台州黄巖之洞山，今太平地也，然公猶居黄巖。其先自昭武鎮都監緒避五季亂，徙自閩者數世矣。曾大父諱莊，大父諱禮遐，有聞於鄉。考諱瑜，正統丙辰進士，兵部主事。台之三世舉進士者，自兹始。

公未冠，自京師扶母金夫人喪歸。比北上，職方公繼喪，復匍匐返葬。皆成禮。弟妹俱弱，躬撫育之。貧不廢學，初以明經舉，不合，乃爲縣學生。舉景泰丙子鄉薦，登天順庚辰進士。初命爲工部屯田主事，司多積弊，公稍持以正，同官者不能堪，嗾惡吏構之。事竟白，彼坐落職，而公顧用是起名。遷都水員外郎，督造江南，饋遺無所受。會吏部文選官以事去，一司爲空。朝廷慎簡諸曹，更補其缺，公與焉。未幾，遷郎中。凡天下州縣地善惡、政令繁簡、人才賢不肖，極力搜訪，耳注籍記，罔不周悉。而辭涉請託，則未嘗少徇，惟守法執論，以贊其官之長。爲之長者雖不盡用，亦以輿議付之，有怨亦藉以自解。先後十五年，稱文選之賢者，必曰「黄郎中，黄郎中」云。公既滿九載，待次久之，擢右通政。督武職録黄，事簡甚，無以自見。

弘治戊申，今天子大明黜陟，兩京大臣多所更置，公擢南京工部右侍郎。時工作繁興，錢課頗匱，貸民間爲用。公曲爲區畫，償其逋以萬計。有空廨地十餘所爲勢家所侵者，奏復之。近令大臣得舉方面，公初薦處州樊廷璧，自知府超擢按察使，繼薦金華章德懋，時章以按察僉事致仕，例不得起，人益以韙公。吏部侍郎再闕，諸人臣以公名偕彭公鳳儀、張公時敏薦。雖未調，而望之者日愈不厭。偶得熱疾，三日遽卒，辛亥六月十七日也，年六十四。其子工部主事俌適以公事至南京，遂扶喪歸。訃聞，朝廷賜祭，命有司營兆域於委羽山之原。歲未盡二日，葬焉。

公體貌嚴重，不躁語戲笑，沈静自守。厚倫睦族；以舊居讓弟；女弟貧，割俸金給之；立義塾，擇族子弟爲師，歲出束脩爲之助。讀書尚理致，尤精詩格，不苟製。所著有定軒集若干卷，藏於家。配蔡氏，巴東知縣某之女。子男三：長即俌，世守儒業；次侹，次佐，皆蚤死。孫五：紹、繹、綰、約、紒，綰以廕爲國子生。

黄巖之仕者，若寶慶知府謝愚德先生，及其從子方石祭酒，皆天下士。公交其父子間最深，予用是知公。公之喪，方石實銘之。俌上京師，請予銘墓道之石。乃撮其大者爲文，而系以銘。銘曰：

台多賢郡，公其顯者。官爲吏曹，實柄用舍。惟辟威福，矧官有伯？豈予敢私？有厲方惕。人以黷我，亦或覘我。我非吾喪，終弗玷我。古亦有言，東隅桑榆。功我弗屑，矧惟宦途？公爲六曹，實貳卿位。人弗遏我，謂有餘地。我棄其餘，歸諸造物。有能肖之，公死不没。

明故刑部主事朱君墓誌銘

予將銘文鳴之墓，哭失聲曰：「文鳴遽使予爲此文哉！予忍爲此文哉！嗚呼，惟文鳴知我，亦惟我知文鳴，其可使文鳴不瞑耶！」既舉筆，累日不句，即句，累數日不能章，乃摭鉅委細，序而銘之。

文鳴始爲生，學易，有舉子名，舉鄉薦輒中。以詩舉進士，又輒中。試政户部。出頒歲賚於邊，留信宿而返。邊帥具筵贈，辭，遺以佩刀，又辭。歸擢刑部廣西司主事。折獄平辯，威福無所受，亦未嘗强笑應人。鄰有饋生魚者，家人弗知其訟也，内之。文鳴歸，亟遣之還，則剖之矣，棄弗食。有某姓者坐死，無佐狀。文鳴疑不肯署，辯弗得。會病，弗視事，憂之數日。予省之，有喜色，曰：「比得秋録報，某姓者不死矣。」文鳴重倫理，負節義。其父嘗出官於外，文鳴攀慕，委頓不能支，歲時致布帛器用，無敢闕。母早世，痛之終身。與漢陽知府蔡洪濟友善，蔡卒於漢陽，其父老且病，文鳴合凡賻贈，買地迓其棺葬之，又以餘貲經理其家。蔡有姊，寡於滕氏，滕亦文鳴亡友也，女孤不嫁，文鳴以其妻之兄之子聘焉。

文鳴於詩不能工，然好不厭。頗喜酒，酒後披豁出肝肺，益見其真。常愛觀浴沂圖，曰：「吾興在此。」以名其子曰沂。吾嘗謂文鳴非流俗士，使更十年，當卓爾自見，不爾，固不失善人。人未盡信也，而文鳴遂不幸以死。鬼神者亦弗或鑒之，矧或相之，悲夫！

文鳴姓朱氏，名鐸，號心古，世爲大興人。祖敬，鴻臚寺序班。父謙，累官至都察院都事。母吴，生文鳴十年卒。繼母王實□成之，卒遺一女，文鳴以父命擇所歸，得其友張玉，舉鄉貢士。今繼母李，生二子：銓、鉉。吴及王皆累贈安人，封妻趙氏亦如之。

文鳴既得敕告墓，悲數日，疾作。文鳴夙多疾，官既劇，奔走失食，飲節始困。及是乃益困，再振再蹶以死，年三十有六。卒之日，成化辛卯正月辛卯。都事君卜二月丙午刻予銘葬之，墓在城北十五里曰永清衛之屯。其遺事，故人刑部主事顧天錫有狀。銘曰：

玉投於濁，弗玷其剛。金揉於炎，愈熾而光。不琢之章，不鏤之裝，不器之堂。鋌爾礫爾，爾受弗明。知爾者誰，視爾兹銘。吁嗟乎文鳴！

明故文林郎河南道監察御史展公墓誌銘

公與家君友且二十年，東陽七歲時始知讀書爲文，皆藉公啓迪。稍長，因公爲外傅，從之遊，食飲於公數年。東陽舉進士，僅五年而公卒。卒之日，門人進士李紳爲狀，東陽乃泣而銘之。嗚呼！

公生無伯叔昆季，家故貧。始爲蓍卜術，已而棄不事，事舉子業，遊順天府學。天順丁丑，舉進士，擢河南道監察御史。三載，階文林郎。兩按藩鎮，皆有人譽。

其在山東，剗姦刮瘼，十去四五。民無賴詭爲僧，遊食市中者甚衆，公悉驅之耕。時有欲傾之者，陰縱人狙公，撫掇無所得。公益嚴戒，立崖岸爲之，吏民無敢犯。

其在朔方，有中官出鎮，横斂荼毒，人莫敢牴牾。公首爲狀白都御史奏之，彼竟得罪去。大同、萬全之間有牧地數百里，析兩地兵民居之。衆侵奪擾亂，手梃與刃相殺，有司莫能制。公掘地爲塹數里，抵南北山麓，中分之，戒不得過，乃已。

時戎政廢弛，命尚書王公竑及公理之。乃閲士卒壯勇者，復營爲十二，置長若屬，居則共習，戰則俱往，其爲法最良。尚書去，十二營遂廢，後乃復爲十二營。馬之在畿牧者，民多以賂爲姦，其名僅存，實喪其三之二，不足用。公與給事中一人偕受命往治之，責太僕之不任事者，劾罷其丞六人。

其在道，考覈爲多，凡與諸道偕上章疏具在，有司不及載。公風裁凝重，嶷然不挫於物。其有不合者，雖貴必與之抗，人皆以爲難。公真能御史哉！

公諱毓，字鍾秀。其先本崔姓，祖興，出婿於展，遂從展姓。徙自鳳翔之岐山，居於京師，籍於戎。父斌，封河南道監察御史，母丘孺人，皆年七十。娶孺人廖氏。子瑛，生九歲。女二，皆幼。公年四十有四，生洪熙乙巳十二月二日，卒以成化戊子二月四日。既月，葬於城西漆園。銘曰：

瞻彼玉立，揭揭其儀。志則□驅[一]，名實隨之。畏途巉巖，逢彼危盭。摳齊蹜步，如履平地。蹶而後張，君子之利。哲人維萎，亦孔之哀。家之無人，親耋子孩。孰豐其往，而嗇其來？已乎先生，竟何爲哉！

【校勘記】

〔一〕「□」，底本漫漶，抄本作「先」。

長沙府推官致仕王公墓誌銘

長沙府推官致仕王公既没，其子吏部員外郎璽以公之門生户部郎中李君岳狀來請銘。銘曰：

王居長垣，代有聞人。惟克銘父，遁於中野。諱時者公，其字廷輔。蚤遊縣横，以學爲耕。載貢春卿，爲國子生。既拜推官，來我長沙。簿書如麻，捶楚不加。服念反覆，動逾旬日。彼佻而捷，争先角疾。曰此重事，寧緩毋失。三年郡庭，言歸其廬。人謂不足，我乃有餘。

惟人逐逐，公確其守。惟人剪剪，公世孝友。早居父喪，山骨垢首。葬棺奠祭，棄俗如土。有嘩不聞，曰是在我。公事老母，貧必適口。殷憂侍側，若脱重負。

公直而方，人莫與同。崖傾谷開，洞然外中。人之有善，若被在躬。面折口過，莫當其鋒。公自不恤，曰我何心。人之覯止，載笑載喜。月評歲燕，公有鄉里。趨蹌几席，左右經史。飛騰踔厲，掇拾青紫。

載翺及翔，公有弟子。公有子五，各執其事。璽舉進士，官於户部。調居考功，乃擢郎副。璽既考最，封及其母。司封有制，公在官所。惟服公賈，曰琦及瑀。曰璇曰璉，名在庠序。婿於李、湯，公有二女。十孫髫丱，公肇作祖。公肇作祖，其來如雨。

公生庚寅，六十二年。辛卯而逝，日午月申。既月乃葬，地曰某原。作銘者誰，長沙之人。

姚孟栗墓誌銘

成化乙未五月己酉朔，宣府姚君孟栗卒，吾友鄉進士李君士常，君莫逆友，以書走其從子民京師，徵銘於予。予蓋嘗一再見君，比得士常書及前監察御史鄭君克修狀，知君賢不誣，乃悲而銘之。

君性孝友，家故貧。有兄三人，華、富居外，貴籍戎伍，養弗時給。君少方嚮學，不得已棄去，服賈爲養。養日給，諸兄者亦受贍焉。父喪毁瘠，事母史益謹，没身不衰。正統己巳，貴戍萬全右衛，華亦在戍所。是年虜入大寇，行旅道絶。君出入鋒鏑，再抵其地，竟邀華及其妻子以還。未幾，富卒於外邸，君奉寡嫂挈遺男女三人以居，教之長而家室之，男即民也。君以華子夫及入籍萬全都司學爲生，月繼其簡札費。居再徙，徙有餘産，輒以給貴。民既壯克幹，君委以家事，乃復就學，時年三十餘矣。

君與人負意氣，雅重應天府通判林孟暘。孟暘死，其弟仲時疾，君爲辦醫藥。仲時又死，爲治後事，且命民歲出白金二十兩贍其家。又善宣府衛百户張孟文，孟文死，賑恤如林氏。鄒剛者死，無棺，具斂葬之。其他賻恤饋貸者甚衆，鄉之人各能道其事云。

君志在用世，慷慨自許。自念復學晚，力窮日夜，與今進士王遜之及士常相問學。今南京禮部侍郎倪先生之北謫也，君及二人者從之遊，同爲學生。以詩舉有司，獨不利。屢舉屢躓，乃死，年五十有二。

嗚呼！居視其所親，富視其所與，達視其所舉，窮視其所不爲，貧視其所不取。予觀於君，蓋得其四焉。其一不得，命也，然亦可知也已。

君名寬，孟粟其字。其先吴人，大父諱文敬，從戎高皇時隸永清衛，調晉府護衛，父諱信，調宣府左衛，始爲宣府人。子臣，都司學生。孫男一，崇志。孫女一，幼。君卒之二十有四日壬申，葬於城東跑沙原故兆。君患家禮廢，恒謂士常曰：「此必自吾徒始。」凡治家必用禮，尤嚴祀事，臣亦克用禮葬，不事浮屠法，君志也。銘曰：

力倍於艱，既壯乃成。不泄其渟，有潴益盈。世忠無質，君確其守。而堙弗施，巧者藉口。夫人則然，命也何咎。我銘君幽，以慰良友。

李士常妻岳氏墓誌銘

鄉貢進士宣府李君士常之配諱得娍，字叔將，姓岳氏，我蒙翁先生之女，實吾亡妻之姊也。以成化丙申正月二十日卒於家，期以二月十日葬於沙嶺先墓。士常預馳書京師抵予，圖所以識其葬者，予不得辭。

初，葉文莊公爲僉都御史北巡，見士常在諸生，甚愛之，爲徵姻於岳氏，曰：「是故都指揮僉事予素之子，今署都指揮僉事士章之弟，孝友而甚文。」時蒙翁自翰林出守興化，得書曰：「葉公正人也，言不吾負。」即報其伯翁而許之。翁既致仕，士常親迎於京師以歸。歸七年，生二子，不育而卒，年二十有六而已。

予聞之亡妻曰：吾姊通書，能琴，閑女事。端重容忍，不妄言笑。少佩父訓，事吾母宋夫人及其母周，無間言。處諸兄弟，不異同産。既嫁，而其情不衰。士常書曰：吾妻之歸也，不及舅姑，每聞經述先行，則慨慕泣下。事諸姊，甚謹而和。從子程秀幼失怙恃，撫鞠備至，經於此無内憾焉。

予又聞士常家居，伉儷相賓友，久無懈色。士常秉禮變俗，每犯羣議，爲之始於閨門，有相無迕。中外宗戚，睹聞風範，至相戒效。卒之日，遠近吊赴，哭泣嗟歎，若出一口云。

嗚呼！我蒙翁盛德大節，不嗣後人，惟此諸女，復闕其半。天之所奪，固若是甚哉！且予以不德致罰，理則宜然。如士常者亦罹此禍，可哀也已。予内喪之四月，重涉悲悼，誠不能執筆爲辭，獨於此有不可遂已者。蒙翁之遺範在焉，敍而爲之銘。銘曰：

兹惟閨壼之懿，我銘作厲，以永於來世。

李東陽全集卷四十六

懷麓堂文稿卷之二十六

誌銘

明故榮禄大夫後軍都督府同知芮公墓誌銘

公諱成，字仁和，姓芮氏，其先出大同之金山。祖諱譚不花，元翰林學士承旨。父諱孛羅魁岸多智，歸我聖祖，暨於文皇，官至燕山左護衛正千户。千户公之卒也，太夫人富氏已娠，越三月生公，既長而㢡，芮祀賴以不絶矣。

公性明闓，閑騎射。正統甲子，從恭順侯吴公北征，擒虜酋哈蘭歹，擢金吾左衛指揮僉事。戊辰，使瓦剌還，進指揮同知。己巳，復使瓦剌，窘迫備至，不受虜撓。

是年秋，英廟北狩，公冒矢石，得停行在。景泰間，還京師，繫詔獄，未幾見釋，進指揮使。甲戌，征銅鼓諸蠻，累功擢都指揮使。英廟復位，念公舊勞，特擢驃騎將軍後軍都督僉事。公統效武營，命入朝侍衛，賜蟒龍金鎧兜鍪。天順辛巳，曹賊之亂，公名載功籍，進榮禄大夫都督同知，賜以誥命，贈祖及考皆如其官。祖妣某夫人，妣富封太夫人。成化改元，受命出鎮川蜀。征山都掌，招徠蠻酋，以靖弗庭，焚山獮澤，誅剿無算。捷聞，進右都督，賞賚甚厚。居數年，與都御史交劾，復以都督同知罷鎮，還京師。癸巳，復以兵部薦，命統禁兵入衛如故。又三年，成化丙申四月二十五日乃卒，年六十有七。朝廷遣官諭祭，命有司治葬事。

嗚呼！公以遺孤起家千户，遂陟閫府，歷累朝五十餘年，内領宿衛，外勤征伐，使絶域，鎮遠疆，茂著勞效，老而不懈，可謂不忝厥祖矣。配高氏，都指揮僉事斌之女，封夫人，先公卒。子男五：長昕，錦衣衛百户；次昂，武學生；次炅；次杲。昕、炅、杲皆先卒。次某，出側室婁氏。女一：聘金吾衛指揮安昇，卒。孫男一：天錫。孫女四：長適海寧伯之孫董昂。公子昂以次當嗣。卜以某月日葬公通州富豪鄉舊塋，與高夫人同窆。夫人之葬，予外舅蒙泉岳先生爲銘。公之葬，昂欲得予銘，乃以吾友曾史部克明狀來請。公嗜書史，不近酒，恂恂如書生，蓋天性然也。

予得之吏部云。銘曰：

芮拔西裔，世勤帝家。赫赫先公，爲國爪牙。惟公桓桓，忠腸義肝。北縛强胡，獻馘軍門。奉使出辯，雄詞海翻。頓撼擊撞，愈倔而軒。有勤厥艱，其倍百千。人之逢時，有屈而信。先帝眷公，云亦勞止。置之後軍，俾統予士。我皇載命，於蜀之鄙。維蜀之鄙，寇來如蟻。公秉鈇鉞，公奮弓矢。招柔讋彊，陽闢陰弛。鞫雷迅飈，瞬息千里。何以錫公？金鑼文綺。何以報公？俾督戎紀。彼盈莫居，載蹶而起。惟公功名，克與終始。公門巍巍，公嗣纍纍。既紹永緒，亦懷令儀。我銘公幽，百世不隳。

明故封承直郎南京吏部主事潘公墓誌銘

東陽因吾友潘君時用獲見其族父興化君，又因興化君獲聞其考善齋公之行，則歎曰：「潘氏其可謂世德也已！」

潘本杭族，五代時徙栝，今爲處州之青田，代有顯者。曾祖諱臺仲，祖諱子山。父諱鈃，生公。公諱沆，字克明，善齋其別號也。

公少涉家難，避地農家，得春秋左氏傳讀之，終身不忘。既又益涉經史，尤深陰陽諸家書。公父之戍雲南也，公時尚稚。有以父書致者，公從從兄湛往見，默不作一語。其兄以爲不慧，易之。公退，乃獨往，跪且泣，問起居狀甚悉，歸，血指寫書附之。其兄聞之，曰：「彼非吾所測也。」公傷父死難，書警語於日所出入以自厲。每哀憤涕泣，入則彊語笑以見母，不傷其心。冬夜，潛以身温母被。母詰知公所爲，慰止之，後將寢，必鐍其室。公竊鑰啓室，母輒遽入止之。母疾革，公憂不知所出，潛刲左股肉内糜中以進。居喪哀毀幾絶，貧不能葬，然賻不義致，輒辭弗受。墓無廬舍，巢於樹以居。過者皆佇視感歎曰：「真孝子也！」

興化君舉進士，嘗以南京所給半俸屬其友項司務文祥市二幣以獻公。公怒曰：「汝始仕，何自致此物？是豈吾爾望者？」君數書自明實所得常俸，不敢用非義爲辱，公猶未解。至以項書及故緘報公，公乃信。

君既拜南京吏部主事，今天子登極，上皇太后尊號，以恩封公承直郎南京吏部主事。配王氏，安人。命下未至而公卒，是爲天順甲申三月十七日，年八十有四。十二月二十一日，葬釣臺岡先塋之左。王安人，雲和世族，孝謹有淑行，兩就官養，自興化歸，卒於家，爲成化甲午二月十日，年亦八十有四，以丙申正月二日合葬。子男三：長權，先卒；次琴，興化君也，累官至知府，博學高行，爲時名人；次核，出繼仲父海。孫男：琡，早世；次珙、瑄、璌、玭、瑚。

公葬未有銘，興化君來朝京師，以趙荆州士英狀屬東陽曰：「某礱石山中久矣，俟吾子銘追而内諸壙。」既行，道聞王安人訃，棄官歸治喪。信來速銘，謹按銘法考公行，得其大者如此。

又聞公多才略。閩賊之亂，諸郡瓦解，賊據沙嶺銀冶。守臣調温州州兵三百守沭溪，縣吏集鄉兵數十援之。公謂衆曰：「賊衆我寡，宜任計，不宜任力。澄照僧自問道來受役，宜用爲鄉導，引兵向華山。前鋒人持一木，鳴鼓以進，擇地爲戰。建標山巔，縋籠燈其下。伏兵於隘以伺賊，賊至勿鬭，列木拒馬出礮矢以衝其鋒。鋒少挫，其勢必走。走且半，則揭燈起伏，腹背夾擊，當無遺者。」衆莫肯信，後官兵果敗，鄉里大擾，三載始定，皆如公言。銘曰：

體以親故，寧毁弗顧，君子不敢以爲過。貧以義守，寧棄弗取，君子不敢以爲矯。公德實希，公執不隳，吁嗟乎今誰與歸！

明故懷遠將軍錦衣衛指揮同知趙公墓誌銘

錦衣衛指揮趙公病革，家君往視。歸謂東陽曰：「平生故人如邦彦者，三十年猶一日，可多得邪？去年邦彦與吾論舊故凋落殆盡，在京師者惟吾二人，因對酒太息泣下。今邦彦又舍我去，吾何爲情耶！」是日公卒，家君往哭之，明日東陽繼往。又明日，公弟錦衣衛鎮撫恭來請銘，家君乃命作銘。

公趙姓，諱能，邦彦字也。始代世官，爲金吾左衛指揮僉使事，繼領禁衛，兼隸三千營，典中軍旗纛。每退朝，在步輦前導，器宇魁岸，英廟目熟焉。天順辛巳，公以營籍從征廣南。時懷寧侯孫鏜實總禁兵，別置官代公。一日，上顧問左右曰：「彼長身荷爪者安在？」鏜以實對。上怒責鏜曰：「此朕禁旅，安得妄動？」鏜謝罪乃免，亟馳驛召公，追至九江而還。乃黜代者，仍公舊任。蓋有意用之，未暇也。

甲申，今上登極，公用兵部薦調僉錦衣衛事。出入慎肅，上下倚重，屢奉敕旨。其在都城，督官糴，修城垣，總中外衢巷、隍塹諸水道事，事並告集，人亦弗擾。其在外藩，勘晉、趙二獄，趙獄尤重，連結寖廣。公核情據法，刑用不濫，法家韙之。丁酉夏五月，上念公賢勞，特擢指揮同知，數月卒。公在官久，宣召扈衛，輒先貴近，累賜中秘書、寶鏹、文綺、蟒龍、佩刀諸時物，無虛歲。卒之明日，適賜蟒服，中使已出，聞公卒乃返。上特遣官諭祭，亦異數云。

趙氏本永平遷安世族。曾祖諱才興，肇著戎籍。祖諱甫，疾不任事，以從子某代，累官至副千户，戰死齊眉山，無子。甫復以諸父繼，用死事功遷指揮僉事。考諱榮，代以恩遷同知。既老致仕，復以恩進階昭勇將軍，累錫誥命。妣李氏，配張氏，皆封恭人。公涉書史，閑武事，家居孝養，喪祭無違禮。與亡弟義官廉及今鎮撫恭甚友。廉卒，撫其孤如存時。教子有法，子魯，侍儲衛，遊武學，有名家風。孫男四，皆少俊可愛，人謂公有後矣。公生永樂辛丑，卒於成化丁酉，皆以十一月二十七日，年五十有七。葬用明年戊戌正月十九日，莊昌平望祖塋之次。銘曰：

物貴重厚，於人亦然。有踦必顛，峭則弗完。公居錦衣，十有四年。持盈居寵，不替益虔。功名始終，孰謂弗難？生榮死嗟，道路有言。人之毀譽，不繫其權。我辭或傳，公死弗諼。

文永嘉妻祁氏墓誌銘

成化丁酉秋九月，文君宗儒使自永嘉緘書狀各一道抵予。其書略曰：吾妻卒於蘇州。林將以覲事北上，歸道蘇，且葬之。已卜地於吴縣之藏金灣，以明年三月某日從事。請吾子銘。

其狀略曰：吾妻姓祁氏，諱慎寧，吾鄉祁彦和甫之女。年十九始受聘，比歸二十有二。時吾母棄養已久，事吾父及繼母祇畏不懈，食飲衣服必其手出。家或致饋餉，輒辭曰：「私饋非長者奉，又不可獨啜，將焉用此？」林出就學，吾妻脱簪珥爲筆札費。及舉進士，從上京師。或誚其服食太樸者，則曰：「吾儒家婦也，固當爾。且仕固亦以榮其家，然鮮不以妻子之欲爲身累。累其身以及其家，如親何？吾爲婦無他能，能不以口體累丈夫耳。」已而從官永嘉，愈肅家政。二子一女，雖幼稚，不遺窺外户。故林得盡力於官，三年無内顧憂。

林之在永嘉也，念家君宦遊北方，不得共朝夕，圖迎養於家。業未就，無以爲計，意時時不樂。吾妻謂林曰：「君在官巡，不得顧私養，養吾責也。請以二子歸，治舊業爲迎養地。」林感其言，遣歸。未幾得疾，三月二日卒，年三十有二而已。又曰：「婦人而得正首丘，彼亦幸矣。然舅姑及夫皆遠處南北，圖養未遂，竟以別死。」此其志亦可悲也。

予與宗儒交，讀其辭，意不能無戚，乃次第爲序，并繫以銘。宗儒多才，有文辭，出宰鉅邑，爲兩浙稱首，行且有旌錫之命，命未及，故於兹墓獨書曰「文永嘉妻」云。銘曰：

勤儉而專，婦之恒兮。胡殫厥身，而隕其成兮。匪夫君則賢，其誰使我銘兮？

明故封承德郎户部主事陳先生墓誌銘

景泰初，東陽以童子奉詔入順天府學爲諸生。時益都陳先生實分教事，殊見優遇，俾得月朔望參謁，不與諸儕輩同朝夕。東陽既與先生子清同舉進士，在朝籍，先生歷他郡，歸田里，不相見者餘二十年，而竟不可作矣。清歸自大同，道京師屬銘。嗚呼！先生之德東陽不敢忘，聞訃哀悼，惟不克吊哭門下是憾。銘吾職也，其曷敢有讓？

先生諱俊，字廷傑，其先臨川人。國朝洪武初，大父諱有才避兵青州，因留居益都。父諱某，不仕。先生少岐嶷，以諸生舉正統辛酉鄉薦。再上禮部，得乙科，拜晉州訓導。以内艱去，改順天。合九載奏績，翰林試經義，吏部覈所舉士皆應格，書上上考，擢河津教諭。復以外艱去，改交城。清拜户部主事，既告成績，先生乃棄官就封，封承德郎户部主事。家居十有餘年，及見其子爲郎中乃卒，年七十有二。

先生性質實，耿耿不阿。事親孝，家雖貧，猶歲析所入俸爲養。喪居毀瘠，兄弟有異論，諭不能得，取必以讓，鄉論歸之。教務經術，程式不弛，然辭色温巽，即之盎然可親。其所造士領鄉薦者十餘人，又多舉進士，有名績。清尤勤慎，有聲上下間，蓋得諸家教尤多。

初，先生在乙科，同進者多不屑教職，至匿年規免。或謂先生，先生不應，卒無愠色。比老，竟得顯錫，又耆壽，多賢孫子，造物者固有定數。人顧以私智驅之，奚益哉！

先生配周氏，封安人，先卒。三子：長淵，次清，次某。女亦三。孫男六，長鉞，舉鄉薦。女孫一，適劉相，禮科給事中清之子也，故相爲先生狀甚詳。先生卒於成化戊戌八月十日，葬以明年己亥某月日，其地曰某原。銘曰：

安其瀦，斂其有餘。慶源所於，於厥身，於厥子孫，其流若奔。吁嗟〔一〕，先生其永存！

【校勘記】

〔一〕「吁」，原作「詠」，顯以形近而訛，今據文義與抄本正之。

賀感樓先生妻王氏墓誌銘

東吴感樓賀先生美之喪厥配王氏，且葬，自述事狀，遣其子鄉貢進士恩上京師，曰：「爲我徵太史氏銘。」先生未嘗面予，得予文輒爲終卷，嘗聞諸吴士大夫。恩曩在京師，亦嘗道先生意如此。銘不得辭。

按狀：王氏諱正，江陰農家女也。賀本吴人，感樓之大父大理評事諱賢，嘗爲江陰訓導，留居江陰，洪武間坐事死役。子宗震纔八歲，貧無家，依女兄及舅氏。比壯，贅青陽鄉之薛氏。王、薛鄰也，故感樓聘焉。時宗震復坐累，籍蘇州衛爲兵，盡粥其田廬，家益貧。感樓壯，不能娶婚於王氏。王氏亦貧甚，止餘空屋三四楹。兩家食常絶，殆不能朝夕。感樓乃奉母及妻還吴，僦屋以居。感樓貧居，能力學，博涉書史，用其粗爲童子師。從者日衆，歲時脩幣頗足。共饘粥，儉不妄費。稍懋遷爲業，銖存兩積，積且富，益儉節如貧時。累四十餘年，闢畝崇屋，給婚嫁，爲富人。時感樓學已就，爲鄉先達。子恩，舉南畿鄉貢第一，有名，而賀氏益根固。感樓所力致而經營拮据，籌贏縮，籍出入，俾無廢闕者，王氏力也。

成化戊戌，恩歸自京師，王氏老且疾〔一〕，己亥二月五日卒，年六十有七矣。感樓之言曰：「吾妻無他異能，獨吾貧時恒不免凍餒，吾妻未嘗有怨恨色。吾衣食裁足，吾妻不爲侈，不爲其貧。吾弟不克自給，又多子女，吾妻能順吾意，常給予，無吝色。吾平生不信佛、老及陰陽拘忌，吾妻亦遵用家政，不吾咈也。」於戲！貧能積，積能守，又能散。迍塞困滯，而不以流俗敗家法，此皆人情所難，況婦人哉？子四：慈，娶吴；息，娶劉；應、薦，疾，不娶。一女：順貞，適長洲沈堂，先卒。孫男三：牧、收、放。某月某日，葬吴縣先塋之側，其地曰某原。銘曰：

昏不禮迎，其變也正。有封在原，其歸也全。孰艱厥生，孰壽厥死？委身其間，與命終始。夫爾託之，子爾續之。幽堂有銘，太史作之。

【校勘記】

〔一〕「王」，原作「吕」，以上下文義，顯然當作「王」，今據抄本正之。

明故奉政大夫修正庶尹河南按察司僉事尹公墓誌銘

嗚呼！公之葬有日矣，匪予小子，曷宜爲銘？公於東陽爲師爲父執，爲鄉先輩，亦奚忍爲公銘？然非東陽，誰知公者？

公尹姓，諱進，字時勉，揚州江都人。考諱某，從戎府軍，居京師。家故貧，公力學自振。聰穎絶人，書一再過，輒成誦。友有春秋秘義，假者不能得，則以屬公。公往與奕，間一閱，已復置案上，歸輒録授之，數日而畢。景泰庚午，公以父役應試，用書經舉順天鄉薦。登天順丁丑甲科，拜户部主事。京庾有歲穀甚夥，掾吏窮日夜計總目以呈。公尤精算學，一布籌，輒取筆判曰：差若干斛。掾不服，公教以捷法爲部位，使覆計之，果然。中官共事者駭服，乃一聽公所爲，莫敢梠，聲籍籍起儕輩間。數年，用吏、户二部薦，擢河南按察僉事，領南畿江北屯田事。事不稱力，公嘗曰：「今官患冗，如河南某事某事皆專置，以吾攝之足矣。」巡撫官知公才，欲使鬻河南麥於淮，以利官需。公謂非國大體，且未必利，畫一以陳，再駁再上，辭氣剴切，文義燦然。巡撫亦名士，得公議，夜不能寢，然亦竟不行。

又有巡撫官欲薦公，數公言藩臬間。有謂公者，公愀然曰：「使某可薦，則某不得與聞，不可，則不必言也。」巡撫亦竟薦公，不報。公九載成績，當受遷，別其寮曰：「我休矣。」入京移疾，竟不至吏部。或勸公出，公曰：「吾蚤喪昆弟，長子又死。使吾生行死歸，亦焉用彼爲哉！」蓋自河南已爲是言，後愈執不變。比入京，居室甫定，僅二載而卒。論者皆歎公之先幾云。

公風裁清拔，論議鏘聳。重名檢，尚意氣。子視孤侄，曲致恩義。不遺故交，不陵小官。自鄉黨寮屬，無大小疏戚，同稱爲賢。以公之才視天下事，殆無不可爲者，而竟止是。嗚呼，其尚忍言哉！

公考贈承德郎户部主事。妣某氏，贈安人。娶焦氏，贈安人。繼王，封安人。子一，幼，未名，予名之曰承。女一，適朱玉。

公年五十有四，卒以成化己亥十二月六日。明日，東陽往哭。又三日，乃克銘。十有九日，執紼而從公於墓，其地曰某村，在京城東八里。銘曰：

嗚呼先生！有位與名，不損厥盈。於身則羸，履艮於亨。澤壅不行，豈材弗能？已焉哉，嗚呼先生！

明故封徵仕郎中書舍人劉公墓誌銘

公姓劉氏，諱英，字某，永平遷安人。高祖諱明道，元禁軍萬户。曾祖諱源，祖諱允恭。考諱麟，隱居，國朝洪武間有司薦茂材，以親老辭，不獲。至京師，辭弗就任，忤旨，編籍錦衣衛校尉行役，使廣東。

公失怙，甫七齡，無他昆弟，以例紀録於官，弱歲乃就役。事母温曲致奉養，出值嘉果，必懷歸遺母。或遇諸市，囊無錢，輒解衣質之。母病，籲天請代，病遂愈。孝稱其鄉，尤重信義。有張姓者貸不能償，以女自贖。比還鄉別，女有難色。公亟命還女，并衣褥予之。有喪不能舉者，出求賻不得。公聞之，密遣人覘其家，饋以金帛。其人驚感，問姓名，不告也。公恒曰：「吾蚤志問學，中縻官務，吾子孫必有成吾志者。」指其子詢曰：「其在此乎？」正統己巳八月，公扈從北征。歸被創，疾甚，十有一月某日卒，年五十有二。

詢既貴，贈公徵仕郎中書舍人，封其配龔氏爲太孺人。太孺人應天鉅族處士孟芳之女也。明淑，精女藝。及歸公，躬執饋爨。尤虔祀事，事夫無倦色。公之疾也，焚香籲天，如公禱母疾時。公卒，諸子俱幼，太孺人力襄事，舉無違度。教子必申父訓，夙夜勤瘁，以享其成。蓋尊居樂養者三十餘年，年八十有二乃卒，成化庚子四月二十二日也。

子四人：謹、讓、詢、諮。詢歷官鴻臚序班中書舍人，今爲禮部主事，直文淵閣。孫七：淮、濟、瀚、湘、渭、汴、治。女孫一。曾孫一，女二。公既卒，葬城南三里河下馬社之原，太孺人以今年五月十三日合葬。未葬十日，詢具衰絰，奉劉吏部尚質狀詣予，拜且泣曰：「先考葬無銘，今吾母將合葬。銘，禮也，詢不敢廢。且懼潛德卒不白，以重不肖之辜。敢請太史氏銘。」詢在官閣間甚謹厚，於予久且習。其徵銘也，貌戚而禮恭，予惕然感之，乃爲作銘。銘曰：

都城之南原有穴，公歸百里蜕汝骨。山渾水靈閟不泄，如木斯植久乃發，神其相之若有物。公有令婦德與匹，遺休在躬保終吉，後三十年歸此室。

明故封翰林院編修文林郎謝公墓誌銘

吾友謝君鳴治既遷翰林侍講，念親老，欲歸省於家。顧爲編修時嘗一歸，近制非滿十載者不得告，居常鬱鬱，至夜不能寐。今年期且及，方具疏，未上，而文林公之訃至矣。東陽辱鳴治爲知己，非苟涉欣戚者。既走吊，歸爲不寧寢食者數日。吏部郎中黄君世顯狀公行，以鳴治子興毅來徵銘。東陽未獲拜公，每從鳴治得言動狀，知公長者，今已矣，是惡敢不銘？

公讀書識理道，承家世孝節，志圖不辱。母趙節婦之寡，公甫晬〔一〕，旁無伯叔兄弟。稍長，克自奮立，禮扞外侮，屹然不爲動。節婦懲財召禍，盡散貲産，家就落。公畢力致養，厚治喪祭，人不見其貧。有嚴媵者，感節婦之義，後死不貳。公禮事終身，爲義服，且祔祭之，曰：「我子孫世世無忘嚴氏。」公自奉素儉，雖被封錫，禄食僅僅，益自節縮爲義舉。從弟世修以寶慶知府致仕家居，公與建會緦亭於曾祖孝子墓側。墓祭已，則立子姓讀所著宗範其中，歲置敦彝十二會以合族。別建祠堂於新第之東，置田若干畝以共祀事。於是，謝氏之孝義隱然動鄉邑，大夫士聞者争相與慕悦，爲歌詠傳於時。

謝氏世居台州黄巖縣南。孝子諱温良，始遷桃溪。桃溪今分隸太平，則爲太平人。公祖諱雍，考諱乾。公諱胤，字世衍，别號見南居士，封翰林編修，階文林郎。配高氏，封孺人，有内行。子五：長鐸，鳴治字也；次鐃，先公一年卒；次鏄、鑒、鋭。孫男十有三：興讓、興仁、興悌、興義、某某。鑒及興仁皆縣學生。鐃卒後，鳴治念其子興悌之孤，俾來京師，一月死。女一，適陳鶚。女孫四，皆幼。公生永樂癸巳十二月二十日，卒於成化庚子二月四日，壽六十八。初，公考葬洋嶴山，公顧其右偏曰：「死，葬我於此。」鳴治歸，卜用某月某日窆焉。銘曰：

孝子錫類，允惟謝宗。歷世中微，其蓄自公。公生亦艱，孑立靡怙。孰畀全之？公有貞母。公壽且貴，五子十孫。天謂弗徵，視此後昆。福有幸致，利有苟射。令名之下，可以觀德。

【校勘記】

〔一〕「晬」，原作「睟」，顯以形近而訛，據文義與抄本正之。

李東陽全集卷四十七
懷麓堂文稿卷之二十七

誌銘

金尚義墓誌銘

成化己亥閏十月七日，金君尚義卒於遼陽。庚子三月，其子祺、祐道京師，翰林侍講謝君鳴治率諸同年爲文寓祭其喪。六月，祺以喪歸至天津，復走京師，從順天府經歷薛秉義來請銘。予比與鳴治悲君之死，期各爲文以慰君地下，鳴治既爲傳，予撮其大者爲敍及銘。

君金姓，諱忠，字尚義，處州麗水人。乾州知州諱善之曾孫，封文林郎監察御史諱叔度之孫，雲南按察僉事致仕諱愷之子，今開封府知府致仕尚德之弟。少從按察公宦遊廣東，甫就學，輒棄去，商販蘇、松間。年二十，見其兄舉進士，復奮就學，補雲和縣學生。數年，應貢升國子生。天順壬午，舉鄉薦。甲申，登進士第。會修英廟實録，奉詔往應天、太平、寧國、徽州諸府採録事迹。還，簡試御史事於南京。丙戌，拜貴州道御史。未上，聞按察公喪，歸。又喪母高宜人，哀毁逾禮。庚寅，服闋，上京師，即上疏陳三事，皆人不敢言者。復除南京。值星變，復具疏將上，言愈切，開封君作東甌童子篇遺之，乃止。巡盗上江，抵南康諸府，法尚嚴肅。沿江諸司各置紙牌，藉兵克期，更相考覈，俾往來江上無虚日，盗不敢肆。監南京内帑諸衛倉及象馬諸草場，吏卒傳相戒曰：「勿犯金御史。」攝雲南、江西、山東三道事，劾大臣不任者一人。三載考績，道得鼻衄，至南京，移疾不視事，因圖爲去計。會臺檄遣巡盗蘇、松諸府，君辭不往，都御史胡公敦勸之，乃行。人謂君法太重，執不變。

有爲君所按者誣君，事上奏，遂逮捕君。君聞命，以妻子屬其友陳御史直夫，曰：「吾不免矣。」自往就逮，入錦衣衛詔獄。獄成，特命戍遼東三萬衛。君談笑就道，意慷慨如平時。至遼，杜門謝客。有達官問所欲，君謝曰：「此正某平生所不敢爲者。」居六年，聞開封謝事，遣祺歸省。病卒時，諸子皆不在側。家人以冠帶服君，君已不能言，但搖首，至再易深衣，乃一頷而絶，年四十有八。

君娶周氏，生祺及祐，卒贈孺人。繼俞氏，生禴，封孺人，卒於南京。至遼，繼娶劉氏，生一女。孫男一，曰鉉。孫女二。周孺人卒時，君葬諸文林公墓側，且自爲壙，謂開封及弟某曰：「祖壟不祔，懼我兄弟之後將日疏矣。」俞孺人既返葬之六年，君葬焉，卜以某月某日。

君性剛斷，負才氣，見義無所讓。同邑進士吴榮卒，貧不能舉，君合賻治葬，又贈所粥田若干畝遺其家。貢御史壁道死，君具棺斂歸其喪南京，致賻以行。遼有兄弟相仇者，君諭弟辟兄，及貧急，又賙之。所著在官有瓮天稿三卷，在遼有東甌童子吟稿三卷、廣惠集方一卷，藏於家。初，祺方娶十日，聞父難，亟來赴。及君被謫，兩上疏乞代父戍，不得。比歸自遼，自爲狀述君事甚悉。嗚治嘗謂予曰：「尚義有子矣。」銘曰：

義以爲塗，帥氣以馳。視險若夷，勇不自持。謂我好名，我職在兹。我身弗恤，而以名爲？人才實難，必先大節。壯哉金君，其死不滅。

明故正議大夫資治尹工部左侍郎王公墓誌銘

工部左侍郎王公歸老衡陽，至南京，病甚，泊上新河，留十日，卒於舟中。其子恩扶櫬歸。訃聞，上遣官諭祭，命有司營葬事。進士羅鑒緝熙實奉部檄入告成事，恩寓書緝熙，請銘公墓。東陽鄉後進，辱公禮遇久矣，銘曷敢辭？

按恩所述事狀：王氏出吉泰和，始祖萬莊，從父某守邵陽，居衡陽長平鄉，遂爲衡陽人。曾祖庶叔，遷鳳山。祖原簡，考仕復，世有隱德。

公諱詔，字伯宣，少警敏，讀書目數行下。宣德乙卯，領鄉薦。正統戊戌，舉進士，奉使雲南、大同。乙丑，授禮科給事中。丙寅，充韓府册封副使。己巳之變，與諸科合章劾將臣失律者。及虜薄都城，公將官軍民壯爲扞禦計。事平，上疏請旌死事，罰失守及不赴難者。時國家多事，章奏繁劇，動數千百言，大要皆扶忠抑佞、恤民防敵之務。天順初，轉兵科給事中，給敕命進階從仕郎，贈公考如其官，封母朱氏太孺人，妻張氏孺人。未幾，以内艱去。壬午，服闋，復除禮科，奉敕與兵部及監察御史簡十二營官軍，遷右給事中。

成化乙酉，代祀北岳，歸遷都給事中。時歲屢水旱，陳弭災數十事，多見采納。

天城衛指揮王輔甫弱冠，邊將遣備寇西鄙，坐失律，當斬。公言輔年少，不當遣，敗非其罪，并其屬皆減死。丙戌，擢通政使司右參議。丁亥，奉敕總易州山廠薪炭事，興利去弊，具有成績。己丑，擢工部右侍郎，領職如故，給誥命進階通議大夫，贈祖原簡及考皆如其官，贈祖妣某及妣、封妻皆淑人。甲午，遷左侍郎，入僉部事。修内沼，浚運河，修國子監，累賜羊酒楮鏹。惟運河功最劇，特遣近臣勞於河上者一，於張家灣者再，異數也。

戊戌，九載秩滿，命仍舊職，加正二品禄。是歲疾，尋愈，上疏乞歸，不許。己亥，城中大水，命浚治諸渠道，復賜羊酒楮鏹。疾再作，再乞歸。上若曰：「卿慎疾自愛，勉修乃職，其毋去。」公感恩力疾，不敢復言歸。庚子春，方署事，忽中風。尋少愈，遂力申前請。事下吏部，覆實，乃許致仕，令有司給驛傳。陛辭，賜内饌及楮鏹爲道里費。時公卿而下祖餞都門外，侈爲歌詩，至溢卷帙。觀者皆交相歎羨，稱爲盛舉。蓋在途閲一月而卒，八月十二日也，壽六十有七。

公温厚簡重，抱負自許。論民情國事，亹亹不絶。窮居事母，必曲致歡適。喜周恤。居憂，時值歲歉，發粟數百石。婚葬不舉，必爲經畫，不俾失所。友人王布政汝霖卒於官，遣其二子爲縣諸生。家教尚肅。嘗取祖考所著家訓三十六條鋟諸梓。建崇本堂，歲時會羣族姓講讀其中。尤勤戒飭，勿使預州縣事。平生所著箋表奏議、古文歌詩若干卷，藏於家。公居官儉素，常俸外不問生業，前後四十年，田廬服飾無增拓。歸之日，第宅荒落，恩奉張淑人舟居半月，僦館城南，以營葬事。予聞之緝熙云。張有賢行，惟恩一子，以廕補國子生，質美而文。銘曰：

古有嶽降，世豈不神？彼龐而奇，吾識其人。峨冠垂紳，在帝之側。爲少司空，實掌山澤。才恢器閎，公功亦隆。公門巍巍，與山爲崇。維山出雲，雨我中土。卒斂厥施，寂寞可睹。六十七年，公歸於山。有神不亡，公在世間。

明故奉政大夫兵部郎中喬君墓誌銘

成化辛丑七月十二日，兵部郎中喬君卒於京師，吾友中書舍人楊君應寧實君子傅，著君狀。君子宗、宇特詣予請銘，辭，復請，繼以泣，竟不得辭。

按狀：君喬姓，諱鳳，字廷儀，太原樂平人也。曾祖諱彬魯，祖諱鑒，歷湯陰、平谷二縣簿，有惠政，俱贈工部右侍郎。曾祖妣李、祖妣李俱贈淑人。考諱毅，累官工部右侍郎，妣王，贈淑人。

公少穎敏，五六歲時侍郎公口授尚書，輒成誦終卷。稍長，落落有大志。從侍郎公使晉藩，藩王愛君秀偉，欲留爲儀賓。君白侍郎公曰：「丈夫當自樹，圖遠大，安用此富貴爲？」公笑曰：「吾意也。」事遂止。

景泰丙子，君舉山西鄉薦。天順丁丑，登進士第，時年十九，觀政兵部。庚辰，授武選主事，勤慎舉職。成化丙戌，遷員外郎。未幾，丁王淑人憂。己丑，服闋還官。壬辰，進郎中。癸巳，丁侍郎公憂。丙申，服闋，改職方。職方事加劇，凡兵利害邊務當可否，將材謂任弗任，朝省諮議，時有裨益。庚子，奉使廣西。時邊報頗數，公重違曹署，馳傳冒暑雨，晨夕倍道，不三月而還。居一年卒，卒之年，纔四十有三，而登科第者二十有四年，爲郎中者十年。官三命，不越省。吏部嘗擬陟尚寶卿，不果；欲議爲藩貳，久不決。年資寖深，諸曹正郎無歷君右者，竟不及再命以卒。

君素孝。養親疾，視湯藥，夜不解帶。喪居哀慟，前後扶櫬還樂平。樂平山谷險隘，或躬負輀紖冢。雖官治，親率傭隸，至相爲力。庶母高死侍郎公之喪，君慟視生母。既襄事，即白郡縣上狀，詔旌爲貞烈之門。伯父老，事之如父。兄鸞早世，撫其孤憲、宣，俾齒宦籍。善交際，動無物迕。徑直自信，不甚爲形迹。尤篤故舊，款洽傾倒，至忘官勢。故人無小大賤貴，皆樂君爲人。卒之日，皆悼歎，有泣下者。

予及識侍郎公，豐厚和易，信爲貴人。見君翹竦繼出，知公福澤攸在。比於應寧數見宗、宇，皆謙謹篤問學。宇尤穎異，年十七舉順天鄉薦，視君加少，又以歎君之澤未艾也。君配路氏，封宜人。子五：宗，縣學生；宜，以侍郎公恩爲國子生；宸、宲，皆幼。女一，聘金吾右衛指揮使曹璽。卜用是年某月某日，葬君長壽山侍郎公兆。銘曰：

貳卿之子，爲命大夫。豈不能冶，弓而裘箕是圖。天肖厥才，壽則弗如。將取之廉，而委其有餘。已焉哉！喬君其澤弗渝。

明故封承德郎工部主事徐公墓誌銘

兵部主事徐君源得承德公訃，既爲位哭，成服如禮，將奔喪襄事，自著狀敍世系行實，請予銘。

按狀：公諱某，字公信，姓徐氏，蘇之長洲人也。居縣東南之瓜涇，有田甚良。祖考華二，祖貴三，考文質，世以農隱，故人稱瓜涇徐氏。

公生十有五而喪父，父喪之四月，弟瑄始生。公籍有世業，奉母陳及育幼弟，雖弱冠，强力如老成人。父嘗教以六書九數之學，久益精數法，能目數行下。宣德間，詔中使通西洋諸域，下州郡簡藝能士以從，公用數爲郡守所薦。會英廟即阼，不果行。周文襄公巡撫南畿，諏訪耆俊，至無遺策。得公喜甚，凡財賦計出納籌畫，皆見咨問。公感文襄知己，亦竭智力爲之，一時政事陰惠及民者爲多。文襄欲薦用公，不果。後繼文襄者數公以文襄故，不替禮接，然竟無薦者。

公恒教諸子曰：「吾雖不仕，頗自試，然用吾粗耳。必欲亢宗濟時，非仕不可。」乃留宗子淵幹家蠱，遣源及澄業舉子，爲郡諸生，誨迪嚴甚。每庭訓，知源志嚮，喜曰：「吾子孫當有爲清白吏者。」源舉乙未進士，拜工部都水主事，分司山東。三載考績，進階承德郎，以其官封公。改兵部武庫。凡八年於外，公前後數十書，皆先官誡後家務，未卒之一月猶然。

公平居孝弟，處家室，白首無忤言。治家勤儉，凡田廬婚嫁，創制經費，必親籍記。名公大夫有嘉政善行，亦手録焉。及在官，尤慎密，類可爲郡縣吏楷式者。嗚呼！公布衣爲時用，尚有隱惠，君子謂一命士可爲物濟，信夫。

公生永樂己丑，距成化壬寅，壽七十有四，某月某日卒。配安人任氏，與公同封。淵、源兄弟卜以是歲某月日葬，鄰曰版陂，山曰堯峰，蓋吴縣地，去長洲若干里。銘云：

身不禄仕，材則政謀。老獲其名，匪我自求。天監實彰，靡功弗酬。矧植德者，勤乃有秋。曷以喻公？公農者流。公有賢嗣，出贊國猷。澤則弗窮，公有餘留。公德不刊，我名在兹。

樂亭知縣蔣原用墓誌銘

長洲蔣君原用知樂亭縣，卒於官，其友兵科給事中陳君玉汝爲著行狀，請予銘，曰：「原用平生欲得先生文，今死矣，非兹銘無以慰地下。且原用配徐涉書史文義，惟銘是屬，每泣曰：『妾獨不能如張圓妻乎？』」予嘗識原用於玉汝，其亡可念念。玉汝言辭至再，不忍固也。

按狀：原用姓蔣氏，諱廷貴，原用其字。其先宋禮部侍郎堂守蘇，因居長洲。曾祖叔昂，祖宗韶，父惟清，皆不仕。母趙氏，宋宗室裔也。

原用七歲失恃，繼母鄒鞠成之。原用數歲能屬對爲韻語，未冠通舉子義，學易於進士奚君元啓，遊縣學，有名。成化辛卯，舉南畿鄉薦，爲易魁。戊戌，舉進士，觀政吏部，授永平樂亭知縣。方視事，適歲大歉，原用亟上疏乞減賦役什六七，民侍以不徙。王師征建州，道永平。原用承部使檄，總山海諸關驛，車馬芻食，事先令集。縣故僻境，部使罕至，治率用苟簡。原用舉廢治闕，勦不愛力。每貳佐出納，必親衡量。吏所具案牘，必親校勘。越一年，凡地里邇遠、民貧富强弱、法令便不便，皆可掌指。故賦役獄訟，動皆曲當。歲所得常廪費不足，則繼以家槖，未常苟取，人信其廉。郡使至縣，例有饋贈，原用執不與。或憾且謗之，不爲動。縣治後舊有門，吏出入無禁，至通饋謁，原用塞之。會疾作，不便者諷以陰陽拘忌，不聽，則傅以他説。原用曰：「故令若某某皆死於是，以不塞此門故邪？且人孰無疾，疾死命也，門何預焉？」卒不聽。疾再作再間，治益力，最後大作，乃卒，壬寅三月二日也。

原用和厚不忤物，外斂圭角，理辨内達，遇事乃見。始爲縣，或謂其起富室，宜不習吏事。原用乃奮志倍力，欲自觀其能。不幸而死，其志亦可哀也。

原用始娶某部侍郎劉公某女，早卒。前武功伯徐公以女繼室，是爲今配。原用年四十一。女四人：長適劉某，次適戴某。卒之日，徐不能歸。玉汝以書屬知永平府姜君璉治後事，舁喪西上。徐館南郭逆旅一月，遺腹得男，名之曰壽。徐頗自慰，忽罹火厄，僅以子免，原用之幼女死焉。玉汝慟不置，乃館徐於官邸，遣其僕拾餘燼，治裝買舟，然後歸。凡玉汝爲原用謀甚悉，君子謂原用交得其人。原用先世長洲某鄉某原，今歸葬以某月某日，從吉卜也。銘曰：

位不必卿，相稱則賢。壽不必耄，期名則傳。爲名進士，爲賢令尹。吁嗟乎蔣君，其死不泯！

贈翰林院編修文林郎陳公墓誌銘

吾友翰林侍講陳君師召喪其考耕樂公及妣黄孺人若干年，時葬未有銘。師召既登第拜官，歸省墓，亦不果作，蓋慎之也。今年秋，師召痛先德久弗識，乃授狀屬予銘，將寓歸内諸壙前。狀故按察僉事楊朝重未第時作，朝重，公戚黨，其述事行宜詳。東陽，師召同官厚且久，稔聞厥世，銘宜予屬，予亦弗敢辭。

公姓陳氏，諱申，字崇澄，别號耕樂，世居莆田涵江。系出宋觀察使淬。淬與金師戰急，子仲剛死父難，後淬亦死國事，時旌其里爲忠孝坊，今綽楔翼然存焉。曾祖諱仁，祖諱德，考諱光遠，並有隱行。

公貌魁碩，動履詳雅。讀書曉大義，喜談史傳。少貧，服賈事漁稼爲養。時曾祖妣及祖考妣久未葬，公痛父志，至或忘寢食。及父喪，益痛自奮，積儉爲贏畜，乃並舉諸喪，皆用禮葬，人歎其難。奉母林孺人養必備物，病左右侍，夜假寐榻側，聞謦欬聲，輒蹶起。母喪，父值忌日，執哀如初。與弟戊友愛篤至，世所遺田宅，悉推予之，復爲共歲賦，俾穫自裕。每夢及父母，晨興必告弟，持抱痛哭，以爲常。有女兄蚤寡，教其孤二人，皆底成立。鄉居雍孫，無競聲忤色。人以貧告，戚有施，疏有貸。貸亦薄息，或竟以棄責。嘗試長里賦，賦不給，寧爲埤納，不忍爲掊克。四方賓客至，日勤館穀。有遠適貧不能行者，必致厚賻。值橋圮塗淖，輒率衆力治之。皆有成迹可指數，人德之至今不衰。

孺人黄氏，世鄰也。閑禮度，習書教。孝養舅姑，視外内族黨有恩誼。儉不服紈綺，見敗縷遺粒，必躬拾之，有嘉饌，必蓄爲客具。及公有義舉，雖重費，不吝助之，此於公德固大類。教子尤嚴肅，不溺私愛，恒舉近世成敗子迭爲勸戒，故師召竟以醇學篤行重於時。君子謂陳氏有世德焉。公年五十四，卒於天順戊寅春三月十五日。秋八月二十六日，孺人亦卒，年五十九。冬十二月十八日合葬。公始葬三世爲黄安原，地頗隘，乃卜尾坑山爲窆六，公爲初祖敍置，其弟戊以下，皆治命也。公三子：師召其長，名音；次祖，次員。女一。祖以下出側室林氏。孫五：舉、罕、華、牟、庠。曾孫一，須孝。師召以初命贈公翰林編修文林郎，及黄爲孺人，後遷。今秋，員亦舉鄉貢士矣。銘曰：

龐積薄發，在物爲幸。彼邇觀者，顧爲物病。盍觀陳公，久乃彌盛。時變俗易，趨僞如競。公有世守，守樸爲正。内修外順，以聽定命。天道弗僭，自貽伊慶。我銘匪誣，已俟其定。

明故封承德郎户部主事許公墓誌銘

公姓許氏，諱廉，字清夫，四川眉州人。家本鉅族，元季兵亂，譜逸莫可考。公考諱容，號松屋。母韓氏，夢五色大鳥集於庭，生公，姿表特異，兩目炯然。松屋曰：「果英物也。」

三歲時，松屋抱過州治，憩城下。公仰見城扁「眉州」二字，因以手畫地，宛然成畫。自是資性朗悟，日誦數百言，屬對響答，人摘其奇者以傳。舅氏韓叔珪嘗攜入成都，遠近聚睹，試以詩，皆立就。稍長，通詩、書、春秋，旁涉百氏，尤工書法。屢試鄉選不利，有司舉賢良，辭不就，遂棄舉子業，徜徉山水間，著筆山樵隱及渠瀾集若干卷。蜀人購詞翰者越郡歷邑，至屨接户外。然公恒自歛視，未嘗恃以驕人，人益多之。

公少喪母，事繼母若所自出，惠撫弟妹，與人交，重意氣，不爲崖岸，蓋非獨葩藻士也。正統辛酉三月三日，以疾卒，年三十有七。某月某日，葬州西南飛鳳山之原。後若干年，以子楫貴，封承德郎户部主事。

公配周氏，撫寧知縣鑒之女。少閒雅，喜讀書，授孝經、小學、列女傳，皆成誦。孝事舅姑。公疾時，嘗刲股和藥以進。及公疾革，欲以死白志。公覺之，執其手曰：「若俱死，奈子女何？」周泣曰：「惟命。」時四子相、霖、梅、楫皆幼，有諷令業賈爲養者，周艴然曰：「非吾夫意也。」並遣就學。後相爲崇王府教授，霖爲國子生，梅爲固始訓導，楫舉進士，拜户部主事，周亦以楫貴封太安人。太安人就養京師，復歸眉。楫奉使便歸省，適太安人病卒，丁酉五月八日也，年七十六。某月某日合葬。

葬去京師遠，前後皆未有銘。户部君既復官，乃持狀徵予銘。狀稱：公負材不試，又蚤世。卒時，無邇遠戚疏，皆痛惜不置。諸子皆以儒學取官秩，户部尤顯。古稱位不稱德，有後，況無位者，宜於此取焉，是固然哉〔一〕！公孫幾。女一，適指揮萬亹，今閣老公從子也。銘曰：

唐有元賓宋淳夫，才而弗壽中道殂。韓銘黄詩哀以吁，生也無官歿有譽。眉山許公華且腴，五色雜組雙璚琚。三十七載如朝晡，彼造物者榮而枯，安用有才如此乎？公有四子皆文儒，前雖不足後有餘。公有遺教非庭趨，有賢而慈嚴父如。龍嶆鳳山氣盤紆，鍾奇閟秀於此俱，我銘兹丘世不渝。

【校勘記】

〔一〕「哉」，原作「武」，顯以形近而訛，今據文義與抄本正之。

明故刑部郎中奚君墓誌銘

刑部郎中奚君時亨勘獄瑞州，遠至杭州，得疾卒。按察副使李君若虚方提學浙江，日視疾，具湯藥。比卒，治含斂衾槨甚備，航君喪歸華亭。時君母太安人及妻若子女皆寓京師，聞訃痛絶。諸寮友皆驚悼相吊，尋得若虚書，稍相慰曰：「李君不負時亨，吾徒可獨負哉！」於是屠郎中元勳爲狀，周郎中良璧、過郎中大濮、柳員外拱之諸君屬予銘。適君女兄之夫孫鏞者來奉太安人歸自京，因寓銘俾刻石内君墓壙。予辱君還往，且聞諸元勳及馮郎中佩之，知君賢爲詳，乃敍而銘之。

君諱昊，字時亨，姓奚氏，世爲松江華亭人。曾祖興一，祖文華，累世儒隱。考諱盛，歷霸、合二州同知，贈承德郎刑部主事。母梁氏，封太安人。君質貌穎異。九歲就外傅，囊白金爲學資，有婦人道哭，問之，曰：「家貧，鬻絲得百錢而遺之。舅姑老，無用爲饘粥具。」君即以所持金予之。歸白承德公，公曰：「兒能如是，吾無憂矣。」君弱冠從承德公於合，公疾，君刺血籲天，求以身代。又重傷太安人心，匿不使聞。公卒，君奉母扶櫬歸，廬墓終喪。

籍府學爲弟子員，舉成化戊子鄉薦，連擢己丑進士第，循例歸省。壬辰，拜刑部主事。明敏精吏法，片言擿伏，人服其能。遷員外郎，勘貴州獄，歸奏稱旨，進郎中。庚子，伏乞歸省太安人，遂就養焉。居數月，會瑞獄作，事尤劇，君受命往。日奔走，勞瘁成疾以卒，壬寅三月望日也，年三十六。娶潘氏，封安人。子一，曰伸。女四，皆在室。

君和厚易直，重恩義。幼學時，母析貲予之，君悉讓兄冕。俸所得金帛，必分族屬。爲員外時，同年董知縣失官，道遇寇，貧甚，君爲館穀，給綈纊厚贐之。還使經景州，有故寮劉判官死五年不舉，君葬之，且恤其家。平居恭孫：見鄉先輩，無窮達，皆不敢慢；處寮寀，終日不色忤：故人多愛樂之。尤嗜問學，寒暑不時輟。喜臨晉、唐書，爲詩文往往有奇思。與客賦詠，值意得，恒夜分不寢。有干東稿若干卷，藏於家。君墓在某山，葬用是歲某月某日，從吉卜也。銘曰：

利劍硎發，其聲有劃。倏歸大津，光彩滅没。孰爾淬之，復爾閟之。鬼神有靈，百世其衛之。

一朴居士蔡公墓誌銘

進士蔡君清得告歸晉江，念其大父居士公未葬，葬且迫，介喬進士宇請予銘。自述祖業甚悉，曰：「清不敢誣吾祖也。」清有文學名，觀其辭核而理，乃據以銘。

公姓蔡氏，諱潤，字懋德，以字行，號一朴居士。先世譜逸不可考，元有諱謙者，於公爲高祖，居泉之惠安。祖諱惠，至正間避亂泉城，婿於晉江朱氏，始爲晉江人。考諱輝，國朝永樂間舉貢士。母林氏。

公少失怙，家貧甚，門户幾落。公奮自樹拔，與其配林氏備嘗艱苦，銖累寸積，積稍裕。及母棄養，諸弟妹皆壯長，力爲婚嫁。弟懋敬病且死，舉財物契券及其遺孤屬公。公治後事，撫其孤，長則悉舉故所屬者歸之。嘗曰：「吾不能顯吾親，期不辱耳；吾不能庇覆吾兄弟，亦盡吾力而已。」年五十，外内事悉付二子，惟課孫讀書，督僮僕治樹藝。暇則匡坐一室，非大賓客及鄉飲禮請，未嘗出户閾。雖居闤闠間，有不知其公者。

公重先祀，昧爽謁祠堂已，乃出治事，夕復謁始就寢。祭必備物，或病弗克與，則飭子弟惟謹。身以勤教。孫清出就傅，旦必問曰：「清入塾未？」未則戒之曰：「汝貧家子，不可作富貴相。」見其字畫不楷，則曰：「是亦學也，奈何不敬？」凡器物或損壞，未嘗介意，獨於書甚愛護，每戒子孫曰：「吾於此雖不甚解，然聖賢所著，要不可蔑視。且吾先世遺物惟此耳，汝輩慎守之。」見子孫爲服爲新製，輒蹙然曰：「何得效俗兒女子態也？」

公性謹飭，不喜博奕戲劇事，質不外飾。嘗曰：「吾無他技，能惟一朴耳。」其所自號以此。公既不試，志業無所見，故其言傳爲多。郡縣吏雖不時見，然知公賢，恒曰：「使吾民皆蔡某，官府無事矣。」按察僉事林君克賢恒下郡縣，詢行義，命泉州知府沈海書公名，榜於旌善亭云。

公卒於成化癸卯七月二十日甲辰，某月某日，葬潯美山，壽七十六。配林，爲山陽教諭廣之女。子三：長觀慧，清父也；次睿，縣學生；次智，出側室陳氏。女四：長適景寧訓導楊瑩，次適黄沂，次未行卒，次適何京。孫四：清其長；次淮，早世；次灝；次瀚。女孫七：長適胡仁，次適楊勝，次早卒，次適黄逸，餘在室。

曾孫一：存畏。銘曰：

善不必大，惟實則有。節不必奇，庸乃可久。曲士詭行，嗇夫利口。勞身徇名，爲禄之誘。若罝斯獵，若弋斯取。旋棄所執，若視芻狗。嗟今之人，固也誰咎？朴哉蔡公，有順無揉。外無顯名，内省奚疚？公心則寧，公死不朽。

李東陽全集卷四十八

懷麓堂文稿卷之二十八

誌銘

明故征西將軍鎮守寧夏後軍都督僉事周公墓誌銘

公諱璽，字廷玉，姓周氏，其先本永平遷安人。伯祖亨，洪武初内附，授燕山護衛指揮使，賜田宅，因家東安。祖斌，永樂間以靖難功當擢都督，讓於兄彧。考諱英，宣德間坐累謫戍開平衛，累功擢都指揮同知，寄禄府軍前衛。成化丙戌，以老謝事，公代爲指揮使。辛卯，征北虜，以功擢署都指揮僉事，用薦領十二營號令，尋統五軍右掖。戊戌，敕充右參將，分守陽和。庚子，與威寧海功，進都指揮同知，調大同副總兵。辛丑，以黑山墩功進都指揮使。壬寅，以黑石崖功署都督僉事。

癸卯，虜酋亦思馬因大舉入寇，分兵三千守懷仁。賊逼夏米莊，中軍失利，公還兵内援。夜忽值賊營，時賊乘勝勢甚鋭，公大呼厲將士曰：「今日之事，有進無退，退則無遺類矣！」衆争奮，無不一當百，銃弩齊發，呼聲震天地，賊少却。良久復突入，短兵接。公臂中流矢，令左右拔其鏃，督戰益急，與其子鵬及死士數輩斬獲十餘級。會遊擊將軍劉寧兵至，合爲一營，中軍潰，率多來歸，兵勢乃振。賊既退，失律者皆得罪，録公功，進都督僉事。

甲辰，改充總兵官，鎮代州，兼督雁門三關。弘治戊申，移鎮陝西。庚戌，命充總兵官佩征西將軍印，鎮寧夏。甫一歲，議修邊備，爲遠久計。偶得疾，召諸子曰：「吾生獲佩印分閫，分已足，無所復望。獨未嘗大破醜虜，爲朝廷報，抱恨死矣。」氣就絶，忽大呼曰：「好殺，好殺！」遂瞑。是爲辛亥七月十五日，年止四十有二。

配劉氏，都督福之女。生子四：長鳳，早卒；次鵬，以從征功累官錦衣衛指揮僉事；次鴻；次鵠。女二。孫一，曰麟。

公醇雅有禮度，中亦負氣，莅事斬斬。尤精騎射，知兵習戰。近時論邊將者，必指屈焉。奉二親謹甚，迎養大同。比喪，遣諸子還葬都城東，今所祔墓地也，其名曰魏村社之原。以十一月十二日窆。

予雅聞公賢，公之卒，其姻友密雲右參將魯學淵爲狀畀鵬，錦衣衛指揮同知劉公彦芳爲徵銘。予又聞鳳卒時，其妻都督王君賓之女號泣不食死，詔旌所居曰貞烈之門，公之風又於是乎在。銘曰：

漢出雲中，動以萬騎。公兵三千，力折胡勢。宋眖西夏，屹爲外虞。公提全軍，坐鎮彊胡。惟公才賢，適際斯盛。以守則固，以戰則勝。惟天子聖，俾我兵是競。惟古將才，必煉乃成。公在三陲，久益有聲。天弗假年，疇不興戚。曰此豈易得，而奪之亟。有巋東原，公歸其間。公靈在邊，爲河爲山。偉哉公名，雖死其勿諼。

朝邑縣學訓導致仕張公墓誌銘

成化乙巳夏六月二十二日，朝邑縣學訓導致仕張公卒於澤州。自甲辰之秋山西大饑，人相食，餓莩蔽野，歷冬及春，厲氣交作，死者復相繼。時公年已七十有二，其卒也，亦以厲云。嗚呼傷哉！

公諱翔，字騰遠，世爲澤人。考諱某，母宋氏。公生而聰慧果毅，工書，善記誦。入州學爲弟子員，問學勤厲。雖大寒暑，必正衿披誦，未嘗色惰。事親志養，産不逾中人，而奉養必備。親疾，必憂形於色。奉三兄謹甚，不命之坐，則侍立終日。家中析，公所取田廬未嘗有所擇。兄泰夫婦繼卒，以遺孤屬公。公撫若己出，爲娶婦，至長子孫，不使異産。父喪，嘗市木爲棺，而逋其直。偶行雪中，躡得一物，視之乃白金一錠。求其主不得，遂酬木直。鄉人異之，曰：「此孝徵也。」凡喪具服制，皆用考亭禮，以至於冠昏交際皆然。

公以詩舉於鄉，屢不利，以例貢禮部，始授學職。至朝邑，歎其學政久弛，身先訓率，必敦本實，次及文藝，亦嚴立程格，終始不變，於是科第踵接。九載有成績當陟，以老乞歸。家居惟課子孫讀書史，申明孝弟。間以訓鄉後進，勸善戒惡。其言悃愊懇到，聞者悦服，皆稱爲鄉先生焉。公嘗慕薛文清公之學，遣子澤就學河津。澤舉進士，知武安縣。實就養，教以官事。澤以廉能著政譽，徵入爲河南道監察御史，蓋父師之教爲多。

公娶袁氏，處士素之女。子三：長澤，次漢，次某。女三：長適安定知縣李芳，次適李譞，次適彭萊。孫四：長模，次楷，次某，次某。孫女一，適李薇。曾孫一，某。

初，張氏墓在河西金岡嶺，今卜遷於州城郝家莊之原，以是年某月某日葬。御史君奔喪將歸，介其鄰武學生徐君鏞來請銘〔一〕。予聞御史賢，按所自著狀得公行，且悼其值時厲以死，雖壽宜傷也。蓋於是深有感焉，乃作公銘。銘曰：

生也逢時，壽考且康。老不逢年，卒以疢終。古有養老，於鄉於庠。國典具存，而公則亡。吁嗟乎張公！

【校勘記】

〔一〕「請」，原作「講」，顯以形近而訛，據文義與抄本正之。

焦生邦重墓誌銘

焦生瑾，字邦重，侍講學士守静先生孟陽子也。卒於京師，先生哭之慟，至忘食寢。予先生同年友，義均兄弟，聞生死，悼歎不能置，與諸同年爲文吊之。及歸葬泌陽，先生自書其性行歲月，授予屬銘。予尚忍辭哉！

生始名恩榮，蓋先生舉進士，爲翰林庶吉士生，生京師，報至家，時有司方建綽楔，榜曰恩榮，先生之父封編修公遂以名。既長，乃更今名。生四歲，喪其母吕孺人。先生以編修歸省，實攜生以從。既還朝，公及祖母某孺人留不遣。

七歲病癖，藥之愈。公令羣兒嬉聚以悦生，生每凝坐不一視，公異之。稍長，授以詩、書，不數過，輒成誦。公曰：「此可教也。」遣其兄琦攜致京師，就外傅。沉默自持，雖師友問答，不過數語，先生疑以爲鈍。及考所業，則未嘗不通。平居言若不能出口，及誦書史，見古人事行，試令辨曲直賢不肖，時當人意。爲舉子義輒合榘度，作字亦清勁。同學者皆自謂不及。

不妄取予，不濫與人接。嘗謂其弟黄中曰：「吾見同遊有狡詐者，彼自謂得計，詐豈能欺人？徒召憎耳。汝資性過我，但恐爲此輩所移易。汝其戒之！」

嘗侍先生，獲觀程明道秋日詩、邵康節大易吟。退書之几格，反覆諷誦，若有所得也。

生嗜學，欲速就，積勞成疾。見其父憂形於色，輒强顔慰之曰：「兒病行愈，大人幸盡心職務，勿以兒爲念。」逾年益憊，先生謂曰：「兒脱不諱，俟汝兄有二子者爲汝繼，不殄汝後。」生但飲泣。其繼母郭及兄瑞問之，皆不答。私謂其姑曰：「我無他囑，但勸我父勿哭我也。」成化乙巳六月二日卒，年二十有一。聘胡氏，縣學生繼之女，待年久之，竟未及娶以死。

予同年家子弟若侍講東瀧彭先生子彬、方石謝先生子興仁、今南京太常少卿愧齋先生子罕，皆敏而早卒。予連喪二弟山、川，慟而成疾，故於生感之尤深。嗚呼！吾又忍銘哉。銘曰：

嗚呼焦生！胡質斯弱，而志斯□？踴躍振迅，倔起而莫之攖也。稼未穫而槁，樹未實而傾。天實摧之，豈人弗能？吾爲汝銘，以釋汝靈，以慰汝父兄。嗚呼焦生！

明故文林郎河南道監察御史李君士常墓誌銘

成化乙巳春三月，士常以御史巡河南，東陽與倪學士舜咨諸公出餞城西僧舍。士常意眷眷，不忍别。冬十月，聞巡撫都御史報，則士常已不起矣。東陽與舜咨驚愕相吊，既又與姻友潘時用會哭，以書訃其兄士儀。士儀悲慟欲絶，遣弟繕及從子穆迎喪河南，復遣子稷來告哀徵銘。東陽得書，哭失聲。及喪歸，道京師，寓諸郊數日，東陽與諸友往哭奠之，乃爲銘，畀穆歸俾葬焉。嗚呼，吾忍銘士常哉！

士常姓李氏，諱經，别號力齋，其先鳳陽臨淮人也。曾祖諱濟，元季以鄉兵歸國，累功授廣信衛正千户。祖諱庸，陝西都指揮僉事。考諱徵，萬全都指揮僉事，始居萬全。兄士章，署都指揮僉事。世有勳望。

士常幼端重如老成人，爲都司學生，刻志問學。夜或睡，輒以手自批其頰。舜咨父尚書公謫戍萬全，士常實受學，有名諸生間。葉文莊公爲巡撫，賞愛特厚，薦於我外舅蒙泉岳公爲婿。公時知興化府，得葉書，曰：「與中不吾負。」亟報許之。士常遊蒙泉門久，學益進。御史林貴實、閻子與督學政，咸見器許。

甲午，舉鄉貢。戊戌，登進士第，奉詔入翰林，爲庶吉士。辛丑，拜河南道御史，奉敕巡山海諸關。二年政令明肅，歸掌道事。覈京官稱負，尤嚴慎不苟。及巡河南，令有司毋貸市物而稽其直。聞者皆相戒，莫敢肆。時歲大兇，上疏言懷慶諸府民父食子，兄食弟，骨肉親黨相噬，死徙十六七。雖蒙赦宥，宜大肆蠲恤，庶他變可彌。又與巡撫會議諸賑恤事，未及報，益憂懣。簿訟填委，弗遑寢食。冒暑至洛陽，疾作。復有公事，當詣汴，猶閱案，過夜分乃行。至則益甚，語已不可辨，猶隱隱言救荒事。九月二十一日，卒。屬纊時，巡撫及布政、按察諸公皆臨視。知開封府張九雲治含斂棺槨，官給驛傳，復遣使護送以歸。十二月二十九日，葬泡沙原祖塋之右。

士常天性孝友，又習世訓。居喪，疏食三年。兄弟雍穆，晝聚處堂上，暮乃歸寢。兄出未返，過期不敢飯。閨壼和敬，迭爲賓禮。叔母寧寡而守節，終身母事。兄士章子指揮同知稽及穆及兄純子程秀皆早孤，視若己出，或親爲講授。繕，庶弟也，遺腹於外，及長，謀歸之，爲娶婦焉。

士常赴義如渴，勇不計力。人有善，推誠嚮慕，意氣所屬，歷歷出肝肺。守官清儉，家指既衆，俸不給，或稱貸爲旦夕計。及遇文人墨客，竟日延款，與相倡和。所得詩賦，至累篋笥，猶酷好不厭。自出翰林爲御史，雖極通要，而非其好，竟憂勞以死。嗚呼悲哉！

士常娶於岳，賢而早卒，封孺人。繼娶王，爲即墨知縣時佐之從女，封孺人。生三子：秩、和、稶，皆幼。士常善楷書，恒曰：「吾兄書法過我。」謂士儀。士儀乃自書此銘，曰：「以慰吾弟。」東陽爲篆蓋，亦士常意云。銘曰：

官高任艱，君子之憂。曰貴曰富，匪我攸謀。彼籍藝者，爲身爲家。官而已矣，遑恤其他。君居御史，不樂其華。我職弗遑，而暇爲夸。孝廉儉勤，君行則有。斂焉弗張，君子之守。迪而獲咎，豈理之常？人則何尤，悠悠彼蒼。我銘士常，百世不忘。

封宜人喬母路氏墓誌銘

兵部郎中喬君廷儀既葬樂平長壽山，越七年，成化丁未七月六日，君配宜人路氏卒於京師故第。子宗、宇輩扶柩歸，卜明年正月某日啓竁而祔。以予嘗著君銘，知族系家範頗悉，請誌祔事及宜人懿行，庶有所互見者。嗚呼！先君之殯也，宗昆弟慰我相我，意勤甚，今日之事，予惡得無情哉。乃强援筆爲誌及銘。

路與喬同出樂平，族故望。宜人，營膳所丞仲寶女。如襁褓間爲怨家所毒，幾死。母孫禱於神而蘇，因異之。少精女事，通孝經、列女傳諸大義。未笄，有縣令主其家，從者亡金五十兩，懼欲自引決。宜人偶得諸後圃，白其母，還之。郎中君從厥考工部侍郎公試京師，營繕重其秀且文，遂受聘焉。

既歸，晨夕饋食湯藥。暨諸時祭，皆精洗有度。事姑王淑人及庶姑高烈婦，懇曲承順，善成其歡。郎中君肄舉子，身以勤相，夜二鼓始休，漏未盡必夙興以待。比舉進士，官兵部，封安人，又進封宜人，雖寢貴，服用皆故物。從子憲、宣失怙恃，撫之有恩。宗、宇幼，手教字畫。稍長，遣就業，每嚴誨戒。及宇舉進士，授禮部主事，戒加切。每朝有吉禮，宇典儀制，例得賜幣。宜人必斂容曰：「此君賜也，宜何修以報？」宇將造朝，必起坐詢蚤莫，出乃就寢。故宗、宇皆有名士大夫間。

自侍郎公以下三喪，宜人皆歸治葬。已復就養，益綜家務。雖無贏貲，食指數百，皆受給處。側室陳、寧，三十年略不爲形迹，至同食飲。視庶子宜、宸、容未始有異。侍郎公當廕國子生，宗已長，以讓宜。宜人喜曰：「兒能爾，固善。」尤樂施予。族姑子張戎貧不能娶，給以金帛。永清馮德成者有急，質女求貸。貸之金，并其女歸之。從子僕劉溫廢疾被出，宜人憫其窮，爲之娶而遣之。聞有籠鳥於市者，粥而縱之，以爲常，其多至數千焉。

平居溫厚容忍，簡言笑，婢僕輩未嘗見喜愠色。戚黨女婦凡一接，無不意滿。卒之日，多感慕泣下，曰：「今安復有如喬宜人者邪！」宜人生正統丙辰二月十九日，年五十有二，膺錫命者殆半。

郎中君之存，宗已娶騰驤衛指揮僉事劉侯淮之女，今宇娶於故刑部尚書董公方之孫，宜取聶，繼張。女適金吾右衛指揮使曹璽。惟宸、容尚幼。容舊名宷，以非君所命，宜人爲更今名云。銘曰：

有夫克肖，婦佐之孝。有子如夫，維母之撫。從人者艱，實恃以久，爲所從助。乃謂能婦，亦謂能母。生從厥居，死從厥封。我銘郎中，繼銘宜人，以備始終。

宜人朱母黄氏墓誌銘

予少與崑山朱儀中交甚厚，獲拜其父奉直公及母黄宜人。宜人之喪，儀中將覲自太原，未行，得訃，至京師，乃自述事狀請予銘，曰：「以此累吾友也。」是宜銘。

宜人之先蘇之長洲人，處士仲玘之女。朱在鄰邑，族相望，又俱籍京衛，故宜人歸於公。宜人事舅姑甚謹，凡侍疾居喪，如平居定省時。及家寖饒，食指益衆，相公蠱幹，雖澣衣敝物，不忍棄。睦處娣姒，均視羣從，翕無間言。下逮臧獲，小有過，務掩覆之，皆飲德焉。儀中始自釁塾歸，宜人必詰所業，視勤惰爲憂喜。比舉進士，官兵部，教使清白奉職，以承父訓，日勤勤不置。以主事貴封安人，以員外郎進封宜人。儀中爲郎中，坐累謫常德同知，改知德慶，又内徙同知太原，道京師，乃請就養。宜人不肯行，又閲歲而卒，距儀中至僅兩月耳。

儀中痛身在遠，貽其母之思以没，且弗及含斂，曰：「吾乃以此累吾父也。」復念其兄縉在蘇尚未歸，又數月乃葬。蓋宜人卒以弘治己酉十月九日，葬以庚戌九月二十四日，其地在城南十里河之原。舊以族葬地且陿，乃闢其旁，遷壙其中，而右虚焉，禮也。

宜人壽七十有七。子二：縉其長，以輸粟賜冠服；次儀中，名紳。孫四：長汝翼；次汝爲，慧而早夭；次汝陳、汝欽。孫女五：長適武安知縣奈永昂子顒，次適太常寺丞顧本子言，次適羽林右衛副千户沈隆子喦。曾孫一，曰承，女二。銘曰：

有子翹矣，愛亦勞矣。養弗酧矣，嗟無繇矣。訓則勿違，行則勿隳。維子斯才，以成母儀，維宜人之宜兮。

華編修伯瞻墓誌銘

嗚呼，伯瞻乃止是耶！伯瞻質偉氣充，才勃勃不可遏，其志所期甚遠且大，舉進士財三年，官一命，年二十有四而止，悲夫！

初，伯瞻從其父廷佐君居京師，時未冠，學於楊邃庵應寧，與太原喬宇希大並價。予見伯瞻書勢已逼人，私喜吾湖南後來之傑，蓋其在此。及伯瞻舉鄉試第一，連得進士，入翰林爲庶吉士。汪寅軒、傅體齋二公奉詔授業，大見甄賞。每閣試，與藁城石竇邦彦相甲乙，授官爲編修。予又喜曰：「此天所以玉其成也。」

予與廷佐君同鄉，又邃庵知己友，故伯瞻視我厚。至是又同署，日益密。每有作，未始不出見，見輒加進。一二載間，遂脱舉子習，得古人蹊徑。詞簡意達，粲然成章。予嘗以聞諸劉文安公者告之，謂爲文必先博而後約，收斂太早，則其地無所容。伯瞻以爲然，然執不變。意者天將速其成，故使至是哉？使天果有意焉，則斯人者胡不姑涵育長養，俾大有所就之爲愈也？予益以慨人之才不易得，且不易成也。悲夫！

今年春，廷佐君以常州知府入覲歸，伯瞻已病。秋益劇，卧不見客。予數往，乃彊見之，怪其神薾然。比得告，猶函一卷，具書致予，曰：「巒且别，願得手書數通以歸。」書未成而訃及。予既往哭之，念無以慰其志者，乃據邦彦所著狀爲銘，屬希大書而刻之。又自書於卷中，以畀其家藏焉，償舊諾也。

伯瞻姓華氏，巒其名，世居蘄州，以州學生舉。生成化丁亥十月八日，卒弘治庚戌七月二十八日。某月某日，葬於州之某原。少喪母安人陳氏，繼母安人潘氏。娶王氏，子女各一人，皆幼。銘曰：

吾黨得之，吾曹得之。而遽失之，吁，天誰詰之！

奉議大夫刑部郎中何君墓誌銘

君姓何氏，諱説，字商臣，世爲彬州人。祖諱義堅，合州同知，贈户部主事。父廷彦，雲貴提學按察司僉事。

君少從按察公遊學京師，赴湖廣試，御史樊君英奇之。比卷拆且盡，得其名，謂衆曰：「此不可使小就，寧勿取。」後數年，成化庚子，果得解元，連擢辛丑進士第。久之，授刑部主事。侍郎建昌何公嘗監試湖廣，雅器君，見所屬獄案，曰：「吾謂子文士耳，乃能是也。」嘗勘獄順義，有兩豪争地，事涉中貴人，剖析無所避，遷員外郎。時何公爲尚書，令總諸司奏牘，校閲精敏。山西有亂民，御史以謀反奏，獄且具。君閲卷，曰：「反罪當孥，此不過假佛惑衆。雖潛表通胡，不果至，乃謀叛，叛止死耳。」竟用其議，活數十百人。及遷郎中，階奉議大夫，嘗奉敕録囚南畿，凡録六千人，上讞三千餘疏，多所平反。揚州有毒藥殺人獄，君析其疑數端，果邏人有隙者所構，奏釋之。廣德有饑民，貸穀不得而羣奪之者，連四百餘人，皆坐死。君矜其情，許自首，使償穀，且杖遣之。皆泣拜而去，歡動州境。還朝，名愈彰。莆田彭公爲尚書，益重之。旁攝他司事，鉅細無弗集者。

弘治癸丑，刑部災，君坐本司，下都察院獄，詔降一等補外。君在獄已沾疾，得命出，一日未調而卒，惟其子進士孟春在側。大夫士聞者，皆悼君賢弗克壽。且奇孟春才，哀其摧毁骨立，又貧甚，貸而將事。右諭德劉君道亨爲著君狀。孟春，予禮部所舉，以君治命且受學焉，哭告予曰：「微先生，孰可屬吾父者？」嗚呼，予安用爲君慰哉！

君父按察公舉己丑進士，累階奉政大夫致仕，以恩加修正庶尹。母廖氏，累贈宜人。繼母李氏，配李氏，皆累封宜人。子二，其次孟旦。女一。君年四十有三，卒於五月某日，卜用是年某月日，葬某山之原。君清謹重厚，不訐人過，遇事有力。母喪廬墓，有芝生於旁，人以爲孝感云。銘曰：

惟湖南地，三世進士。自何氏始，亦云奇事。家用易學，受父授子。科必丑歲，歲必周紀。君舉在辛，先己後癸。君獨中阨，如澤斯沛。孰渟其原，孰導其委？天實爲之，請究終始。

明故兩淮都轉運鹽使司知事周君墓誌銘

君姓周氏，諱澄，字源潔。其先自道州徙巴陵塘源，居數世。曾祖諱國才，祖諱桂芳。考諱思恭，妣傅氏，生四子，君其長。生有奇質，受書鄉塾，兼通法律，有用世志，未遂也。

湖廣布政使司嘗闕知印。知印者主印記出入，役雖勤，不與諸從事伍。君以名爲府縣所薦，黽勉就役，而非其好。有馬布政者雅器許之，或諏以政務，亦稍稍自見。授廣州府倉大使，當藩臬交會，出納繁夥，勤會計，慎勾稽。宿姦斂手，不得肆，則相扇爲浮辭，構以罪。按察分司不能直，君具疏愬諸朝。下御史，按得姦狀，事乃白。

秩滿，丁内艱。服闋，遷浙江上虞縣主簿。地衝要，多賦訟，君以習律故，皆剖析得理。部使有大獄，久不決，則以委之。嘗攝餘姚縣事，餘姚故接境，民聞君至，輒相率共賦役，不督而辦。

參政何宜檄領京儲兑運事，舊時悍卒多怙力侮民，民代補耗虧，爲所困。君悉意規畫，益嚴爲約束，民皆稱便。何嘗與論水利，至夜分不寐，歎曰：「能官也！」浙東海溢，上虞尤甚，工部侍郎李公顒築堤海上。君承檄受任，與有勞效。九載將去，父老合詞請留于御史及布政、按察，例以未報政不許。比上吏部，考入優格，復丁外艱。服闋，擢兩淮都轉運鹽使司知事，署泰州及淮安二府分司，兼掣淮安鹽貨。嘗攝衆事，事皆集，諸場户白於都御史張公瓚，再被獎諭，聲益振。然亦坐劬瘁得疾，成化癸卯八月朔卒於官，年五十有九。有司用例具舟歸其喪。乙巳某月某日，葬珠冠山先塋之次。

娶萬氏，香山縣主簿添德之女。子四：長質，贛榆縣主簿；次貴，鄉貢士；次賢；次賓。女三，其一適傅僑。孫四：官、寰、寧、憲。女孫五。

君葬，未有銘。貴在京師，聞母喪，將歸，地陋，不合葬，圖别爲銘内君墓，乃奉柳貢士大綸所著狀，介李貢士永敷以請於予。嗚呼！今之人或負才挾智，位小不稱志，已不屑致力；或躓重泥遠，名浮而實喪，雖貴且顯，亦奚以爲哉？君歷三職二十年，官不過八品，矻矻窮日夜，竟以勤死。計其所克濟，亦已多矣。是可録爲有職者勸。銘曰：

匪甲科是塗，而辟於蕃。弗正寢是終，而死於官。然則生詎非榮，而死寧弗安。後五年而得吾銘，庶以爲永觀乎？

李東陽全集卷四十九

懷麓堂文稿卷之二十九

誌銘

退庵處士趙公墓誌銘

予舊居西涯，與退庵趙翁同里閈。先公年與相若，時歲相還往。既還城西，時時念之。翁以其子永學於予，先公實見命焉。先公之喪，翁每爲助，及經理諸葬事，不厭纖悉。且爲相吉壤，邇厥先墓，曰：「庶幾他日相從於地下也。」予用是亦時時念之不能忘〔一〕。嗚呼，孰謂翁亦棄我去耶！

翁本臨淮武家，祖仲良，以伯父勝貴，贈明威將軍長陵衛指揮同知。考諱雲，從兄於官，遂爲京師人。翁失怙，與兄某□奉母賀以居[二]。甫弱冠，輒共任家政。遠涉湖海，爲陶倚術。既負藝識，儕類歸服。家日裕，視兄爲多。兄卒，禮事寡嫂，婚從子三人，一人爲僧，別構庵居之。獨念得嗣晚，義給貧困，折券棄責，將爲後地。逾年而永生，又數年後得子昶。翁曰：「永也敏，可使就學。」俾事舉子業，將用儒顯，蓋於此有遺望焉。病且革，强執予手，意有所屬也。將屬纊，其家問之曰：「得無念永乎？」乃泫然隕涕而絶。方永之未生也，以所名子通治賈事，頤指手授，克獲其力，人益以見公之能云。

翁初娶吴，生女四：長適永清衛指揮使張謹，次適寬河衛指揮僉事郜春，次適安昌伯之族錢涌，次適同衛指揮僉事姚珍。繼娶胡氏，生永、昶，及女二，長適張頌，次未嫁而夭。翁生永樂乙未十二月二十日，其卒以弘治庚戌閏九月二十九日，壽七十六。墓在都城西北傅家莊之原。舊以族葬，吴窆其右方。至是，永啓窀，内公柩，祔以吴而半虚焉。既得卜於十一月四日，永號泣請曰：「非先生銘，曷以慰吾父者？」乃爲敍及銘。翰林修撰錢與謙有狀。銘曰：

吾父之葬，實鄰翁墟。吾神不孤，翁與爲徒。翁生我娱，翁死我吁。我情所於，銘其舍諸。曷其訪翁，墓祀之餘。

【校勘記】

〔一〕「是」，原作「世」，據文義與抄本正之。

〔二〕「□」，底本漫漶，抄本作「成」，康熙本作「承」。

喻孝婦墓誌銘

有服衰杖桐乞爲其母氏銘者，介指揮張文仲以請。予辭曰：「女德類弗著，勉爲之，非吾意也。」張曰：「兹有孝行，其諸異乎世之爲婦者，敢固以請。」問其姓名，則吾友司務喻以正之兄以善之子，心固已許之。誦其狀，爲訓導仇東之所著。蓋喻氏一孝婦也，因歎曰：「嗟乎，近乃有斯人哉！世之稱爲子者，尚不克自致於親，況婦姑哉？誠有是，雖不吾請，吾固將傳之。」

按：孝婦姓王氏，諱真。其先出浙之仁和，永樂間徙實京師，爲順天大興人。考諱貴，母陳氏。喻本南昌望族，以尺籍隸京師，以善其彦也。方擇配，孝婦歸焉。事姑韓謹甚。韓嘗病亟，藥弗效。孝婦計無所出，瞿然曰：「嘗聞老醫言，人肉療奇疾，非此不可。」即潛入幃中，剪左股肉爲糜以進。韓食已，爽然而蘇，曰：「吾已分死不救，何醒之亟也？」孝婦匿不言。韓察其有痛狀，詢家人，得之，泣曰：「新婦乃至此乎？天道亦甚邇，顧新婦他日得婦如新婦也。」鄰黨歎息，或爲泣下。以善以内行不自暴，有司者莫能旌之，然人多稱爲喻孝婦云。

孝婦年六十三，卒於弘治二年正月二十八日，二月二十三日葬大興東郊下馬社先塋之次。子一，曰春，嘗捐貲給邊，授階七品。女一，其婿曰錦衣衛百户黄鑒，戚里子也。孫一，曰本中。女孫一。

初，孝婦之歸也〔一〕，喻業中落，以善始起廢成裕。孝婦稱内政，實與有力。及富，不妄費一錢。惟享祀必洗腆，撫臧獲，務俾暖飽無怨言。此其餘事云。銘曰：

昔有崔婦，登堂乳姑。姑祝吾婦，汝報不孤。喻婦實難，彼崔弗如。彼以其力，我以吾軀。惟天弗誣，有子克家。有狀是徵，我銘匪誇。

【校勘記】

〔一〕「歸」，原作「婦」，顯以形近而訛，據文義與抄本正之。

明故封太大中大夫陝西布政司左參政梁公墓誌銘

崞爲縣，在代州。邊地多武尚，鮮有以儒顯者。自直軒梁公以子璟貴封徵仕郎兵科給事中，再封太中大夫陝西右參政。其配某，累封至淑人。及見其子爲都御史，鄉有識者皆感奮曰：「賢哉梁公！乃以子致貴如此。」皆遣子弟就儒業，多至若干人。比公卒，無大小疏戚，皆會吊，齎咨涕淚，以爲公實啓我，今不可作矣。時都憲君方承敕巡撫湖廣，歸奏於朝，計襄事期迫，不克久滯都邑，預屬其甥丁户部紳請予銘刻石。傒之狀出湖廣按察副使鄭君恭。二君皆予同舉進士者也。

公諱資，字叔敏，直軒其別號也。曾祖某，祖某，考某，皆寓儒於農。公通六藝，能爲五七言近體詩。每見前賢格言善行，必興慨慕。恒嗤後進士曰：「讀書不求實踐，猶不讀也。」性質直，無他嗜，口不談勢利，尤不信釋老。喪家有問禮者，輒去佛齋法。語人過，及改悔，則又奬掖之。故雖被斥責，亦不爲憾，且賴以自直。達官貴人多折位勢，爲禮貌。若都御史李公侃、秦公紘，每詢兵農政務，語必移日，而一不及私。二公退曰：「梁先生，吾之石洪、温造也。」

璟甫能言，口授以詩，輒成誦。知非凡子，俾舉進士，竟以是成。其在兵科爲給事中，戒以清慎。始貤錫命爲參政，益舉職。左都御史余公子俊而下皆旌之，吏部下御史覆實，命再錫副都御史。雖要顯，秩不過三品，錫不改命，然鄉之人皆以都憲禮尊之，無異辭。公益遜避，若未始有者，蓋終其身不變也。尤嗜義，姻戚婚葬，視力爲給，旁及鄰里，多飲惠沐澤焉。壽八十有三，忽疾革，召子孫，具湯沐深衣，曰：「吾今日稍倦，殆將歸矣。」問以後事，不答。越明日乃逝，是爲弘治己酉三月二日。

配史氏，賢而同封，累號曰淑人，先公卒。子二：長琮，義官；璟，其次也。女一，適張鉉。孫五：枋、楫、木、□、□。曾孫七。淑人葬某原，公卒之年某月某日，啓竁而窆，以淑人祔。

嗚呼！古者文質並用，乃稱君子。世降俗薄，識者病之。梁氏以經學顯，實由父教。都憲君敦雅不浮，慎守恒執，不爲位勢所移易，其於家訓蓋有徵焉。公其賢哉！生有譽望，没有銘誌，以貽後世，非侈也。銘曰：

梁望西徼，顯於封君。維君有封，維子有勳。我溯求之，繇枝逮根。越三世以降，種德以芸。久乃有獲，自貽厥身。屹屹西臺，位隆望尊。彼稗與莠，曾何足與倫？我最其德，以刻銘文。

明故鎮國將軍都指揮同知王公墓誌銘

王氏出鳳陽潁上，爲世族。元山東行省右丞榮入國朝内附，洪武初授神策衛百户，遷密雲中衛副千户。子禮嗣，從太宗靖難，遷指揮僉事。子宣嗣，實生公，諱榮，字士華，五歲而孤。正統改元，嗣指揮僉事署衛政，分領邊伍，名漸著。天順壬午，用薦承敕鎮密雲、古北口諸路。公申號令，厲械器，閲實兵旅，分前後次，日嚴備守。憲廟即阼，賜白金綵幣。虜入寇，公出龍王谷，追三百里，俘男婦八人，斬首九級。捷聞，擢署都指揮僉事，所統官士賜官賞有差。成化癸巳，虜再入，公出大水谷，追四百里，斬首五級，遂真拜都指揮僉事。甲午，復追虜古北口三百餘里，斬首十七級，歸所掠牛羊以百數，遷都指揮同知。躬閲要害，置簽窖窩弓釘盤諸器，賊近，受窘以去。其所鎮地，西東五百里，長城萬餘丈，皆壘石爲之，水至敗，修築無寧歲。公煉爲石灰，填土爲甓，重治之，城因不圮。復以地廣難備，請移關東北姜毛谷諸隘地，增城堡，遠斥堠。前後二十五年，境内寧謐，朝議偉之。會有嫉公者，媒孽其短，遂謝事。居五年卒，弘治己酉九月二十七日也，壽六十七。十月十八日，葬城東五里原先墓。

予聞邊將與大將異才，而所處亦異，宜公所負抱無愧所謂邊將者。用不竟施，而横見沮厄，豈不惜哉！

公娶夫人孟氏，醫學訓科春之女。繼夫人朱氏，羽林前衛指揮使廣之女。子五人：勳、熙、振、綱、紀。孫三人，某。光禄典簿李君廷器，予鄉同年，爲勳請銘，自爲著行狀，并道其終始之概如此。銘曰：

關城翳翳，爲國東蔽。屹屹王公，手扼其隘。胡至輒退，我擊其背。彼既失勢，莫我敢肆。孰能挫公，敵不在外。公不自愧，曰我寧退。官我自取，亦復我棄。孰謂公棄，公澤在世。

楊母丁宜人合葬墓誌銘

吏部右侍郎楊文懿之配宜人丁氏扶公喪歸鄞，朝廷方遣官治葬，宜人亦卒，其子湖廣按察副使茂元合葬於玉堂洞山之原。公行既有銘，而宜人事未及載，茂元乃具書請於公弟翰林侍講維立，速不置。予以公故，不敢辭。

宜人，公同縣人也。父諱塏，正統間舉鄉薦，未仕而卒。時宜人甫四歲，從母樓育於縣南王氏。王氏翁諱宗遂，頗讀書，尚義氣。見宜人夙端慤，不茍訾笑，口授孝經、小學，慎爲擇對。公以諸生赴試，間過翁。翁與語，驚曰：「此名世才也。」遂以宜人歸之。

宜人出富家，而楊氏世素儒，食指數百，藜菽苦弗繼。宜人脱簪珥，躬執作以佐養，且給公遊學費。雖涉疲悴，了無懟色，人以爲難。景泰庚午，公發解浙江。明年，舉進士。以翰林庶吉士丁父憂，連遭大父母喪。宜人承公意，治後事甚備。事姑張夫人，寒暑不易節，見稱孝婦。既闋服，從公於官。天順壬午，以編修貴封孺人。迎張夫人，弗至，每製新衣及致珍味，封襲以歸。成化戊子，從公歸覲，日具冠帔，自堂下上食及治葬，如喪舅時。己亥，以侍講學士貴拜宜人命。及公遷少詹事，始得通籍中禁，預兩宮朝賀，屢荷錫賚。公爲吏部，二子及諸弟皆舉進士，布列京署，家極顯。宜人猶勤内政，躬課諸婦習女事。每客至庭户，輒聞織誦聲。家人勸少休，則曰：「我固樂此，且以爲子孫法耳。」蓋至於老不變也。

弘治己酉十二月抵家，以積憂成疾。庚戌六月十一日卒，壽六十有四，少公一歲。三子：茂元其長，乙未進士，累今官；次茂貞，早世；次茂仁，丁未進士，刑部主事：皆有文。孫七：長美珩，寧波府學生；次美璜、美琚、美瑀、美球、美琳、美琅。女孫三。辛亥十二月某日合葬。

嗚呼！文懿公以家學名天下，其子姓羣從蒙養壯習，皆是物也。及其漸漬涵洽，底於大成，豈獨庭訓，固亦有内則哉！是宜銘宜人之德，以爲公祔。銘曰：

羃羃深闈，左書右詩。爲女中師，嚴嚴廟宇。朝鍘暮筥，爲大夫宗婦。少而劬劬，老而于于。我儉我勤，孰我或渝？以迪以遺，皆夫君之餘。其餘伊何，台爾鼎爾。我力弗既，庶其在此。雖復有此，惟夫君是似。夫君是似，我死其無愧。

封孺人張母姚氏墓誌銘

都察院右副都御史張公敷華以湖廣布政使拜巡撫山西之命，歸安福省母姚孺人。至黄州，得訃，亟奔治葬事。事且集，以例告守制於朝。會廣東參政伍公孟賢在京師，因請著事狀以屬東陽爲銘，以掩諸幽。時其先御史公諱洪死國難，以遺衣冠葬於官山原，已四十有三年，至是合葬，禮也。

初，張氏世居安福之梅溪，爲著姓，而姚氏亦望於杉溪。兩溪同里，二氏之爲姻婭不絶。孺人父諱某，母某氏。生而敏慎，禮辨内外，雖姻戚罕有見其面者。涉書史，能解列女傳，恪奉婦職。姑疾逾年，躬進湯藥，葬祭無違度。御史公既取進士，有官守，劾姦糾慝，不復顧家。孺人獨任内政，不貽外慮。公按蜀，有患其摧剥者，挾賄入京師，爲中傷計。而官邸清肅，無所投隙，竟尼不行。

正統己巳，公扈從至土木，不克歸。孺人日夜號慟，聲徹衢巷。後朝廷進録死事，貤恩封孺人。左右進命服，服以拜賜。已而泣曰：「未亡人以遺孫故不能死，誠不忍服是。」遂終身不復服。攜孤南歸，日勤苦爲業。遣就外傅，嘗指公所誦書諭之曰：「此汝家世業，汝父以汝輩遺我，汝弗子，我即弗能母，他日何用見汝父於地下？」後敷華以公廕爲國子生，繼舉進士，累官布政使，歷浙江、湖廣。孺人皆就養於官，意甚樂然。雖貴壽，時親女事，婢僕效職，僚屬家亦有化者焉。居湖三年，忽思歸。歸數月，病革。前數日謂諸孫曰：「汝父已得都御史，行省我矣。」蓋其神爽不亂如此。

嗚呼！古恒以忠臣烈女相配，謂委質與致命之義同也。御史公不辱於國，而孺人不玷其身，以成其家，亦庶幾此婦不愧此臣也。其固有所視效然哉！都憲公自守廉慎，爲賢大臣，又於是乎在。東陽同舉進士，授業翰林，聞其世德爲詳，嘗賦詩悼公，茲又爲孺人銘，其固宜哉！

孺人壽八十，生永樂壬辰六月十一日，卒弘治辛亥二月十一日，葬於是年十二月某日。子三：長敷榮，早世；其次爲敷華；又次敷英，鄉貢士。女二：長適周璉，次適彭瓔。孫四：長偉，次仕，次儀，幼殤曰佑。女孫三。曾孫亦三：吴山、鰲山、南山。曾孫女四。銘曰：

夫死國難婦死夫，婦雖後死死不孤。孤者既壯榮弗枯，先咷後笑非我圖。圖用不辱爲遺餘，報歸地下同歡娱。夫乎不愧汝與吾，朔魂楚地歸來乎。彼嬛弗終隮厥初，朝擁荆髽暮羅襦。生如繁葩死泥塗，誰復此景收桑榆。我徵懿行厥子於，銘哉銘哉卒不誣。

外姑宋夫人墓誌銘

嗚呼悲夫！我外姑宋夫人之喪，外舅蒙翁岳翁無一息之胤，其伯氏處士公亦已壽終，從子埤又客於外。病且革，家具蕭然，無以共後事者。自脱簪買棺爲月制，制甫畢，而纊屬矣。於是，伯姒陸氏爲治喪，從子均、垣、墉，從孫千户林及標、格、楫、粱，桂輩相與奔走，扶柩歸滁縣，祔於公墓。東陽謹著銘刻石，以内諸幽。嗚呼，我蒙翁之盛德大節，所以遺其家者，乃至此哉！

夫人陝之咸寧人，世有顯者。夫人生而莊重，通書能琴，精女事。厥考前知州公擇婿，得翁，曰：「此天下士也。」遂歸之。舅氏府軍指揮公家甚盛，姑劉夫人性嚴，奉養惟謹。正統末，翁進士及第，歷翰林編修、修撰。受知英宗，以天順初元入内閣。言曹、石二家必反，因得禍，戍肅州，夫人實從。居五年，宥還京師。憲宗即阼，翁被召，復爲修撰，出知興化府，夫人留京師。翁既致政，當成化壬辰卒。後二十年，夫人壽七十有二乃卒，弘治辛亥七月二十日也。

蓋翁素篤孝友，夫人志協力相，不遺其憂。翁竭節盡職，不復顧私。夫人貴不外溢，處難不内懟。翁重義博愛，恤人之孤，拯人之急，日汲汲不暇。夫人惟所命，猶恐弗給，若恒事常職，未嘗略有德色。及孀居處獨，拮据綴葺，矻矻終其身，而門閥屹立，聲望不墜。居常談翁所履歷及閨閫間語，皆慷慨激烈，得其義概。非具丈夫器識者，殆不及此。故公卿舊多致敬，吾黨小子皆有所效法焉。夫人其賢哉！

夫人生子四人：應元、祖授俱殤，增、堂皆慧而夭。女六人：德瑛許嫁天津右衛指揮僉事吕昂；德嫻適朱昶；德嫕歸東陽，爲繼室，後贈宜人；出周氏者曰德娍，適故監察御史李經，贈孺人；德妘適中書舍人李玠，封孺人；出王氏者曰德姫，適順天府學生李鉞。六人者，夫人撫視如一，其五皆先卒，惟適玠者獨存。爲外孫者一，惟東陽之子兆先而已。

嗚呼！吾妻之亡，兆先生甫四月，夫人間謂東陽曰：「吾欲見吾外孫之有婦也。」乃聘於吾友潘君時用之仲女。潘與岳通家，時用又娶於翁黨趙氏，故夫人實相成之。東陽繫朝籍，不及赴葬，遣兆先執紼行，以八月六日啓殯，越十日乃克葬。夫人以編修貴，被封曰孺人，今稱夫人者，致私敬也。銘曰：

婦德不必同，惟厥從。福履不必隆，惟厥終。厥終伊何？壽則希有。厥從伊何？名以不朽。嗚呼天乎，竟何咎！

封太安人楊母張氏墓誌銘

東陽與楊應寧爲知己二十年，獲拜其母太安人數矣。應寧爲按察司僉事提學山西，太安人卒於官邸，應寧書來徵銘，曰：「一清俟此以葬。」因屬其門人禮部主事喬宇爲狀，翰林庶吉士閻价、華巒刻石京師，寓而歸。先公之喪，應寧方以書吊我慰我，今遽有是託，予復惡能無情哉！

按：太安人姓張氏，大父爲湖廣九溪衛安福所百户，世居澧州。太安人爲處士女，少閑内則。應寧先公娶張，繼劉，皆早世。念嘗爲澧州判官，聞太安人家範甚習，乃繼聘焉。及歸，劉安人遺女甫晬，病幾死，親提抱，同卧起，求良醫善藥而愈之。公自厲爲清白吏，佐以勤儉。及同知化州，從居十年。服飾皆嫁時物，處同輩金綺炫赫中，晏如也。州有劇寇，城且陷，僚屬家皆襁兒女爲走計。太安人遣人覘公，方乘城治戰具，曰：「無憂也。」治家事如常時。諸家常視以爲重，卒無他變。

公本雲南人，既謝官，占籍巴陵，太安人脱簪珥易布粟以爲日。應寧應奇童薦，奉公及太安人上京師。及承詔讀書翰林，舉進士，公始棄養。後拜官中書舍人，三載考最，例得給公敕命，進階儒林郎，太安人封六品號，從夫貴也。應寧滿九載待次，疏乞歸雲南省祖墓，留太安人居鎮江。既修祠合族還，始置田買屋宇爲恒業，太安人實指畫之。應寧得山西命，重勞起居，欲乞終養。太安人不許，許就養。至則體不適，應寧不敢數出巡，太安人輒使行。至平陽，得病報，馳還司。太安遂不起，是爲弘治戊申五月十五日，壽六十有□〔二〕。

太安人凝重，簡言笑，祀事必恪禮，處姻族，馭臧獲，無疾言怒色，慈而能教。京曹賓友以應寧故造訪踵接，必豐饋食。或聞應寧飲笑過度，必婉語戒之。山西學政久弛，應寧力剗宿弊。有無賴子挾勢撓法，索治之，幾斃杖下。太安人聞之，愀然曰：「法固當爾，顧人命亦至重。爾父嘗言刑官務平恕，爾忘之耶？」應寧文行名一時，樹立卓卓，雖出父訓，亦太安人教也。初，同知公病革，念不能歸雲南，巴陵僅繫空籍，而劉安人女適鎮江胡宗胤，擬卜居鄰，未果。太安人實命應寧葬於鎮江丹徒大山支之原，始占縣籍，兹以九月六日啓窆而祔。又嘗念應寧壯未有子，命以雲南族兄續次子紹芳告公祠堂，爲冢嗣。此二事皆功於楊氏，故特志之。

銘曰：

孤城岌岌，桴鼓親執。我從夫者，以死殉急。翼翼重闈，命服有儀。匪子斯才，孰我克馳？我相夫勤，誨子以慈。而饗厥終，孰謂弗宜？其饗幾何，勤則多有。我廉其取，以遺我後。九原有知，不我心負。孰能我銘，吾子之友。

【校勘記】

〔一〕「□」，底本漫漶，抄本、康熙本皆作「三」。

明故廣西布政司副理問致仕葉公墓誌銘

吴江地多水坎，不能尺葬者，必築壤甃石冢於其上，其工累數千百計。凶事既不豫，事至，多倉猝不克固，以爲恒患。味蓴葉公既老，圖自營壽藏，曰：「吾得從司空圖遊，足矣。」乃相吉壤於殿宇圍之原。方事封築，未竟而卒。其子紳益築之，逾年而後舉，成先志也。

公諱芳，字子春，世居吴江之汾湖。湖多蓴，尤性所嗜，故以爲號。曾大父仲賓，九江府倉大使。父蕙，母鄭氏。公性篤而敏，善記誦，尤工屬對，習書經舉子業，爲縣學生。御史彭公勖、孫公鼎繼督學政，每按試，必置優等。試鄉闈，屢不利，以年當貢。同學有徐文玉者，母老，遂讓之。又二年，乃貢禮部，入國監。以例歸寧，時怙恃既失，與其配朱刻厲爲業。

又十有五年，授廣西布政司副理問，志存公恕。賀縣卒四人樵於谷，皆坐淫罪，久不決。公疑之，廉得實，止罪其二，二人獲免，時稱爲明。富川民林姓者，以荒歲轉徙，其田爲富民所業，比歸，不克復。他官謂田久無主，非富民存之，亦爲他人有矣。公獨謂田本林産，今其主故在，惡得言無？乃取其大半歸之。富民以白金賂公，欲盡得之，公叱不聽。在官幾九載，無公私過，藉以老乞歸。巡撫都御史朱公英素善器使，不聽，懇乃得釋。居家教禮義，雖底富盛，二子皆登科籍，恒歙然不以驕人。鄰有爲不孝者，呼而切戒之，卒自感化，鄉人稱之。

公年七十有六，生永樂某年某月某日，卒於弘治戊申閏五月八日，卜葬於己酉某月某日。子四：紳其長，舉於丁未進士，爲户科給事中，有名；次絃；次縯，早世；次綎，貢士。孫四：夔，縣學生；次某、某、某。孫七〔一〕，曾孫女一。

公夙勤子教，念嘗詘科目，欲償取於後。及見其子之成，曰：「吾不憾矣！」今天子即阼，紳奉使南服，期得歸覲，竟弗及斂，例復命於朝，乃返襄事。因奉貢士姚明狀請予銘，且自述葬地始末如此。給事中例有封敕，必滿三載，始得拜。姑銘此，以俟諸他日。銘曰：

汾湖葉公古達者，年未耄期遁於野，後十年餘葬兹土。身所自營非手假，生怡死安此其所。生有令名没不腐，樵牧之輩安敢侮？

【校勘記】

〔一〕依文義，「孫」上當脱「曾」字。

明故南京工部尚書劉公墓誌銘

公姓劉氏，諱宣，字紹和，一字應召。其先世家南康，有諱君造者，仕南唐，爲吉州推官，始留居安福。祖諱孟勤，考諱祖昭，俱贈太常寺卿。公八歲而孤，長值家難，力就學，受春秋於禮部侍郎李公紹。正統丁卯，補父戍盧龍。徒步學京師，冬無纊，手足皸裂，忽凍死道上，有老嫗飲以羹始蘇。夏嘗中暍，有遞夫以熱土覆臍，摘園瓜食之，乃復進。己巳，北虜假貢獻圖窺伺。公上疏言虜不可信，宜豫爲備。後六師失利，公從武官守天津，密贊戎事。或誘之遁，或留妻以女，皆弗聽，事定乃返。景泰庚午，例得校藝京闈。巡撫都御史鄒公來學奇公才，曰：「子必爲解元。」聞者皆笑。比試，果第一，名頓起。辛未，會試第九，舉第二甲進士，簡入翰天林，爲庶吉士。壬申，授編修。癸酉，代祀北鎮。丙子，修寰宇通志成，遷修撰。天順戊寅，歸省母彭淑人，迎養於官。庚辰，同考會試。壬午，典京闈鄉試，人服其公。甲申，憲宗即祚，命充經筵講官。丁亥，九載秩滿，擢春坊右諭德。尋以英宗實録成，遷右庶子。庚寅，擢南京太常寺少卿。上疏請增置太廟寶座、更造進鮮船、定樂舞生名數、圖畫功臣諸廟數事，多見采納。丙申，丁母憂。己亥，還任。壬寅，進本寺卿，兼掌國子監事。修立條教，恤病賻死，士類悦服。琉球國遣子弟就學，公據例請給薪米衣服，撫之加厚。學者奉束脩金，公辭弗受。丙午，召入爲吏部右侍郎。學者復申前請，事聞，乃命公受之。公在吏部，每留意人才，政務畢舉。丁未，旱，代祀北嶽北鎮，祀畢而雨。弘治戊申，今上皇帝特遷左侍郎。庚戌，進南京工部尚書。剗姦弊，稽出納，償官逋數千而羨倍之。辛亥七月十日，病疽，卒，壽六十七。

公事母孝，待寡嫂以禮，鞠兄女有恩。性耿介，好折人過，人亦以此重之。尤熟本朝典故，能歷數公侯世系。成化初，禮議慶成宴坐，尚書姚公夔詢公，公歷舉舊制某官坐某所，姚據以上奏，行之至今。爲文務理勝，所著有沖澹集，藏於家。

配王氏，累封淑人。側室史氏、王氏、朱氏。子三：長秉常，朱出，以公廕爲國子生；次縣學生秉善，又次秉監，皆王出。女四：出王淑人者適國子生廬陵周珪；史出者適同縣彭邦賓；王出者適朱元福；朱出者幼，未行。女孫一。壬子二月十九日，葬廬陵南塘辰巽山戌乾向母墓之左。上遣官治葬事，且賜祭云。東陽，公京闈所舉士也，故秉常來乞銘。東陽其忍銘公，亦曷敢不銘？銘曰：

六卿分職，兩曹並舉。公居南曹，實掌邦土。天子曰咨，作我肱股。乃身在外，心實予輔。諸吏奉法，羣工信度。天子曰都，是咸在汝。公在吏曹，爲衡爲權。公在太學，有身有言。文爲國華，公在詞垣。繇終溯初，亦罔不賢。天之培之，以歲以年。國有耆舊，若龜筮然。胡生之艱，而弗其延？我敍公行，揚幽賁玄。誥命有章，諭祭有文。君恩在兹，過者式焉。

李東陽全集卷五十
懷麓堂文稿卷之三十

誌銘

明故朝列大夫雲南布政司左參議致仕吕公墓誌銘

公姓吕氏，諱昇，字明遠，世爲襄陽人。祖諱義，永樂初累功擢徽州衛副千户，贈明威將軍錦衣衛指揮僉事。祖妣孫，贈恭人。考諱貴，嗣千户，有寵英宗朝，超擢錦衣衛指揮僉事。後調貴州平越衛，以功遷指揮同知，階懷遠將軍。懷遠公四子，公年最長。幼嗜學，遊京庠，從禮部侍郎邢公簡、翰林編修劉公昇受易學。舉順天壬午鄉貢，連得甲申進士第，觀政吏部。成化丙戌，授户部主事，有勤慎聲。

庚寅，疏乞省懷遠公於平越，間歲乃返。壬辰，懷遠公卒，率諸弟往歸其喪。服闋，遷員外郎。丁酉，運舟不時至，命公往督。官士奉令，罔敢後。己亥，遷郎中。會朝廷用師建州，出督軍餉，餉不告乏。辛丑，充荊王府册封副使。癸卯，擢雲南布政司左參議。至則躬親郡縣，察隱除弊。有武官怙勢殺人，執法者欲貸之。公曰：「死者何辜？」竟抵法，民翕然稱快。蒲蠻亂，奉檄宣恩德，皆帖服不敢肆。公巡不擇地，衝冒瘴毒，因獲疾，瀕殆乃起。丙午，入賀聖節，事竣，遂乞致仕。

弘治戊申十二月四日疾作，遽卒。距其生宣德壬子正月二十五日，得年五十七。嫡母王，封恭人。生母李及配楊，以公貴累封宜人。子二：長和，次穆。女四：長適鄉貢士胡雍，次適指揮同知海朝宗，次適指揮僉事焦元子綸，次許嫁千户袁英子勳。女孫二。己酉正月十七日，葬都城東安德鄉北高村先塋之次。

嗚呼！予與公同庠，同舉鄉貢及進士，幾三十年，聞政譽籍甚，顧於詩未甚悉也。比卧病，公攜五言數首過予，使訂可否。余見其妥帖有法度，詢之，則曰：「吾業此二十年，誦唐詩千首，每袖置一卷，有遺忘，輒取繹之，今尚能誦焉。所作五七言亦無慮千首，然未始示人。聞子論甚强予意，後數日，當盡攜以來。」過期不至，忽報云死矣。因取所留稿閲之，慘然以悲。又數日，公弟錦衣千户昂奉同年通政曾公克明狀以銘請予。因以語昂俾輯遺稿，俟異時次而傳之，而先畀以銘。銘曰：

生不溺貴富，力學以成。旋棄其贏，以保此令名。胡取之艱，而委之也輕？乃以其餘自託於詩，欲以是鳴。志弗竟而止，實傷我情。有欲知公，不於其詩，其考我銘。

明故監察御史張君墓誌銘

監察御史張君世用按福建時得疾，還京師，屢輟屢作，猶力疾出治事。今年春，益劇，乃具疏乞歸。事下吏部，未覆而君卒，成化乙巳閏四月二十九日也，年四十有九。君屬纊時，謂其子立曰：「吾親年七十，吾不及終養以死。死不恨，獨欲此耳。」又謂其中表弟尚寶卿仲君維馨，屬所以識其葬者，蓋謂予。予往吊君，聞遺言而哀之。翌日，立奉君同年中書舍人楊君應寧狀來請銘，予以維馨故識君久，且得應寧狀可據信，銘不得辭。

君姓張氏，諱稷，字世用，世爲揚之寶應人。曾祖諱谷成，祖仲仁。父彦明，封太常寺博士。母鄭氏，封孺人。君少有器識，弱冠爲縣學生，穎脱儕類。御史見其文，驚曰：「是當爲場屋魁！」比試有司，屢弗利。成化戊子，始舉鄉貢。壬辰，登進士第，觀政户部。嘗預收京儲，給河南、潼關諸軍賞，皆有能聲。授太常博士，凡值郊祀廟饗，左右執事，甚閑禮度，有白金文綺之賜。

居數年，被簡爲四川道御史，監光禄寺，出納明慎。及按福建，樹風采，嚴號令，鋤强植弱，敏於聽訟，立判曲直，然未嘗恃以爲能。每録重辟，必勤服念，所全活者甚衆。有藩閫武臣怙勢爲民病，君列其罪，奏黜之，名益彰。尤重文教，以作人厲俗爲事。間又訪先賢遺迹，興廢補敝，存問其子若孫。或吊古感物，輒形歌詠，亦不以妨政務。及受代，簿牘無留者。時官數多冗，至有冒名匿罪以干禄澤。君率同官極論之，詔黜其尤者若干人。君後别有擬奏，而病已作，竟不果上云。

君闓爽明達，博交泛愛，而臧否自别。有不當意，輒見辭色。旋亦消釋，不復著胸臆間。愍窮赴急，義氣所激，視財利若土苴。在官十餘年，不問生業，未嘗增寸土一屋。服器儉樸，蕭然如諸生時。君富經術，授徒京師，有顯者。爲詩文，清拔有思致。至於辨别體裁，評騭高下，尤介介不苟，君子以爲知言。所著有竹西稿若干卷。

娶許氏，户部檢校文誠之女，封孺人。惟立一子，敏而知學。女三：長適古文，次適陸全，次在室。卜以是年某月日葬君某山之原。銘曰：

入其堂，其氣奮以揚；接其人，其論激以昂。忽弗振而死，能無傷乎！

封承德郎刑部主事談公墓誌銘

封刑部主事上海談公自作壽藏於黄龍浦之西原，又自制棺槨衾襚，凡後事皆備。會其子員外郎詔歸自官，公日引至其地，左右指曰：墓穴當主何山，墓門當何鄉，地當置何樹，池畜何魚，田所宜種者何穀，園所藝者何物。詔唯唯，退而泣曰：「噫！此殆以後事屬我也。」還朝而訃及。

公諱甫，字廷禮，世居上海鶴沙里。年十六失恃，出贅朱氏，數歲乃歸養。肄禮經舉子業，志遊庠校，不果。府强辟爲從事，非其好也。乃以經學授厥子，曰：「必爲我成之！」間家居置塾，爲鄉子弟師，多所器就。及謁選丞鉅野，裁剸綜合，見稱爲才。以外艱返，載修塾教。并繼母弟侃謂，皆誨使成業，爲納婦置産居之。兄章格死，遺孤訓，訓若己出。潘氏妹寡無子，迓歸養之。改丞陽信，專督馬。馬政簡，裕不爲力，坐謗解官。

詔舉鄉貢，禮部試，連得捷。公曰：「吾不歸治家，俾詔或内顧遷業，豈至是哉！」於是益屏世營。厭耳喧雜，居浦西别墅，築周垣，劚方池，構屋數楹，環蒔花竹，日吟諷遊衍，以此自老。及聞詔拜官，貽以四戒，謂亟則失情，緩則留獄，刻則妨平恕，多疑則長姦僞。因韻爲詩，使誦之。詔子魁兒早夭，公貽書曰：「非我不德，則汝失刑。是致不可不省。」

詔勘獄高郵，時法禁殊肅，公又示以詩，謂王事至重，毋得枉道歸，歸必請。又一年，乃用詔例以省覲歸。三晦朔，亟趣使行，然中實不釋。疾且作，詔還今秩，公力疾手書致戒，蓋自是不復至矣。或謂公曠達遺世，樂不諱死，此世所不易。或曰：「公於命，殆安之爾，彼戒子者意懇懇不釋，斃然後已。此豈遺世者哉！」君子曰：「後説蓋知公者。」

公曾祖伯玉，祖文政，考克誾。配某氏。子二：詔其長也，次子誥舉懷材未仕。孫男女各二，皆幼。公年六十有二，生宣德丁未十二月十九日，卒以弘治戊申六月二日，是歲十二月某日葬。

詔之舉於鄉，予得其文魁選間。及在官，廉慎精法律。以公命奉姑養於官，即所稱潘氏妹者也。詔以刑部郎中陳君一夔狀請銘。一夔，公鄉人，有世好，言蓋可據，故爲銘。銘曰：

名弗身遂，於子則取之。公不自矜，曰我固有之。生距有窮，意適斯止。公不外慕，曰此足以死。死有遺憂，其憂在國。曰吾子有職，於我是塞。彼官弗忒，以耀於潛德。

封太孺人楊母熊氏墓誌銘

楊太孺人熊氏卒於新都，其子行人司正春奔喪歸。既闢地卜日且葬，其孫翰林侍講廷和請予銘。

按：楊氏之先本楚人，元末徙新都。春之曾祖諱賢，贅於李。祖諱壽山，考贈行人司正公諱玟，皆冒李姓。公三娶，始郭，繼羊，太孺人以同邑望族實再繼焉。時楊氏中落，公爲縣學生，有前室二子遠、政，太孺人撫若己出。及公膺貢入國學，留居故廬，手自織辟，畜雞豚，易錢穀，爲朝夕費，裁取自給，餘悉致京師，爲旅資。公授永寧州吏目，太孺人從歲所得禄俸務節縮，一錢不妄費。

公卒於官，遠、政亦相繼夭死。春及二季皆幼，未堪事。太孺人蓬首垢面，負遺骼，挈兩寡婦以歸。值貴州苗作亂，道甚梗。晨夜間行，出入營壘，觸冒瘴癘。雖造次頃刻，區別臧獲，咸有分限。每經一堡，必號曰：「天乎！未亡人經某堡矣。」經一嶺，必曰：「經某嶺矣。」以至城郭津渡皆然。既抵家治葬，家復貧如未仕時。

脱所被簪珥，遺春就學，始令復楊姓，曰：「汝父治命也。」目嘗失明。成化辛丑，春舉進士，疏乞歸省。太孺人喜，乃復明。居數年，趣春就任，曰：「我尚健，猶幸及汝之封也。」春拜行人司正，以弘治辛亥滿三載，吏部上最績，獲錫敕命，贈公如其官，太孺人始受封。乃具冠帔，拜祠堂，曰：「未亡人有以見君地下矣。」

壬子二月二十一日卒，壽八十有三。十一月十七日葬於某山之原，在公墓右數武許。凡爲子者五：遠、政、春、惠、哲。爲女子者二：長適翟瓚，次適貢士單麟。春以下及次女皆太孺人出。孫十：廷和、廷謙、廷豫、廷平、廷萃、廷儀、廷宣、某、某、某。女孫十三。曾孫五：慎、惇、愷、某、某。

銘必有狀，司正君既歸，追憶懿行，懼外之人無能知，勉自爲狀，其辭哀而理。廷和年十二舉鄉貢，其舉進士實先司正君，今在講筵史局，卓然有聞焉。予嘗敍貞壽堂詩，以徵太孺人之教與澤，然所敍事差簡。兹敍爲銘作，乃書之加詳。若公行尚多，以銘爲太孺人作，故不及，且與詩敍互見云。銘曰：

有沃斯原，我樹我封。夫君所安，我不圖存。後四十年，而窆於鄰。異壙同垣，疇其保之，以遺我子孫。

明故中憲大夫浙江處州府知府郭君墓誌銘

予聞浙藩張布政稱良有司，得知處州府郭君廷臣。及彭刑部南巡，最君績，移檄獎厲，處人相與建生祠奉之。未幾，君卒，其子鄉貢士郛方以憂居肥鄉，馳省君。至杭得訃，奔至處。處人曰：「我侯之子也。」相嚮而哭。郛既返君喪，道鎮江，奉楊按察應寧狀上京師，請予銘。蓋其母之葬，予實銘之矣。

郭君舉成化己丑進士，官户部，爲主事。督收京儲，會計精當。尋督天津諸衛及汙石諸場財賦，宿弊盡空。屬吏以金饋，斥弗納。遷員外郎，督儲臨清。見伐桑棗貨食者，畀之米，且諭之曰：「植物不易，貨且盡，當復何貨？」民感悟，遂不復伐。會有議開邊者，願君督餉，辭不獲。比出境，不遇賊而還，進郎中。有宗室訟民田，久不決。君往勘實，歸奏稱旨，因疏所見數事於朝。

及知處州，守久闕，倅貳更署，吏緣爲姦。君至，嚴防禁，籍記條教，事無留案。尤精判決，人不敢欺。處有銀冶，民乘利據險爲恒患。君榜示禍福，弗悛者捕除之。嘗有羣盜久弗獲，君憂而禱之。是夜夢衛廩穀溢，因廉得米廣者爲盜窟，併獲贓證，衆以爲神。麗水民惑後妻，逐前室子。君重傷子教，反覆開悟，俾爲父子如初。戒民節用，禁胥吏勿下鄉井。還逋民萬餘口，復舊業。歲旱禱雨，雨應。有蟲傷於稼，爲文祭之，三日而死。有瑞蓮嘉禾諸物，或以頌君，君辭焉。尤留意學校，躬爲程課，士皆勸學。獨嚴馭下，貪官黷吏，皆斂不敢肆。惠歸於民，民以是思之。君少用志養。教弟嵩舉鄉貢，懋、惠皆習舉子。嘗旅宿，比舍有女夜奔，拒之不去，乃出避之。其素所操執固如此。豫策民利數十事，及爲郡，次第行之。處人輯所立教條曰爲政紀綱，曰栝蒼規約以傳。其所自述有詩文若干卷。

郭氏本出鹿邑，國初，曾祖仁美從天兵北行，至肥鄉，因家焉。祖晟，龍江衛經歷。父謙，永年縣丞，累封户部員外郎，今年八十矣。母石氏，累贈宜人。君生正統丙辰四月二十九日，卒於弘治戊申十月十七日，年五十有二。娶梁氏，累封宜人，先卒，葬某原，己酉某月某日合窆。郛，其嫡子也；側室楚氏有子郯；丁氏有遺腹子，郛告諸祠堂，名之曰郲。銘曰：

世有毁譽，或非厥情。面背則殊，矧惟死生？浙有郡侯，郭姓忠名。莅郡六年，而棄其氓。氓忘我侯，侯我父兄。劬孰我佚，擾孰我寧？泣以送之，有淚吞聲。侯也何知，我情是嬰。侯生有祠，匪悦與營。曷以驗之？於侯之行。有考績者，視我兹銘。

需庵處士岳公墓誌銘

亡妻岳宜人之伯父需庵處士公諱端，字元方，實爲吾外舅蒙泉翁季方之母兄。卒且葬，公子坪泣曰：「吾父之銘，尚將誰屬哉？」東陽亦抆淚曰：「吾又奚辭？」因檢翁所撰述，得公世系，詢諸戚黨長老及坪所自述，又追憶吾妻言，得公事行，并敍次之。

岳氏世爲順天漷縣人。曾祖諱德甫，祖諱思銘。考諱興，懷遠將軍府軍前衛指揮同知。姚太淑人劉氏，懷遠公始娶。馬繼娶，王、劉娶於南京。宣廟詢公家，命舟迎至京師，賜第居之。

懷遠公職秘近，勤不顧私。公孝友，識理道，少勤幹裕，遠遊江湖，服養成業，翁賴以就學。懷遠公没，翁爲翰林編修，嘗具疏論國大事，辭甚激。公竊見其稿，泣且裂曰：「安所置老母乎？」及翁入内閣，論曹、石罪惡，得禍，戍萬里外，私第爲世家所奪，家盡破。公則曰：「弟職然也。」未嘗色怨，獨奉母，日慰悦之，終其身。迨勢家敗，公具自列，憲廟命還故第。翁出知興化，公獨居慨慕。及見致政歸，聚處數年。而翁卒，遺業蕭然〔一〕，幸公老壽，家賴以不墜。

王夫人所生弟千户詳，從弟海，皆極友愛。育從子培、均、增、堂、垣、墉，不異己出。培子標再嗣官，及諸孫格、楫之立，羣從中表諸女弟之嫁，皆公力也。族叔有餉邊者，解所衣衣以贈之。劉氏舅病卒，爲買棺治斂，乃歸白懷遠公。旁近姻鄙，下至旅寓，以貧告，爲治奩買棺者多不可紀數。劉氏從母寡無子，迎居，母事三十年，竟斂葬之。女適王主事瑆，早寡，并育其女，擇貢士任經嫁之，於今有孫焉。

家居不妄費，不服紈綺。雖老病，躬課臧獲，或手操畚箸，不少倦。自制棺斂與凡後事，曰：「死，命也，吾俟其正而已。」弘治丁酉四月三日，病忽革，匡坐而絶。距其生永樂辛卯十一月二十六日，得壽七十九。五月某日，葬滭之堅村先墓。

配南京陸氏，有賢行。子坪，克家。孫梁。女孫一人。蓋自增、堂之夭，我蒙翁遂失嗣續，且不壽以没，天下共悼惜之。公後卒十有八年，壽逾二紀，有子及孫，視翁福祉，殆若過之。其功在繼續，方居顯揚，亦略稱矣。然則公之重以翁，而亦可以無負也夫。銘曰：

方以類聚，習與性成。古語則然，於公有徵。遠則畿甸，尊則公卿。孰不曰此蒙泉先生之兄也。漢有陳氏，元季並稱。公與蒙翁，將無忝厥名。有嗣在公，來者其承之。

【校勘記】

〔一〕「業」，原作「菜」，顯以形近而訛，今據文義與抄本正之。

西莊處士羅君墓誌銘

西莊羅公連昌，南城人，處士也。其子玘爲翰林編修，故大夫士多知公。例得封敕，不及命以卒。鄉之人不敢字公，故以號著曰西莊云。

公諱昌，字文程，生未晬失恃。乳弗給，日噉肉數臠，得不死，竟以是得疾。家人易之，公考獨曰：「是將强吾宗。」顧以疾弗督使學。一日，公忽自奮，從季父大觀學，博涉史經地志曆法諸書。未始圖仕，然恒若以自負者，人亦莫能測也。正統間，閩賊鄧茂七作亂，聲言襲建昌，城中人罔有固志。公帥衆守西門，不税介胄，示以固守。力懲弛怠，敲扑日不絶，麾下士無敢仰視者。忽流言將騍鄉兵，軍中皆驚。公叱曰：「敢嘩者死！」衆乃定，寇亦漸引去。皆謝曰：「活我者羅公也。」

村北芙蓉山傳有金雞神，能禍福，趨者踵接。公曰：「寧有是？」敵以下皆笞而返之，竟以無他。嘗夜過東麓，見灌莽中鬼燐匝地，比曉，揮百斧赭之，遂屋其上，今家焉。其意氣屹屹，不苟爲物變類此。

尤敦内行，事父一日不離側，祀事久益虔。自撰墓奠規，曰：「此禮非古，吾以勸孝也。」晚居西莊，拓産增業，爲遊眺所。亭臺竹樹，甲旁邑諸墅。日與客笑傲其間，竟以是終。所著有西莊稿、家塾稿若干卷。

娶傅氏，子男四：綱、紀、經、維。紀改名玘，以國子生舉京闈第一，登進士第，拜今官。女三。孫男八人，其二爲縣學生。公壽六十九，生永樂辛丑八月壬子，殁弘治己酉十二月朔，某月某日，葬縣之某原。

按羅氏出侍御史袍，袍避危全諷跋扈，徙居南城。十一傳爲曾大父慶遠，慶遠生蘭溪司税俊傑，俊傑生耕隱處士大矩，實生公。至公子玘，乃復顯。方其未顯也，公謂之曰：「爾有奇才，終必稱吾志。」比久詘，言不爲變，已而果然。玘舉京闈，予實校其文，故以公葬請予銘。其同官程正之有狀。銘曰：

鬱而崛，其氣有勃。斂其鍔，弗剛以缺。硎以發，亦莫我敢遏。固天將成之，匪予奪。

國子生傅君墓誌銘

國子生清苑傅君卒於家，時其子編修珪方闋母服，再入翰林纔數月。以冬至節謁陵，未入見而訃至。將復歸，予甚傷之。越數日，珪奉檢討毛維之狀來請銘，且曰：「吾母已得體齋傅先生銘，吾父恃以爲慰。兹吾父不遇以殁，先生倘予之銘，是慰吾父地下也。」蓋珪之舉於鄉，予暨體齋典試事，故其言云。然予安可辭也哉？

按：傅氏本清苑舊族，族最大，鄉稱所居地曰傅家莊。曾祖諱士成，祖諱貴，皆弗仕。考諱信，爲嵩縣主簿，有去思於民。君諱泰，字時雍。弱冠遊保定府學爲生，通詩經。學成，同業皆推孫稱後進，遂屈爲子弟，執經問疑義者相繼。君教法嚴整，凡及門經指授，多稱爲才。君自負甚偉，始謂科第可立取也。試京闈，連失利。失利者類以藉口，曰：「君且爾，科目果足恃哉？」

成化己亥，膺府貢，上禮部，升國子生。又卒業，歷營繕司事，名齒銓籍次未及間，乞歸假，歎曰：「吾非不欲仕，仕亦有命，安能役志於物以累吾真？」乃自號柳莊散人，放情田野，日與鄉人伍。多蓄酒致客，客至則詠觴爲樂。有招者，亦欣然赴之。性坦亮，不喜談人過，或犯之，笑不與辨，人以故樂親之。知君者謂雖自放，然所負故在，終必自見。且其子珪已得進士，官侍從，即不就仕，亦當荷有錫命。是其進退優裕，無弗可者。而君遽以疾卒，得年五十有六而已。

君喜爲詩，稿成亦棄去，不復自惜。每以教珪，不獨於經學爲然。珪志業專確，將大有就，而君不及見。然他日考世業者，寧不曰無是父無是子，如揚子所云也？君亦可以無憾哉！

君配劉氏，有内行。其卒也，以弘治庚戌，葬府城南祖塋。君卒以壬子十一月二十二日，明年癸丑某月某日，啓壙而窆，以劉氏祔焉。子五：珪最長，次璋、瓚、琮、珩。女一，出側室魏氏。孫如子數，女孫加女之一，皆在室。銘曰：

士有力學，奮爲仕徒。有車既膏，中阨千塗。塗亦孔夷，衆所共趨。我行獨趄，咎豈在車？被疾者驅，我車弗如。有命我者，孰疾孰徐。我悉聽之，弗彼覬覦。我力弗窮，而委其餘。勖我繼軌，慎哉厥初。

先叔父前金吾左衛百户李公墓誌銘

我叔父府君病間，東陽泣問曰：「有憂乎？」曰：「汝在，予何憂？」「有遺言乎？」曰：「汝在，予何言？」嗚呼！東陽孱愚，賴我叔父以有今日。自吾父學士府君之喪，實父事焉。叔父老而無子，我其敢弗力？凡葬事悉稱吾父，顧名秩未著，不敢以銘誌爲達者累。謹茹哀輟哭，敍其事以藏。

嗚呼！吾李氏世出茶陵。洪武初，吾曾祖繼一府君籍義兵，歷濟南衛，改燕山工作。吾祖允三府君在永樂初與靖難功，授小旗，改金吾左衛，尋入内局督工作。正統間，遘疾當代。吾父欲棄學從事，叔父年十六，請行，遂以書數受任。器仗名籍、奏牒辭式，心計手録，雖宿吏老掾，皆自以不及。然悉力勤事，戴星觸霧，或遠涉江漢，未嘗告勩。成化初，以上供恩擢所鎮撫。久之，遷百户。弘治初，例罷官，而冠服供事終其身。

内領家政，一不煩吾父。躬所營置，必以共俯仰費。及東陽所得禄俸，並聽出納。勺粟寸帛，兩無嫌猜。四十年餘，凡三徙、七昏、九喪，賓祭饋贈，禮至無算。經制區析，舉無遺憾。其有勞於家又如此。尤篤孝。吾祖寢疾久，扶掖甚至。吾祖母陳宜人痰苦壅，與吾父截葦筒吸之。每談道舊事，至老猶相對泣下。事吾母劉宜人及今母麻宜人，睦不廢禮。張氏姑貧甚，養其夫子孫三世。凡昏嫁，視財利如土苴，親黨中待以舉火者往往有之，然實無厚積。當其揮金赴急，雖夜爨不給，弗顧也。是亦可謂難已。

初娶唐氏，秀朗有内幹。久不嗣，内焦、馬、史三氏。每得子，輒不育。長女唐出者，嫁儀真衛指揮同知張旺；次出焦氏者，嫁武驤右衛副千户王清：皆蚤卒。又次嫁府軍右衛副千户張雄。又嫁馬氏孤女於燕山左衛百户喬峻。

叔父生宣德丙午五月二十五日，没弘治甲寅三月二十一日，壽六十九。其視吾父猶不及一焉，痛哉！吾世墓自曾祖而下葬於城西畏吾村，凡冢八，唐叔母實在穆次。四月二十六日，東陽帥弟東溟、男兆先輩治葬事。墓去吾父所葬地三里而近，東陽質諸禮家，謂宜合葬從祖，不敢屈祔新域。獨念吾父叔兄弟之愛未始違朝夕，而窀穸稍遠，於情終不安。嗚呼痛哉！叔父諱澤，字行潤，不敢諱者，爲來世計也。

兒兆同埋銘

兒兆同者，予第二子，太子太傅成國朱公之外孫也。生僅十歲而殤，悲夫！兒生於成化丙午，予隱几東閣，夢人抱送一男，心訝曰：「安得至此？」六月九日，以生辰避客入直，乃於舊所夢處得先學士公報，始悟曰：「顧不至此乎？」予謂其同物，且有奇兆也，遂名之兆同云。

兒骨相奇聳，目炯炯射人。機穎驚脱，五歲能作屬對語。教之詩，即應口成誦。口占俚句，類協聲韻。字雖未素識，亦能闇寫，累數十筆不少誤，至於篆體亦然。予懼其泄露太早，每抑遏之。然逸不自制，則肆爲諸幻戲。剪刻描畫，摶埴裝貼，欹擊結縛，百凡之事，心得手應，無事規仿，而天真爛然，超出意象。即物計數，毫分兩析，皆略合算法。予益怪之，然弗能禁也。

弘治甲寅春，兒病頭痛，至冬愈劇。右臂既萎，猶能以左手貼梅花盈樹。蓋自是始不復作，乙卯二月五日竟死。其母嘗曰：「兒幼頗肥，何漸瘦？」兒應曰：「木葉向長，則展而不積，此何怪？」又自言：「吾愛朝景，花卉競發，禽蟲下上，殊愜人意。然不可全得，午日一照則萎矣。」嗚呼！孰謂斯言爲終身之讖耶！

兒不擇服食，獨自負俠，伉不下物。間有所愛，其母曰：「乞汝翁。」兒曰：「乞便無恥。」竟弗乞。充其志，殆無可以容之者。其不克少見頭角以死，正坐是哉！造物者於人往往狎玩侮戲，撓其志慮，使不得其平。不然，有物如此，曷不自秘惜？徒費其技能，而又棄之，亦何益也？

予既思兒不置，謂其有成人之志焉。棺殮祭葬，不忍殤視，稍優其數，以慰其有知者。吾過矣，吾過矣！予以母命，卜是月十八日，帥其叔容之、兄兆先，葬兒都城西北小西門，祔於祖墓之側。慟而爲之銘。銘曰：

孰夢我以祥，孰畀汝以良？而止於斯，其生奚爲？噫吁嚱，孰知我悲！

李東陽全集卷五十一

南行稿一卷

南行稿序

成化壬辰歲二月，予得告歸茶陵，奉家君編修公以行。至則省始祖州佐公及高祖處士府君之墓，既合族敍燕。居十有八日，乃北返。以八月末入見于朝，蓋月七閱而畢事。

方吾舟之南也，出東魯，觀舊都，上武昌，溯洞庭，經長沙而後至。其間連山大江，境象開豁，廓然若小宇宙而遊混茫者，信天下之大觀也。既而下吉安，歷南昌，涉浙江，經吴會之墟，則溪壑深窈，峰巒奇秀，千變百折，間見層出，不知其極。柳子厚所謂曠與奥者，庶幾其兩得之。其間流峙之殊形、飛躍開落之異情，耳目所接，興況所寄，左觸右激，發乎言而成聲，雖欲止之，亦有不可得而止矣。

君子居則致養于親，出則委質于君，離次有罰，遠遊有戒，故非求仕奉使，則無事乎行，行亦無暇乎所謂樂者。今天子明聖，侍從之臣無簿書錢穀之責，乃得承君之寵，奉親之志，成尊祖收族之舉。又以其餘覽形勝，玩景物，輸寫情況，振發其抑鬱而宣其和平，亦豈非一時之樂哉！古者登高能賦，以觀大夫之才，而太史氏文章又以爲得江山之助。若是則吾不敢當，獨倫誼風俗之大、人情物理之詳且備，於此有得焉，謂非後天下而樂不可也。然則是詩之作，非直以自敍，而亦可以自考也。

每一詩成，輒請諸家君，以爲可則敍之，得百二十六首、文五通。自潞河返而至江，嘗所經者而止。其餘應答題詠疾書而苟具者尚多，悉削而不載云。是月二十七日，翰林編修李東陽賓之書于潞河舟中。

李東陽全集卷五十一

南行稿

留别京中諸友

近奉絲綸出九天，遠從閶闔望羣仙。雲霄别路八千里，江漢歸心二十年。舊隴松楸還楚地，故人詩畫滿吴船。微官未敢輕離思，不待秋風櫂已旋。

張家灣旅宿用潘時用韻却寄一首

閉户端居長抱癖，乘舟南去欲登仙。壯年脱手惟長劍，舊事傷心爲别絃。杳杳關河勞夢寐，匆匆杯酒各風煙。情將弱柳春無賴，意入停雲暮已傳。萬里江山名勝地，百年心事遠遊篇。清溪短櫂催將發，旅館初燈試不眠。路隔紅塵燕市境，望窮青草洞庭天。雲開極浦西山出，露下高城北斗懸。身在乾坤嗟獨健，道存膠漆願終全。暫時分手君須記，匹馬斜陽古寺前。

舟發張家灣宿河西務

蒼茫正合塵中眼，縹緲真乘水上舟。江月海雲疑是夢，畫圖詩卷坐消憂。沙邊細浪隨鷗鳥，樹裏青山入柁樓。行盡驛亭三百里，五更風急住灘頭。

楊村阻風

春風東來河水渾，驚沙走石天地昏。舟人喧呼怒濤涌，海若戰鬬羣龍奔。前船咫尺不得上，去路倉皇安可論？牀欹几側坐未穩，乘月夜過蒲溝村。

直沽夜泊

二水斜通海，孤村合抱城。夜窗明月過，春浦暗潮生。憂國身將遠，還家夢不驚。留歡有親舊，羈旅見真情。

舟次奉新驛得戴侍御同年書知於前驛相待漫得二絶

月出高樓生野煙，斷堤疏柳驛門前。美人只在雙塘外，海口潮來好放船。

一櫂江南本舊期，宦途多事獨棲遲。東風幾度停舟意，惟有春潮日夜知。

放船

日出風亦静，卧聞雙櫓鳴。起看林巒過，始知我舟行。輕鷗逆素浪，幽草迎人生。清暉散宿靄，遠日增春明。風帆疾於鳥，頗快青雲程。豈不惜行路，懷歸意先征。浮雲西北馳，默然傷我情。

東南風

黄沙濁浪排長空，十日五日東南風。前船暫開後還却，闕岸回灣隨處泊。篙師有力不自持，回帆轉柁無停時。君不見大船安穩如屋裹，小船下上隨波起。出門萬里誰復知，咫尺悲歡不相似。平生漫説行路難，行路之難乃如此！却笑悠悠陌上人，兩脚踏地猶悲辛。

宿流河驛遇寶慶謝太守

仰止懷先達，相逢即舊知。別離曾有贈，舟楫本無期。細語春燈暗，高歌暮角悲。從君問前路，江海得吾師。

早發滄州

片帆輕舸發滄州，野樹離離散不收。兩地離心河上草，一燈殘夢渚西樓。塵生曉市人煙集，霧擁春城水氣浮。我欲憑高問歸雁，瀟湘何處可維舟？

清明二首

舊壟蕭蕭楚水頭，每逢寒食憶松楸。匆匆便作江南客，又是并州一種愁。

原南草色動春晴，又是離家十日程。旋摘田蔬供野飯，晚風河上過清明。

桑園阻風

離家凡十日，九日住風波。山色依篷轉，灘聲雜樹多。晝牀無穩卧，夜劍且悲歌。不有承顔樂，其如羈思何？

望德州

窮林蒼蒼一望平，落日始到德州城。山色離京不復見，河流到海無停聲。邏人擊鼓朝暮急，舟子刺船來往輕。與客相期隔素月，停燈坐待東方明。

泊故城與戴侍御謝寶慶夜酌喜而有作

逆流衝長風，岸渚成百折。舟行落日暝，篙櫓力已竭。同袍烏臺彦，待我心切切。結交重然諾，此道久已絶。偶逢賢太守，論舊語不輟。烏臺冰霜姿，官好不自熱。周旋共觴酌，燕坐齒爲列。相顧問起居，停杯聽余説。自從違京邑，道路屢危隉。欹帆却撐駛，長纜阻牽掣。復聞南河水，淤淺不過轍。黄沙捲驚塵，千里地欲裂。雨師何大懶，風伯無乃褻？我舟未妨遲，農事長苦觖。懷著問蒼天，心亂不可堞。二公濟世者，慷慨憂不歇。峨峨南州蓋，矯矯中臺節。方將承明威，庶用掃氛孽。許國同肝腸，匡時仗豪傑。閒官愧升斗，兹計余已拙。且復盡君觴，倉皇慰離别。

泊武城姚尹顯求詩率爾有贈

寂寂離亭坐不眠，偶從柱史識君賢。劉蕡慷慨陳言日，宓子風流作縣年。風雨繫船春樹底，河橋分手夜燈前。武城千古絃歌意，一度懷人一惘然。

臨清二絶

十里人家兩岸分，層樓高棟入青雲。官船賈舶紛紛過，擊鼓鳴鑼處處聞。

折岸驚流此地回，濤聲日夜響春雷。城中煙火千家集，江上帆檣萬斛來。

浦橋得淺

落日荒村無犬聲，風沙兩岸斷人行。須爲繫纜空林下，坐看前溪春水生。

望東昌

水淺無全閘，沙乾有斷蓬。河源還濟上，民俗自齊東。地渴今春雨，帆欹昨夜風。蒼生不可問，吾亦歎途窮。

張秋

河流舊有患，自古重堤防。創始固不易，居守乃其常。昔聞張秋水，汎溢誰能當？沙沉鐵磊磈，石走波昂藏。人言徐都憲，此功不可忘。歷年既久遠，衝激隨摧傷。東山伐木石，西府派丁糧。遥遥版築聲，杳杳道路長。由來重漕運，值此年歲荒。居民勿嗟怨，王事固靡遑。金堤潰蟻穴，此戒良亦彰。寄言後來者，未可崇燕康。

馬船行

南京馬船大如屋，一舸能容三百斛。高帆得勢疾若風，咫尺波濤萬牛足。官家貨少私貨多，南來載穀北載鹺。憑官附勢如火熱，邏人津吏不敢詰。争徂鬬捷防轉欺，倏去忽來誰復知？乘時射利習成俗，背面却笑他人癡。他人雖癡貧亦樂，明朝犯令爾輩縛。官家號令時復傳，津吏如今更索錢。

濟寧二絶

擾擾舟車此要衝，地連淮北控山東。龍王廟轉潺湲下，太白樓高睥睨通。

濟水東來泗水連，郡城深處有人煙。湖心曉色平臨岸，閘口春濤穩下船。

歌風臺

風急高城涌暮波，舊時臺榭此山河。鹿當秦楚黄塵合，龍出芒碭紫氣多。海内英雄休戰伐，里中耆舊得經過。功成坐失蕭墻計，遺恨當年猛士歌。

徐州洪

山根槎牙石插水，蹲螭鬭虎隆隆起。胥濤鯀浪中崔嵬，百步九折勢不回。欻如萬馬乘風來，奔雷跋電逐恍惚，夸父不得相追陪。是時旱涸尚如此，何況泛溢淩空頹？州中徐人作齊語，指畫喧呼若風雨。一夫麾旗百人拒，瞬息風帆不知處。南人笑歡北人懼，予亦爲之髪雙竪。吁嗟此險天下雄，形勢怪詭誰能窮？長流淤濁不盈丈，豈有神物藏其中？但見鉅石如蟠龍，大書刻自東坡翁。筆力險絶如此洪，似覺造化争奇工。我生好古來幸早，三月水落波濤空。復聞百里有吕梁，洪波鉅石相昂藏。世間夷險無定所，此地何獨非康莊？人生一身須周防，百年行止思垂堂。豈不愧彼千金郎，嗚呼，豈不愧彼千金郎！

白楊行

路經白楊河，河水淺且渾。居人蔽川下，出没無完褌。俯首若有得，昂然共騰歡。停舟問何爲，蹙額向我言。始知沙中蜆，可代盤間餐。此物能幾何，歲荒乃加繁。吾人未溝壑，生意諒斯存。倉皇爲朝夕，豈不念丘園？邊河種官柳，一株費百錢。茫茫江淮地，千里惟荒田。十歲九不雨，摧枯固其然。况復苦迎送，誅求到心肝。生當要路衝，雞狗不得安。嗟我獨何爲，聽之坐長歎。微心不盈寸，引此萬慮端。民風古有賦，歷歷誰能宣？悲哉白楊行，觀者幸勿删。

浦望

瞑色投林久，移舟更趨程。遠煙生浦望，斜月逐溪行。漸解殊方語，偏增故國情。萍蹤何處定，明日楚州城。

過黄河

清口驛前初放船，長淮東下水如絃。勁催雙櫓渡河急，一夜狂風到海邊。

夜過邵伯湖

蒼蒼霧連空，冉冉月墮水。飄飄雙鬢風，恍惚無定止。輕帆不用楫，驚浪長在耳。江湖日浩蕩，行役方未已。羈棲正愁絶，況乃中夜起。

揚子灣

揚州久枯旱，河水縮不流。千夫力未强，曳纜用鉅牛。漕舟百萬斛，擁塞如山丘。將軍令不行，軍士蹙額愁。躋攀不可上，安能問歸舟？民船及賈舶，瑣瑣不足籌。誰爲水車計，轉汲春江頭。微涓注鉅壑，豈足裨洪流？須知此天意，亦得參人謀。坐視固非策，煩驅轉爲仇。亢陽必終復，理數亦可求。庶幾沛甘雨，洗我蒼生憂。

揚州懷古

日出蕪城曉望空，萬家樓閣水煙通。地當楚越帆檣會，鎮壓江淮枕臂雄。民物聖朝還禹貢，亂離前代説隋宫。瓊花觀裏花無數，寂寞荒臺野草中。

揚州與戴佀二侍御同觀八仙花有作留察院

春風不見廣陵花，忽到行臺御史家。九曲闌干隨月轉，兩行環珮倚空斜。品題自稱仙爲骨，摇落誰知歲有華？莫遣風霜浪摧折，高秋須待楚江槎。

風江野泊偶步江上無主竹園呼酒招戴侍御謝寶慶彭民望同飲

江上人家柳繞墻，更多脩竹傍林塘。不教野老知名姓，且共樽前一度狂。

江上望金陵

海雲浮動碧崔嵬，渺渺孤帆望雨開。吴楚青山從此斷，東南王氣渡江來。龍盤却作千年樹，鳳去空餘百尺臺。而我獨慚觀國士，兩都猶數孟堅才。

南京謁孝陵有述

禮樂千年會，腥膻四海空。商周終愧德，唐漢敢論功？鳳曆歸真統，龍山繞舊宫。秋風霸陵樹，落日鼎湖弓。萬國謳歌在，餘生覆載中。小臣瞻拜地，江漢亦朝東。

登報恩寺塔

古磴穿雲到石窗，樓臺四面隱旌幢。北臨廣路斜通郭，西隔平原俯見江。萬里乾坤蹤迹半，百年風雨鬢毛雙。向來作賦軀全瘦，獨有凌雲意未降。

登雨花臺

臺高欲上雨濛濛，虎踞龍盤在眼中。萬古青山還洛下，一丘黄壤自江東。謝公著屐何曾到，梁武談經亦已空。好是五陵歌酒地，年年芳草坐春風。

遊靈應觀

珠宫下見潭底日，碧澗俯通林外渠。市上人稀午煙静，山中草生春雨餘。仙翁丈室煮清茗，溪叟尺盤來白魚。縹緲雲樓不可上，吾當駕鶴凌空虚。

遊雞鳴寺

諸山盡是鍾山脉，聞道雞鳴更有靈。岡勢斜分龍虎脊，巖光深閟鬼神扃。風含落日松聲迴，雨帶平城草色青。東郭吏人催上馬，暮寒吹面酒初醒。

采石登謫仙樓

江天日暮雨蕭蕭，城昏野亭春寂寥。浮雲東來蔽江色，明月墮地誰當招？我懷古人坐不寐，鯨背之子神仙標。風鬟露鬣事恍惚，豈有赤脚凌青霄？舉杯問天天不語，予亦沉吟俯江渚。縱有神仙亦妒才，不然豈謫來中土。昭陽殿前牝雞午，老鳳低飛入簾户。網羅横空鎩其羽，雝雝和鳴竟何補！燕雀之輩安足數？平生豪氣隘九區，寸地未可容公軀。有才如此不得意，自古非一誰當吁！杜陵野老憐才客，思君不負青山色。千古波濤百丈深，至今猶恐蛟龍得。英豪一去俱陳迹，楚水吴山眼中碧。鳳去龍飛不復還，仗劍悲歌竟何益！

長江行

大江西來是何年，奔流直下岷山巔。長風一萬里，吹破鴻濛天。天開地闢萬物茁，五嶽四瀆皆森然。帝遣長江作南瀆，直與天地相周旋。是時共工怒觸天柱折，遂使后土東南偏。女媧補天不補地，山崩谷罅漏百川。有崇之叟狂而顛，坐看萬國赤子淪深淵。帝赫怒，罰乃罪。神禹來，乘四載。驅大章，走豎亥。黄龍夾舟穩不驚，直送馳波到東海。朝離巴峽暮洞庭，九派却轉潯陽城。縈紆南徐萬餘里，更萬餘里通蓬瀛。君不見黄河之水天上下，其大如股空縱横。長淮清濟出中境，曷敢南向争權衡？千流萬派瑣瑣不足數，雖有吐納無虧盈。下亘厚地，上摩高空。日月出没，蛟龍所宫。奇形異態不可以物象，但見變化無終窮。或如重胎抱混沌，或如顥氣開穹窿。或如織女拖素練，或如天馬馳風駿。空山怒哮飽後虎，鉅壑下飲渴死虹。或如軒轅鑄九鼎，大冶鼓動洪鑪風。或如夸父逐三足，曳杖狂走無西東。或如甲兵宵馳聚嘯滿山谷，或如神鬼晝露萬象出入虚無中。吁嗟乎，長江胡爲若兹雄！人不識，無乃造化之奇功！天開九州，十有二山。南北並峙，江流其間。堯舜都冀方，三苗尚爲頑。魏帝倚天歎，征吴但空還。吁嗟乎，長江其險不可攀！古來英雄必南騖，我祖開基自江渡。古來建國惟中原，我宗坐制東南藩。始知天險不足恃，惟有聖德可以通乾坤。長江來，自西極，包人寰，環帝宅，我來何爲爲觀國。汎吳濤，航楚澤，笑張騫，悲祖逖，壯神功，歌聖德。聖德浩蕩如江波，千秋萬歲同山河。而我無才竟若何？吁嗟乎，聊爲擊節長江歌！

小孤山

山當極浦峰全峻，江到寒磯勢却回。獨立水門風不斷，片帆揮手謝高臺。

與謝寶慶擬登匡山至九江阻雨和寶慶韻

瀑布懸青壁，香爐出紫林。謫仙千古句，謝朓一生心。野樹連天暝，春江拍岸深。我來兹郡晚，風雨罷登臨。

江南雨和寶慶韻

地濕蛇蟲聚，山深草樹多。野雲通晦朔，春雨亂江沱。薊北無全麥，關西有荷戈。此時枯槁甚，相望隔懸河。

呼風謡

江南舟子能呼風，呼西即西東即東。羣咻遞嘯響徹谷，天風下來呼轉速。船頭三老催呼急，風來衆人皆起立。愚民習俗我所笑，舟人相矜不殊調。莫呼風，人生順逆由天公。君看萬斛下江舸，朝朝灘上呼風坐。

江中怪石

突兀山城抱此州，江間怪石擁戈矛。隨波草樹愁生鋍，駭浪蛟龍却避流。豈有岧嶤能砥柱，衹多衝折向行舟。憑誰一試君山手，月落江平萬里秋。

江雨次韻

四月雨冥冥，長空瀉未停。遠江深正白，老樹濕能青。蜃氣朝仍結，龍宫夜不扃。離人自無賴，況是枕邊聽？

曉發蘄州次韻

城曉遲吹角，高雲濕未開。驚波風不定，危石岸將頹。青入無窮草，黄低欲墮梅。江湖苦留滯，遊宦恥凡材。

道士洑夜泊次韻

野宿驚初定，殘燈慘向明。市船南北語，邏舍短長更。巖轉陰風急，江空夜雨鳴。壯年輕别甚，腸斷此時聲。

回風磯

怪石峥嶸與岸平，洑流驚浪劇縱横。向來頗狎江湖險，未覺回風浪得名。

江上聞蛙

野曠天空月正明，水田青草亂蛙鳴。江頭十日瀟瀟雨，禁得離人此夜情。

過黄州

江上兵回列炬空，都將成敗付東風。千年赤壁無尋處，辛苦英雄一戰中。

登武昌觀音閣

此地已多暑，未登先怯寒。逕危妨躡屐，江急動凭欄。渚築因山易，風帆失勢難。漢陽深樹裏，何處是長安？

江上奕棋與寶慶

江上陳兵二壘同，都將一笑定雌雄。烏林得計周郎捷，淝水乘驕謝傅功。蕉底夢回風雨散，橘中人老歲年空。一枰斂盡斜陽色，獨立青山在眼中。

小君山

武昌西望楚江灣，翠黛盈盈隔水看。極目洞庭應不遠，舟人説是小君山。

登岳陽新樓

突兀高樓正倚城，洞庭春水坐來生。三江到海風濤壯，萬木浮空島嶼輕。吴楚乾坤天下句，江湖廊廟古人情。中流或有蛟龍窟，卧聽君山笛裏聲。

謝寶慶洞庭圖湖中作 時謝公乞歸，不得請，將還治寶慶。

湖南鉅郡稱岳陽，樓前大湖春水長。周回九江帶七澤，顛倒萬象隨三光。洪濤鉅浪拍山動，風雨却灑炎天涼。君山遠在湖中央，蒼梧不來斷人腸。南尋汨羅不知處，屈子墮地魂茫茫。謝公吊古心慨慷，予亦從之渡沅湘。平生壯遊天地闊，老大不覺鬚眉蒼。商飆南來振南嶽，孤棹未許還滄浪。畫圖髣髴今皆是，江海風期殊未忘。揮毫賦者誰最强，前有應魁羅修撰倫。後孔暘。莊司副昶。二子之名滿天下，豪氣直欲隘八荒。嗟予有辭不敢吐，人今盡笑二子狂。眼中同調似公少，且復盡醉君山傍。

江上聞蟋蟀

四月江天聞蟋蟀，船窗夜短不勝長。春蠶未了催秋織，世事相尋有底忙。

至長沙送別謝寶慶

湘水天下碧，衡山千古靈。我侯東南來，攬高濯其清。此地既佳麗，斯人亦豪英。五馬豈不貴，棄之一羽輕。茲謀既不遂，所志豈在名？湖南近凋瘵，歎息爲蒼生。近聞都臺牒，列縣須巡行。贈君衡湘篇，匪爲遊冶情。

與錢太守諸公遊嶽麓寺四首席上作

衡嶽地蟠三百里，羣峰將斷復崔嵬。巖間古刹依山轉，谷口晴雲滿樹來。北海書存誰問價，少陵詩罷獨憐才。扁舟已謝長江險，又是匆匆一度回。

路轉村迴一掌平，水田沙樹繞溪行。居人尚説潭州守，書院猶存嶽麓名。荒蕪舊基俱寂寞，斷碑殘篆失分明。錢侯亦有招賢意，潦倒無能作頌聲。

危峰高瞰楚江干，路在羊腸第幾盤？萬樹松杉雙徑合，四山風雨一僧寒。平沙淺草連天在，落日孤城隔水看。薊北湘南俱在眼，鷓鴣聲裏獨凭欄。

政簡官閒訟亦消，我公多暇得相招。長沙地濕天將暑，嶽麓山深路未遥。歸磴淺留芳草屐，離洲深繫木蘭橈。他年便作甘棠地，白石青松漫寂寥。

錢太守招遊開福寺不赴奉答一首

潭州城北楚江邊，此地招提父老傳。十里青山斜鳥外，滿庭芳草閉門前。題詩自足騷人興，愛客深知太守賢。多病屢慚招不起，故園花柳爲誰妍？

燕長沙府席上作

郡庭開宴倒銀缸，綺席朱簾玳瑁窗。愧我孱軀真倚玉，看君雄飲欲吞江。西陽影墮仍浮水，南曲聲低屢變腔。既醉不知豪已甚，題詩那有筆如杠？

燕長沙衛席上作

千里山川控帶通，郡城高枕大江雄。廣庭歌管今辰宴，好雨東南昨夜風。朝組少年叨上客，戎門高誼見諸公。明朝又是江樓別，興在殘杯落照中。

競渡謡

湖南人家重端午，大船小船競官渡。綵旗花鼓坐兩頭，齊唱船歌過江去。叢牙亂槳疾若飛，跳波濺浪濕人衣。須臾歡聲動地起，人人争道得標歸。年年得標好門户，舟人相矜復相妒。兩舟睥睨疾若仇，戕肌碎首不自謀。嚴訶力禁不得定，不然相傳得瘟病。家家買得巫在船，船船鬬捷巫得錢。屈原死後成遺事，千載傳訛等兒戲。衆人皆樂我獨悲，莫遣地下彭咸知。

浮居户

江南人家船爲屋，白髮長年水中宿。生兒不識徒步勞，生女赤脚隨波濤。江湖東西貨貴賤，朝遊楚州暮吴縣。蒲帆四面往復還，慎勿恃爾凋朱顔。江頭昨夜風浪惡，胡不歸來種田樂？歸來無田生亦足。

長沙竹枝歌十首

三十六灣灣對灣，人家多住白茅間。直過洞庭三百里，長沙城北是彤關。

南船北船滿洞庭，蕭公祠前牲酒馨。二妃枉作君王后，君看君山山自青。

汨羅江頭春水生，汨羅江上楚歌聲。人間若解三閭苦，水底魚龍亦有情。

馬殷宫前江水流，定王臺下暮雲收。有井猶名賈太傅，無人不祭李潭州。

江頭綵旗耀日明，船上撾鼓不停聲。湖南樂事君記取，五月五日潭州城。

潭州城邊多野田，黄茅白葦遠連天。莫言楚國無生理，畝地如今倍直錢。

湘江女兒愁落暉，湘江江上鷓鴣飛。行人試看君山竹，竹不成斑君始歸。

戍門旌節擁高臺，軍士南邊戍未回。紅巾小兒齊擊鼓，知是官船江上來。

湘江水深天下清，何如隴頭秋月明？離人到此不得醉，況是高樓吹笛聲。

長沙少年無奈春，青衫白面不生塵。勸君莫向湘潭住，江燕銜泥解涴人。

長沙道中

風帆遡洪濤，千里勢不歇。暮登長沙岸，始與大江別。夢魂猶洶涌，行步方巖嵲。城南路逶迤，十步九曲折。重岡互起伏，老樹交糾結。朝行惡蛇影，夜踏愁虎穴。冥冥鬼燐出，杳杳人蹤滅。時維仲夏月，行役遭苦熱。嵐蒸毒霧滃，日熇焦原爇。葳蕤拂塵纓，宛轉嘶汗驖。招遥袂獨舉，示險旌先揭。亭長憩息屢，僕倦驅馳迭。薪當野逕樵，蓴向招提設。惟知朝復暮，豈暇餔與餟。故墟亦孔邇，旅抱聊自悦。遊南厭水陸，憶昨換時節。永懷千金戒，幸免窮途跌。歸計寧憚遥，吾當汎蘇浙。

荷木坪二十韻 高祖處士府君墓。

恭言奉明詔，祭告返鄉國。路入茶溪深，居人眇蕭瑟。兹坪我所志，先壟舊封殖。荷木生其旁，松江瀉其北。從戎始北征，家業隨蕩析。吾祖懷故居，臨終涕沾臆。遺言在孫子，夙夜恒警惕。高秋下霜露，展轉不安席。還歸賓父命，錫賚荷君澤。良臣展樽俎，再拜掃榛棘。縣令具牲醪，諸生走冠幘。伯叔序我前，子弟侍我側。燎帛薦馨香，樹碑紀名德。安能耀泉冥，庶用表里宅。巢枝羈鳥性，宦海流萍迹。古人重水木，興豈在泉石？眉山有遺恨，潁水非仁擇。糾結勞寸心，馳驅歎行役。微官念靡盬，戾止遑宴息。明發登長途，徘徊更悽惻。

雷公峽二十韻 族高祖提舉府君墓。

我家有遺譜，云自洮州發。茶陵世繁衍，樹德爲耕垡。有宋三百年，歷元未衰歇。公生實天挺，少小負奇骨。策試登甲科，詞林力不竭。一官佐提舉，蹤迹遍吴越。省母還故鄉，興言采薇蕨。兵戈滿天地，瞻拜阻宫闕。避亂入永新，孤身任飄突。希蘧表微意，志比蹈溟渤。皇明始革命，蒐訪盡巢窟。平生用世策，垂老不自伐。簪纓豈予事，丘壑成永没。大節幸不虧，遺文爲余闕。提舉有青陽先生文集序傳于世。尤多金石篇，碑板勞剞劂。卓爾稱鉅儒，巍然聳高閥。秋風動雷峽，孤冢高嵂兀。不才愧苗裔，今旦得參謁。倉皇問故地，散亂訪遺碣。有筆慚幽光，兹言敢終訥。

六月九日初度諸族父兄皆會感而有作

京國辭家萬里行，故園今日暫逢生。方言解共兒童説，杯酒能勞父老情。地濕暑風清野樹，夜深涼雨過山城。天涯異物還甘旨，隨意樽前舞袖輕。

得家書聞舍弟病二首

關山迢遞隔蒼茫，忽報家書起欲狂。猶恨匆匆語言少，應須一字九回腸。

生年嬌小最憐渠，瘦骨棱層我不如。別後逢人雙淚眼，疏燈細字若能書。

茶陵竹枝歌十首

溪南溪北樹縈回，洞口桃花幾度開。楓子鬼來天作雨，雲陽仙去水鳴雷。

楊柳深深桑葉新，田家兒女樂芳春。刲羊擊豕禳瘟鬼，擊鼓焚香賽土神。

銀燭金杯映綺堂，呼兒擊鼓膾肥羊。青衫黄帽插花去，知是東家新婦郎。

緑鬟荆釵雙髻螺，青裙高繫小紅靴。阿孾舊是茶城女，教得娃兒能楚歌。

拍拍東風燕子寒，卷簾花絮若爲看。夜深雨脚何曾睡，春水平於養鴨欄。

儂餉蒸藜郎插田，勸郎休上販茶船。郎在田中暮相見，郎乘船去是何年？

春盡田家郎未歸，小池涼雨試絺衣。園桑緑罷蠶初熟，野麥青時雉始飛。

白紙黄墳野草生，柳煙榆火照清明。楚娥不識鞦韆戲，兩兩沙頭接臂行。

渚蘭汀芷不勝春，極浦遥山豈解顰？誰在長安殢花柳，山中閒殺採芳人。

溪上春流亂石多，勸郎慎勿浪經過。莫道茶陵水清淺，年來平地亦風波。

盈女生日　時其母亡一年矣。

習笑應全解，逢生也自歡。長安閨裏月，誰抱倚闌干？

過永新十八灘

禹迹何曾到，多應闢草萊。危灘天上下，驚浪耳邊回。野泊無時定，船歌半夜催。厫城不可駐，虺蜴暗徘徊。

吉安府

山勢西來斷，江流北去平。萬家深樹裏，聞是吉州城。

聞揚州潮漲

五月金陵江水平，揚州郭裏見潮生。殊方消息逢人地，遠客悲歡此夜情。即遣帆檣無阻滯，莫教魚鱉太縱横。漕舟百萬東南計，早晚元戎達上京。

發南昌宿東湖口

落日豫章城，歸帆第幾程。草中南浦色，樹裏北禽聲。旅宿依津處，郵籤報客名。東湖不可度，風雨坐天明。

滕王閣 舊閣淪于江，今名「西江第一樓」云。

滕王高閣罷崔嵬，誰築西江第一臺？雲雨不收歌舞地，文章空歎古今才。豐城夜氣聞龍起，彭蠡秋風見雁來。幾欲乘槎問牛斗，不知平地有三臺。

水碓

村舂不自力，杵臼清溪裏。兹事余所聞，經過親見此。初觀未全解，諦視得深旨。長輪周其旁，機括中齒齒。急流相低昂，日夜方未已。蕩激勢則然，設施固其理。古人重制器，法象隨所擬。此物豈其餘，末流弊宜爾。雖多造作勞，亦復天機使。人言機害事，抱甕者誰子？剖斗折其衡，吁嗟聖人死。斯民生理足，勤儉誠可喜。觸事感我懷，作詩究終始。

舟人有采蔬者問其名曰連理菜感而有作

汀人采芳至，物好名亦好。所恨舟中人，不如沙中草。青草青於蘭，秋風白露寒。餘馨坐盈把，三嗅不能餐。

弋陽雨晴

暑伏秋先至，天陰日易低。沙痕平草樹，雨脚見虹霓。席坐攤書滿，船更聽鼓齊。葛溪三百里，川路隔東西。

廣信道中

旅泊逢初雁，山城昨夜秋。雨深南澗水，風急上灘舟。取捷非無地，垂堂且自謀。江湖迂拙甚，吾得及安流。

過玉山

扁舟隨所適，兹地復躋攀。雨久未妨旱，路窮方見山。斷橋人獨去，高嶼鳥孤還。東望臨安郡，潺湲一水間。

過子陵釣臺

嚴陵祠下揚帆處，不見先生見釣臺。鉅石倚空江葉下，冥鴻銜雨朔風回。明時合重巢由節，濟世非輕管葛才。莫道羊裘非隱物，山川不礙去能來。

過錢塘江

人道錢塘險，高秋坐穩流。地分吴越語，山帶古今愁。野闊潮聲壯，天晴海氣收。誰家水犀手，不射會稽仇？

蔣宗誼府推期遊西湖爲郭侍御所招不果

興在西湖淺水濱，繫舟東郭問行頻。南臺忽漫傳初簡，樽酒翻成愧故人。蘿繞孤山諸逕合，雨晴天竺數峰新。莫言行李倉皇甚，猶是江湖汗漫身。

西湖曲五首

湖波緑如剪，美人照青眼。一夜愁正深，春風爲吹淺。

其二

不信湖中好，儂身别有家。翻愁歲華盡，不敢采蓮花。

其三

風落平沙稻，霜垂别渚蓮。西湖三百畝，强半富兒田。

其四

草碧明沙際，花紅試雨初。官船蕩素槳，驚散一雙魚。

其五

莫唱西湖曲，湖邊歌舞稀。儂家年少日，遊冶誤芳菲。

吊岳武穆辭

苦霧四塞，悲風横來。羲景縮地，下沈蒿萊。坤輿外折，鼎足中頹。大霆無聲，枯孽槁荄。羯虜騰突，狼烽崔嵬。龍困沙漠，鱗傷角摧。齊雠九誓，楚户三懷。姦相賣國，忠臣受猜。積毁銷骨，遺禍成胎。命迫十使，功垂兩淮。盟城不恥，借寇終諧。重器同劇，羣兒共咍。髮竪檀冠，潮漂伍骸。氣奪胡醜，殃流宋孩。英雄已死，大運成乖。魂作唐厲，形空漢臺。天不祚國，人胡爲哉！壯士擊劍，氣聲殷雷。日落風起，山號梅哀。樹若可轉，江爲之回。乾坤老矣，歎息雄才！

嘉杭道中四首

遠樹依稀極浦，清溪宛轉長橋。紅裙女子朝汲，白髮村翁暮樵。
煙籠近浦沙白，雨急長溪水渾。一夜江頭潮滿，釣船撑到柴門。
緑樹孤村水旁，茅屋在水中央。岐路寧知車馬，生涯半是舟航。
秋風燕子人家，細雨漁翁釣槎。日暮長安何處，萋萋芳草天涯。

風雨歎　吴江縣舟中作。

壬辰七月壬子日，大風東來吹海溢。峥嶸鉅浪高比山，水底長鯨作人立。愁雲壓地濕不翻，六合慘澹迷乾坤。陰陽九道錯白黑，烏兔不敢東西奔。里人蒼黄神屢變，三十年前未曾見。正統甲子歲。東村西舍喧呼遍，牒書走報州與縣。山隧谷汹豺虎嗥，萬木盡拔乘波濤。洲沉島滅無所逃，頃刻性命輕鴻毛。我方停舟在江皋，披衣踞牀夜復晝。忽掩青袍涕雙透，舉頭觀天恐天漏。此時憂國況思家，不覺紅顔坐凋瘦。潼關以西兵氣多，胡笳吹塵塵滿河。安得一洗空干戈？不然獨破杜陵屋，猶能不廢嘯與歌。世間萬事不得意，天寒歲暮空蹉跎，嗚呼奈爾蒼生何！

顧天爵送至舟中走筆有贈兼寄天錫

訪君周山廬，送我具區浦。留連未終日，中道成間阻。人生萍蓬爾，聚散靡定所。安知瀟湘纜，繫此滄江滸。同袍古人義，倏忽棄如土。感激聊共陳，誰能問羈旅？

蘇臺曲五首

秋水光於黛，新妝愛日斜。隔溪深不語，孤棹入菱花。

其二

草深香徑合，花冷屧廊空。惟有吴宫水，春城四面通。

其三

樓臺春後掩，環佩月中行。莫上胥門望，寒潮昨夜生。

其四

國亡身亦虜，却載五湖槎。借問西施女，何如張麗華？

其五

張王舊時宮，零落數枝柳。不是春風生，芳菲詎能久？

與趙夢麟諸人遊甘露寺

澗篠巖杉處處通，野寒吹雨墮空濛。垂藤路繞千年石，老鶴巢傾半夜風。淮浦樹來江口斷，金陵潮落海門空。關書未報三邊捷，萬里中原一望中。

遊金山寺

楚纜吴檣萬里還，夢魂長在水雲間。地當好景多逢寺，江到中流合有山。鶻嶺高秋增突兀，龍宫深夜鎖潺湲。謝公無限登臨興，不爲蒼生暫解顔。

長向名山憶所逢，偶來南國問仙蹤。潮聲夜落江心寺，雲氣朝浮海上峰。玄圃樓臺通日月，石壇風雨護蛟龍。詩成却笑張公子，解道中流兩岸鐘。

高祖戊七府君墓表

成化壬辰之春，曾孫封翰林院編修淳將歸謁曾祖考處士之墓于茶陵，玄孫東陽實自翰林請于上以從。曾孫淳乃具述曾祖本末，授于玄孫東陽，使撰次其辭，刻石京師，載而歸，表之墓道，以示于凡爲宗族鄰里鄉黨者。其辭曰：

嗚呼！惟我李氏，出自臨洮，譜傳爲西平忠武王之後。王之第十子曰憲，爲觀察使，始居江西。江西之八世諱餘，始遷於茶陵之中洲。茶陵之九世爲我曾祖考處士諱某，行戊七。時有諱祁，元元統初進士及第，鄉人稱爲狀元者，蓋族兄弟也。狀元既避地永新，其子位及族兄弟若一源、若高清、若尚賓、若我曾祖考，皆留茶陵，茶陵之族益廣。

國朝洪武初，我祖考處士始以戎遷于京師，實生我先考處士諱允興，以及子淳、子澤。澤今爲金吾左衛所鎮撫。淳生不及祖考，祖妣賀之存，尚能道曾祖時事，曰：「吾舅爲人敦樸謹厚，德浮于言。其行吾則不能詳，然人皆曰：是長者也。其世吾則不能詳，然人皆曰是李狀元之族也。其墳墓吾能知之，地曰荷木坪，泉曰光泉，水曰芝水，去中洲五里而近。」先考之將没也，召淳等命之曰：「吾父母葬京師，吾力不能歸，吾死其從之，然汝輩慎無忘茶陵。」淳等泣而謹識之。

淳伏念生賴先世積累，有以至今日。惟我曾祖考養不逮，祭不造，亦惟我同姓父兄保護之勤，二三耆舊左右望助之力，是賴于數十年，靈有攸宅，亦有攸待。維桑及梓，夙夜之所不能忘也。

嗚呼！享其澤而不知其所自出者，非人也。知人之所自出而不感且動焉者，非人之情也。無踐我封，無剪我樹，無圮我基址，以成我志于不替者，是深有望于我後之人、于我宗族、于凡我鄰里鄉黨也。謹拜手稽首而表之曰：「此我曾祖考處士李公之墓。」

祭高祖處士府君墓文

維年月日，孝曾孫封翰林院編修文林郎淳率孝玄孫翰林院編修文林郎東陽，謹用剛鬣柔毛庶羞之奠，昭告于顯曾祖考戊七處士府君之墓曰：

不肖淳等生長京師，于兹三世。以祖以孫，壯者老，稚者壯，聲音既變，俗亦寖殊。蓋自先考之存，痛念先世墳墓所在，未嘗不延頸凝睇，涕下霑襟也。道里既遠，又屬戎役，首丘之念，至今悲之。淳等雖不肖，夙夜警惕，不敢忘先世之訓，曰無忘茶陵，曰無忘荷木坪。淳生五十有七年，家始多蠱，中遭大故，及東陽稍長，遂竊有官秩，不敢違離。然每得一俸，必相與語曰：此曾祖考之報也；誦一編，曰：此曾祖考之所遺也；見鄉鄰親舊，必曰：此曾祖考之所與通家者也。如是者亦數年。乃以今年命東陽上疏，以展墓請。皇上憫其愚誠，賜之楮鏹，舟楫有費，祭祀有物，使得匍匐墓下，傾烏鳥之私。淳竊伏念曾祖考積累之恩，聖天子寵賚敦勵臣下之德，皆足示來世。乃命東陽撰次先世本末，刻石京師，必來用是日吉旦，大會宗族孫子，樹之墓道，使凡來世，有所瞻式。嗚呼！丘隴不移，山川在目，瞻望感慕，不知所云。

祭族高祖提舉府君墓文

彼元氏之既衰兮，世溷亂而不綱。惟賢哲之相遭兮，亦懷貞以自藏。緊余祖之既歘兮，爰引禄而南遊。曾歲月之幾何兮，曰歸茶陵之故丘。結茅菅以爲廬兮，彼軒冕其猶敝屣。思采桑於長江兮，值山河之遽改。世可晦而爲明，物緇不可使爲朱〔一〕。豈不知堯舜之難逢兮，寧巢許之爲徒。丘固各有首兮，時固有所值也。寧死于永新之土兮，曰惟吾心之無愧也。彼宏辭與麗藻兮，固余祖之所遺。蓋嘗靜言以思之兮，又何啻乎今世之所希？慨愚生之既晚兮，奄忽周乎四世。幸宗譜其猶未泯兮，懼芳風之莫嗣。承予告以展省兮，掃松楸于荷木之野。持一奠而酬茲兮，固余心之望者。念祖德之莫揚兮，在孫子爲弗仁。彼金石之無文兮，愧汗下而沾巾。返故廬以爲家兮，不肖者之志也。蹇淹留而無成兮，敬陳詞以爲戒也。意悃愊而莫宣兮，魂髣髴而上征。庶九泉之可通兮，託哀辭于楚聲。

【校勘記】

〔一〕「朱」，原作「木」，顯以形近而訛，據文義與抄本正之。

宋知潭州李忠烈公祠記

成化五年春正月，長沙府知府臣錢澍言：「臣所守，宋潭州地。按宋知潭州李芾當元兵之熾，始至潭州，畫地而守。日以忠義厲將士，人皆殊死戰。有誘降者，輒斬以徇。城且陷，芾召帳下沈忠，遺之金曰：『吾力竭當死，吾家人不可辱于俘，汝盡殺之，而後殺我。』忠辭不獲命，乃醉其家人，遍刃之，芾亦引頸受刃。忠焚芾居，還殺其妻子，復至火所自殺。是時先芾死者：知衡州尹穀寓居城中，冠其二子，與其家人死于火；參議楊震死于池。後芾死者：幕僚陳億孫、顧應炎[一]。潭民多舉家自盡，城無虚井，縊于林者相望。其事昭晰在史傳，布揚在天下，浹洽在郡人耳目，而郡之祀事不立，其爲闕典甚不細。臣已立祠于芾所居故地，以尹穀等配，請著祀典儀物，使有司永有所遵式。」事下禮部，具春秋祭。芾用豕一羊一，粢盛備，餘各羊一。制可。

越三年壬辰，東陽展墓歸至長沙，拜公于其祠。錢侯以予爲潭人，且篚屬太史氏，謂宜爲記。予惟自古有國家者莫不亡，而萎弱困頓可悲痛者，宜莫如宋。宋之亡也，伏節死義者數十人，或止一身，或連一家，或暨其將佐。而能使人感歎之深且速如李忠烈者，亦寡矣。宋亡後數十年，其遺民故老尚隱思之。忠烈死，潭人至今道其事，猶慷慨泣下。嗚呼，是孰强之然哉！忠義之在天下，蓋有不待生而存、不隨死而亡者，苟順且誠，無弗從之矣。論者固以爲宋三百年養士之報，然當時棄城賣國、背位而逃者亦豈少哉？微忠烈，潭之人未必能死，死未必能多。忠烈守潭未半年，而能感動人若是。及其死，舉湖以南皆降，天下之存亡所繫可知已。荆楚之間，淫祀累千百，而忠烈無血食地，此豈可以示天下後世也？繼自今，吾郡之人瞻望感厲，爲臣必忠，爲子必孝。嗚呼！惟忠烈之風，亦惟錢侯之功。侯既祠公，其歲祀必親。予爲之作楚歌以祀公，以紓潭人之思。歌曰：

荒江澹兮冥冥，悲風起兮洞庭。靈之來兮揚舲，載風旗兮駕雲旌。紛胡馬兮如雲，奮前驅兮我軍。寧爲宋鬼兮，生不爲胡。彼雄而烈兮，什佰其徒。朝鶴唳兮水濱，暮猿啼兮木下。莽空城兮落日，痛三户兮南楚。楚之水兮荆之山，靈之去兮奄復還。酹桂酒兮三酌，泛余淚兮潺湲。余懷兮何極，公之亡兮誓天與日。芬鞠蘭兮蕉荔，靈饗祀兮終吉。

【校勘記】

〔一〕「顧應炎」，原作「顏應炎」，據宋史列傳第八十九正之。

漢長沙王太傅賈公祠記

古所謂大臣者，必先大體，後庶務，其所施設皆足以刑天下，及後世。然其自負甚重，不苟合于人，人未必能識，識之未必能用，此治所以恒弗成也。漢屈羣策，豪傑並起而從之。高帝之初，所不能致者商四翁、魯兩生之外，天下其無遺賢矣。明法律，時則有若蕭何、曹參；治兵旅，時則有若韓信、彭越、周勃；出入籌策，時則有若陳平、酈生。此皆創業撥亂之所爲用，非所以經世建統也。文帝時，可當大臣者惟賈太傅一人。少而薦于朝，且顯矣，卒短于大臣，困于長沙，老于梁。嗚呼！以文帝爲君，而太傅不得爲之相，是故漢之禮樂微矣。

吾觀其論天下之所置，則先仁義後刑法；論天下之勢，則先夏後夷，先身後臂指；論吏治，則先風俗；論世所以長久之術，則先太子；論大臣，則先廉恥。此其言皆治亂之大體所在，戰國而下無能言之者，豈不可以爲大臣乎哉！使太傅竟作相，得有所施設，必能刮去秦習，成漢之一制，非蕭、曹而下可擬也。不用而死，文帝固未嘗仇之，天下後世蓋自不能無憾。而司馬遷作史記，徒以吊湘之賦，遂與屈原同傳，則亦甚矣。

太傅在長沙未久，長沙人至今習知之。其故宅爲卒汪倫所居，有井存焉。成化某年，我長沙守錢侯募郡人以財贖其宅地爲祠，塑像其中，請著祀典。詔以仲春秋祭，用豕一羊一，粢盛備，復其民一家，使共祀事。翰林編修李東陽省墓，歸自京師，實拜祠下。侯請記其事，立石于祠。太傅史書之詳矣，予爲之記，使後來者知兹祠也建自錢侯始。

長沙府學尊經閣記

金壇錢公自給事中擢守吾長沙數年，政修而人悦，乃作尊經閣于府學明倫堂之後。其制宏達壯麗，廣概而疏節，牖檻相衡，甍楹交輝，鉅嶽當其前，長江瀉其旁。登茲閣，而吾郡之形勝可坐而見也。吾郡故藏書皆毁于火，公置書數千卷其中，國朝所頒定者爲先，六經次之，子史百家又次之。居茲閣，而天下之圖籍可坐而盡也。

成化壬辰，予歸自長沙，實與教授梁君恒及諸生登之，相與竊歎錢公之功。越翼日，梁君率其諸生詣予館請曰：「惟茲閣不可無述，今建且二年，而石未立，此固有待，敢以請。」予曰：「諾。」乃諗于衆曰：

觀治者必觀其所尚，而治效從之。秦任刑法，國用亡；漢習法律，其政雜伯；兩晉尚黄老，卒頹以敗；梁武氏好佛，餓而死；唐工詞賦，而士寡實行；宋雖富儒術，而未能用，其治亦不古。若惟我朝，敦道崇德，以經治天下，于茲百年，治化休著，風俗醇美，視今較昔，其效甚明。豈惟有國家，以至于郡縣皆然。錢公之治，巍乎其所尚已！今年祠賈誼，明年祠李芾，又明年祠長沙諸賢，修先師廟庭，以及儒學。茲閣之成，蓋多于前功。于是時政事閒暇，教化隆美，居師儒，招俊髦，式瞻以登，或息以遊，講習之暇，蓋必有感乎其中者矣。是故南瞻廟堂之尊，思先賢之遺訓，若嚴師在前，惴焉而不敢肆；西望嶽麓之高，慨考亭故址，懷高山之仰，悚焉若有所不及；北拱宮闕，懷江湖之幽思，仰答聖天子作養教育之盛意；而東望府治，則思我公之功，曰惟無負，以能有成功，無愧于天下後世。則茲閣也，豈直遊樂爲觀美而已？請與吾鄉之善士共勖之。衆皆曰：「諾。」退，相與刻石于閣中。

茲閣也，經始于某年月日，成于某年月日。越某年月日，翰林編修郡人李某記。

新寧縣石城記

新寧縣，古夫夷縣地也。蓋自宋紹興間平楊再興之亂，始即金城村爲新寧縣，隸武岡軍。元季兵毁，國朝洪武初始復爲縣，隸寶慶府。正統己巳，峒人楊文伯復亂，總戎李公某平之，其地久不治。景泰辛未，知縣唐榮奏徙治于舊縣東二里許，築土爲城。城且壞。

成化庚寅，右僉都御史吴公琛奉命南巡湖廣，按察僉事郁公文博議以爲修石城便，吴公曰：「然，吾志也。」遂下有司。寶慶知府謝侯省狀其民寡貧，不克事，宜勿修便。吴公曰：「然。吾不以煩而民，止取其人若干。」乃罰贓爲費，摘戍爲役，命都指揮劉侯斌董厥事，某衛千户陳綱、邵陽縣主簿汪玉分理之。輂石伐木，剃冗補罅，墉而扃之，既固且完，凡廣袤若干里，崇若干丈。經始于是年冬某月，越明年秋某月成。

維時論者以爲：興廢舉墮者，臬司之職也；愛節民力、寧彼弗恤者，牧守之事也；兼采羣策，左右而麾指之，恩令兼行，情法並用，各得其所者，大臣之能也。僉憲之議，微都憲莫能庸；太守之志，微都憲莫能容。揆厥成功，歸于吴公。公之來巡也，暑不張蓋，險不御輿，夙出而夜息，地不遺僻郡，政不弛末節。旄倪仰賴，若戴父兄；貪官黷流，聞者股栗。夷獠服其威信，流徙悦其撫徠，士卒先其驅使。故兹役也，吏胥有治，民社有守，禦侮有備，而民無怨聲，官無殄財，功肇于無前，患消于未萌。使天下司風紀者咸修厥號令，以威四方，何所不濟？天下之郡縣咸有疆屏，何所不守？循兹成績，歲視時葺，由今日以迄于千萬年，何所不至？吴公之名與城無窮，宜有紀述，刻之金石。

壬辰之夏，東陽展墓歸茶陵，獲睹公之風裁，謝侯者實同舟，因敍兹城本末甚悉。侯既歸治，遣使請于予。予湖人也，輒先耄稚，作爲歌詩以頌公，以示于後人。

其詩曰：

惟郡之墟，中有夫夷。地險且巇，溪回峒旋。榷卉爲鄰，以世以年。築塊爲城，其高可乘。居人弗寧，圖初及終。伊誰之功，惟我吴公。惟兹庶官，惴後矜先，烝民載歡。石城憑憑，譙樓鼓聲，城門夜扃。山徭野徂，不暇走趨，莫我敢覦。彼偏一方，遠人所望，天子之疆。聖朝熙熙，安弗忘危，惟古之規。惟公南巡，有惠在人。兹城嶙嶙，億萬爲期。何以恒之，責在有司。

賀興隆傳

賀興隆者，長沙安化清塘鄉人也。元至正壬辰，天下大亂，民奔走錯愕，莫相爲命。興隆率陳源隆、姚廷曙等聚鄉子弟爲兵，駐鎮安寨。鄉有警，輒出禦之，民始定。庚子歲，陳友諒兵起，授興隆參軍。越五年甲辰春二月，興隆率其衆歸于我朝。太祖高皇帝嘉之，仍予之故官。徐公達之取辰州及降沅州諸郡，興隆實在軍中，攻戰撫募，厥功惟多。是年冬，與總制胡海洋克寶慶路，獲元元帥唐隆，遂與衆城守，尋授寶慶衛指揮同知。又明年乙巳夏四月，邵陽賊周文貴等作亂中鄉，興隆率兵駐中鄉。六月，與賊遇，興隆徑衝其前鋒，援不至，遂力戰以死。

朝廷以璽書褒贈，其略曰：「唐兵未出，睢陽之勢始孤；智伯漸强，晉陽之城已浸。首雖可折，心乃不移。未膺大國之封，遽見長星之墜。」贈湖廣等處行中書省參知政事。仍命有司立祠，歲以戰没之日祀，用特。」祠在寶慶府。

太史氏曰：古人有言：「疾風知勁草，世亂識忠臣。」豈不信哉！吾觀古之伏節死義者，未嘗不太息焉。當元之季，海内鼎沸，兵革並起。士大夫享有民社、佩符秉纛者棄位而逃，視其民轉徙陷溺，若秦越人之相肥瘠。其身且不自保，于民則又何賴？興隆以一布衣，伸鋤爲兵，蒸麥爲糧，出入守望，爲鄉邦保障。荆楚之南，苗夷出入，於斯爲甚，一方之不亡，皆其功也。天下未定，垂翅而附翼，不以爲恥。及夫誕運有主，翻然來歸，名正事成，于焉罔愧。逮夫事窮勢極，竟殞其身，寧爲順死，不爲逆生。嗚呼，豈不真知逆順大丈夫哉！在古祀典，曰能捍大患則祀，以死勤事則祀。若興隆者不祀，誰宜祀邪？人不幸生當亂世，死于鋒鏑之下，與沙蟲同腐者何限？賀氏獨享有祀典，崇名焕敕，昭耀來世。彼俯首縮臂、臣妾二姓、冒旦夕之榮者，萬死奚足贖哉！

予南遊湖湘，頗搜采賢人義士。聞寶慶人道賀公事甚著，但其事未有傳。傳録于郡志者，本末殊不悉，不載初授參政爲何省官，又不載其子孫，存亡莫可考見。且其祠既久，益荒落。成化辛卯，寶慶知府謝侯始修復之，僉謂宜有述。侯以爲修祠有司事，不足紀，請爲賀公傳，立石于祠，以示後人。予既爲傳，且謂侯功誠不可泯，又重違侯意，因并附于傳末云。

湘江送別詩序

物之境惟江山爲勝，而山之在江中者爲尤勝。然勝矣而人得以盡之者，往往以爲難。君、樊、小孤諸山皆予所親歷。樊山卑淺，無叢林茂樹；小孤雖秀拔，恨當江之隘地，勢不免爲岸屈；惟君山殊勝絶，而又居洞庭浩渺之衝，風濤掀簸，恒出於所不測。雖有好事者，多不得盡登臨之興。予於諸山咸有遺憾焉，獨金山屹在大江之中，高不減數百尺，遠不過數里，殆造物者所以遺乎人，而予猶未能振衣拂袂於兹山之側，是又一恨也。自古騷人墨客時出奇句，與山争勝。求其卓絶者，如求此山「樹影中流見，鐘聲兩岸聞」，差足快意耳。「天多剩得月，地少不生塵」，非無足觀，而「驚濤濺佛」之句，且不免徐凝之誚於談者之口。而世之君子猶病其不似，予直恐其太似爾。扶桑斷石，弱水長流，安得此老輩哉？

予之歸長沙也，金山釋湛然適來訪長沙守錢公。公門下士黄華輩以公故壯此僧之歸也，各賦詩贈之，題曰「湘江送别」。公欲得予序，予重公之誼，且愛此僧之名，呼而問之曰：「吾將遊姑蘇，過而居，誦孫、張之作，以繼兹山之勝。留雲、吞海諸亭，能坐我一榻否？」僧曰：「諾。」遂書其卷而歸之。

僕往年僑居鎮江，館於佑聖觀。觀之西曰能仁寺，湛然所住也，因得見此作。愛其高古有議論，讀之數過，已而成誦，至今凡九年矣。偶與西涯道及，聞稿已不存，遂録而歸之。予方病目，不能作書，此乃口授喬生宇代書者也。辛丑夏六月廿九日，東陵楊一清識。

李東陽全集卷五十二

北上録一卷

北上録序

予與洗馬羅君明仲校文南都，既聞命登舟，兼程以往。因胥劼毖，胥告飭，務勤不怠。獨念詩爲所夙好，恐妨職事，戒勿敢作。鎖院之後，簿卷山積，非惟不敢作，亦不暇作也。校閲既畢，始爲一章，貽我同志。公卿大夫士在南都者，延訪燕會，或登名山，歷勝地，輒有詩。獨以久勞卷牘，繼困於酬接，觸口縱筆，如夢寐中語。留數日，輒還舟北上，遇石頭，沿大江，絶長淮，觀吕梁百步之壯，溯天津潞河之深，遠歸眺太行，數千里縈抱不絶。於是盡得兩京之形勝，神爽飛越，心胸開蕩。煙雲風雨之聚散，禽魚草木之下上開落，衣冠人物、風土俗尚之殊異，前朝舊迹之興廢不常者，不能不形諸言。既乃瞻望都邑，顧懷庭闈，慨王事之在躬，而思奉養之靡及，尤有不能已者矣。

古者使臣以不辱君命爲職，故一言一動皆足以觀天下。自揣薄劣，徒以文事承任使，而關於政者甚不細，雖竭志罷力，懼不足以少稱萬一。若夫言語聲律，固其餘事，所不足云者。顧宣布恩德，陳列利害，有出位之戒焉。則呻吟覼縷，以自託於一物之鳴，其在天下，亦君子所不棄也。歸期在卜，敬出一編，以代反面問安之義。平生一二朋舊，或取而觀之，知道路之夷險、居起之勞逸，亦足以裨晤語，達情誼，庶不爲篋中長物，其餘則非所敢知也。彙次之，得賦一、詩百有二、聯句二、雜文三，爲一卷。以皆使歸所録，故名曰北上録云。成化十六年庚子冬十月九日，翰林侍講李東陽賓之序。

李東陽全集卷五十二

北上録

校文畢即事呈洗馬羅先生明仲

同下天墀奉玉音，南畿多士正如林。升沉敢謂皆由命，俯仰終教不愧心。望入劍樓秋氣遠，力窮珠海夜濤深。明明天意君應識，萬里青空無片陰。

揭曉後次韻答何穆之王德潤二侍御并京尹魯公懋功

藝苑名書次第開，歡聲動地逐人來。烏臺御史能持法，京兆賢侯本愛才。已見王畿多秀士，不須文體變新裁。極知君命如山重，親向虞廷拜往哉。

鹿鳴宴有作

花覆紅顔酒半酡，秋風來聽鹿鳴歌。萬年宫闕興王地，一代文章貢士科。淺薄敢將身作鑒，聖明真用禮爲羅。祇應前後青雲路，同在清朝白玉坡。

重謁孝陵有述

龍虎諸山會，車書萬國同。星躔環斗極，王氣繞江東。地涌神宫出，橋分御水通。丹爐晨隱霧，石馬夜嘶風。日月無私照，乾坤仰聖功。十年瞻望地，雲樹鬱葱葱。

南京六部都察院通政司大理寺翰林院國子監太常寺尚寶司鴻臚寺諸公會宴于禮部有述呈翰林院諸寅老

北闕皇華載寵榮，南都賓禮重公卿。三年賢俊登庸日，一代臣僚燕饗情。已荷吾宗爲地主，李公立之爲禮部侍郎。兼勞長者避門生。太常少卿劉公，予座主，是日避不至。詞林故事從來重，薄劣猶煩齒姓名。

過太常楊公垣西草堂次韻明仲

闕西門館閉芳池，過盡紅塵總不知。君住正當山好處，我來剛及雁歸時。藜牀穩可供殘夢，草閣清宜檢舊詩。不用鵾羣留坐客，主人瀟灑似羲之。

與諸秋官登雞鳴寺睡起作

獨向亂山深處宿，不勝空翠濕人衣。幽堂習静看僧定，高閣憑虚見鳥飛。夢裏行蹤來更去，醉中風景是還非。歌聲緩逐鳴珂散，又送涼飈竹外歸。

登五顯廟瑞芝亭

五靈祠下衆山低，三秀亭前望欲迷。鬼斧鑿空通鳥道，魯戈揮日駐雲梯。青回細澗潺湲合，碧繞高城睥睨齊。三日壯遊心未倦，城南風物尚能題。

南曹諸友餞别承恩寺席上作

挑盡文場五夜燈，一旬幽事屢相仍。松根地僻藏孤寺，山色年多閲幾僧。却恨扁舟歸去早，誤疑雙屐到來曾。殷勤記取同遊處，醉裏銜杯别未能。

與何王二侍御登報恩寺塔絶頂

塞鴻飛盡渺雲濤，古塔來登興正豪。極目乾坤萬餘里，俯身江海一秋毫。中臺地接銀河近，南國山連紫氣高。年比舊遊今更壯，遍梯雲路不知勞。

登雨花臺

層樓望盡復高臺，畫裏金陵面面開。山色遠從城上見，江流如在霧中來。將歸漸近登高節，欲賦慚非對客才。却倚南山看北斗，漢槎天上幾時迴。

過朝天宮 治亭故址〔一〕。

城外諸山碧繞宫，曲廊深院錯西東。冶亭人物名猶在，閬水仙源路或通。隱隱蜃樓明海日，翛翛鶴氅墮天風。瑶臺貝闕三千里，如在紅雲一朵中。

【校勘記】

〔一〕「冶」，原作「治」，顯以形近而訛，據文義與抄本正之。

謁卞將軍祠

廟中遺像儼丹青，下馬來看淚欲傾。異代興亡今又古，一門忠孝死猶生。清談不救山河圮，大義終將日月争。獨有聖朝隆祀典，年年香火石頭城。

與隆平侯張公宣城伯衛公遊靈應觀

小有天高豈易攀，珠宫元不隔人寰。潭龍抱霧晴猶黑，庭鶴梳風午正閒。過嶺松聲聞淅瀝，捲簾山色見孱顔。青童兩兩清如玉，緩聽仙歌滿樹間。

登清涼寺後臺

虎踞關高鷲嶺尊，四山環繞萬家村。城中一覽無餘地，象外空傳不二門。人世百年同俯仰，江流終古此乾坤。南都勝概今如許，歸與長安父老論。

與翰林舊寅長遊靈谷寺

松蘿爲徑石爲門，絶頂方知上界尊。靈谷應聲來地底，殿前地傳有靈谷，僧拍手輒有聲砉然。清泉流潤入雲根。山下有八功德水。諸天路與紅塵隔，異代宫餘劫火存。賴有南都諸老在，玉堂風月許重論。

題魯京尹所藏雙鷹圖

霜風摵摵空林響，朔氣隨空入蕭爽。兩鷹意氣殊絶羣，俯視平川如一掌。玄雲著樹凝不飛，野日照地寒無輝。摟身欲下不肯下，似覺深山狐兔稀。丹青落手翩欲活，韝上驚看錦縧脱。江湖浩蕩煙水深，萬里陽臺渺天末。時維八月炎暑空，兩鷹角立如争雄。周旋九紘隘八極，此意豈在風塵中。知公有才非搏擊，我意亦欲辭樊籠。祇應共逐鵷鸞去，去上丹山十二重。

走筆題成國朱公子廷贊書樓二絶

碧瓦雕甍面面新，門前畫戟擁朱輪。我公元是詩書將，奕世風流不乏人。

層樓突兀倚雲攀，百尺闌干四面山。好是金陵佳麗地，争知天上與人間。

留題南京貢院

院宇森嚴絶四鄰，暮堂燈火自相親。公明合是無私地，夙夜惟存匪懈身。南客不堪猶夢寐，北歸何意此逡巡？壁間擬作題名記，愧有清風繼後塵。

九月八日登石城泊龍江驛何王二侍御攜酒餞别聯句

龍江驛裏兩回來璟，江上孤帆渺未開東陽。我輩敢留臨别話舜賓，先生元是濟時才珣。當筵送酒啁啾雀璟，繞逕尋詩雜遝苔東陽。攀送無能心悵怏舜賓，遠隨雙節到金臺珣。

是日莊孔易司副自江浦來會夜宿江上次明仲韻

黑髮相逢是壯年，别來心事轉茫然。如何緑酒孤篷話，正在黄花九日前。笑我遠同江浦雁，看君清比定山泉。江流恨不歸西北，回首荒城萬樹煙。

九日渡江

秋風江口聽鳴榔，遠客歸心正渺茫。萬古乾坤此江水，百年風日幾重陽。煙中樹色浮瓜步，城上山形繞建康。直過真州更東下，夜深燈火宿維揚。

後登舟賦 有序

成化庚子秋九月八日，予與洗馬羅君明仲校文畢事，歸自南都。越一日重九，放舟龍江，風帆東下，顧而樂之，命酒相酌。明仲援筆爲登舟賦，予輒隨韻和之。甫六韻而舟至儀真，未暮也。明仲乃歌以卒章，予復和之，爲後登舟賦云。

振袂出郭，憑虚馭舟。溯泬寥之爽氣，浮浩瀁之長流。感上日之芳節，陳故人之嘉羞。視遥川與碧樹，杳秋色兮相繆。九月載臨，繁霜肅止。平原莽其在望，芳草萋兮未已。憂王事之靡遑，卜歸期而暫喜。縱鵬運於九程，託鴻心於一紙。當是時也，木葉下，秋蟲鳴，潦水落，寒泉生。路迤邐以云邁，與山川而偕行。復宿留以盤礴，渺不知其爲情。想夫栗里遊遨，龍山嘯詠，曠士忘形，達人知命。慨往古兮塵編，撫流光兮青鏡。彼造物者之悠悠，亦何心於動静。吾嘗南陟衡嶽，西經鄱陽，東望滄海，北瞻太行。或違志於衆樂，或後時於羣芳。念四美之莫具，諒兹遊之孔臧。覽大塊兮茫茫，瞬千里於一目。快孤帆之高張，與飛鳥兮争速。奮壯志之昂藏，舉高歌以相屬。豈必乎衡門之下，能寄意於松菊。乃賡載歌曰：

維古金陵佳麗地兮，鍾靈孕輝實天意兮。羣方九州瑣執計兮，石城巉巉江泄泄兮。壯哉兹遊，歌以爲識兮。

望龍潭驛

谷口斜通驛，山根半入江。磴雲朝拂翠，巖雨夜聞淙。水静帆來穩，天空鳥去雙。何時羈泊地，幽思繞離缸。

歸夢

摇落三秋地，驅馳四牡歌。路長心不競，歸近夢偏多。對酒杯應淺，教書字恐訛。老親兼稚子，俯仰意如何？

風過召伯高郵寶應三湖

地坼山平野，煙深水抱城。湖天四面闊，風舸一時輕。鸛鶴飛揚意，魚龍出没情。相看總自得，吾亦愛歸程。

賦得白兔山送費司業廷言歸鎮江

宋刁約葬此山，開穴見白兔。予分此題時，已被命，不及賦。歸至揚州，得書，驛吏速詩，至寶應，舟中作。

郡入丹陽境，山傳白兔名。乾坤開葬地，神鬼護儲精。月窟奔仍返，雲根卧始驚。塵埃辭穢滓，星斗避光晶。牛卜陶公兆，蛇歸竇母塋。兹言聞故老，異代得真評。吾子山川秀，今時雨露榮。賜歸看晝錦，憶别向春明。吊古尋刁約，題書付管城。驛亭南望久，江海夜含情。

淮上作

浦口煙光隔岸横，参差樓閣未分明。長淮水急如貪海，周甸山回似抱京。漂母墓前秋草緑，楚王城上暮雲平。西風忽斷高歌起，坐扣船舷待月明。

霧

溪霧曉冥冥，秋陰覆遠汀。離心渾易醉，鄉夢苦難醒。野漲迷新緑，遥山失舊青。起看晨旭散，舟子正揚舲。

桃源道中

水落洲痕在，田荒隴地存。塵沙百里眼，煙火數家村。買穀人争市，催租吏打門。我行猶續食，何用答君恩？

宿遷道中

此地仍多水，居人説往年。平田翻白浪，破屋帶荒煙。黍穀無餘種，魚蝦不問錢。如聞部使者，天下九重天。

過直河驛待明仲舟不至

直河西下直如絃，水淺沙深不受船。不見孤帆見雙鳥，背人飛墮夕陽邊。
隱隱青山帶落暉，河流東下我西歸。故人舟楫來何暮，莫遣溪風吹客衣。

邳州即事有懷都憲張公

道經下邳城，城小民復貧。停舟問官吏，未語眉先顰。季夏月既望，泗水東南奔。河水出西北，狂瀾互相吞。蒙山水東注，決嚙蒼崖根。羣流一浩渺，勢欲陵高旻。川流失故道，散入農家村。疊岸頹磊砢，平田蕩淪淪。瀰漫極千里，連延逾兩旬。居人有逋徙，津吏無譏巡。丁男不自保，況復論雞豚？耆民髮半白，自謂耳不聞。憶昔尚沉墊，適予南使辰。幸將一葉舟，避此千丈渾。歸歟歲云暮，水去菑猶存。移燈屢更僕，坐爲韓將軍。回頭指屋宇，半是波濤痕。此事信咄咄，相逢漫云云。張公都臺老，憂國何惓勤。移文戒州縣，獻納朝丹宸。願言布皇德，幽谷回陽春。蒼生正翹首，慎勿埋雙輪。

吕梁洪二十韻

吕梁天下奇，濤石動森礇。槎牙引微路，鏜鞳墮深響。周迴百里間，尺地無寸壤。天開與鬼鑿，茲事真惚恍。江淮實襟帶，燕薊乃喉吭。人云百步險，此地兼倍兩。冬乾苦焦涸，夏潦愁泱漭。憑高瞥而下，跬步不得上。光陰在瞬息，性命寄篙槳。馳驅費千夫，雇直糜萬鏹。北人駭奔湃，欲語舌已强。寧甘車馬勞，未倦風塵想。南人慣舟楫，觸險生技癢。置身當中流，舟與水争長。吾生好奇勝，寓目堪一賞。心神晝軒豁，毛骨秋颯爽。遠遊向湘漢，舊路説疇曩。朅從南都來，王事紛鞅掌。平生忠信心，利涉隨所往。高歌遡天風，壯志方慨慷。

見月一絶

月色四千里，我行三見之。此回重見月，是我到家時。

野宿秋雲暝，溪行曉霧寒。歸心與明月，夜夜到長安。

夜泊徐州懷陳秋官宗器 時有文逋未償，因以謝之。

兩岸青山水急流，故人曾此鎮方州。十年尚記留徐榻，半夜虚回訪戴舟。醉裏山川迷白下，秋來風物憶黄樓。時徐亦大水。莫言潦倒無文思，堂上歸心正白頭。

徐州洪蘇墨亭書坡老石刻後 有序

「郡守蘇軾、山人張天驥、詩僧道潛月中遊」，題名十六字，在徐州百步洪岸石。石半入水，水落輒隱隱見沙沫間。篙師漁人不能識，而崖石險絶，又非大夫士所暇尋閲者，故於世無傳焉。成化壬辰，予過徐，放舟洪下，畏險岸行，偶見此字，嘗爲詩紀之。又八年庚子，予與洗馬羅君明仲校文南畿歸，工部主事尹廷用實理洪事，邀坐蘇墨亭，則此石已爲君所伐致，置之亭壁矣。因與明仲各賦一詩遺尹君，留之亭中。九月望日。

我昔彭城初泊舟，岸行百步觀洪流。手披荒蘚看古石，上有坡翁舊時刻。沙衝水嚙四百年，字畫半減風神全。我行見此三歎息，此物乃在風塵間。冬曹尹君真好事，自掃巉巖鑿蒼翠。山靈助喜河伯愁，白日驪珠照平地。孤亭素壁高巃從，登堂見字如見翁。山人在前僧在後，尚憶扁舟遊月中。崖端刻頌唐宗業，水底沈碑杜預功。直將談笑爲故事，似與百戰争豪雄。高才直節古今少，片石價止千金同。由來一代不幾見，况我異世懷高蹤。憑君一拓數千本，遍使四海揚清風。

將至夾溝驛道得家報八月十五日生女明仲呼酒見賀有詩因次韻

日日南鴻望北音，封書聊慰别離心。多情念我骨肉喜，爛醉直教杯酒深。未能賸勞湯餅客，也須頻散洗兒金。憑誰誤報中秋夜，桂子青青月滿林。

金溝淺

金溝溝上水如金，一寸歸舟一寸心。欲借天瓢三尺水，行人泥雨更愁深。

沛縣懷古

小縣蕭條野水濱，當時遺迹尚風塵。山中白帝先降漢，天下黔黎正苦秦。五載衣冠朝北面，三章號令憶西巡。南畿亦是今豐沛，莫作淒涼吊古人。

聞潘時用復以病不終試及觀順天鄉試録知蕭生鳴鳳王生佩俱落二生皆時用高弟吾所畏愛者并紀以詩

手閲賢書次第評，故人零落更無名。生年過我今非少，物論於人久未輕。身病且教强健在，愁多應爲别離生。蕭郎不共王生起，不盡彈冠結綬情。

穀亭聞得劉時雍職方書

兩月家書一字難，故人珍重達平安。老親别後身尤健，弱女生時歲未闌。舊事匆匆那暇説，長途草草若能看。平生骨肉如君少，杯酒何時重合歡？

聞湖南大熟

聞道湖南熟，書傳郡國遥。桑麻隨地足，亢旱隔年消。政喜征科拙，天教雨露饒。腐儒憂國願，何補聖明朝？

魯橋驛送明仲之曲阜二首

聖代崇周禮，儀刑在孔林。宫墻數仞地，瞻拜百年心。靈氣尼山會，恩波泗水深。獨慚奔走後，無計接冠簪。

並命辭雙闕，同遊遍兩京。異鄉翻送别，歸路復兼程。莫戀江山好，真愁歲月并。孤舟客尚可，可念倚門情。

過金德潤秋官次李秋官若虚韻因寄陳武選德修

九月孤帆下大江，秋來高興正難降。空傳白雪歌春調，誰共青綾擁夜釭？塵裏行騶當路滿，沙頭鳴槊載船雙。因君爲謝陳兵部，莫怪無詩空倒釭。先遇德修，留飲索詩，不及作。

得李秋官若虚屠秋官元勳郘户部文敬聯句見寄次韻二首

憶别秋風湖上亭，故人相望若晨星。河流真似九腸曲，山色宛如雙眼青。空谷有歌聞伐木，異鄉何處歎流萍。相逢若問南行事，遠道洪波次第經。

千里故人馳寸札，旅愁無限一時消。天涯歲月偏驚晚，夢裏山川不憚遥。薊北秋風歌杕杜，江南夜雨聽芭蕉。孤舟寂寞誰相問，手把新詩盡日謡。

夜過仲家淺閘

日維乙未月丙戌，青天無雲月東出。舟人喧豗夜濤發，翻沙轉石紛出没。是時水淺舟在地，閘門崔嵬晝方閉。閘官醉睡夫走藏，倉卒招呼百無計。民船棄死争赴閘，楫倒檣摧動交碎。舟人號咷乞性命，十里呼聲震天地。我時兀坐驚舂撞，攬衣而起心徬徨。同行無人僕隸散，獨與船月相低昂。攀崖陟磴不得上，咫尺如在天一方。流行坎止信有數，向來蔑視淮與江。霜風欺人衣袂薄，呼童酌酒累數觴。燈殘酒醒閘亦過，北斗墮地天茫茫。

觀趙村閘

素浪衝風雪亂花，水流應似客思家。歸心若與渠争急，祇覺歸心一倍加。

濟寧夜泊懷明仲

荒城臨野泊，危石繫官船。木葉驚秋思，灘聲攪夜眠。坐當鳴柝後，歸及授衣前。寂寞同心話，空彈白雪絃。

濟寧舟中會沈提學仲律有作復值濮武庫用昭遂續長句 時二君皆以憂歸江東。

北風吹沙河水黑，我舟自南君自北。舟人叫閙語不聞，舉手推篷兩相識。君時卸帆我回舵，款語留連日還夕。世路驚聞九折肱，夢魂似隔三生石。長安城中舊詩社，擊節高歌氣相射。君今慘澹凋朱顔，一倡不和三歎息。聚散悲歡信偶然，誰能預定明朝籍？與君分手各珍重，莫遣塵埃涴顔色。平生道義千黄金，肯向長途暗抛擲？兵曹濮君亦同志，强把高歌慰幽寂。我歌未竟君欲行，海樹江雲杳相憶。

望開河驛懷明仲

小市千家集，長河兩派分。野煙秋爨冷，漁榜夜歌聞。鷺宿溪邊草，龍歸海上雲。高城木葉下，離思轉紛紛。

安山驛待明仲不至留壁上

黃葉溪頭路，秋風古驛亭。候門無小吏，留客但虚廳。短日催行李，遥天隔使星。前呵夜恐到，卧傍枕邊聽。

聞明仲至

忽報行旌至，城東一騎塵。寒燈作花夜，旅館欲歸人。未覺追歡易，翻疑夢寐真。歸期今始定，屈指到初旬。

孔紳文公翱兄弟送明仲舟中却贈一首

孔門舊説多佳婿，羅子名高侍從官。吴地山川迴使節，魯鄉人物仰儒冠。同袍義重懷三益，遠道情深見二難。今日送行誰是客，詩成各放酒杯乾。

晚望

平川十里晚，隱隱帶斜陽。山色畫濃淡，鳥聲歌短長。濯纓漁父詠，擊楫壯夫狂。客意真殊此，吾將朝帝鄉。

雨泊周家店

溪雲壓船船不行，雨脚墮地天冥冥。川迷谷暗不知路，獨艤孤村何處汀？銅鉦無聲夜不發，寒燈輝輝焰猶活。魚蝦跳躑隨波濤，船底水聲時潑潑。人言野泊愁劫奪，我舟蕭然履堪脱。踞牀擁被但坐睡，咫尺真同卓錐地。夢魂飑颭穩復驚，急雨鳴濤轉奔沸。更深夜長不得曉，枕藉淋漓滿衣袂。雞鳴漏盡了不聞，殷殷譙樓鼓聲閉。行厨火濕寒無炊，朝來盥櫛不復施。披衣暫過别船去，强以慰藉生歡嬉。

篙工嗟咨纜夫泣，牙齒戰擊肩過頤。汝曹狼狽竟何事，今我尚免寒與飢。卜築休居要衝地，生身莫作夫家兒。衝寒觸熱不自保，況乃困頓遭塗泥。三升官粟僅自給，萬間廣厦何能爲？誰當排空叫閶闔，下遣風伯驅雲師。青天無言日復暮，仰視列宿光離離。

七里灣

昔過南望湖，乘濤下瀧口。前有萬斛舟，風帆霎南走。蒼黄忽相值，篙柁驚失手。我舟觸迴磯，倔伏傷厥首。兩曹奮交搏，怒嗷波争吼。置身羣喙中，曲直勞析剖。喧囂久乃定，日入天漸黝。今行七里灣，百步折過九。風舟沓然至，勢復相踏蹂。我舟輕似葉，彼勢頽比阜。窗舷半摧轢，蕩若初未有。我時當窗看，兀坐但株守。脱身豪鰲間，寄命魚龍藪。他舟送莫救，揚袂屢揮肘。同行無骨肉，慰我實良友。款我以佳話，醉我以醇酒。所遭信多奇，内省非自取。明神或予相，終吉乃無咎。居安貴思危，處世當不苟。作詩紀兹行，亦足銘永久。

戴家灣遇僉憲劉廷珪留飲和嚴户部宗哲韻一絶

畫船蘭棹一時開，千里歸心未易裁。不爲江山頻駐節，前途知有使君來。

嚴宗哲置酒臨清舟中夜話聯句

畫船銀燭照金罍環，珍重能勞地主來東陽。人物一時歸水鑒永濬，聖明四海在春臺環。天涯故舊還青眼東陽，白下遊從總俊才永濬。岐路匆匆談不盡環，譙樓更箭莫相催東陽。

留别嚴宗哲兼柬潘憲副廷璽

萬家煙火静深村，野色蒼蒼曉霧昏。津口月明人唤渡，城中燈影吏開門。多情不厭移衾枕，餘夢猶疑戀酒樽。更謝東巡潘豸史，爲予溪上駐行軒。

武城懷古

野堠東連魯，荒城北帶河。遠山藏雨暗，老樹得霜多。古邑今如此，貧民奈汝何？使舟棲泊近，側耳聽絃歌。

舟子

柔櫓隨風送，長繩掣水飛。往來舟不斷，行止意無違。習久兒童慣，身勞生事微。高師吾念汝，應道不如歸。

雨行德州道中五絶

櫓聲咿軋水悠悠，臥逐溪船下穩流。村曲縱淫非古調，也能驅遣客中愁。

官船結屋小如堂，野宿溪行亦自妨。猶勝周家店前雨，夜牀狼籍滿衣裳。

溪雲寂寂雨沉沉，暝色當窗坐午陰。九十秋光渾送客，今朝偏感別離心。九月晦日。

雨點隨波散復圓，大如杯斝小如錢。無端又逐回風起，亂撲篷窗半入船。

南風須雨北須晴，此語荒唐亦近情。今日北河南下路，衝風衝雨也須行。

撥悶

霧雨朝仍暗，衾牀晝復眠。買魚來近市，乞火過鄰船。病覺休文瘦，杯辭左相賢。歸程都幾日，真以日爲年。

十月一日

浦樹蒼茫合，孤村路不分。霧濃山潑黛，風蹙水生紋。落景催詩句，餘寒藉酒醺。京城還舊俗，灑淚憶高墳。

連窩驛憶亡弟東川

予侍家君歸湖南，時川實從焉。

憶昔攜吾弟，同舟侍綵衣。青山不改色，遊子獨言歸。夜雨堂西暗，孤雲舍北飛。因過舊時路，爲爾涕頻揮。

兀兀

兀兀江湖夢，飄飄隨所之。胡爲尚岐路，聊復此襟期。燭短詩難就，舟摇字半欹。長安塵土地，不敢厭驅馳。

裏河道中即事

十月官河道，晨風與夜霜。山川正摇落，民物半凄涼。隔岸人招淺，沿村吏踏荒。屢豐如可頌，吾欲獻君王。

獨坐柬明仲

雨晴風亦定，天宇浄無塵。樹裏鴉翻月，船頭犬吠人。世途甘自拙，交義更誰親？獨坐孤篷底，悠悠任此身。

河燈

火裏蓮花水上開，亂紅深緑共徘徊。紛如列宿時時出，宛似流觴曲曲來。色界本知空有相，恒河休歎劫成灰。憑君莫話然犀事，水底魚龍或見猜。

冬日

水氣寒初重，山雲曉未收。暖烘船背日，清漱枕邊流。野泊真無事，身安不外求。書囊隨酒榼，聊以代遨遊。

題蕭給事文明所書扇後

故人迢遞隔關河，紈扇書成奈别何。萬里清風襟袖遠，五更孤枕夢魂多。高情敢逐涼飈棄，好句還隨夜月歌。猶恐塵埃深涴染，就牀時爲拂輕羅。

流河驛懷謝寶慶先生兼懷鳴治侍講

林下清風迥絶塵，天涯舊路獨傷神。長船載酒官河夜，芳草懷人楚水春。應學杜陵尋北郭，兼逢小阮作南陵。嗟予忝出皇華使，猶向河邊詠伐輪。

夜過静海憶戴提學廷珍 昔與廷珍南行，待我於此。

月明滄海夜潮空，又向扁舟憶戴公。河上旌麾三日駐，江南書札幾回通。十年操與冰霜似，四海交誰骨肉同？西望咸陽更西路，有人奔走避行驄。

夜泛

百里流河路，風帆自在行。舟人寒不寐，驛吏夜相迎。對燭頻看影，逢村懶問名。卧驚雲海色，簫鼓動天明。

直沽憶亡弟東山

楚舟回泊地，嗟爾遠相迎。喜極翻成泣，身亡竟隔生。肝腸吾弟盡，歲月幾回更。此水如歸海，終當會此情。

聞彭侍講敷五喪已過直沽追吊不及悼之以詩

欲奠生芻竟不成，匆匆一哭便長行。誰知海内分南北，遂向人間隔死生。予聞命時，敷五喪始一日，一哭而別。舊宅已更燕市主，歸船空問吉州名。從來道義交遊好，不盡同年榜下情。

過丁字沽

十月南風不受呼，須將短日赴長途。僧鐘已及午時飯，官舫纔過丁字沽。新月此回真見汝，故鄉何處尚遲吾。關河百里南來雁，欲問平安有字無。

與明仲晚酌

樹色煙光晻靄中，亂村沙草路西東。潮生野岸滄波闊，日落高原野燒空。上國程期三日近，故人杯酒幾回同。官曹漫有登臨暇，却怪江山解惱公。

舟中雜題十首

去日星初火，歸期水欲冰。天時與人事，來往日相仍。

又

岸上牛曳纜，水中舟負芻。如何先物智，不及後時須。

又

水淺真無力，風來不自謀。順風行逆水，依舊是安流。

又

陸夫困陸走，水夫愁水行。一般辛苦地，却是兩般情。

又

漁子爲夫婦，孤舟即是家。問渠居泊處，浪起日西斜。

又

民船輸官税，官清税始平。官船載私貨，邏吏不知名。

又

水多長苦穫，雨少又妨耕。亢地偏宜濕，低田却愛晴。

又

陌上揮拳手，田間佩犢郎。時平安用此，空結少年場。

又

遠客憐僮僕，中年感弟兄。江湖非浪迹，骨肉乃真情。

又

夜久飢腸急，詩成強耐看。吾詩方苦硬，雖煮若能餐。

蒙村

雨暗蒙村夜，灘多路轉仍。雁聲他浦月，人語隔船燈。久客思家甚，高歌對酒能。傳聞明月霽，吉語且須憑。

蒙村阻風憶京師諸友

溪葉蕭蕭隴樹空，倦行還此繫孤篷。路窮下水復上水，吹盡南風更北風。歲晚江湖心尚在，夜深閶闔夢先通。故人多在雲霄上，應逐鳴珂過苑東。

次傅太史曰川贈行韻

使星遥望玉堂天，不道君猶羨我仙。近日樓臺春似海，阻風舟楫夜如年。因將舊事逢人説，轉覺高情與世懸。猶有送行詩卷在，一時投贈許誰先？

次李吉士士常贈行韻

玉堂仙侣待含香，聞道君才欲擅場。天上久回南望眼，江頭初載北歸航。高樓對酒吟秋月，背郭看山步夕陽。寄語通家還結社，不勝瞻闕更思鄉。

過滍縣奉懷外舅蒙泉老先生

我公高義出人寰，親見平生慷慨顔。靈氣百年還赤縣，佳城千古閟青山。田園有業秋風老，奠掃無人夕照閒。執紼至今餘恨在，使軺西望又空還。

夜宿潞河驛

帝城東下接通州，古郡墻高對驛樓。屋角帆檣三面繞，望中煙火萬家稠。中華使者塵隨節，南海倭兒布裹頭。我去我來凡幾月，他年重此記曾遊。

通州道中

百二河山拱帝州，十年重作兩京遊。太行西去連天表，碣石東來盡海頭。五服封疆終貢禹，萬年玉馬盡朝周。長安咫尺紅雲裏，明日天墀拜冕旒。

明故封太安人舒氏墓誌銘

今年秋，予奉詔校文南都。既撤棘，聞友人沈君仲律母喪在殯，往吊其家，時仲律以按察僉事提學山西未返也。予歸過濟寧，遇諸舟中，與俱留一夕。仲律戚戚强答，語殊不釋，既乃言曰：「吾母之葬，不可無銘。銘非吾子固不可。今日之會，殆天以子假我也。」予不得辭，因問狀。仲律嗚咽後强語其概，予次第其言，爲敍及銘。

母姓舒氏，性聰慧，識字義。年三十，歸贈禮部主事君某爲繼室。生二子：鍾即仲律，舉進士，歷南京禮部主事；鎧亦舉進士，拜南京兵部主事。及其先室子長山知縣鑑，視愛均一。封君没二十年，獨綜家政，教子成業。以鍾貴，封太安人。

平居無疾病，年八十一夕卒，是爲成化庚子某月某日。卜以某月某日合葬於某山之原。

仲律言止此，予不能益也。獨憶仲律曩歲嘗迎養山西，及其弟鎧官南京，始奉母歸。鎧卒，仲律以母故乞歸，不許，乞終養，又不許，居恒不樂，竟以憂返。天其弗遂孝子之心，固若是甚哉！仲律學識高雅，志操修潔，尤篤孝養。觀母教者，宜於子乎徵，故予獨掇其大者著之。銘曰：

吊母乎江之東，銘母乎舟之中，刻而内之山之宫。吁嗟乎，安人其永終！

金陵何氏墓圖記

金陵何氏墓在南都安德門外二十里黄泥岡之原，今百户鎮所置，以葬其祖考妣者也。

何之先爲松江上海人，始祖勝，洪武間從軍而没。曾祖興代役，以功擢留守後衛百户。祖貴嗣官，死事沙漠。祖母杜，年甫二十有九，守節不貳。二子：海甫九歲，亮甫七歲。海以疾不任官，嗣居幹内蠱，亮爲攝嗣者三十餘年。鎮實海子，名在世胄，復承故職。而杜安人固在，食其禄，年六十有八而終。鎮乃卜吉治兆，奉祖衣冠合葬於兹，兹維天順甲申某月某日。越八年，成化壬辰某月某日，弟鑑亦祔葬焉。故何之有墓自留守始，鎮爲之也。墓遠都城，鎮以官守弗得以時省視，乃命工繪圖以藏其家，示其子若孫，以識不忘。

庚子之歲，予以南都試事還朝，而鎮實以留府公務北上，驛舟相先後，因述墓事，請予爲記，意勤甚，不可辭。乃掇其顛末，書于卷端，使凡爲何氏後者瞻視窀穸，顧懷本原，念其身所自出，業所由起，夙夜黽勉，以圖不辱，庶幾事死如生之義，非徒宅兆簠簋爲觀美之具，如世俗所尚也。鎮弟鑑、鏞，亮之子鋼、鍈，皆克家，來者蓋未艾云。

明故贈工部郎中楊公合葬墓誌銘

公楊姓，諱復榮，其先陝西鳳翔府鳳翔縣人。考諱賢，娶于李氏，生公晚，故名復榮。李卒，繼娶霍氏，爲故工部右侍郎瑄之姑，實鞠成公。

公生穎慧，得父書法，讀書好禮，力孝友，圖家政，誓不廢業，鄉人皆曰楊翁有子矣。娶符氏，符亦鉅族，式稱内助，生子恭。恭生十月，公喪，十有三年，母符亦卒。比弱冠，祖考妣皆先後即世，煢煢孑立，乃依母黨于岐山。岐山亦鳳翔府地，遂定居，爲今籍。恭力學圖仕，爲岐山縣學生，舉天順己卯鄉試，登天順甲申進士，拜行人司右司副，贈公官，及母爲孺人。九載，遷工部郎中，理畿内山東河道事，復以其官贈公，再贈母爲宜人。又六年，材譽益著，諸大臣合薦于朝，拜通政使司右通政，領職如故。蓋楊氏自公祖考而下，世皆孤傳，及通政君始大顯，人又曰楊公有子矣。

初，公及宜人及公考妣之卒，皆旅于符氏，櫝而不葬者若干年。通政君念少孤，弗克禮葬，恒切自痛。既顯，乃上疏乞歸，買地治兆，合葬祖考妣爲一室，并遷公及宜人合葬爲一室祔焉。

先期一月，予奉詔典南畿試事，歸遇于河。君，予同年進士也，乃述事略，徵予銘，將刻石臨清，載之西歸。予方北上，留弗得，君遣使從予舟至天津，乃畀之還。公卒于正統丁巳某月某日，宜人卒于丁卯某月某日，今葬地爲某山，以成化庚子某月日，予銘以十月四日。銘曰：

生也同堂，死也異室。興言孝思，使我心怵。誰復襁我，而弗壯我。九原有知，寧不望我？岐山之陽，實鄰舊疆。公之哀思，天傒其藏？我銘兹丘，永世無忘之。